广东省社会科学研究基地东莞理工学院城市文化研究中心项目
中南大学湖南红色文化创作与传播研究中心精品文库项目
中南大学湖南省社会主义价值体系建设研究基地项目

光明社科文库
GUANGMING DAILY PRESS:
A SOCIAL SCIENCE SERIES

·文学与艺术书系·

转型社会与文学湘军的地域经验

聂茂　姚竹 | 著

光明日报出版社

图书在版编目（CIP）数据

转型社会与文学湘军的地域经验 / 聂茂，姚竹著
. --北京：光明日报出版社，2022.11
ISBN 978-7-5194-6956-6

Ⅰ.①转… Ⅱ.①聂… ②姚… Ⅲ.①中国文学—文学研究—湖南 Ⅳ.①I206

中国版本图书馆 CIP 数据核字（2022）第 230141 号

转型社会与文学湘军的地域经验
ZHUANXING SHEHUI YU WENXUE XIANGJUN DE DIYU JINGYAN

著　　者：	聂　茂　姚　竹		
责任编辑：	史　宁	责任校对：	张慧芳
封面设计：	中联华文	责任印制：	曹　净

出版发行：光明日报出版社
地　　址：北京市西城区永安路 106 号，100050
电　　话：010-63169890（咨询），010-63131930（邮购）
传　　真：010-63131930
网　　址：http://book.gmw.cn
E - mail：gmrbcbs@gmw.cn
法律顾问：北京市兰台律师事务所龚柳方律师
印　　刷：三河市华东印刷有限公司
装　　订：三河市华东印刷有限公司

本书如有破损、缺页、装订错误，请与本社联系调换，电话：010-63131930

开　　本：	170mm×240mm		
字　　数：	276 千字	印　　张：	18
版　　次：	2023 年 6 月第 1 版	印　　次：	2023 年 6 月第 1 次印刷
书　　号：	ISBN 978-7-5194-6956-6		
定　　价：	98.00 元		

版权所有　　翻印必究

代序

用文化自信的光芒点亮中国的天空[①]

聂 茂

2020年10月,中国共产党第十九届中央委员会第五次全体会议胜利召开,全会提出:坚定文化自信,坚持以社会主义核心价值观引领文化建设,推进社会主义文化强国建设。可以说,这次会议吹响了中国共产党领导全国人民大踏步地朝着既定的伟大目标迈进的集结号。

中华民族拥有深厚的文化传统和思想体系,这是中国文化的独特优势。坚定文化自信,就是要赓续我们国家和民族的精神血脉,努力挖掘和阐发中华民族的优秀文化基因,激活其生命力,推动中华文明创造性转化和创新性发展,为人类命运共同体提供正确的精神指引。在全球化背景和世界文学视野中,文学创作者要坚持主体精神的自觉,擦洗思想,磨砺锋芒,提升境界,让语言沾满泥土的芳香,让内容浸透清新之风,把文学之根深深扎进中华文化富饶的土壤,写出既有高原又有高峰、既叫好又叫座、既有容量又有分量的文学作品来。

一、坚定文化自信,擦洗文学创作者的思想

改革开放以来,文艺创作汲取不少外来文化的优秀经验,不少作品实现了外来文化经验的本土性转化。但是,忽略、抛弃甚至是鄙视对中华传统美学精神、文化艺术资源的弘扬、传承与赓续的现象仍然存在。中华民族蕴含

[①] 本文原题为《坚定文化自信,吹响文化强国集结号》,刊于《湖南日报》2020年12月15日理论版,有删节。

着生生不息的重民本、崇仁爱、守诚信、求大同等思想，文学作品讲究寓理于情、托物言志、言简意赅、文质彬彬的特点，强调知、情、意、行相统一等方法，这些先辈用心血、智慧，乃至生命流传下来的精神遗产应当成为文艺工作者的源头活水，具有永不磨灭的价值。

文学在民族精神的重构和文化认同中具有鲜明的旗帜性、温馨的家园性和强大的支柱性特点，中国文学应当在文化强国战略中切实发挥精神引领和价值导向的支撑作用，文学创作者应当坚定文化自信，自觉承担起引领民族精神的神圣使命，洗濯心灵上的尘埃，用思想的光芒点亮天空，讴歌真善美，贬斥假恶丑，彰显信仰之美、崇高之美，弘扬中国文化，凝聚中国力量，用时代精神和核心价值观重塑文学的灵魂。因为，核心价值观是一个民族团结的精神纽带，中华民族之所以能够在历史的长河中生生不息，根本原因就在于我们拥有共同的目标和价值追求。文学创作者要牢牢抓住核心价值观，对外来文化采取扬弃的态度，既不盲目排外，也不盲目崇外，真正做到洋为中用，取长补短，实现外来文化的本土性转化和中华文化的创造性发展。陈忠实的《白鹿原》、张炜的《你在高原》、梁晓声的《人世间》等就是很好的例子，这些作品向着人类最先进的方向，直面当下中国社会的种种现实，既保存了传统文学的荣光，又吸取了外来文化的手法，捍卫了文学的尊严、高雅和风度，为世界文学奉献了独具异质的声响和色彩。

二、坚定文化自信，磨砺文学创作者的锋芒

常言道，"腹有诗书气自华。"对于个体而言，一个人有了满腹诗书，他/她的一言一行、一举一动就会展示出从容华贵的姿态，这是一个人的真实状态。一个国家、一个民族讲自信，同样需要实力。

改革开放40年来，中国走完了西方资本主义国家100年才能走完的路程，发生了翻天覆地的变化，文学创作者不再局限于农耕社会和小我世界，而是面对以辽阔的全球为坐标、居于东方世界庞大体量的中国——这样一个沸腾的、生机勃勃的世界第二大经济体，这是中国作家自信的前提和底气。

中国取得举世瞩目的伟大成就，不是依靠对外扩张，而是依靠中国文化

的强大感召力和自我修复力。中国文化"以和为贵",重视"文以化之"、以德服人的柔性力量,深谙"远人不服,则修文德以来之"的道理,这是中华民族立于世界之林的鲜明特征。

习近平总书记指出:"历史和现实都证明,中华民族有着强大的文化创造力。每到重大历史关头,文化都能感国运之变化、立时代之潮头、发时代之先声,为亿万人民、为伟大祖国鼓与呼。"[①] 文学创作者要磨砺自己的锋芒,深入沸腾的生活中,去感受、发现和书写,既要保持对语言的敬畏,又要睁开智慧的眼睛。但丁认为"语言作为工具,对于我们之重要,正如骏马对骑士的重要"。文学是语言的艺术,也是心灵的依托,更是人类精神世界的重要组成部分。汉语是世界上使用人口最多的语言,也是联合国的工作语言之一,这是中国作家的幸运,也是中国作家自信的基石。

诺贝尔文学奖获得者若泽·萨拉马戈告诫年轻的作家:"你若能看见,就要仔细地看,你若能仔细地看,就要仔细地观察。"[②] 文学的意义就是一种"看见"和观察的过程,坚定文化自信,你就会看得很认真,观察得很仔细、很彻底。你的一双眼睛可以为广大读者带来陌生而熟悉世界的宽度和厚度、韧性与柔性,文学创作一旦被生活拉入现场,就会成为生活本身,就会褪尽铅华,叩击心灵,朴素而真诚,就会释放出巨大的能量,掀起思想的大浪,应和时代的涛声。

三、坚定文化自信,提升文学创作者的境界

中国传统文化属于"诗教"文化:"温柔敦厚,诗教也。"(《礼记·经解》)不仅强调文艺应该而且可以为国家的政治教化服务,而且表明文化能够有效地为个人的修身养性和道德完善服务。老祖宗的"诗教"主要是以诗歌(文艺)形式实现人的教化,是一种特殊方式的国家德治教育行为。坚定文化自信,就要弘扬中华诗教传统,以中国精神提升文学创作者的境界,以

[①] 习近平2014年10月15日在文艺工作座谈会上的讲话[N]. 人民日报,2015-10-15(01).

[②] 聂茂. 坚定文化自信,吹响文化强国集结号[N]. 湖南日报,2020-12-15(08).

辽阔的想象更好地书写中国经验，让道路自信、理论自信、制度自信和文化自信在世界范围内获得更加清晰的认知，赢得更加真诚的尊重。

铁凝指出：在功利和物欲的社会背景下，文学的功用也许显得微弱和渺小，渺小到只是为了让心灵更自由，精神更高贵，生命更有尊严，让我们对世界和人类怀有更宽厚、更诚实的理解和爱。① 作为知名作家、中国作协和中国文联的掌门人说出这样的一番话，本身就是自信的体现。文学创作者要提升境界，关键在于包容性。海纳百川，有容乃大，这是中国文化的精髓。文学能够包容历史和现实。人类最大的苦恼是生命有限，必有一死，这一历代统治者和科学家没能解决的问题，在刘震云看来，被文学解决了："比如《红楼梦》，你随时打开读，黛玉、宝玉随时就与你相遇。他们不但不死，而且永葆青春。我觉得这是作家对世界最大的贡献。"②

曹雪芹的启示在于：只有负重远行的生命才是有意义的，文学创作者要敢于丢弃自我，承受苦难，超越自我。优秀文艺作品不仅反映一个作家的品格、胸襟、抱负与境界，更是一个国家、一个民族的文化想象和创造能力的缩影。司马迁的遗产不仅仅在于他出色的叙事技巧、奇绝的修辞方法、含蓄的文体结构以及朴素的语言风格，更在于他的初心、抱负与使命。在今天多元化的社会中，文学仍然是一种重要的矫正力量。诚如王蒙所说："我始终相信文学会有一种免疫力，它不会因一时的夸张而混乱，不会因一时的冷遇而沮丧，不会因特殊的局限而失落它的真诚与动人。局限也可以成为平台，也可以成就风格，如果你有足够强大与自由的文心，条条框框可以成为彩绸花棍式的道具。"有了这样的信念，就能突破自我，超越生死，就能显示真情、真知、真理，给读者以历久弥新的感动。

因此，坚定文化自信，不是一句口号，而要落实到具体行动中。站立在960万平方公里广袤厚实的土地上，吸吮着中华民族优秀的文化养分，凭借13亿中国人民万众一心的磅礴之力，文学创作者应当创作出一大批不负春光、

---

① 聂茂. 在文化自信中书写中华民族伟大复兴的恢宏史诗 [EB/OL]. 中国作家网，2021-11-23.
② 邱琪. 中澳文学论坛闭幕刘震云调侃作家聚堆谈文学有点"二" [EB/OL]. 中国作家网，2013-04-07.

不负时代、不负人民的精品力作，为文化强国呐喊助威，加油鼓劲，这是历史的选择，时代的选择，也是每一个有理想、有热血、有追求的作家的自觉选择。

目 录
CONTENTS

绪论　文学湘军的文化想象与地域经验 …………………………… 1
　第一节　人民文学重新出发——地域经验的书写方向 ………… 1
　第二节　民族精神的价值重构——文学湘军的自觉选择 ……… 3
　第三节　湖湘文化的深耕细描——文学湘军的价值原点 ……… 4
　第四节　文化自信的叙事定力——人民文学的审美需要 ……… 6

第一章　本土记忆：文学湘军的民族书写 …………………………… 12
　第一节　沈从文：湘西文学的"希腊小庙" ……………………… 15
　第二节　孙健忠：民族文学的承继和赓续 ……………………… 22
　第三节　黄永玉：无愁河里的诗意与灼痛 ……………………… 30
　第四节　蔡测海：精神家园的真实与荒诞 ……………………… 46
　第五节　彭学明：多维语境下的灵魂重构 ……………………… 51
　第六节　李怀荪：《湘西秘史》的民族志书写 ………………… 63

第二章　政治叙事：文学湘军的主流价值与自觉意识 …………… 69
　第一节　文学湘军的精神滋养与责任担当 ……………………… 70
　第二节　文学湘军的自觉意识与价值追求 ……………………… 74
　第三节　拟态环境的现实力量 …………………………………… 77
　第四节　文学湘军政治叙事的理性资源 ………………………… 79
　第五节　文学湘军政治叙事的经世致用 ………………………… 88
　第六节　文学湘军政治叙事的困境与突围 ……………………… 94

第三章　世界视野下残雪小说的先锋特质 ············· **105**
- 第一节　西方话语与残雪小说的道路选择 ············· 107
- 第二节　创作诉求与神秘的趋光运动 ··············· 109
- 第三节　精神之源：西方与东方的融合 ·············· 113
- 第四节　集体记忆、个性张扬与地域特色 ············· 116
- 第五节　生存的困境和人性的阴暗 ················ 119
- 第六节　逻辑之悖：形式与内容的背离 ·············· 121

第四章　阎真：知识分子的启蒙叙事 ············· **127**
- 第一节　道德立法与历史祛魅 ·················· 129
- 第二节　身份的焦虑与灵魂的拷问 ················ 131
- 第三节　创作主体的在场与离场 ················· 137
- 第四节　时代精神与文学血液 ·················· 139
- 第五节　巨型话语与个人"小我"的自由天地 ··········· 143
- 第六节　坚持良知与生存境遇的博弈 ··············· 146
- 第七节　虚拟的符号世界与现实的美的凋零 ············ 150
- 第八节　人性的闪光：活着之上的终极价值 ············ 153

第五章　水运宪：始终遵从心的方向 ············· **156**
- 第一节　现代性追求与时代的镜像 ················ 156
- 第二节　人性纠缠中的适迎与悖反 ················ 159
- 第三节　聚焦生命真实的去符号化写作 ·············· 162
- 第四节　形而下的关怀与形而上的叩问 ·············· 166

第六章　唐朝晖：制度自信的佐证与文化自信的诠释 ······ **172**
- 第一节　在行业升级换代的历史演进中自我扬弃 ·········· 173
- 第二节　在表述自己与自己表述中释放文化自信 ·········· 176
- 第三节　在历史规律与民族进步中佐证制度自信 ·········· 180
- 第四节　基于词频分析透视文化自信与制度自信 ·········· 181

第七章　胡述斌：从新乡土诗到后乡土诗 ……………… **186**
　第一节　时代语境下的一个诗派与一张诗报 ……………… 186
　第二节　《过汨罗江》：历史凭吊者的文化乡愁 ……………… 189
　第三节　《洞庭渔樵》：现实反思中的精神追问 ……………… 192
　第四节　"后乡土诗派"的现代性追求 ……………… 195

第八章　"文学湘军五少将"：地域经验的价值原点 ……………… **199**
　第一节　田耳：现实的隐遁与虚拟的迷局 ……………… 202
　第二节　马笑泉：湖湘精神的反思与追寻 ……………… 208
　第三节　于怀岸：猫庄情结的生命意义 ……………… 217
　第四节　沈念：女性悲剧的文化镜像 ……………… 232
　第五节　谢宗玉：悠远的静寂与乡村的魂魄 ……………… 240

结语　转型社会：文学湘军的文化自信与湖湘精神 ……………… **252**
参考文献 ……………… **257**
后记　中国新时期文学实现根本性转变 ……………… **266**

绪论

文学湘军的文化想象与地域经验

在风云激荡和中华民族伟大复兴的大背景下，回溯历史，面对当下，文学湘军以丰厚的创作实绩为大国崛起的沧海桑田作了生动的注释，留下了深刻的时代印痕。新时期以来，社会的巨大变革和经济的快速发展为作家带来极为丰富的生活经验和创作来源的同时，也带来了一系列冲击。后现代社会的碎片化，历史虚无主义和解构大潮此起彼伏；新媒体的去中心化，眼球经济和日常生活中的"犬儒"之旗高高飘扬。在各领风骚三五年的历史观和价值观的多元哗变下，文学湘军同样面临着各种诱惑和冲击，创作风格呈现出十分复杂的态势。但总体上，文学湘军坚持人民文学、民族精神、地域特色等大方向始终没变，这是充满智慧的道路选择，也是令人欣慰和值得尊敬的文学自觉。

第一节 人民文学重新出发——地域经验的书写方向

为人民服务、为社会主义服务，这是中国特色社会主义文学的本质属性；与人民心心相印、血肉相连，这是包括文学湘军在内的中国文学生命力和创造力的根本所在。以人民为中心，过去、现在和将来都是每一个心怀祖国与人民的中国作家的根本选择和坚定信念。

以人民为中心，就要深入生活、扎根人民。习近平总书记指出："文艺创作方法有一百条、一千条，但最根本的方法是扎根人民。只有永远同人民在一起，艺术之树才能常青。"① 在我们脚下的大地上，中国正在经历着巨大的社会变革，中国人民正在进行着创造历史的伟大实践，广大人民群众在追求幸福生活的道路上经历着悲欢与忧乐、挫折与奋起、困惑与执着，这一切都是文学湘军的生命之源。作家应该成为伟大变革的在场者、参与者、书写者，而绝不应该成为旁观者和局外人。只有像赵树理、柳青、周立波那样，走进生活深处，走到人民中间，才能深刻地体会到鲁迅先生所说的"无穷的远方，无数的人们，都与我有关"，才能深刻地认识到"我是谁"，认识到个人和创作都属于宏大的历史进程和壮阔的创造实践。只有确立了这样的视野和胸怀，才能真正体悟生活本质、吃透生活底蕴，才能和人民共同承担起对未来的责任，才能真心诚意地把人民作为文学表现的主体，把人民作为文学的鉴赏家和评判者，把为人民服务作为自己的天职。

以人民为中心，归根结底就是要热爱人民。人民不是抽象的符号，作家对时代、历史、生活和人民的体认，必然是在走近一个个有血有肉、活生生的人的过程中实现的。当作家对人民的感情饱含着鲜血、泪水、汗水和温度，饱含着在共同的生活和斗争中凝成的情谊和理解，他才能不仅从理性上，更是从情感上体认到与人民的血肉联系，自觉地与人民同呼吸、共命运、心连心。所以，深入生活不仅要"身人"，更要"心人""情人"。只有这样，才能拆除"心"的围墙，才能走进人民群众的心坎。文学使人心相通，伟大的文学作品之所以成为民族精神生活的宝贵财富，正在于能够唤起人们心灵深处的深刻认同。文学湘军的成功，无论是古华、莫应丰、叶蔚林、孙健忠等人的作品，还是韩少功、残雪、王跃文等人的创作，说到底，其出发点就是以充沛的激情反映普通人和劳动者的生活，反映群众的幸福与尊严、期冀与梦想、艰难与奋斗，用现实主义精神和浪漫主义情怀观照现实，自觉地为人民抒写、为人民抒情、为人民抒怀。

美国作家威廉·福克纳在1950年的诺贝尔文学奖的演讲中指出："人类

---

① 习近平. 在中国文联十大、中国作协九大开幕式上的讲话［N］. 人民日报，2016-12-01（02）.

是不朽的,这不是因为万物当中仅仅他拥有发言权,而是因为他有一个灵魂,一种有同情心、牺牲和忍耐力的精神。诗人、作家的责任就是书写这种精神。他们有权利升华人类的心灵,使人类回忆起过去曾经使他无比光荣的东西——勇气、荣誉、希望、自尊、同情、怜悯和牺牲,从而帮助人类生存下去。"① 中国文学要想更好地展现国家和民族的经验精神,就要先深入了解和表达人民身边的事情。以人民为中心进行创作,从现实社会生活中汲取经验,把握时代的律动,反映时代的变革以及人民命运的变迁,这是中国作家,特别是文学湘军始终牢记、探寻和实践的历史使命。

第二节 民族精神的价值重构——文学湘军的自觉选择

鸦片战争以后中国屡遭侵略,几经战火,给中国的经济、文化等造成的灾难是不言而喻的。直到新中国成立,中国经历了数十年的发展,"巨狮终于从沉睡中醒来",在大国崛起的路上披荆斩棘、昂首前行。从世界范围内来看,全球化浪潮汹涌,经济和科技的全球化日益加剧,而在文化方面,以发达国家为主导的西方文化给发展中国家的文化格局带来巨大影响。但同时,在现代化的刺激下,各国民族文化意识不断觉醒,在世界全球化进程日益加快的形势下,民族精神和本土文化更加凸显,呈现出全球化与多极化共存的格局。实际上,长期以来形成的民族情感和民族文化传统,已经深深地熔铸在各民族人民的民族性格中,现代化的进程使得人们重新认识自我以应对现代化浪潮中的挑战,世界文化没有因为经济全球化而逐渐趋同,反而呈现更加绚丽和丰富多彩的文化景象。

随着社会的不断发展,先是电视机和报纸取代了文学的部分领地,紧接着开启的互联网时代又以高昂的态势取代着传统文学的大部分阵地,文学的巅峰时代似乎已经过去,但是真正优秀的作家总能够在新的时代开拓出新的

---

① 楚昆. 躲避崇高是自我矮化 [EB/OL]. 中国作家网,2015-02-04.

创作天地。文学湘军深深懂得,中国作为拥有五千年历史的文明古国,蕴藏着丰富而庞大的文学创作矿藏,如何拥有同大国崛起相匹配的文化价值观,是他们必须深入思考和认真探索的一个问题,全球化和现代化为中国当代作家提供了更多的可能。文学湘军见证了时代的巨变,他们在本民族文化的传统精神与多元化世界文化中广泛择取,兼收并蓄,用实际行动和创作实绩,把中国文学的独特魅力呈现于世界文学的格局中。

某种意义上,文学湘军对以古代传统、社会主义传统,以及改革开放以来的新传统为主的中国人民的共同经验和情感体验的积极书写,是体现民族特质与命运共同体的自觉实践,他们对传统文化精神的重新发掘与阐释可以凝聚民族精神,从而一定程度上抵消现代化所带来的冲击,并且把本民族文化传递到世界其他国家。文运连着国运,包括文学湘军在内的中国作家就应该自觉承担起重新发掘和展现本土文化魅力、本民族传统精神的使命,不断弘扬民族精神,扎根于民族文化和文学传统,以开阔的胸怀开辟中国文学广阔的道路,表达当代作家对本民族文化的坚守和对世界文化发展的关怀,唯有如此,湖南作家才能真正创造出具有世界性的文学作品,从而在全球化的时代下,对世界文学作出新的贡献。例如,沈从文对湘西纯美的自然风光与淳朴人性的讴歌曾在文坛引起轰动;韩少功早在20世纪80年代初就提出"文化寻根",并坚信:"文学之根应深植于民族传统文化的土壤里。"[①] 在他们的影响下,文学湘军不断地展现着"楚魂"的风采,他们自觉地以人民为中心,不断发掘民族文化,重铸民族之魂,这也是文学湘军一直都是中国文坛极富特色而充满生命力的队伍之根源所在。

第三节 湖湘文化的深耕细描——文学湘军的价值原点

文学思想家丹纳曾提出文学创作与发展的"三要素":种族、环境、时

[①] 韩少功. 文学的根 [J]. 作家,1985(04):21—25.

代。他指出:"作品的产生取决于时代精神和周围的风俗。"[①] 湖湘大地自古以来就是文学的沃土,钟灵毓秀的自然环境滋养出许多极具灵性的文学作品,古代传统文化的较完整保存和众多少数民族文化的共存,造就了一个兼具传统性与多民族性的丰富多元的文化氛围。湖南作家的作品中大都散发着清新的湖南山乡气息,展现着一幅幅湖南山乡风俗画。相对于风云变幻的时代来说,地域文化中的自然和人文景观具有相对的持久性,因而以其为基础的文学作品也常常可以超越时代的局限,更多地体现民族性和传统性,尤其在如今现代化的浪潮中,地域文化更是体现着民族文化的生命力,文学湘军中的地域文化意识是民族意识的重要组成部分。

  湘楚文化有一种内在的力量——"楚魂",古有"楚虽三户,亡秦必楚",近代有曾国藩与湘军的崛起,湖南也是近代革命的发祥地。不同的历史文化孕育不同的山水气韵,赋予作家不同的情怀。不同的地域文化和文学作品的不同地域特色,归根结底是中华民族传统文化的丰富性和多元性的表现。新时期以来,文学湘军的作家如孙健忠、石太瑞、蔡测海、彭学明、张心平、吴雪恼等,他们的作品都以湘西为背景,构成了文学湘军民族作家的中坚力量。孙健忠、蔡测海、邓宏顺等人的《醉乡》《远处伐木声》和《家园万岁》《红魂灵》等体现出的含蓄蕴藉、刚柔相济的风格,使他们的作品深入到湘西的精神内核。薛媛媛的《湘绣女》中,红月身上所体现出的聪慧、勇敢、倔强、顽强,都是典型的湘人特点。而她的多情,和对美的热爱和追求也是湖南女性的特质。薛媛媛把人物置身于历史洪流,探讨时代变迁与人物命运的变幻,反映了社会生活的方方面面。不仅如此,她还在小说中展现了大量的关于湘绣的历史——工艺、针法,让小说更具民间文化特色。王跃文的中篇小说《漫水》曾获第六届鲁迅文学奖,小说讲述了漫水村余公公、慧娘娘两家和其他村民几十年间的温情故事,人物形象都取材于乡村人民,对乡间文化、语言的描写自然而流畅,让人感受到淳朴的乡情和质朴的温暖。尤其是余公公和慧娘娘身上所体现出的乡村朴素生活中,中国传统的真善美品质和为人处世的宽容、理解,不仅给人带来感动,同时也让人们深深反思,在当

---

① [法] 丹纳. 艺术哲学 [M]. 傅雷,译. 合肥:安徽文艺出版社,1998:70.

今复杂的社会利益面前什么才是真正的价值所在。

　　文学湘军注重在文学作品中对湖湘大地上的中国经验的书写，打造具有人民性的文学。作家通过中国经验的书写所传达出来的中国精神是中国文学的根本之所在，而这种中国经验的直接来源就是人民生活的方方面面。作家把握好时代的脉搏，通过鲜活的形象、生动的语言、丰富的情节所展现的贴近人民大众的故事，才是真正兼具艺术性和思想行动的好作品。文学湘军坚持以人民文学为创作方向，奉献给读者众多优秀的作品。

第四节　文化自信的叙事定力——人民文学的审美需要

　　此外，文学湘军还有着丰富的审美风格与趣味追求，作家的作品既勾连着世界先进文化的精神血脉，又有着中国鲜明的时代印记。

　　残雪的作品历来因极具先锋特色而广为人知，她在《我心目中的伟大作品》一文中这样写道："作家可以从地域的体验起飞，但是绝不应该停留在地域这个表面的经验之上，有野心的作家应该有着更深更广的追求。"[1] 残雪就是这样一位有着对"灵魂的文学"追求的作家，她的创作一直着眼于深层次的精神境界，对潜在的精神王国进行探寻。此外，她也深受莎士比亚、卡夫卡等很多国外作家的影响，借助自己的人生体验起飞，向陌生的领域不断突进，从而成了中国文学界一个独具特色的存在，也吸引了世界的目光。

　　韩少功的作品则更多地包含传统的特色，显示着古老的东方智慧。韩少功曾提到过两种文化意识："一个是大文化，即全球意识、全局观念，整个人类文化的优秀成果都可吸收过来，充实我们自己。另一个是小文化，比如说东方文化，再细一点说是楚文化。"[2] 这两种文化意识在他的作品中以对中国传统文化和民间文化的言说表现出来。在传统文化的书写上，韩少功在《山

---

[1] 残雪. 我心目中的伟大作品 [M]. 桂林：广西师范大学出版社，2007：122.
[2] 林伟平. 文学和人格——访作家韩少功 [J]. 上海文学，1986（11）：68—76.

南水北》一书中有很多带有中国古典文化的描写与思索，比如《窗前一轴山水》就运用了诸多水墨意象与元素，在《怀旧的成本》中则体现了对"青砖"这一具有古代色彩物件的情怀，同时也抒发了对现在情感的商业化、欲望化、价值化的批判。除了对乡村自然生活方式的喜爱之外，书中还透露着对民间生活智慧的赞赏。如《每步见药》中，作者对用乡间草药解决了来势汹汹的"背花"之痛感触颇深；《青龙偃月刀》中，作者对乡间老剃匠剃头功夫的行云流水饱含赞叹。而长篇小说《日夜书》则以知青年代为背景，关注青年知识分子、工人、个体户乃至官员，描绘了一代知青的群像和命运。作品讲述几位"50后"从知青年代到转型时期的人生轨迹和恩怨纠葛，折射出人性的光辉和时代的变迁。通过人物各自的人生轨迹和命运之间的交集，聚焦于性格、情感及价值观的冲突，栩栩如生地刻画了"后知青时代"的官员、工人、民营企业家、艺术家、流亡者等各种人物形象，用他们各自的一生回答了时代的精神之问。

　　文学湘军自20世纪80年代始盛名传播于国内外，发展至今，已然浩浩荡荡，蔚然成军，既有经典的旗帜性人物，也有风格各异、文体兼备的作家，形成了气质鲜明、整体突出、形势喜人的创作群体。这个创作群体拥有显著的自身标签，但这里的"标签"并不含有褒贬之意，而是对文学湘军所具有的创作特质的一种确认，即以忧患意识、爱国精神和民族意识观照社会万象，表现国家和民族的苦与悲、爱与乐。

　　自屈原以来，直至进入新世纪文学，这种特质从未退出文学湘军的创作视野，而讨论文学湘军家国情怀的文化想象和现实表达，就是进一步对这一特质在本质意义上的确认，即文学湘军以其集体表达（符簇）彰显国家和民族在现实境遇下的时代特质。文化想象是一种经验性的文化符码，是文学特质在文本内容层面上的表现，由文学作品的虚构性质以及文学创作者的自身审美趣味、生活经历和国家民族的理念化共同构成。文学湘军为什么会有这样的特质（包括文学特质和时代特质）？这种疑惑其实包括两个问题：一是文学湘军为什么会集体性持有家国情怀，这涉及家国情怀的书写价值、文学湘军的创作传统方面；二是对国家民族的观照自古有之、全国有之，文学湘军又是凭借何种文学形态"突出重围"，以与众不同的符簇表达对家国情怀的文化想象，而这就涉及文学湘军的创作立场，以及从中体现出来的文学新质等方面。

文学湘军的盛世叙事主要体现在家国情怀的深情表达，这种家国情怀既包括已然成为历史的中国经验，也包括当下的中国现实。可以说，文学湘军的家国情怀，既是对过去中国历史的文学表达和确认，以古鉴今或追根溯流，寻求民族精神气质，也是对当下现实本质的一种探索，关注社会发展问题以及民族未来走向。因而，家国情怀的价值和意义首先在于体现文学对社会现实的关注和参与，一方面通过体现时代价值和历史走向使读者清楚地认识现实本质、生活道路；另一方面文学通过关注社会现实主体所忽略的存在，为人们揭开人之内核，展现丰富的生活层次，甚至有机会指导其进行社会实践。其次，则在于家国情怀与人的密切联系。文学是人的文学，要想真正关心人、表现人，最需要了解和记录的则是人所生活的现实世界，这正建立在中国大地发生的多面复杂的社会现实之上。自改革开放以来，中国日新月异，特别是在信息化、全球化的当下，与过去更是有着很大的不同，无论是经济、政治、文化等方面相比以往都有了很大的转变，经济全球化、政治民主化、文化多元化、人际交往网络化等，都对人们的精神和物质层面产生了强烈的精神或感官上的刺激，内心的矛盾和冲突复杂而纠结，而这样的人心震荡不可能直接接触到，只能通过社会万象来体现，因此，也可以说，书写中国经验是了解和书写中国人必需甚至是唯一的渠道。再次，家国情怀的符箓表达也是文学保持丰富生命力的重要原因。"文学是社会的象征性行为"①，文学与社会、国家紧密相连，一方面文学的价值和意义是从其对家国情怀的书写中获得的；另一方面，文学中诸多的创造性杰作大多数都是通过对社会、国家的关注获得的，即新的时代内容可以为文学创作者提供前人从来未曾接触过的创作题材。也可以由此衍发出新的创作形式，如杜甫的诗史、鲁迅以特异的文学样式对国民性的表达等。通过对中国现实的切身观察发现社会发展的新质，以某种补偿机制和文学想象来表现对国家民族未来的深刻关怀，或对

---

① ［美］弗雷德里克·詹姆逊. 政治无意识——作为社会象征行为的叙事［M］. 王逢振，陈永国，译. 北京：中国社会科学出版社，1999：15.

社会的记录、揭露和预测，从而使其文学作品在思想内容和表现形式上都具有一定程度上的开时代之先的性质。在一定程度上，这种书写中国经验具有对中国文学的悠久传统的继承和发扬的性质，中国经验的书写是对中华民族现实的关注和描绘，凝聚着中华民族的精华血脉，而这早已在以《诗经》为代表的现实主义传统和以司马迁的《史记》为代表的史传传统中得到了体现。因此，书写中国经验既是对家国情怀和民族精神的继承，也是对不忘中华民族之根的警醒，同时也是对当代文学创作方向的一个极有价值的指引，即要再创作出如《红楼梦》这样的现实主义巨著，必须借助于对中国经验的关注和表达。

文学湘军的盛世叙事是对传统优秀创作方法的承继和发展，这种传统优秀创作方法与中国文学整体的创作传统密切相关。传统中国文学中，"文以载道"的教化观，文学创作者的"启蒙者"角色等，使得文学与政治、国家、民族紧密相连，这些也在现当代文学的创作实际中得到了继承与发展。现代作家，如鲁迅先生，自觉以笔为武器，用"弃医从文"的特殊经历生动地叙述着现代文人对文学的期待，即以文学唤醒人心、疗救人心、拯救社会；也表现着中国文学一直不曾断绝的现实主义创作传统。文学湘军作为中国文学整体的一部分，无疑也具有上述的文学精神和品格，而对于文学湘军来说，其特异之处就在于文学湘军还具有一种发现的眼光，敢于走在时代前列，敢为天下先。湖南在中国不属于发达地区，也不属于落后地区，这样的一种坐落于中部一隅的位置，给了湘籍作家既可能知道当下最新发展态势，也能偏安一隅作冷静思考的双重视角。改革文学方兴未艾之际，是湖南作家韩少功第一个举起旗帜，提出要寻找中国文化的根，虽然这一文学潮流因过于具有实验性质而使其朝向丑、野、俗发展，但其对当时商业主义的反抗和对即将汹涌而来的商业文化的反思未尝不是一种有益的反拨；而在市场经济建立、全球化语境以及本土化与全球化频繁互动的情况下，中国文学该站在怎样的文化立场作出怎样的文化选择，文学湘军也十分鲜明地给出了自己的回答。

与改革开放以来习惯性地让中国向世界靠拢，用世界（主要是西方世界）的文学理论概念来解释或创作不同，文学湘军往往以本土历史和湖湘文化为基点，用对本土的变化现象的热切关注、冷静思考书写属于中国自己的经验，特别是在20世纪90年代以来,先锋文学的出现引发了读者的理解困难,作家的创作瓶颈、对西方文学的过多借鉴,以及商业文化带来的文学的娱乐化、低趣味,使中国文学进入一个十分尴尬的境地。鉴于此,诚实的现实主义创作被文学湘军再度带动起来了,他们将切身经验融入对家国情怀的文学表达,用至诚的思考表现湖南作家群体对中国现实的从未停歇的创作关怀,对文学湘军而言,家国情怀是真诚的、热切的,同时又是冷峻的、沉痛的。

文学湘军盛世叙事的家国情怀折射出其创作传统的符箓特异性,即文学湘军的创作立场。作为中国浪漫主义文学的开创者,屈原对湘籍作家产生了深远影响。一方面,湘籍作家大多以屈原为人格榜样、文学标杆,极其真诚地将个人命运与国家民族联系在一起,他们或以读书不得的外出务工者的经历表达对劳工问题的担忧,或以城市女性不同的生存状态表现城市的繁华与苍凉、热情与冷血;另一方面,屈原以来形成的"乡邦情结",不仅是中国文学,更是文学湘军的一个基本的文学主题,即使是在强调城市化的当下,将眼光牢牢扎在土地上的湘籍作家依然比比皆是,如陶少鸿、姜贻斌、赵燕飞等湖南作家,依然执着于描写土地的豁达与从容、对民族精神与"家"的灵魂深处的追寻。另外,在商业化的浮躁社会中,在这样的一个文学似乎也不得不娱乐、迎合的环境下,文学湘军依然执着于纯文学的创作立场,即用文学为读者"开辟一个精神空间、提供一个心灵视角,陪伴读者去观照现实、认识自己"①,因此,阅读文学湘军的作品,既会让读者深刻地感觉到国家民族的发展脉搏,也会感受到湖南作家们对民族前途的思考、积极参与的热情和终极的关怀。最后,文学湘军家国情怀的特异性文学表达与其对文学身份的追寻有关。在中国源远流长而又博大精深的文学世界里,要想体现自身的文学价值和地位是极其困难的,特别是对于作为地缘性的文学群体来说。在这样的文化焦虑下,为了寻求文学湘军特别的存在价值和文学品格,同中求异是他们必须做出的选择,文学湘军本身所具有的文化资源,独特的方言土语、风俗民情,及其山林遍布下的地理环境,新社会下的改革与发展等都为文学湘军的独特表达提供了良好的资源。

---

① 陶少鸿. 生命的颜色[M]. 甘肃:敦煌文艺出版社,2013:自序.

在全球化语境下，随着同质化现象的日趋严重，作为地缘性作家群，文学湘军高举文学理想，立足本土、本地域的民族文化想象将日趋明显。文学湘军用家国情怀的符箓表达增强了他们作品的辨识度，独特的创作立场使文学湘军有着自觉的创作追求，引发出对文学成规一定程度上的突破，即以文学的激情直面娱乐时代下苦难的诗意、成长的伤痛，并努力以对民族历史的再探索，挖掘新时代环境下的记忆与遗忘、诱惑与尴尬，如罗鹿鸣的诗歌中异乡人的孤独，就体现了家与国、个人与集体等内在的逻辑性，这样的书写充分彰显了诗人的家国情怀，既具有湖湘文化地域特色，也有着一般地区的普遍性意义。

本书以马克思主义为指导，综合运用社会学、文化学、文艺学和传播学等多种方法，全面概括中国新时期以来文学湘军的总体特征和创作规律，阐发各种文化现象及其多元价值的中国道路与时代意义，通过对文学湘军中小说、散文、诗歌等不同领域重要作家的专题分析，带着强烈的问题意识，坚持以文学创作为中心、以文学类别为区分、以历史发展为线索，阐述文学湘军的发展、变迁与面临的诸多挑战，深入探究了伴随着经济的崛起，文学湘军为什么会有人民文学这样的价值选择，以及中国经验对文学湘军在作品进行中国智慧的展示中起到了怎样的支撑作用等一系列深层次问题。

文艺的繁荣、文化的兴盛、文明的前进离不开点点滴滴的积累与创造，文学创作则记录着在此过程中中华民族的魅力与智慧，这也是中华文化得以代代承袭的重要保障。人民的文学需要人民的作家，人民的作家需要人民的文学。文学湘军置身其中，与人民同呼吸、共命运，把人民的梦想、痛苦乃至身上的泥味、汗味和油烟味真实而丰富地呈现出来，这是时代的选择，更是文学湘军的选择。

第一章

本土记忆：文学湘军的民族书写

21世纪以来，在"后现代""全球化""网络化"席卷的百年未有变局之下，弱势的民族文化在全球融合中或因根基薄弱而走向消亡，或因多元主义走向封闭。少数民族文学出现式微的现实危机：一方面盲目融合，遗失了本民族文化传统根基；另一方面又单一静态，陷入强调民族特色的僵化形式。

面对这一文化困境，习近平总书记提出的"中华民族共同体意识"为少数民族的文学创作指明了突破方向。近年来，基于中国多民族构成的客观实际、各民族共同缔造统一祖国的伟大历史、中华文化多元一体的文化格局，以及各民族追求团结进步的内驱动力等逻辑思路，习近平总书记强调坚定中华文化自信，增强中华文化认同，铸牢中华民族共同体意识。多元的中华各民族共同汇聚为一体的中华民族共同体，中华民族共同体意识强调各民族文化与中华文化是多元一体的关系，并要求在尊重多元的现实基础上更加注重凝聚一体的中华文化认同意识，这推动了少数民族文学找到新方向。

文学湘军中的民族作家自觉地站在了中华民族共同体意识的高度，取得了可喜的成就，成为中华民族文学版图上最闪亮的明星之一。作家们以独特的叙事方式，或低吟，或激越，或高昂地承载、张扬本民族宏大的文化品格，在民族精神血脉、伟大传统的深沉召唤下贯通古今，他们的书写不仅仅局限于片面表述民俗风情的族群视野，还从中华民族命运共同体的视域出发，聚焦中华民族的文化传承、历史记忆与整体发展，其中内蕴了构筑中华民族诗魂、屹立世界文学之林的价值倾向。

与其他民族文学一样，湖南民族文学作品也充满了神秘的气息，这是湘文化的韵味所在。湘文化与楚文化原属同一个文化体系，巫风盛行、想象奇诡、蕴含超验的感知、对异能的推崇，这些因素是文学的厚土，也是文学与生俱来的财富。自沈从文始，湘西已经从地理意义上的名词，逐渐转化为文化和文学意义上的专属。谈及湘西，人们的脑中总是浮现那个如诗如画的桃花源——湘西世界。自沈从文之后，一大批文化名人脱颖而出，包括文学领域内的许多作家。

进入湘西，我们看到的是与现代文明完全不同的世界，那里的风俗依旧如故，那里的人们依旧淳朴，那里的山水依旧美丽，那里至今依旧保持着未被现代世界同化的本真。市场经济中的各种人性扭曲、道德退化都没有习染湘西，人性的高贵与纯真成为优秀作家最肥沃的土壤。面对商品经济的巨大冲击，造成纯文学作家、读者大幅减少，在社会关注度急剧下降的环境下，湖南民族文学创作依旧保持着正常的发展态势。"'文学湘西'是现当代中国文学版图中的一个异象，21世纪以后的中国，没有哪个地方像湘西这样，出现过三次大的文学浪潮，第一次文学浪潮以沈从文为代表；第二次文学浪潮有一大批作家，他们是孙健忠、蔡测海、彭学明、张心平、吴雪恼等；第三次浪潮是21世纪以来，规模不小的一批创作势头正旺的作家，有被称为'文学湘军五少将'的田耳、于怀岸等。"[1]

画家黄永玉的长篇小说《无愁河上的浪荡汉子》，为湖南当代民族文学的发展标识出了新的高度。他用这部70万字的史诗般的作品，再现了一个神秘的湘西。也许只有在艺术上臻于完美、对湘西倾注了全部感情的人，才会写出这样一部精神内涵、风俗展现、想象奇诡俱佳的小说。土家族作家彭学明来自湘西，他以长篇散文《娘》让轻浮的世界重新回归沉重，让读者在心灵世界得到洗礼，感悟出亲情的根和精神的魂其实来自母亲的挚爱。社会缺乏感恩、缺少忏悔、缺失思考，而那位善良和苦难的母亲给了我们美丽心灵，我们却无从感知。

与此同时，湖南民族文学创作有着鲜明的代际特征。原因在于，湖南民族地区大多位于几个省份的接壤地带，如湘西与贵州接界、湘南与广西接界，

---

[1] 卓今. 地域文化的变迁与赓续[N]. 人民日报，2012-10-12.

这些地区植被茂盛、土地贫瘠、交通闭塞。同时，这些地区在长期的农耕制社会中处于边缘位置，是朝廷罪犯流放之地，甚至形成了著名的流放文化。因此，从古至今湖南都不曾成为中国文化的中心。但正是这两个地区的地理因素、历史渊源，分别造就了地域性的作家群：湘西作家群和江华作家群。从地理意义上讲，湘西北抵鄂西、西接渝黔、南连桂北，土家族、苗族、侗族、汉族各民族杂居一起，是汉文化与西南少数民族文化的融合地带，这就形成了多元共生的文化结构。

这种地理位置和文化形态熏陶出了具有独特风貌的民族文学。"湘西作家几乎都是少数民族作家，他们天然地书写本民族历史、内心感受和精神变迁。湘西几代文人身上有极其鲜明的性格特征，湘西子弟多有游侠气，他们大气、豪迈、血性、刚烈，带着一股狠劲，这种性格力量刚好成就了湘西作家。同时，他们也有一种深藏于内心的自卑，这种性格走向反面就容易使人轻狂、傲慢、极端自恋。湘西作家常面临着这样的内心焦灼和精神困境。"① 这些既矛盾又共生的性格特征是湘西各民族在长期的共融中形成的积淀，大气、豪迈、血性、刚烈，唯其如此，他们才能在封建统治的夹缝中生存下来，但是伟大的作家必须拥有更加博大的人文情怀，更加柔软的悲悯，更具人性的观照。实际上，在新的历史时期与改革开放的时代气息相对应的潮流下，湘西文学的确表现出了开放、包容的民族情怀，取得了巨大的创作实绩，其艺术水平和作品数量达到了地域文学所能企及的高峰。"近10年来，他们每年在各级报刊发表的各类文学作品2800余件，其中很多作品发表在《人民文学》《收获》《当代》《花城》《诗刊》《中国作家》等权威刊物上；每年有四五部长篇小说出版；发表的各类作品先后获得各种文学奖，其中田耳的《一个人的张灯结彩》曾获第四届鲁迅文学奖，张心平的纪实散文《发现里耶》获第八届全国少数民族文学创作'骏马奖'，向启军的中短篇小说集《南方》获湖南省第三届毛泽东文学奖，于怀岸仅2007年一年就发表中短篇小说25篇，女作家龙宁英的散文集《山水的距离》获湖南省首届文学艺术奖。"②

---

① 卓今. 地域文化的变迁与赓续 [N]. 人民日报, 2012-10-12.
② 卓今. 地域文化的变迁与赓续 [N]. 人民日报, 2012-10-12.

应该说，湖南的民族文学有着较为明显的代际特征，老一辈民族作家的写作无论是题材选择、风格塑造，还是心理皈依和精神指向等方面，都带有鲜明的传统民族特征。作品中有大量的民族文化内容，如山歌的引用、风俗的描写、衣饰的刻画、山水的背景，都以明确的符号告诉读者作品在讲述哪个民族的故事、哪个民族的秘史。读者无须剖开作品的肌理就能窥出其中的风情，诗歌的意象和小说人物的语言、衣饰和行为等都是指引读者阅读的路标，清晰而显豁。而新一代作家生活在改革开放的时间维度、民族地理的地域维度的坐标系中，利用信息化、网络化、科技化，吸收了世界文学的艺术表现手法。他们不再在作品中烙上显眼的民族标志，而是以其为背景，自然而然地散发民族性的气质。因此，如何在新的时代背景下刻画民族精神，成为新一代作家面临的崭新课题与严峻挑战。甚至在他们看来，把自己作为少数民族作家，在品评作品之前，先说明前提，再置于特定的评价体系内，在一定程度上是对民族文学的轻视。实际上，很多读者并不知道田耳、彭学明和黄爱平等人是少数民族作家，这从侧面说明了民族文学的艺术水准和影响力。因为即使放在同一个评价体系内，他们也毫不逊色。从题材上说，新一代作家的普世性精神更强，对题材的处理更加自信。他们并不是把民俗、民风忠实地搬到作品中，而是赋予作品更加宽广的生命内涵。田耳的《衣钵》、黄青松的《名堂经》、龙宁英的《古歌》、陈茂智的《归隐者》都在当代文坛产生了较大影响，他们或者叙述刚毕业大学生的职业选择，或者解读成语，或者探寻土司源流，但是都融入了浓重的民族文化元素，试图在现代文明与民族文化的体系中找到稳定的精神支点，以自觉的共通性表达展现普世性的价值尺度。

第一节　沈从文：湘西文学的"希腊小庙"

在当今中国文坛，少数民族作家群是一支力量强劲且不容忽视的创作队伍。20世纪中期，湖南这片美丽的地域成长了一位令人十分自豪的大文学家，他就是苗族作家沈从文。沈从文是土生土养的湘西人，他满怀着游子在外的浓烈乡愁，用欣赏美的眼睛来看湘西的事和物，他用质朴诗意的语言，将笔触伸向故乡的山水人情。他构筑的"湘西世界"是一个四周围绕着爱意、情意、暖意的"希腊小庙"，那里有静静伫立在边城小溪旁的白塔，那里有在小溪中缓缓划动的方头渡船，那里还有淳朴善良的湘西人。文学的"湘西世界"是一个充满着神秘和魅力的地方，只要一说起湘西，一想起湘西，人们心中总会带着几分兴奋和神往，脑海中也会马上浮现出湘西的美景，仿佛置身其中领略到了湘西独特的魅力。沈从文作为20世纪少数民族作家的标志性人物，引导着越来越多的少数民族作家将目光投向湘西，将笔触伸向湘西，他们迅速地在文坛上大量涌现，如雨后春笋破土之势，少数民族作家已经形成一个阵容强大的群体，影响着中国文坛的发展。

湘西是一片充满着魅力和神秘的地域，它有着几千年的历史演进中所积淀的传奇故事和富有民族风情的地域文化。它"曾是一块被时代放逐，却被文学收容与膜拜的土地，因为文明的疏远，它蛮荒苦难；因为文学诗意的抚摸，它又变得美丽神秘"[1]。从20世纪沈从文出色地构筑起文学中的"湘西世界"以来，这片名为"湘西"的地域性乡土在漫长的历史进程中，经过冲刷与洗涤，又经过几代文学家们的诗意叙述与书写，已经不仅仅是一个地理空间的概念，"湘西"这个文学形象的内涵正在不断地丰富，它正逐渐演变成一个指涉"湘西"这个地域所生成的充满诗情画意的诗学空间，在读者心中形成了一个独特的、完整的、神奇的、个性的、可感知的文学形象。

需要指出的是，文学作品中的湘西已不仅仅局限于依据地域所划分的行政区域——湖南湘西土家族苗族自治州，而是指涉广义的历史大湘西。湘西在地缘上处于"云贵高原和长江中下游平原交界一带"，在文化上，处于"中南荆楚文化板块与西南少数民族文化板块的接缘之地"[2]。在历史前进的潮流中，湘西地区的"大西南文化"不断地受到各种多元文化的渗透和影响，主

---

[1] 黄丽梅. 出走：三位湘西作家创作的共同主题[J]. 中央民族大学学报（社会科学版），1985（87）：43.

[2] 张永中. 远离与回归——简论湘西当代作家对本土语言的探求[J]. 吉首大学学报（社会科学版），1996（01）：37.

要是受到来自神秘浪漫的"荆楚文化"的渗透,还受到来自"中原汉文化"的濡染以及"巴蜀"文化的影响。湘西用包容的心态接受多元文化的交融,在融会贯通的过程中,也形成了湘西文化浪漫的、富于想象的、特色鲜明的文化特征。

在这块被称为"中国的盲肠"的地域,土家族、苗族、侗族、汉族各民族杂居一起,是各民族文化的融合地带。千百年来,各民族文化碰撞、交流、融合,形成多元共生的多层次文化结构。因此,湘西文化具有一种与其他少数民族地区文化不一样的气魄和风采。生于斯长于斯的作家们,感受着湘西沃土上优美的风景、淳朴的民风,沐浴着湘西大地上古老悠久的文化传统和文学底蕴;这些因素对作家们的共同影响,为一代又一代的现当代作家们投身于湘西乡土写作或湘西民族写作打下了最初的基础,这是因为作家们怀着一种对故乡生活的感激和向往之情在写作,写出了最真实、最感人的文学作品,并在中国文坛上获得了辉煌灿烂的成就。

在这样的文化熏陶下,20世纪20—30年代,被誉为"湘西代言人"的苗族作家——沈从文,用美丽的文字为世人揭开了湘西世界的神秘面纱,在世人眼前展现了一个诗意浓浓、情意绵绵、瑰丽传奇的湘西,构建了人们的理想家园,同时也让湘西走出了文学的荒漠,走入了一片文学的绿洲;韩少功将湘西世界"寓言化"和"象征化",构筑了一个寄寓他"寻根"追求的奇诡、异化的湘西。除了这两位大作家,还涌现出了许多湘西作家,他们几乎都是少数民族作家。

"文学湘西"是现当代中国文学版图中的一个异象,21世纪以后的中国,没有哪个地方像湘西这样出现过三次大的文学浪潮,第一次文学浪潮以沈从文为代表,第二次文学浪潮有一大批作家,他们是孙健忠、蔡测海、彭学明、张心平、吴雪恼等。第三次浪潮是21世纪以来,规模不小的一批创作势头正旺的作家,有被称为"文学湘军五少将"的田耳、于怀岸等。这些深深扎根于湘西的本土作家们满怀着爱的激情,将他们浓郁的乡土情怀和强烈的民族意识用湘西题材的文学作品书写出来,并天然地书写本民族历史、人民内心感受和民族精神变迁。为人们展现了一个瑰丽多姿、民情淳厚并附有时代气息的活力湘西。不同的阶段、不同的作家怀揣着不同的情感、不同的理解,用他们各具特色的文学作品对湘西地域的景和人进行了不同的诠释，这些跟湘西息息相关的文学作品让湘西文学的内涵变得更加丰满、厚重、绚丽多姿。

在文学越来越边缘化的大环境下，作家需不断地进行精神突围，带着大悲悯、大感动，在历史与现实、虚构与想象、日常感知与形象类型化等问题上有精准的把握。站在人性的起点，以开放、包容的民族情怀，创作出优秀的文学作品。湘西作家也不愧于这片土地赋予他们的灵气。孙健忠的长篇小说《醉乡》获全国第二届少数民族文学奖；《甜甜的刺莓》获全国首届优秀中篇小说奖，短篇小说《留在记忆里的故事》获全国首届少数民族文学奖；田耳是《人民文学》签约作家，他的《一个人的张灯结彩》曾获第四届鲁迅文学奖；蔡测海的小说《远处的伐木声》获全国第二届优秀短篇小说奖；向启军的中短篇小说集《南方》获湖南省第三届毛泽东文学奖。

虽然物质、都市、文明、喧嚣都把偏远的湘西遗忘在一个宁静的角落，但它是令人向往、令人醉心的一块文学的沃土，它淡然地等候着能读懂它、能欣赏它的文学家为它笔耕不辍，为它树立一个独一无二并充满着诗情画意的文学形象。

自20世纪20—30年代开始，沈从文以一个"乡下人"的姿态，突然闯入中国现当代文坛，他对都市生活的失望及对湘西故土的怀念之情，牵引着他把文学创作的目光投向湘西，他对湘西故土还存在强烈的归属感，让他将自己的生命和灵魂都附着于故乡的山川树木，他用对湘西欣赏的眼光来看待这里的山山水水和人文风情，文学作品中闪动的诗意灵动的文字带领世人第一次走进这块被称为"中国文化的盲肠"的地方，将陌生而神秘的湘西近距离地推到人们眼前。

在那个时代人们的印象中，湘西是穷乡僻壤，它与世隔绝、贫穷落后，是最原始野蛮、文明最不开化的所在。但沈从文在都市生活中看到的是物欲横流的社会，感受到的是城市的浮躁与喧嚣，遭遇的是现实与理想的格格不入，在都市生活的沈从文遭遇了种种不如意，他的内心深深地渴望着能回归湘西世界——那片纯洁的圣地。他以一种与都市人习惯思维迥异的角度，用全新并富有个性的眼光重新审视过去的生活，并给予故乡新的审美评价，呈现出的是湘西世界的纯美风景和质朴人情。相比于都市生活的嘈杂、喧闹和都市人的冷漠、自私,湘西愈发显得幽静宜人,湘西人也更加显得亲切可爱,沈从文在对湘西的追寻中,从故乡之景、故乡之人的身上看到了人性的光环,同时他也在追寻的过程中获得了"乡下人"的优越感和自豪感。沈从文觉得湘西人悠然自在、简单朴实的生活方式彰显出的是人生的真谛,也只有这种生活才应该成为人们崇尚追求的生活状态。

因此,沈从文讴歌湘西秀美的山川,称赞人民质朴的民风,展示故乡迷人的风情,用文学作品的方式呈现出湘西最美丽的一面。

湘西的风景优美,是一隅自然的伊甸园。沈从文用富有诗意、极具韵味的语言向人们展示了美丽生动的湘西生活,用行云流水、笔翰如流的文笔细致地勾勒出故乡的景致。在中篇小说《边城》中,故事的发生地——茶峒,那里的轻风细雨,那里的山川溪流,那里的黄昏月夜,还有渡船、白塔、油坊和吱吱作响的水车……这些无不给人一种美的感受。这些源自沈从文笔下的景物清新明丽,边城仿佛都是玲珑剔透的并充满着灵性,是读者能时刻感受到的一股小说内容情景中的朦胧情意。短篇小说《三三》开篇就对杨家水碾及其周围环境进行刻画,那一群会唱歌的水车唱出的咿咿呀呀的歌声永远在小城中飘荡,也永远在读者的心中回荡。

沈从文笔下的湘西的一草一木、一山一水都融入了他最真挚的念乡之情,他用极尽细腻的笔触呈献给人们从未知晓的一块太平之地、一处理想中的桃花源。

沈从文在他现实题材的文学作品中倾力彰显生命的活力和人性的光环,他刻画的人物:翠翠与傩送、萧萧与花狗、媚金与豹子,这些人物都是湘西世界中极为平凡的人物,他们演绎的是底层劳动者的情爱故事。古代文学作品中描写的爱情故事大多是才子配佳人的模式,例如《西厢记》中的崔莺莺与张生,《凤求凰》中的司马相如和卓文君。而从现代文学史上的作品来看,沈从文描写的爱情故事与许多现代作家描写的爱情故事存在很大差异,巴金描写的爱情故事多为封建大家庭制度下压抑男女而酿成的悲剧,或是青年人同封建家长斗争,勇敢追求恋爱自由的故事;茅盾叙述的是较为典型的"革命+恋爱"的故事,故事发生的背景是革命风暴风起潮涌的时代,故事的男女主人公都怀抱着革命的伟大抱负;郁达夫则赤裸地揭露出年轻知识分子的原欲和性爱需求，这种爱情是压抑并带有些许变态心理的爱情。而沈从文则是注重用自然、朴实、细腻的文字来刻画底层劳动人民原始的、朦胧的、令人向往的爱情故事，展现的是在未受金钱、物欲污染的健康淳朴的生活状态下，人们对待爱情的心态及追求情爱的表达方式。沈从文让人们用欣赏的眼光来看待底层劳动人民纯美的爱情，描绘了湘西人民重情、痴情的一面。无论是故事内容还是表现方式，在现代小说领域都是极具创新意义的，对中国现代文学的发展具有举足轻重的作用，也促进了湘西文学的繁荣与发展。

世人通过沈从文最初构筑的"文学湘西"进一步走进"现实的湘西"。人们被文学中的"湘西世界"以及湘西的神秘文化所吸引，走进"现实的湘西"来一探究竟。新中国成立后，尤其是改革开放后，凤凰古城、吉首乾州古城、花垣边城、永顺王村、猛洞河等地吸引着许多人前来湘西旅游观光。人们在沈从文笔下的翠翠、萧萧、小寨客栈以及沅江酉水的排客中探寻现实的湘西。某种程度上文学带动了湘西的旅游，同时旅游事业的发达又给湘西带来了前沿文化、时尚元素，这些文化因素与湘西本土文化产生新的碰撞和融合，催生出新的湘西文明。

沈从文构筑起"文学湘西"，将湘西带入了文学多元化的语境下，各类文化冲击着湘西的本土文化，湘西的本土文化面临着威胁与挑战，民族精神的更新与重塑成为摆在湘西文化人面前的重大课题，年青一代的湘西作家开始对自己的文化进行深刻的思考与探索。在坚守民族文化的立场上有一个从自发到自觉的过程，老一辈作家的作品大多带有明显的少数民族标志，作品更多的是介绍民间文化，如对山歌的引用、奇异风俗的描写。新一代作家在这方面有所突破，作品的主体构建在理解和把握上向更深、更广的领域突进，着力对民族精神进行深层次的剖析和解读。如孙健忠的《舍巴日》，以女主人公"掐普"走过的路来象征文明的变迁——原始社会—农耕社会—商业文明社会—现代社会，从中揭示了土家族民族历史的变迁过程和民族心理的嬗变过程。

他们通过深刻自审，自觉走出文化变迁带来的精神困境，将湘西元素巧妙地呈现，进行一种人类共通性的表达。城市化的步伐在加快，湘西作家开始关注城市与乡村之间的文化裂变，湘西作家自觉负有一种责任——要用文学的力量来更新文化与重塑文化。

湘西出好作家、好文学，始自沈从文。近20年来中国文学面临很多挑战，湘西文学创作依旧保持着一种强劲势头。21世纪以来，已成气候的"湘西作家群"延续了前辈的辉煌，保存了人才实力，取得骄人的成绩，为新时期文学作出了贡献，为湘西文学大发展、大繁荣带来了活力。

湘西在湖南文学，乃至整个中国文学依然占据着重要地位。田耳的《天体悬浮》获第十二届华语文学传媒大奖，成为近年湘西文学的重要收获。作品中，符启明聪明伶俐、个性张扬，可谓人精，这是一个兼具典型性和独特性的人物形象，他在各种关系中左右逢源、风生水起，最终从地位低下的辅警一跃成为炙手可热的房地产大佬。作品既有时代大幕的背景，也有湘西的自身特色。

李怀荪的《湘西秘史》堪称百科全书式的历史文化小说，作品以三代人的爱恨情仇阐释外来民族与湘西土著的交融过程，时间跨度长达半个多世纪。小说的重点是文化融合，这种融合交杂着心理的阵痛、传统的扬弃和未来的憧憬。既有浓郁的湘西地域风情，也契合了民族融合的普遍性文化主题。李怀荪特别重视历史文化呈现过程中的物质载体，对地方戏曲和巫傩文化的记录与描写细致入微，以此折射了湘西人对人生的价值判定和对生死的基本态度。小说的叙述语言和人物语言截然不同：叙述语言简明直接，与普通语言并无二致，人物语言的特色却很强，掺杂了湘西特色的方言俚语、神秘符咒语言、地方戏和人物对话，这些都给小说增添了别样的趣味，拓宽了小说的文化含量。

黄青松的《毕兹卡族谱》描写了居住在花桥的少数民族的历史文化生活，毕兹卡是土家族人的自称。小说极具原生态色彩，最大限度地保留了花桥的传说和习俗、情感和生活方式，甚至人物语言也保留了土家族的特色，体现了土家族文化绵延不绝的生命力和文化韧性。苗族刘萧的《篁军之城》可谓湘西文学的个案性叙述小说。小说以湘西独有的一支戍边军事力量——篁军为题材，展现湘西文化的刚猛和血性，篁军的兴衰存亡是中国百年历史的缩影。篁军驻扎的小镇——镇篁镇充满了奇诡的风俗和魔幻的色彩。在这里，男人世代为军，出生入死，以战争为使命、以权斗为光荣，女人则守候一生所爱,直至生命枯萎,这些都构成了古老神秘的地域文化。张景龙的《湘西土司王》描写了湘西第一代土司王彭士愁在古溪州的崛起与发展历程,展现了湘西元素的文化性和故事情节的传奇性,为我们展示了边地神奇瑰丽的洞天世界。

作为古老文明的绝响,湘西文化还有很大的发掘空间。这种文化仪式以及由此衍生的作品将成为中国文学的地标性存在,并为在现代文明中炙烤和不安的灵魂提供滋润和慰藉。湘西作家通过对湘西的书写,把神秘的湘西文化全面地展现在世人面前,显示了湘西文学在艺术和文化上的活力。他们的创作实绩和趋势表明,中国当代文学中的"湘西文学"现象仍将持续,也会迸发出更强大的力量。

第二节 孙健忠:民族文学的承继和赓续

孙健忠是继沈从文后湘西作家的代表性人物,他被誉为土家族文学的奠基人,曾先后创作出中短篇小说《留在记忆里的故事》(获全国首届少数民族文学短篇小说奖)、《甜甜的刺莓》(获全国首届优秀中篇小说奖)、《倾斜的湘西》(获全国第四届少数民族文学奖)、《猖鬼》等,还著有《醉乡》(获全国第二届少数民族文学长篇小说奖)和《死街》等长篇小说。孙健忠始终保有对文学创作的冲动,怀着坚定的"作家梦"和"文学梦"来为土家族文学代言,他以繁荣土家族文学为天职,记录土家族历史与现实,不断超越自身的创作实践和创作理念,专注于土家族社会生活和民族精神的文学表达。孙健忠在他前期的作品中大都颂扬土家族人民的勤劳善良,描绘土家族地理风情的美丽和独特,而后期的写作则以自觉的民族文化寻根意识,深入土家族的历史内部,对古老的土家族文化之根进行深入的探索和发掘,并毫不留情地、赤裸裸地对土家族文化中存在的"劣根性"加以揭露和剖析。作家通过对土家族文化劣根性深层次的批判与超越,最终上升到对整个国民和整个人类的批判,从而表达一种人类终极关怀的文学目的。

第一章 本土记忆：文学湘军的民族书写

"少数民族文学是少数民族在长期的生产劳动中和生活中创作的口头文学作品。"① 少数民族由于其文化、习俗、观念的特异性而形成了极具特色的少数民族文学，在中华民族文学的广阔版图上增添了浓墨重彩的一笔。土家族人民在多元文化交融的背景下，利用生产实践，发挥集体的聪明才智，创造出了形式各异而又神秘朴厚的土家族民间文学。

土家族主要分布在湘鄂渝黔毗连的武陵山地区，即湖南省西部的永顺、龙山、保靖、桑植、古丈等县，没有本族文字，通用汉文。土家族民间文学主要由篇幅浩瀚的神话传说和离奇诡异的民间故事构成，为世世代代的土家族人民通过口口相传的方式顽强地保留下来。土家族人们"凭借语言的各种资源来发现和揭示真理，如各种记忆的手法、公式化的表达方式和寓言"②，使得通过口口相传的民间文学可以见证土家族历史的变迁，为该民族思想和观念的内容，成为发掘土家族深层文化心理的一面镜子，从而更加深入地了解土家族的民族心理。

正是在此基础上，土家族民间文学资源十分宝贵，是一笔受益终身的精神财富。因此，对土家族民间文学的赓续与承继就成为一项十分重要的任务。而在一定程度上，土家族文学作为对土家族民间文学的接班人，通过继承具有土家族民族特色的神话传说、民歌民俗等民间文学资源的吸收和利用，进行独具民族特色的文学创作，承担着土家族民间文学的赓续任务。因为没有本民族文字，土家族文学的特色在于：只能运用其他民族的语言来书写本民族的过去和现在，以及遥想未来。相对于土家族文学采取的被动语言，不同于有自己民族的语言而采用其他民族语言的其他少数民族所做的主动选择，这意味着在一定程度上，土家族可能更容易受到其他民族文化的影响而发生变化。因此，阅读土家族文学文本，土家族作家作为域外写作者的心理特征几乎一览无余，一方面可以看到土家族作家们力图通过对土家族民间文学的吸收来保持本民族的主体性；另一方面又不得不被动反应来自"他者"的审视，久而久之抗争与坚守、深情与哀怨几乎成为土家族文学不可避免的主

---

① 赵志忠. 中国少数民族民间文学概论 [M]. 沈阳：辽宁民族出版社，1997：1.
② [美] 尼尔·波兹曼. 娱乐至死 [M]. 章艳，译. 桂林：广西师范大学出版社，2004：23.

旋律。

在继承土家族民间文学的基础上，小说、诗歌、散文等文学体裁竞相迸发。冉冉的诗歌创作，叶梅、唐敦权的小说创作，彭学明、杨盛龙的散文创作，无不从写作题材、创作策略上深深浸淫着土家族的民族风情，以及他们对本民族的深情关怀。"衡量一个民族作家是否成熟，关键要看他是否具备了鲜明的民族特征，是否秉承了悠久的民族传统文化精神，是否会在红尘万丈的现代社会中坚持本民族的思维习惯和表述方式，是否可以针对这个时代提出本民族的看法和阐述立场。"[1] 然而，对于土家族民间文学，不仅仅需要继承，还要在继承的基础上去发现新问题、新现象，于创新中延续土家族民间文学的独特性。在文化，乃至文学大交融的时代，成为一个没有自身文字的民族且具有自身"民族主体性"的少数民族作家，挑起延续土家族民间文学生命的大旗，其中的艰难可想而知。但这也是众多土家族作家们的奋斗目标，他们在创作中努力保持土家族风情的原汁原味的同时，也在主体性观照下以审慎眼光看待本民族的闭塞与开放、落后与发展。其中，孙健忠作为具有代表性的土家族作家，将予以重点介绍。

"孙健忠是土家族历史上第一个有影响的作家，历史的要求和自身的努力把他推上了土家族文人文学奠基者的地位。"[2] 作为土家族文学的奠基者，孙健忠自觉吸收土家族的民间文学资源，用具有土家族特色的方言俗语、奇特景色和奇异风俗，为我们展开了一幕幕土家族人民的全方位的生活风景画，从而将土家族文学带入了中国文坛的视野，孙健忠也首次将大量具有土家族特色的神话、传说、寓言进行了消化和接受，向我们比较全面地展示了土家族的民族性格和文化心理，并予以较为理性的审慎眼光。而在他为土家族民间文学歌唱和吸收的过程中，他对土家族民间文学的深入了解，以及内在的审视，构成了其在文学创作过程中的基本写作视角。

作为土生土长的土家族人，被外祖母带大的孙健忠从小就听着土家族的民间故事、神话传说和民歌民谣长大，土家族丰富多彩的民间文学资源成为

---

[1] 刘保昌. 民族文化精神的再现与重铸——土家族文学创作实际与困境 [J]. 西南民族大学学报（人文社科版），2008（12）：26.

[2] 龙长顺. 孙健忠作品的乡土气息和民族特色 [J]. 求索，1982（06）：89.

他最初的文学熏陶,也催生了他的文学梦想的发芽,如《醉乡》,就融入了其童年时代的印象。随着年龄的增长,孙健忠开始认识到民间文学的重要性,他不再停留在被动地接受土家族民间文学的熏陶,而走上了主动挖掘民间文学资源的道路。他于20世纪中后期两次响应中央和文联领导们的号召,深入土家族人民的生活,向处于生活底层的土家族人民学习,与土家族乡亲亲切交往,后来他还主动下农村"安家落户",与农民搭邻居,挂职为洛塔一个生产队的副队长。"以一个文学工作者的身份……留心观察他们的性格、习惯、表达情感的方式,了解他们的过去和现在……那些活在他们嘴上的故事和传说,令我倾倒的《摆手歌》和《哭嫁歌》,更是我艺术学习的必修课,从中吸取了丰富的养料。"① 他从中获得了比较珍贵的语料知识、创作灵感、在其参与的土家族民间文学调查中,也让孙健忠更加加深了对土家族斑斓的民间文学的认识和理解,收集到了众多写作素材的同时,他也将这些宝贵的文化资源与自己的小说创作实践相结合,不仅加强了小说的文化底蕴,扩大了小说的艺术张力,同时也为小说增添了一笔民族文化色彩,加强了民族文化质感。

土家族民间文学首先作为一种宝贵的写作素材进入孙健忠的文本。其创作于20世纪60年代初期的小说里,存有大量对土家族民间文学的引用,穿插了大量民间故事、神话传说、民歌等。例如《一只镶银的咚咚喹》创作于1962年,是一篇儿童作品,小说讲述的是关于土家族传统乐器咚咚喹由来的故事。《湘西民族志》中对咚咚喹这种民族乐器作了如下解释:咚咚喹,是土家族的一种乐器,五寸来长的小竹管,很像箫,是极具民族特色和生活气息的民族乐器。小说中的咚咚喹借一个土家族小后生卡铁之手送给了一个叫杨歌的小姑娘,杨歌在土家山寨里依靠卡铁的帮助学会了吹咚咚喹。《一只镶银的咚咚喹》歌颂了多才多艺、善良淳朴的土家族人,也进一步深化了文中土汉两族新型民族互帮互助关系的表达。区别于一味地固守民间文学,孙健忠则是在继承民间文学优秀资源的基础上,根据时代的发展情况在小说中加入了新的内容,赋予了小说新的美学意义。《木哈达的狗》发表在《湖南日报》

---

① 孙健忠. 我的梦〈代后序〉[M].//甜甜的刺莓. 昆明:云南人民出版社,1982:173.

上，向读者展现出较为丰富多彩的土家族民间文学，在时代新生活的冲击下，可能发生的在传统信仰方面的改变。小说取材于土家族传统民间故事"狗盗粮种"。写了一只通灵性的狗，跑到天上去偷粮种拯救土家族人。这正说明土家族人历来和狗的情谊很深，从来不吃狗肉的原因。而小说中的木哈达与曾救过他性命的大黄狗之间的感情更是深厚，不容置疑。在这个前提下，善良的木哈达看着为了治理土家寨的旱情而操劳过度、极度虚弱的刘超，竟狠心杀死了自己心爱的伙伴——大黄狗。一方面这一次的杀害不仅使大黄狗在文中起到了给英雄续命的神奇作用，另一方面也打破了土家族人历来爱护狗的传统，在一定程度上，可以说是对土家族传统信仰悄悄支离破碎的一首淡淡的挽歌。民间文学作为土家族生活的镜子，对民间文学历史发展演变的表述，也使其作品获得了一种历史感。《烧龙》中正月初四必玩的兽灯成为作家描写的对象，在对这些对象历史更迭的描述中，也使文本获得了一种历史感，如《烧龙》中由吠驼家玩龙灯、烂柴家玩猫灯、老村主任玩狮子灯，再到吠驼家玩龙灯，兽灯更替的历史其实正是阿乡人的历史。作为喜爱唱歌的民族，民歌也成为其宝贵遗产，在孙健忠的长篇小说《舍巴日》中就出现了大量的民间歌谣，其中的"舍巴歌"作为土家族的一部具有特殊风格的创世纪史诗，透露出丰富而复杂的民间文学气息。

　　文学泰斗茅盾提出："神话是初民的知识积累，其中有初民的宇宙观、宗教观、道德标准，是民族历史最初期的传说和对于自然界的认识等等。"[①] 除了将民间文学作为素材进行引用之外，孙健忠的小说还存在由于对土家族民间文学的内质的理解而对土家族神话传说的继承和创新，描述出了神、鬼、人共生的、充满灵异色彩的土家族人民的生活世界。正如张福山、傅光宇曾在他们编著的《试论神话中的灵性、神性和人性》中所谈到的："神话无论多么离奇荒诞、诡谲变幻、不可思议，它仍然是不同时期现实生活的反映。"[②]《哦，罂粟花》中的至圣长老到了晚上就会幻化成人形，与烟铺老板女儿在庵堂中幽会，庵堂中常发出"咯咯"的笑声。这里赞扬的是神与人的缠绵爱情，

---

① 茅盾. 中国神话研究初探［M］//茅盾评论文集. 北京：人民文学出版社，1978：242.
② 张福山，傅光宇. 试论神话中的灵性、神性和人性［J］. 思想战线，1982（03）：44.

在至圣长老的原形——石峰被炸毁后,烟铺老板女儿为之殉情,但当"老革命"离世后,已经逝去的至圣长老和烟铺老板女儿竟然都出现在"老革命"的送葬队伍中。小说淡化了人与神的身份,模糊了生与死的界限,渗透出浓烈的神话色彩。《猖鬼》中的恶鬼面目狰狞,却能眨眼之间幻化成一位风度翩翩的少年,清唱骚情之歌来勾走少女甜甜的心,其中的鬼已不再是凶神恶煞的鬼,而是通人性、懂人情的鬼。《烧龙》中也描写了大量的神话传说,如阿乡族人是从老峒泉水里诞生、谷雨捉雷公等。这些故事的穿插引用,为文本平添了几分奇特的灵异色彩。这些描写被评价为具有湘西土家族特色的"类神话或现代神话的特征"[1],它们共同构建出湘西文学神秘而荒诞、奇特而怪异的神魔系统。

孙健忠对土家族民间文学在题材方面的大量运用,必然会对其叙事风格产生影响。就叙事而言,不按常规几乎成了另一种常规。首先情节的奇妙显而易见,《死街》中五召家养的三只脚的鸡、石顺家"人妖"在小茅屋里交欢、木子家突然无缘无故地长出来墙基以及十八子家永远嗡嗡作响的房子,黑狗还通神性,能看透世间之事,说出无知的人类无法讲出的哲理名言,窝坨街的人还可以返老还童,眼泪还拥有让人起死回生的功效……这些几乎不可能的事情在土家族人们的生活竟成了习以为常的事情;其次,小说文本中的时间似乎也扭曲了,《死街》中窝坨街的太阳永远静止地斜停在天角,只有白天,永无黑夜;最后,一些土家族特有的民间文学资源也成为其文本的叙事线索,如《烧龙》中的兽灯,《舍巴日》"舍巴歌"中的部分歌谣——"滔天的洪水退了,世间上没有人了,只剩下葫芦船上的两兄妹,阿哥叫布所,阿妹叫雍尼……"[2] 作为小说的叙事线索在文章中多次出现。

这些民间文学不仅构成了孙健忠文本中的题材因素、故事来源,更对其文本风格产生了重要影响,使其初步形成了神秘而诗意的写作风格。神秘主要体现在那些"不可能"发生的事件却实实在在地发生了。无论是在《哦,罂粟花》中至圣长老与烟铺老板女儿的婚姻出人意料地顺利,烟铺老板女儿

---

[1] 凌宇. 重建楚文学的神话系统 [M]. 长沙:湖南文艺出版社,1995:128.
[2] 孙健忠. 魔幻湘西 [M]. 长沙:湖南文艺出版社,2013:529.

竟然挚爱着至圣长老，甚至认为其脚下的两块石头是她与至圣长老生下的孩子，在"老革命"打算炸毁至圣长老并祈求她和自己离开时，这位妇女竟然像早有预谋似的穿着黑衣，并坚决表示要为其丈夫——至圣长老守孝。还是在这篇文本中，族人，包括烟铺老板女儿和"老革命"对"紫微星"的崇拜，坚定地相信只有"紫微星"亮两人才能在一起，不亮则会触犯守护神而使当地的劫难难以渡过，这样的信仰直到烟铺老板女儿死去，可以说也是牢牢地存在着。另外，孙健忠自觉地运用土家族民间文学时，也不自觉地具有独具特色的土家族风情：诗意的幻想，浪漫的苦涩。《猖鬼》中一丝不挂的船夫口中的民歌，表达着生活的艰辛，也坦然诉说着心中的渴望，撩拨着沿河女儿们的心。"大王大拐大摇摇"① 摇晃着甜儿的心，让甜儿在梦中飘荡，踩着筏子，在苍翠竹园的掩映下，上滩又下滩，鸟儿一样飞奔，直抵一座无与伦比的花园。可以说，甜儿的幻想与渴望与《边城》中翠翠的心荡神摇几乎如出一辙，孙健忠在对甜儿恋情诗意的描述中，使文本具有了诗一般的梦幻气质，而对甜儿恋情构成阻挡的、具有民间性质的法师的驱魅运动、养父有预谋的杀人活动，也为文本增添了一丝苦涩。《我是黑鲵》中孤儿"我"进入峒河，在渴望中，"我"竟真的被峒河接纳，变成了一条真真正正的黑鲵，在渔人的捕捞中，成了案板上的屠宰品，文本神秘而悲哀的气质油然而生。

"不是温柔富贵之乡，并不因为新政策的实行，石头变成了米和肉，泉眼里流出油和酒。在新的生活天地里，……不可能没有叹息和眼泪，甚至还有极端折磨人的痛苦。"② 随着土家族交通的便利，与外界接触的机会逐渐增多，土家族人民在保守与开放、毁灭与新建中的矛盾也愈加深刻。而这些，正是孙健忠在心系土家族、继承土家族民间文学的基础上，对生产土家族民间文学的沃土的一种审视、批判和深沉的关怀。《舍巴日》中独眼老惹对土地固执地迷恋，对外面世界坚决否定，为此竟不惜以死明志。《死街》中的窝坨街人们在如一潭死水般的日复一日的生活中，几乎磨光了自身作为独立个体的生命意识和对外界最基本的好奇，他们对新鲜事物只知一味排拒，他们甚至可

---

① 孙健忠. 魔幻湘西 [M]. 长沙：湖南文艺出版社，2013：4.
② 孙健忠. 谈醉乡 [J]. 小说界，1984（01）：136.

以每天看着蚂蚁,封闭、如牛一般地生活而不自知。如果说《舍巴日》和《死街》在一定程度上更侧重批判土家族人民在精神和心理上的封闭保守,那么在《回光》中,则通过老爹和牛保可以看出其在思想层面上的落后和愚昧。老爹在弥留之际对几可称作"镇宅之宝"的电灯泡的留恋不舍,对电灯泡未能放出如同"耀眼的太阳"光芒的遗憾,以及由此引发出的对"狡猾"的溪州人的嫉恨,都能使人感受到老爹对新事物的无知——他以为只要有电灯泡而不接入电就可以让其发光,和追求——他在可以获得比电灯泡强几百倍的财物、女人面前依然选择了电灯泡,并因此,老爹甚至让其儿子牛保再次发起"打溪州"的运动,以报仇雪恨。殊不知,时代在不断发展,当时的条件如今已完全过时,甚至形同腐朽。然而,即使是老爹这样毫无胜利可能性的要求,也让儿子牛保深信不疑,这不禁让人对土家族老一辈甚至年轻一辈竟也如此与时代脱钩的现状产生担忧,这样的年轻一代真的能够带领土家族人民用上电灯,在黑暗中看见光明吗?封闭贫穷的土家族人民在要求发展、祈求进步时,对新事物的渴望能否上升到一个比较科学的认识上来?

对此,《烧龙》中似乎给出了答案。老八街在逐渐开放,越来越多的人走出去,但依然让作者忧心。拖山作为走出去的第一代人,以优异的学习成绩考取了县城的简易师范,却因为对写作的投入过度、对城市生活的不习惯,最后只得退守家中,成为老八街里农民不像农民、城里人不像城里人,村里人人可欺,甚至连疯狗都敢咬的一个尴尬的存在。老村长蒲得元的儿子、孙女成为走出去的范例,儿子成了掌有大权的高官,孙女也成了一个优秀的工程师,然而,走出去了不仅意味着回来的不可能,也在一定程度上意味着对阿乡人在心理层面的隔阂。蒲得元的儿子和孙女都很孝顺,却都不理解这位老人坚守老八街的理由,不理解老人对这个生活了一生的地方的留恋,他们甚至可以说成了埋葬老八街的帮凶。他们要求蒲得元搬出去,却没有过多留恋下这个曾经生养过他们的地方,在他们眼中,修水坝作为具有现代化意义的基础设施理所当然,尽管受到了阿乡人的全体反对,他们仅认为这是不理解所致,却不知道一旦这老峒生养的地方被淹没在水里,阿乡人则从此如同无根的孤魂野鬼游荡在世间,找不到生根发芽的地方。而这是阿乡人难以释怀的生存之根,也是孙健忠对土家族在现代化过程中出路的担忧,土家族人如谷雨等能在村庄被淹没之际挖到黄金，难道不也在侧面说明了他们生活的世界的宝贵价值？也许，我们可以将这黄金理解为土家族人的宝贵遗产，谷雨们正在尽力抢救着，并遵从着爷爷的遗愿玩起了猫灯，但随着水坝事宜的逼近，船夫们、乡亲们日复一日焦虑地饮酒度日，一旦失去这宝贵的遗产，阿乡人玩兽灯时的快乐和荣耀还能再现吗？或者，没有了老峒，阿乡人还称其为阿乡人吗？

一般来说，民间文学资源的传承、引用、延续承担着双重美学功能。一方面，使少数民族作家得以承袭大量土家族优秀民间文学资源，为其日后的民族化写作打下坚实的文学基础；另一方面民间文学资源的积累进一步开发了其文学创作性思维，启发作者在探寻本民族历史文化深层意识的同时，探讨土家族人民的现实出路。

第三节　黄永玉：无愁河里的诗意与灼痛

黄永玉学识广博，极具艺术天分，在写作、绘画、木刻、雕塑等方面颇有造诣。作为美术家的黄永玉闻名中外，在法国、日本、意大利和德国等地都举办过画展。相比绘画，其实写作是黄永玉放在艺术追求首位的。他曾说过："文学在我的生活里面是排在第一的。"[①]

作为黄永玉的忘年之好，李辉对于黄永玉的文学作品了然入怀。在《主题变奏七十弦》一文中，黄永玉的文学创作被李辉分为几个时期。1943—1963年是黄永玉创作的尝试期，主要作品有散文《火里凤凰》，剧本《儿女经》；1964—1976年是潜在写作期，这一阶段中黄永玉命运坎坷，诗歌《老婆呀，不要哭》在这个时期写就；自1977年至今是自觉与丰收期，这个阶段黄永玉开始出版多部作品，有《永玉六记》《沿着塞纳河到翡冷翠》《太阳下

---

① 黄永玉. 黄裳浅识［N］. 中华读书报，2006-06-28.

的风景》等，其中诗歌《曾经有过那种时候》获中国作协首届全国诗歌大奖。[①]

虽然黄永玉到了83岁才放下画笔进行小说《无愁河的浪荡汉子》的创作，但这部小说在他心中酝酿已久。从20世纪40年代开始，黄永玉就着手写《无愁河的浪荡汉子》，经历了时代的动荡，故只能断断续续地积累素材。时至今日，黄永玉才得以用最安稳的状态和纯粹的心境去延续这部小说。黄永玉在创作期间有这样的感想："我感到周围有朋友在等着看我，有沈从文、有萧乾在盯着我，我们仿佛要对对口径，我每写一章，就在想，要是他们看的时候会怎么想。如果他们在的话，哪怕只有一个人在。比如如果萧乾还活着，我估计他看了肯定开心得不得了。表叔如果看到了，他会在旁边写注，注的内容可能比我写的还要多。"[②] 对于表叔沈从文一直没有完稿的小说《长河》，黄永玉总是心存遗憾和愧惜，在黄永玉看来，《长河》的篇幅应该要如同小说《战争与和平》那般，而且如果《长河》能完成创作，或许是一部最能反映湘西文化的大作。

《无愁河的浪荡汉子》，截至2021年已出版第一部《朱雀城》、第二部《八年》和第三部《走读》，本书主要对《朱雀城》的文本进行分析。第一部《朱雀城》有80多万字，但时间跨度只有短短的十一年。小说中包罗万象，天文地理、花虫鸟兽、市井小巷、三教九流、衣食住行、风俗民情，应有尽有。这部长篇小说夹杂着自传成分，不仅展示了20世纪20、30年代湘西世界的人文地理风貌，也蕴含了黄永玉童年时期的心路历程和自身的生命体验。在这部作品中黄永玉注入了爱、怜悯和感恩，把历史用另外一种画卷式的面貌呈现给读者。

绘画艺术之所以能够在黄永玉的小说中生成：一是黄永玉同绘画艺术有着深厚的渊源，本身具有良好的绘画艺术修养；二是散文画的理论和实践对黄永玉的小说创作有着深刻的渗透。

---

① 李辉. 主题变奏七十弦——黄永玉文学创作概述 [J]. 书城，2012（09）：66.
② 张新颖. 要是沈从文看到黄永玉的文章 [J]. 小说评论，2016（01）：51—53.

一、诗人的想象与艺术的渊源

黄永玉的父母皆具有艺术才能，能文善画，从小给黄永玉营造了浓厚的艺术氛围，父母的潜移默化、言传身教给黄永玉打下了学习的基础、培养了良好的艺术修养。

从年谱的记载看，黄永玉与木刻的最早结缘应该是1946年客居福建洪濑芙蓉国光中学时期所创作的11幅芙蓉风景木刻，此时他22岁。黄永玉高度评价张乐平所绘的抗日连环画《王八别传》，并且承认张乐平对自己的国画创作影响巨大。从这一时期的版画《讲故事》也可以看出，黄永玉对于人物造型和线条的运用颇具张乐平漫画的神韵。在1950年黄永玉创作的木刻《邻家的女孩》中，有丰富的植物和山水背景，因为这年夏天黄永玉与五弟黄永前徒步湘西采风作画两个月，在明清旧宣纸上画了大量的风景、人物和苗族生活场景，这奠定了黄永玉以画入文的部分艺术来源。

而中央美术学院给予黄永玉的影响，一是他1953年进入中央美院后，因为时任院长徐悲鸿重视造型基础而恶补素描。在中央美院，他第一次认识到了绘画世界中的几样绝活："三面五调子""明暗交接线""形体""虚实""反光"，尤其是"反光"让他着迷。第二个影响是黄永玉被美院领导派到北京著名的荣宝斋研习木刻艺术。在这里，黄永玉得到技师田永庆指授，学到了完整的水墨套印技法。上述两件事情看起来和黄永玉的文学创作似乎没有直接关系，但是仔细观察他的小说中对于风景空间的把握，对于人物形象立体性的感悟和表现，可以看到这些学习和研究基本构成了黄永玉以画入文的知识结构。

中国现代作家中有很多都与绘画艺术有着不解的渊源，在其小说创作中也会自觉地运用绘画的思维及其创作技法。鲁迅的小说充满了各种具有反抗精神的人物，强调了一种生命的张力、灵魂的震颤。这种灵魂搏斗中的冲突与张力恰恰与表现主义绘画的思维模式相一致。凌叔华喜作文人画，文人画的特征在其小说中有着浓重的表现。凌叔华小说的笔触有一种柔和之美，不似鲁迅小说一样充满了线条坚硬的笔触，多由点染的水墨画和线条细腻的工笔写生所构成。张爱玲小说读来是一种现代画派的意味，一方面她常常将现实事物用抽象、夸张以及变异等手法，达到对人物心理和命运的直接揭示，另一方面她从民间的非英雄化的个人主义角度对人生和人性进行思索，这同后期印象派画家所强调的抒发个人主义的主观情感、表现真实的世界，又有很大的相通之处。而黄永玉小说《无愁河的浪荡汉子》以画入文的绘画技法很大程度上得益于"散文画"的创作实践和理论的影响。

语言的描写功能在主张白话文替代文言文的进程下得到了更加宽广的发展空间，一些散文家不认同"白话"不能做"美文"的旧观点，尝试用构图、线条和色彩的艺术手段来达到用白话文作画的创新目的，用文字当作画笔，描绘出诗情画意般的散文。著名散文家朱自清在描述梅雨潭的瀑布时，用非常细腻的语言将场景中出现的各种绿色加以分辨，整篇文章仿佛一个调色盘，调制出浓墨重彩的不同色泽，好似一幅"梅雨潭瀑布图"。在冰心的散文《往事》中，她用行云流水般的笔触诉说着儿时的记忆，用色清丽，往往简单几笔就勾画出一幅幅充满自然之情、人间之爱的灵动之画。紧接着这几个场景又连接成章，冰心将其名曰"生命历史中的几页图画"。就像冰心说过的那样，这些散文"重叠着无数快乐的图画，憨嬉的图画，寂寞的图画，和泛泛无着的图画"。[1]

在散文家们反复进行艺术实践的现实基础下，叶圣陶提出了"散文画"的写作方法："绍虞说孙福熙君的《赴法途中漫画》可称为'散文画'，是一种综合的艺术作品。孙君那篇文章随意取所见，用画家的手段表现出来，而又不单是写实，处处流露作者的情思。"[2] 鉴于此，"散文画"的写作特征大致可以总结为：借鉴绘画艺术的技法抒发作者的情思，不追求有意地描摹现实，注重写意性。随后，也有很多艺术家开始倡导将文学和绘画进行融合，使文学作品具有绘画之美。郭沫若直言不讳地说："小说我说它是用文字表现的绘画。"[3] 丰子恺极力主张"绘画美与文学美的综合"[4]；闻一多认为诗歌应

---

[1] 冰心. 冰心文集：第3卷 [M]. 上海：上海文艺出版社，1984：19.
[2] 叶圣陶. 文艺谈（十五）[N]. 晨报，1921，2（04）.
[3] 郭沫若. 沫若文集：第10卷 [M]. 北京：人民文学出版社，1963：223.
[4] 丰子恺. 音乐与文学的握手 [N]. 小说月报，1992（08）：79.

该具备"绘画美"。

有了以文作画的实践基础和"散文画"的创作理论,黄永玉也开始在散文中加入绘画技法。黄永玉是享誉海内外的知名画家,然而他给自己的定位却是"文学第一、雕塑第二、木刻第三、绘画第四"。散文是黄永玉进行文学创作的主要形式。自1984年以来,黄永玉出版的散文集将近10余部。散文《太阳下的碎屑》中的湘西如同画卷一般展现在了读者的面前,既有近景、中景、远景的各种视角转换,也有各种颜色的相互交替,使得画面一下子鲜活了起来。黄永玉在法国写生时创作了散文集《沿着塞纳河到翡冷翠》,在这一段旅途中,他一边画一边把线条和色彩加上文学家的思维,将心中所想表达出来,讲述了这段旅途中的思考。黄永玉在《比我老的老头》中,为每一个他心目中有着重要位置的大师配上了漫画肖像,而对于这本散文集里谈及的十年浩劫,黄永玉借用了讽刺画、漫画的手法,怒骂于讥笑,讥讽于恭维。在《离梦踯躅——悼念风眠先生》的结尾,他写道:"九十二岁的八月十二日上午十时,林风眠来到天堂门口。'干什么的?身上多是鞭痕?'上帝问他。'画家!'林风眠回答。"① 黄永玉用这种戏谑的口吻答道讽刺画的效果,借以表达自己对文艺界浩劫、大师受难的痛心。

黄永玉不仅用绘画技法写散文,也在小说《无愁河的浪荡汉子》写作中进行"以画入文"的尝试。"散文画"对小说《无愁河的浪荡汉子》的渗透主要体现在小说创作中对构图、线条、色彩等技巧的运用,从而生成了一种蕴含深远的绘画之美,以下将一一赘述。

二、风俗画:浪荡汉子的纯真浪漫

这部小说的绘画美,首先是从"构图"上表现出"散文画"的某些构图美感来的。黄永玉打破了小说按照时间顺序的传统写法,进行客观的画面式描绘,然后从中生发出小说的思想和主题。小说中的时间停止了流动,取而代之的是人物的心理情绪和思想的变化和流动,这些思想情绪在一幅幅各式各样的空间画面对比中呈现出来。此外,黄永玉还运用留白的艺术手法把无

---

① 黄永玉. 比我老的老头[M]. 北京:作家出版社,2005:8.

限的思想感情蕴含于有限的文字当中，令人慨叹弗止、回味深长。

众所周知，中国画构图讲究"计白为墨"，就是说，适当地在画面留下空缺能收到用墨的效果。接受过绘画专门训练的黄永玉深谙空白设计的艺术技巧，着重通过留白使小说的内容在无形中扩大，同时又带给读者悠长而高深的遐想。

小说《无愁河的浪荡汉子》反映的生活面很广，从乡土生活面貌到社会现实动荡，写了这座边城由盛而衰的时代历史隐忧，还有像王伯、萧朝婆这样很多个人的辛酸疾苦。然而黄永玉习惯截取生活的一角来反映时代的变迁。如文中写道：

"鸦片这东西总爱跟朱雀城的人开玩笑，忽然一下子捆了三几个穷鸦片鬼到赤塘坪斫了脑壳，说是严禁鸦片；不到十天半月，烟馆的灯笼又重新亮了起来，紧紧松松，跟当局的经济收入怕是有点关系。"①

黄永玉不直观地描写社会呈现了哪些显著的重大变化，刻意留下空白，而是通过政府对鸦片的反复态度让读者充分调动生活经验明白其中暗含的时代变迁，显得舒缓自如、从容不迫，不给读者造成压迫之感。

"听人家讲，镜民先生（序子的爷爷）在北京跟谭嗣同他们是知交，很侠义的人格。"

"听说不久前他陪一个名叫毛润之的人走遍了大半个湖南，做个什么调查报告回来。"

"他父亲跟朋友结伙谋刺袁世凯未遂，只身逃亡东北匿藏一二十年。"

黄永玉把大事件巧妙地安插在看起来琐碎的日常生活中，晚清变法维新、共和制、新民主主义革命等风云人物似乎在笑谈中一笔带过。时代大事件在朱雀城人的日常生活中虽然看起来影影绰绰、若有若无，但实际上深刻地影响着他们的人生。湘西王的衰败使朱雀城陷入困境，序子的大家庭风光不再，

---

① 黄永玉. 无愁河的浪荡汉子·朱雀城［M］. 北京：人民文学出版社，2013：223.

贫寒时时来袭。张家开始辞退保姆，序子的弟弟子光在保姆春花家蹭吃蹭喝，张家跟人借钱遭遇冷眼，序子只身去德胜营讨债艰辛而屈辱。这一遥远而稀薄的背景时时笼罩着每个朱雀人的命运，但作者有意把它处理得轻描淡写或是留有空白，使得小说生成一种富有想象力的文本。

在王伯因为隆庆被豹子吃了而悲痛出走的情节中，黄永玉的描写并没有涉及序子如何失望伤心，而是仅仅截取了几个镜头：

"好长好长久的日子，序子听到有人提起王伯，总有几分钟的凝神。"

"从此，序子多了一些动作。喜欢坐在城垛子看河，看天上的云。躲在小校场边角看远远那一片单调的平地，溪涧边水中飘摇的柔草。"

淡淡几笔，不露锋芒，只借助几个细微动作就让人心领神会。序子遭受陡然的精神打击和心理剧变，使人沉哀入骨，有妙语移神之感，一种难以抑制的人生悲凉倾泻而出，也弥补了人物心绪的空白。小说中的西域遗子羝怀子是怎么流落到这朱雀城的？寡妇大伯娘经历了什么事变得如此冷漠？赵广森的老婆到底何许人也竟从不露面？程斗南先生家的钢琴又有何来头？小说中许多人事物的来龙去脉黄永玉也全无交代，他把这些重要的背景材料统统忽略掉，有意呈现空白，让读者自己慢慢去联想，体悟小说弦外之音、尺幅千里的意境。

优秀的文学作品往往在笔墨未染处包含丰富而深刻的意蕴，总把绝妙的东西和深刻的内涵留给读者去思考和想象，达到"不着一字，尽得风流"的艺术效果。黄永玉在文本中对空白艺术的自觉运用，使文本超越了日常经验感受，迸发出深广幽远的意蕴。

不仅如此，黄永玉的这部小说还精心营造了一个画簿式的空间结构。所谓"画簿式"这一术语是朱光潜在分析废名的小说《桥》时提出的。对于"画簿式"这种结构，方锡德有这样的见解："现代作家冲破了注重情节的写作结构，对时间不再有连贯性的要求，追求'散文画'的画境，创造了新的写作结构，这样的结构就叫'画簿式'结构。"① 传统绘画强调"画中之白，即画中之画，亦即画外之画也"，② 所以黄永玉不仅讲究在每一幅图画中设置空白，也注重在画面与画面之间留取适当的空白，将片段的场景排列在一起，使之产生独特的空间效果，对读者具有一定的吸引力。

通常的观点认为，小说是传统意义上时间的艺术，但是对于小说《无愁河的浪荡汉子》时间并非贯穿全文的线索，在对情节的推动上没有起到主导作用。第一部《朱雀城》有八十余万字，但是叙事时间跨度上只有短短的十几年，以十二岁的序子背井离乡为结尾。小说整体上还是按照时间顺序写成，但每一章节的时间连接并不紧密，且无必然的因果联系，使得小说的时间具有模糊性和消解性。小说由一幅幅生活的画卷组成，形成一种时间的缓慢流动甚至是停滞状态，弥漫于小说中的是一种"散文画"淡雅的思绪和情感。小说中接踵而来的就是一个个场景：跳大神、放河灯、野台子戏、江淮的流浪父女唱"霸王鞭"、朱雀城人初见照相术跟留声机、赤塘坪刑场砍脑壳……这些场景处于一种并列状态，跳跃性极大，要从时间上来理顺是较为困难的。但只要读者换一个角度，用空间性的阅读方式看小说，文中组织在一起的一个个场景就像是人民英雄纪念碑那般的组画。黄永玉叙述视野中的所有人共同构成了一个人生的画卷，虽然会有一个作为线索的主要人物序子，但是其他人物的命运也和主要人物同等重要，从而使小说的意义不仅仅限于一个主要人物的故事，而是升华到普遍意义的哲思层面。

与此同时，现代小说家对绘画艺术中线条艺术的借鉴和融合，主要表现为在描绘小说中的人物或环境时所使用的手法。在塑造形象时，黄永玉运用肖像漫画笔法勾画出人物的姿态，展现出人物的特征。在描绘事件场景时黄永玉不做细致入微、面面俱到的描绘，只用白描勾勒出能表现与人物心境和故事相关的关键线条。

肖像漫画不按照美术中严格的人体构造比例来勾画人物，而是找到人物最具特色的一个部位，例如方脸、大耳朵、小眼睛，再进行夸张化的表现。

---

① 方锡德. 中国现代小说与文学传统 [M]. 北京：北京大学出版社，1992：258.
② 华琳：南宗抉秘 [M] //俞剑华. 中国画论类编. 北京：人民美术出版社，1957：296.

黄永玉将这种肖像漫画的技法运用到文学创作中，通过简洁、传神的笔法描绘出人物的典型特征，进而观照到人物的心理活动。在散文集《比我老的老头》中，黄永玉回忆了20多位艺术大家，有沈从文、钱钟书、林风眠、张乐平等，琐屑杂事信手拈来，语言风趣幽默。但相比之下，散文集中最有特色的应该是黄永玉对这些名人的肖像刻画，可谓"入木三分""力透纸背"。这种特色既源于黄永玉的画家身份，又有赖于他以画入文的写作手法。

黄永玉在小说《无愁河的浪荡汉子》的写作上也运用了肖像漫画笔法。小说描写的生活面广，涉及的人物众多，如果没有让人眼前一亮的独有特征，就会在读者的视野中一闪而过。

"孙瞎子大悬胆鼻子，上嘴唇却是短于下嘴唇，满脸络腮胡，修整地蹩脚极了，矮而瘦，上半身单薄。"

文中此处的孙瞎子一出场就以悬胆大鼻和扁长的大下巴夺人眼目，参差不齐的络腮胡又体现了孙瞎子的邋遢性格。文中诸多的人物，黄永玉只用一两句话带过。"韩山跷着二郎腿，晃悠着他闪人眼的黄色皮鞋"，表示韩山这个人赶潮流和爱显摆；"一个顽皮的大扁脸向他笑"，写天真活泼的苗伢崽；"脸像被猪油打漆过，脖子和头脑一般粗，好像是一根柱子"，这是沉稳憨实的苗族猎人隆庆。黄永玉的"肖像漫画笔法"用寥寥几笔完成人物的勾画，无须细致地描摹小说人物的神情和心理，就让读者一下知晓人物的性格特点。

黄永玉的这种写法不禁让人想起顾恺之论画时说的"迁想妙得"，即一幅画不仅仅描写外形，而且要表现出内在神情，要靠内心的体会把自己的想象迁入对象形象内部去，这就叫"迁想"。经过一番曲折之后，把握了对象的真正神情是为"妙得"。小说中的肖像漫画笔法也正是通过这般的艺术过程达到绘形显神、以外显内的艺术效果。

此外，文学创作中的"白描"表现为用朴实无华的语言进行叙述，极其简练，不加以修饰，又不失意蕴。黄永玉在描绘景物和人物的过程中，较注重它们的神韵而不是外在形态，故也采用了白描这一写法。这种写法使小说的行文更加轻快、明朗，不似西方传统小说中大段写实场景冗长乏味。

黄永玉在勾描他所热爱的湘西世界时，也借用了简约而不失神韵的白描。吊脚楼底下的鸬鹚船、船头铁丝网成的火把、观景山树上的老鸦群、巍峨的四座城楼子,这些用寥寥几笔勾勒出来的景物让读者看到的是纯净自然的乡野风光,画面澄清、有质感。通过这种白描勾勒的方式,黄永玉将湘西世界的乡村气息和文化氛围从行文中强烈地突显了出来。

"后头一层比一层高的树,不晓得要高到哪里去,面前半个世界崭亮,脚底下一小片平坝和高高低低小山坡,天边五颜六色的群山,老远弯弯曲曲的小河,还有好多房顶,眼睛睁大一点:那是人,那是牛,那是狗。"

这段文字的白描手法给了整个画面一个强大的背景,层层叠叠的高树连在一起,下面是平直的堤坝、起伏的山坡和蜿蜒曲折的河流。黄永玉没有写河水是如何的汹涌,但是写了天边的群山就在这条河的旁边,足够读者想象到河面是如何的宽广、河水是如何的清凉,而人与生灵最后也随着读者的想象以最美的、最冷静的姿态出现在读者的眼前。粗略的线条、快速的构图、层次的恰当搭配让小说的画面语言充满了力量。画面简洁凝练,达到了栩栩如生的观看效果,同时又显得劲力十足。黄永玉描绘的这些画面跟原来生活中一样自然,没有矫饰的企图,没有外加的华彩。白描式的语言给读者绘制了一幅清清爽爽的画面,保留了景物特有的本色,流畅与韵味、精炼与含蓄都被包含在这简单而又别具匠心的画面里。

黄永玉对于白描这一绘画技法的吸收绝不只是技巧上的,同时也是一种精神追求。它不仅体现在形式层面,更包含了丰富的内涵。黄永玉将他的情感内化于文本的字里行间,以这种方式来完整地传达他的情感。小说的感人力量不是来自作者的情感偏向,而是来自对人物、事件的客观呈现以及叙事结构、艺术形象的整体,这就颇似白描的特征:直接描写人物的行动、语言,从而体现人物活动的时代、环境,体现人物的心理,不用或少用解释性、评价性的叙述。这种写作方式在小说中多有体现,当因共产党身份逃亡在外的序子父母终于可以回家时,一家人团圆吃饭的气氛却是异常低沉。一桌人都各想各的心事,被一股政治低压笼罩。作者没有着力渲染他们的愁苦,只是将每个人吃饭的嘴巴用白描的手法简单地描绘成金鱼的嘴巴,光动不出声音,一种不言而喻的怅然顿时弥漫于字里行间。黄永玉将人物心理上对未知命运的惶恐都隐藏在波澜不惊的白描式叙述中,却收到了更加发人深省、震撼人心的艺术效果。黄永玉很少刻画血与泪的人生,很少抒写峻急愤恨的感情,一切都表现得那么舒缓中和，我们或许能体悟到黄永玉小说的"以画入文"也多隐匿了自己对现实人生的抗争，试图超越血与泪的现实存在，在心灵的一隅保持一块纯粹的、审美的文学园地。

作为一名大画家，对色彩艺术的偏爱也无疑带进了小说创作中。文本中，黄永玉作为有意识地进行绘画式的文学创作者，以旁观者甚至是观光者的视角细致入微地感知并描述周围的世界。他不仅是在视觉上，在嗅觉、触觉方面对气味的芳香、温度的冷暖也尤为敏感。这是一种艺术家的敏感，是作为文学创作者同时兼具绘画天分的艺术家们普遍的特点。色彩大致上有两种作用：一是感官上的视觉作用，二是心理上的作用，即表情达意。

人类对色彩的认识经历了从原始的色彩本能发展到充分认识色彩本质的过程，这是一个逐渐摒弃关注外在色彩，从色彩外向感觉不断自觉地向内在色彩感知的转换过程，导致这种转换实现的必备中介是人的创造性想象。每一块色彩都凝聚着艺术家的生命感触、闪烁着生命的光辉，从而色彩也成了一种"有意味的形式"。正由于色彩这种强烈的视觉效应，所以它得以渗透到各种艺术样式之中，多层次立体地反映着人们的精神生活和情绪变化。深入分析我们会发现这种色彩与想象、创造的关系对于文学创作是同样适用的。黄永玉的小说创作特别注重色彩的运用，可以说正是这些带着各种不同色彩的词语在直观上引导着读者从语言文字走向绘画的联想。

在绘画的色彩处理上，有一种方式叫"统调"，指的是创作者会选择一种色彩涂抹在图画各处，形成这幅画的主色调来统领全图。这种技法在黄永玉的小说中也有多处采用，如：

"三月间，朱雀地域漫山油菜花嫩黄颜色，梨、李、桃、杏、桐和路边棘花都相继开了……对门河油菜地从喜鹊坡一直漫到雷草坡高头去了，几里路黄成一片。"

这里，黄色成了统御整个画面的主调。远远望去，油菜花的嫩黄色分布在画面的各处，与或白或粉的梨花桃花完美结合在一起，使得整幅画面的色彩协调而不失清新亮丽，给人以无限温馨、淡雅、唯美的视觉印象。

> "路由青石板铺就,几口用残的大绿瓦盆栽着些不值钱的青艾、翠蕨和虎耳草、山七。西北角落里有棵年纪不小、满开粉色花的'十姊妹',老而弥笃,还在使劲向墙面瓦顶攀爬。"

这处描写也用大面积不同色度的绿作为主色调,与具有点缀性的粉进行组合,将巷子一角自然的绿色性情和生命的活力表现得朦胧而又诡秘,给予读者幽静神秘、意味深长的品读效果,仿佛春天的温暖与明媚即将来临,无不展现出生机勃勃的诱人气息。

色彩除了具有直接的视觉效应之外,还具有情感意蕴。在小说创作中,作家为追求一种含蓄凝练又蕴含深意的艺术高度,大多都会考虑使用色彩的这种象征意义。特定颜色在特定文化中都有确定的意义和意味,它们被赋予了感情和象征的意义,给人不同的情绪体验和情感冲动。黄永玉对色彩的独特感知方式凝结着他的生活思考和人生体验,这使色彩表现成为具有文眼意义的形象,并相对独立的在文中发挥作用。

色彩的冷暖具有直接指向人心灵的作用。鲜艳明丽的色彩多用来表达快乐、愉悦的心情,素雅的色调多代表一种宁静、雅致的心境,而凝重、暗淡的颜色则预示着心理的沉重。

> "老远的深秋流光展延到岛上,几株又瘦又高的乌桕正闪着朱丹。砣砣牛大石头上长满两三寸厚的青苔。岛右的水静静地流动,倒影晃动光闪,几个妇女在岸边杵衣洗菜,甚至还有个人在上游钓鱼。这光景真像是瞎编的。"

小说中黄永玉在描绘湘西世界时多是运用一些红黄绿的暖色调,处处透着一种不管不顾的明媚气息,一种美好和向往。这样的画面描绘出来的是小城人安逸自然的生活状态,不但人与人之间自然自在,人、自然与物之间也是互不侵害、和平相处。万物和众生无有拣择的爱惜,大俗大雅间传递着黄永玉对故乡的炽热浓情和美好憧憬。

当描绘朱雀城的风俗活动时，黄永玉用色明亮、艳丽，万寿宫里的各式香炉、烛台、锣鼓架子，宫外五彩缤纷的纸扎神物，玄坛上盛装出席的老老少少，夜里几百盏闪耀的荷花灯，营造出热闹非凡的气氛。但是在黄永玉的笔下，这些喧哗的场面都以荒凉寂寥的氛围描写终结。通过色彩上明暗、冷热的转换和对比，给读者呈现的是人间繁华后的物是人非，一股虚无的人生悲凉深深袭来。这或许也是黄永玉心中对逝去的故乡文化的怀念，对精神文明的呼喊。色彩产生的情感能量正是小说审美感染力、思想深化力的源泉之一。

黑色是一种代表阴暗、肃穆、沉重等感觉的色彩，小说中描绘隆庆时这样写道：

> "隆庆包着黑苗帕，看起来像根柱子：黑衣、黑腰巾、黑裤、黑绑腿，草鞋。"

通身的黑色着装不禁使人联想到不幸和死亡，代表生命中所遭受的黑暗、冰冷的际遇，带给人压抑和绝望，而这种色彩的暗示作用也在隆庆出外打猎被豹子生吞的悲惨结局中得到验证。小说中的黑色隐喻生命在黯然地消逝，在一定程度上也开启了读者对生与死、文明与愚昧、光明与黑暗、精神与物质，以及人与命运等对立关系的思索。

相比起一般的文字词语来说，小说《无愁河的浪荡汉子》中使用的色彩语言更能直观地表现事物，能直接唤起我们相应的情感体验和审美感受，同时也能增强小说行文的抒情因素，其书写的镜头感能更好地传达作家用平白的叙事语言难以达到的形而上的精神意蕴，具有更强的艺术感染力，在塑造人物形象、表达创作意图上确实具有独到的作用。

三、灼痛与冲淡：传统审美的现代回归

"人叫头发做烦恼丝/八十岁的年纪/几乎是光了头发/且留给少男少女们烦恼去吧"。黄永玉曾在他的诗集《一路唱回故乡》[①] 里以如此这般老顽童式

---

① 黄永玉.一路唱回故乡 [M].北京：作家出版社，2006：231.

的"自画像"开头。这个比很多人都要"老"的开头，实在是"狡猾"出性情，"狡猾"见智慧。黄永玉的文字很实在，很真情。虽然他表示："我写诗，自命不是诗人"，却恰恰表达了他对诗歌的谦卑与尊敬。因此，拿严格的诗歌创作标准去点评一个从不自诩为诗人的作品实在是自找没趣，因为无论绘画、雕刻还是写文，黄永玉始终坚持一个"玩"字和一个"真"字。方家所谓"缺失意境""没有诗的结构""语言太过直白，太接近口语，少了些味道"云云，倘若按其标准"更正"过来，恐怕黄永玉的"味道"早就消失殆尽！如《死就死，"走"什么》《老就老吧》一类的诗歌，光看标题就觉得另类。又如《警告游客》一诗："如果街上有个妹崽，看你一眼，或是／对你笑一笑，你千万不要妄想／她在爱你，这只是一种礼貌。要小心，她哥哥很可能是个／阉猪的"，这样的诗句，无论你是否读得习惯，都同样在表达一个黄永玉。而口语化的诗句，在一定程度上则是真正回归了诗歌的原汁原味。诗本与歌不分家，随口吟唱。自秦灭以后，《诗经》以其口耳相传、易于记诵的特点而得以保存，反观当今文学圈流行的微信诗更是一时炙热，口语诗的真性情也未必不是诗歌体裁发展的一种趋势。

故乡的人与事、大时代的跌宕起伏、个人情感唏嘘的瞬间感受，都昭示出一个俏皮、睿智、敏感的老头的所思所想。作者与读者之间讲究一个气场，刻意限定于某个框架之内不是在探讨诗歌文本的美，而是将美感模式化。据悉，这本诗集出版后的一个夏日，在北京王府井涵芬楼书店的诗歌朗诵会上，黄永玉特地选择普通话与湘西凤凰家乡话重复吟诵诗集中的诗歌，以准确传达蕴涵在诗歌中的情感与意境。这种颇带行为艺术的乡村歌吟是任何诗歌解读都难以替代的。

黄永玉的诗歌，既继承了文化人寄闲情逸致于文字的传统，颇有古代小品的风雅韵味，更有历经世事变迁后的人生机趣与智慧。如果说真性情是黄永玉诗歌独有的表达方式，那么人生智慧的参透便是其精神内核。"刹那间，一掠而过的／八十个冬天／剩下的斑驳痕迹／我的珍宝／别人的默然"——一年又一年的春花秋月，留给这个"无愁河上的浪荡汉子"的，除了如歌如泣的"像文化一样的忧伤"，除了对心灵故土真挚的吟唱，便是他对于那些面对"生和死很不苟且"的前辈与朋友们的真情礼赞，更是"悟已往之不谏，知来者之可追"的人生练达与对生命的敬畏。某种意义上，故乡的根永远牵动游子的肚脐。黄永玉率性而作、回归传统，字里行间充满着对故土、故人与旧时光的追忆与热望。

众所周知，在"五四"反传统的浪潮下，作家们大多吸收了西方类似戏剧的小说结构，过分注重用时间和情节去构造小说，因此往后的作家多把情节和人物当作小说的核心。西方的现实主义小说和西方绘画艺术也有相通之处，塑造一个典型人物就足以支撑起整个小说，借鉴的就是绘画中的焦点透视法。而中国的"散文画"讲究的是"画簿式"的空间结构，没有突出的中心点，而是将人生百态进行陈列，更像是中国著名的长篇画卷《清明上河图》。

黄永玉不是一个守旧的创作者，他的创新力并没有随着年龄而衰退，而是越发迸射出鲜活的生命力。他摒弃了小说的传统写法，将绘画因素汇入小说，择取绘画理论的精华，使小说的结构具有开放性和自由性。黄永玉希望自己的小说具有中国山水画那般海纳百川、气壮山河的大容量，不受条条框框的约束，写作时将大千世界的万物信手拈来，自由自在地叙述，看似无章实际上却又像一条小河，包纳了日月山川、鸟兽生灵以及善恶美丑，最终汇成一条史诗般的历史长河。

《无愁河的浪荡汉子》或许好就好在用"以画入文"的技法破除了当下小说的陈框旧矩，既让小说的容量得以扩充，又不显山露水地表达主题思想。黄永玉力求画质文心、和谐统一的艺术手法拓展了小说的文体形式，也为当代文学批评体系的发展提供了参考。

中国文学的传统是主情。随着抒情诗从古至今的发展，中国文坛上营造了一种含蓄抒情的文化氛围，但由于白话文逐渐取代了文言文，中国古典诗歌也随之消没。在民族危机重重的历史环境下，创作者们运用的抒情方式多为直接剖白。尽管这些抒情作品在情感上有明显的抒情性，但在意义层面上却不够深刻。正如郑伯奇指出的那样，是形成了"只有喊叫，只有呻吟，只有哀怨，只有冷嘲热骂"[①]的抒情主义特征。直到"五四"以来的散文家尝

---

① 方锡德.中国现代小说与文学传统[M].北京：北京大学出版社，1992：258.

试用"散文画"的理论进行创作实践,写意的抒情性在小说中才有更加突出的表现地位。现代小说融合了绘画因素、吸收了中国古典诗画的优点,使小说的表达有一种言不尽意的韵味。此时,"以画入文"的写作方法就表现了那个时期的文学在传统审美上的回归。

中国古代诗歌注重与绘画艺术结合,讲求"以画入诗",讲求含蓄和意境,在这一点上,黄永玉的小说正继承了这种诗画精神,进而"以画入文"。黄永玉运用留白设计、白描勾勒和色彩渲染等绘画技巧描绘出一幅幅的画面,使之充斥于小说之中。这些带有意味的画面与小说中的人物和情节共同营造出一个强大的充满内涵的意境,使读者看到文字就能够体会到其中的情绪和氛围。黄永玉继承了古代诗歌的创作精神,采用客观描述的方式让事件和人物自己去展现,从不直白地表露其真实的目的,用各种风格的笔触描绘出一幅幅与人物事件相符合的图画,进而含蓄的表达思想和内涵。这种"以画入文""以象造境"的含蓄的表达方式无疑是对中国传统诗画精神的继承,也是对五四初期抒情性小说直露、缺乏意味的纠正。

在黄永玉独具绘画性的文学笔触下,读者更加直观地接触和了解了文中20世纪20—30年代的朱雀城。绘画艺术和文学艺术相辅相成,一方面增加了文本的感染力,另一方面形成了小说特有的绘画之美。黄永玉之所以能让其小说展现出绘画美的原因在于:一是黄永玉自身绘画天赋所积淀的底蕴,二是现代作家"以文作画"的创作实践和"散文画"创作理论的提出对黄永玉的小说创作产生了深远的影响。绘画之美的体现在小说中俯拾皆是。首先黄永玉运用空间结构,将小说进行"画簿"式的展现,摒弃传统小说的时间顺序写法。同时,为了留给读者更丰富的遐想,黄永玉还注重在描绘每幅画面时留下"空白"。再者,黄永玉借助绘画中的白描技法和肖像漫画笔法勾勒小说中的艺术形象,包含了无穷的韵味。此外,对色彩格外敏感的黄永玉以画家的独到眼光描绘出一幅幅色彩绚丽的画面,不仅带给读者视觉享受,也让读者体味到其中的情感意蕴。通过"以画入文"这一写作方法,小说《无愁河的浪荡汉子》完成了中国传统审美的现代回归和文体形式的创新拓展,更重要的是,小说也因此获得了跨越时空的艺术魅力和恒久的生命力。

第四节　蔡测海：精神家园的真实与荒诞

蔡测海的创作数量并不多，他保持了一贯的清醒与持续的思考。《家园万岁》是蔡测海历时六年潜心完成的长篇小说。作为一部精心打磨的著作，蔡测海断断续续地写"三川半"这一地方的小说写了将近 20 年。在接受采访时蔡测海说："《非常良民陈次包》写的是'草民生活中的恶'，而第二部《家园万岁》则关注了人性的善。将要写作的第三部作品，是关于'饥饿'，讲述物质的贫乏和精神的荒蛮。"[①] 如果说《非常良民陈次包》是一部"三川半"人物考，那么《家园万岁》则是一部"三川半"编年史。在书的封皮上，蓝底白字印有如下的内容："著名作家蔡测海历时六年打造的中国本土政治文化作品，一个三川半的历史，就是一部民间史诗。[②]"

作品大致描述了从清朝的"改土归流"到改革开放时期农业税废除近三百年的乡土中国政治文化。作者模糊了时间的观念，主人公赵常是这段历史的一个缩影，他的一生是与这段历史融合在一起的。一花一世界，赵常身上所承载的爱恨情仇折射出三川半这个小地方从开天辟地到波诡云谲的战争再到和谐井然的社会秩序建立的过程。在一定程度上，三川半也是中国的一个缩影，它曾经封闭独立、自给自足，而今摒弃旧念、积极融入一个更加宽广的舞台，这些都绝妙的契合了中国的发展路径。

聂震宁在本书的序言里说道："他不喜欢矛盾冲突，因为他没有长刺的灵魂。他也不设计大起大落的故事情节，他娓娓道来，行云流水，从善如流，决定了他的语言和叙事。他出语不伤人，叙事不伤心。他完全靠语言和诗意把小说写下去，也让人读下去。"[③] 好一个"没有长刺的灵魂"，细细品读完，会明白何为"大音稀声、大象无形、大爱无言"，那些平淡如水而又寓意深远

---

① 吴娟. 蔡测海：表达小人物的喜与悲 [N]. 时代周报，2011-05-06.
② 蔡测海. 家园万岁 [M]. 北京：北京大学出版社，2013：序言 1.
③ 蔡测海. 家园万岁 [M]. 北京：北京大学出版社，2013：序言 3.

的故事一如三川半山林间沁人心脾的雾气,一直在心间缭绕,久久不去,净化了喧嚣的都市生活中浮躁的人心。

《家园万岁》是一次充满善意与诚意的写作,三川半这片神奇的土地孕育着爱恨情仇各种复杂的感情,但是这一切体现在《家园万岁》的字里行间都是平淡的。"怎样为汉语语言提供新的元素,怎样在语言上下功夫,使书面语言民间化,民间语言书面化,但不觉得别扭"① 是蔡测海一直关注的问题。"一语天然万古新,豪华落尽见真淳。"这是元好问对陶渊明诗句的至高评价,如今用它来形容蔡测海的小说语言之美亦不为过。作为一本中国本土政治文化小说,《家园万岁》的用词遣句并没有贴上政治标签,它通过平淡而真淳的词句折射出中国本土的政治文化生活。文学的语言增强了政治文化的可读性,政治文化反过来使得文学作品更加真实可感。

一、善意的虚妄,平淡中见真淳

首先,在遣词造句方面,《家园万岁》没有华丽的辞藻,有的只是平实的话语,作者用自己民族喜闻乐见的方式解构了庙堂话语。而正是这种平淡言语的简单构造产生了一种神奇的化学效果,仔细推敲、斟酌,别有一番风味。如"杀,是人的手段;灭,是神的手段。杀死,不是灭亡。""女人是三重性的,畏是女儿,爱是妻子,怜是母亲"。又如"一句话直到它长青苗的时候,才知道它是多年以前种植的。"又或者是老人给赵常开的强心方,方子如下:"好肚肠,一条。慈悲心,一片。温柔,半分。道理,三分。信行,要紧。中直,一块。孝顺,十分。老实,一个。阴骘,全用。方便,不拘多少。"文中诸如此类简单却意蕴丰沛的字句,不胜枚举,"豪华落尽见真淳",越是平实质朴的话语越是值得品味。

蔡测海曾说过:"语言像阳光一样,让事物显影,让事物有色、有声,语言给事物以生命。阳光不会让一块石头发芽,语言能让一块石头成为语言的石头。阳光照不到的地方,于是长满青苔;在阳光照不到的地方,语言说它是阴影。人不可及,语言可及,于是有了诗歌、戏剧、小说,还有一种特别

---

① 吴娟. 蔡测海:表达小人物的喜与悲 [N]. 时代周报,2011-05-06.

的文体——散文。语言同人的关系,如鱼跟水的关系,语言之水无始无终,鱼生于水,人生于语言。生,或者死。"[①]。蔡测海也多次表明,写作是一种语言的长途跋涉,小说语言是他的一种语言意识,一种自觉的审美追求。"正是因为在深究语言问题,《家国万岁》被他视为自我精神的修复,要讲究精神积淀,建立自己的'语言品牌',而不是超市里的萝卜白菜。"[②]

其次,《家园万岁》里的感情色彩也是平淡的。在三川半,没有甜到发腻的爱情,没有感天动地的亲情,亦没有惊心动魄的仇恨,它所蕴含的爱恨情仇都是平淡的,却都饱含着温暖人心的善意。

在三川半这片神奇的土地之上,爱如小河流水,不汹涌却悠长。一如刘艺凤、何露和赵常之间生死相依的爱,瘌子老五和菊花之间阴阳两隔的遗憾之爱。即便如此,作者的叙事风格宛如行云流水,文中并没有大起大落的故事情节,作者追求的不是紧扣心弦让读者欲罢不能的荡气回肠的爱情故事,他给人的是一声回味悠长的轻叹。

解放那年,刘艺凤病死了。临终前她对何露说:"大都督也没有了,你要改嫁就嫁个好人,不改嫁和老头子一起过日子。"何露说:"我都嫁了男人了,还嫁谁呀?"赵常重病时也对何露说,我死了你就去嫁人,何露一边流泪一边笑:"你放心,我这辈子只嫁你这个男人。"赵常对何露的称呼到老都是"小姑娘"。作者仿佛是一个面无表情的说书人,用不带任何感情色彩的语气为读者讲述了一个生死相伴的故事。但也就是因为平淡的、不掺杂"说书人"情绪的感情故事,才令人久久不能忘怀。

说到瘌子老五和菊花的故事,抗日战争时期,菊花将自己的处子之身交给了计划参军的瘌子老五。当瘌子老五当了团长后回到三川半找菊花时,她已经在新中国成立前一年死了,留给他的是三十九双一脚大一脚小的布鞋。从他从军到她去世,菊花每年都会亲手为他做一双鞋,年复一年,三十九载,何等刻骨铭心的感情。一如苏武在《留别妻》中写的"生当复来归,死当长相思"。但即使是这种阴阳两隔的悲伤故事,作者也没有浓墨重彩去渲染这种

[①] 蔡测海. 语言如此灿烂 [N]. 中国邮政报,2004-05-15.
[②] 吴娟. 蔡测海:表达小人物的喜与悲 [N]. 时代周报,2011-05-06.

情绪，他如法官一般正襟危坐，宣读一个事实。也就是因为这种平淡客观的语气使得故事更显真实、深入人心。

《家园万岁》里的恨也是平淡的，上善若水，在这片土地上，恨都被如水的善意化解了。蔡测海笔下的三川半宛如一个与世隔绝的地方，但是它并不是一个"黄发垂髫，怡然自得"的世外桃源，它有战火纷争以及不断更迭的朝代。但是作者并没有浓墨重彩地描述弥漫着硝烟及伤痛的战争，他侧重于为读者描绘一个充满善意的社会。即使有战争、有滔天的罪恶，最后的结局都是完满的。作者始终坚信"人之初，性本善"，《家园万岁》里没有十恶不赦的绝对的坏人。比如龙二，他为了一己私利，做过许多伤天害理的事。但当三川半缺粮时，他没有过多地推辞就答应补满粮仓，纵然他从中也获得了不小的收益，我们却无法将他简单的定义为坏人。

三川半的"善意"可以通过两个事例体现出来。其一，龙二的父亲龙金宝被刘金刀所杀，彭锭也是被刘金刀的无心之失害得家破人亡，杀父之仇、灭门之狠都是不共戴天的仇恨，因为心存善念，这些都在一夕之间泯灭了。其二，抗日战争时期，不慎坠落在三川半的日本军人要回国时，书中如此写道："再见黑泽民，借给你上帝之手，捧着阳光捧着这三川半的阳光，这泥土，回去，回到你的祖国。再见，黑泽民。用这阳光，洗净我们的手，我们的心，我们的胸怀。我们都是由神召唤而来，我们是手足兄弟。"这应该是整本书里抒情最为直接的地方，作者相信"人之初，性本善"。大爱无疆，世间所有的仇恨都可以用爱和善意去感化乃至泯灭。

二、诚意的悖论，随意处见苦心

首先，从谋篇布局上我们可以看出，作者苦心为读者打造了一个结构严谨、情节完整的故事。《家园万岁》是作者历时六年潜心著成的佳作。开篇作者以"有一种游戏，叫作回来"这样一句简洁得让人迷惑的话拉开了故事的序幕，也就是从这句话开始，我们就被作者带进了这个叫作"回来"的游戏。主人公赵常在一开始写了一封信，贴上大龙邮票，他要把这封信寄给这个世界上另一个叫作赵常的人。阅读至此，作为一个普通的读者不得不说有种丈二和尚摸不着头脑的感觉，但也就是这样的开篇成功地吸引了读者继续往下探究的欲望。在书的结尾，赵常临终前收到了这封贴有大龙邮票的信，"一封信走久了也会很累，它现在到了收信人手里也该好好休息一下了。"至此，这个名为"回来"的游戏结束，前后交相呼应的结构为读者呈现出一个完整的故事，让读者的情感有了寄托。

再次，《家园万岁》大致讲述了中国从"改土归流"到农业税废除这段时间中国本土的政治文化生活，赵常的人生轨迹一直是本书潜在的主线。除此之外，"青苗"二字也是贯穿故事始终的，而故事中的王安石的《青苗法》和贾思勰的《齐民要术》更是由彭锭交给龙二，龙二再给赵常，最后这两本书甚至被赵常带到了美国。"青苗"在这里并不仅仅是实物，而是有所指的。它是一种希望，预示着一个蓬勃发展的未来；它也是一种信念，作者希望把它种植在读者心中，引导人们找回丢失的善意、责任心以及思考。作者的良苦用心由此可见一斑。

再者，文中的多个故事情节都映射了现实社会问题，发人深省。比如书中第五十八部分写道："不知道是世界出了毛病，还是人出了毛病？赵常总觉得哪里不对劲，浑身上下不舒服，把手脚不知道放在哪里？热的时候太热，像把人放进炉灶里。冷的时候太冷，人好像冻在雪地里的麻雀。①"这是赵常的疑惑，无人能解。这也是对现今环境问题的一种发难。又如金玲子因和王开明偷情被如是逼死后，"洪市码头的报馆出了篇文章，标题是：'红颜学林冲雪夜奔走，须眉不英雄羞煞新娘'。如是派下人背了钱袋子收买那些报纸，不想越买越多。报馆赚了一大笔钱。报馆就像一只大口袋，机会来了，钱就往口袋里钻。"② 不难看出，这其中隐含着对现今新闻媒介的讽刺之意。文中诸如此类折射现实问题的桥段不胜枚举，有心之人自然能品出个中滋味。作者在后记里写道："我们把一些东西丢了，没想到要找回来，后来就忘记了。忘记了，才算真正的丢失。"通过这些如若能唤醒民众沉睡的记忆，从而促使他们去找回丢失的"善意""责任心"和"思考"，也就不枉作者的一番

---

① 蔡测海. 家园万岁［M］. 北京：北京大学出版社，2013：序言 1.
② 蔡测海. 家园万岁［M］. 北京：北京大学出版社，2013：序言 1.

苦心。

总之,《家园万岁》是蔡测海一次满怀善意和诚意的写作,于平淡中见真淳,从随意中见苦心。一如在文中被多次提及的"青苗",通过《家园万岁》的创作,作者希望将善意与责任心深深地种植在读者的心里,通过岁月的浇灌让它们生根发芽。假以时日,"沿河两岸,油菜花开的热闹,遍地青苗。"阅读此书,读者们可以先从序言和后记着手,然后带着作者提及的"善意"和"责任心"去仔细品味、认真"思考",也许能唤醒人们内心某些沉睡的东西,发现一个不受侵害的万岁家园。

第五节　彭学明:多维语境下的灵魂重构

在当代少数民族作家中,彭学明是比较独特的一位,他以书写湘西为主题的一系列散文给中国文坛吹来了一股久违的清新空气。《新华文摘》《散文选刊》《中国文学》《散文·海外版》等刊物先后转载其作品三十余篇,多种精品选集收入彭学明散文二十余篇。《人民日报》《人民日报(海外版)》《文艺报》《文学报》《中国青年报》《中华读书报》《理论与创作》《写作》《书与人》与中央人民广播电台、海峡之声电台等数十家报刊电台纷纷撰文,专题报道和评价了彭学明的成长事迹和文学成就,称他"犹如沈从文再世""土家族的小沈从文""中国散文的一面旗帜""湘西爱情鸟"等。1995年7月28日至8月2日,《散文选刊》《散文百家》《散文·海外版》《芙蓉》《九州诗文》5家期刊社联合召开了作品研讨会,《人民日报》等14家新闻单位报道了研讨会的消息。《散文百家》等4家刊物分别将他与冰心、巴金、艾青、臧克家等老一辈著名作家一道列为中国当代散文百家。在国家科研课题《中国当代散文史》和《中国散文美学》等论著中,他被列为卓有成就的著名作家专章论述。

作为一个地域特色鲜明、语言精致华美的散文作家,彭学明的多篇作品被各种版本的大学、中学教材所采用,其中《白河》《庄稼地里的老母亲》

《鼓舞》《跳舞的手》《阳光》5篇散文入选教育部初中语文第三册、第五册、第六册和高中语文第六册教材,《湘西女人》《一墨乌镇》《祖先歌舞》和《庄稼地里的老母亲》等7篇散文入选多种版本的大学语文教材。部分作品被翻译成英、法、俄等文字介绍到国外。散文集《我的湘西》获第十届中国图书奖,散文集《文艺湘军百家文库·彭学明卷》获第七届少数民族骏马奖。

  出生于湘西且以湘西为主要写作题材的彭学明,和沈从文有相似的精神原点和生活背景。沈从文笔下的湘西世界成了许多读者心中永远的精神田园,纯真的翠翠、迤逦的湘西风情,给无数的读者留下了美丽的回忆。新时期以来,接过湘西书写接力棒的是彭学明,湘西是苗族、土家族和汉族的杂居地区,彭学明是土家族,和流淌着苗族血液的沈从文一样,他们都深爱着湘西,是湘西的一个组成部分。沈从文说,自己永远是一个乡下人,言下之意,即使生命的大部分时间都在天津、北京等大城市度过,但在心理上,自己的精神之根永远在湘西,彭学明同样如此。他们共同构筑的文学湘西为读者提供了一个诗意栖居的世界。

  彭学明对自己的民族有着刻骨的记忆和深沉的爱。特别是长篇叙事散文《娘》的横空出世,标志着彭学明的创作达到一个新的高峰。这是一部寓含了伟大母爱和心灵忏悔的时代力作,与其说这种忏悔大多源于对母亲的误会和不解,不如说是作家忽视了娘的心理感受,导致终生的不安和愧疚。"娘不是城市的瓷砖,而是乡间的泥瓦。她不习惯牢笼一样的生活。"对于娘来说,城市并未带来生活的便利和物质的富足,而是牢笼。"你们那哪是楼房,那么高,像住到悬崖陡坎上,哪个时候倒了掉下去都不晓得。你们那街道的路不是人走的,是车跑的,走到街上,就像走到蛇窝窝里,时时刻刻提心吊胆,怕被车咬了。"娘是乡下的娘,根是乡下的根,没有了根,灵魂就会漂泊,没有皈依。所以,作品在母爱表达和心灵忏悔的主题下刻上了乡土的底色。

  母爱是世界上最高尚的爱、最纯粹的爱、最无私的爱。母爱是文学作品中永远写不完的原始母题。古今中外文学史上,有关母亲、母爱的文学作品数不胜数,各种各样的母亲形象层出不穷,各种各样的表现方法几乎写尽,因此一般作者很难在这个题材上有什么大作为、大突破。然而,彭学明倾注全部情感,以灵魂颤抖的方式写出了《娘》,他不带任何功利,既没有想要

"文以载道",也没想要以文化人或以己警世。作者只是尽一个写作者的本分,说出"心里的爱、心里的悔、心里的痛和心里的话,只是以一个儿子的名义和娘说话、给娘检讨、向娘忏悔,并力求救赎。"① 这样的一部自传体散文在完成最初的6万字后,《黄河文学》在2011年第10期以最快的速度发表,岂料反响空前;2012年一开年,《散文选刊》用连续3期超长篇幅进行转载,还加载了作者补充的2万字,且每期都有编者按,这是该刊自创刊以来转载最长的一部作品;同年第2期的《中华文学选刊》和第4期的《新华文摘》也都破纪录进行了大篇幅转载。

与此同时,2012年1月,湖南文艺出版社以最快的速度出版了10万字《娘》的单行本;同年5月,知识产权出版社组织最强编辑力量出版了15万字《娘》的完整版,且首版3万册上市不到2个月便一抢而空。2012年2月17日、3月7日和5月18日,新华社先后3次面向全国发布有关《娘》的通稿,倾情推荐,这是新华社历史上第一次面向全国播发一部文学作品的通稿。贾平凹、阿来、张炜、陈忠实、刘震云、唐浩明、李敬泽、雷达、张守仁、胡平、孟繁华、贺绍俊、朱向前、王必胜、李建军、施战军等文学大家和著名专家学者都给予了高度评价,几乎每天都有读者和网民在写博客和微博推荐《娘》,赞美《娘》。一时间,读《娘》、哭"娘"、议论"娘"、寻找"娘"成为一种文化热点和社会现象。那么,这部作品究竟有什么独特的魅力能够在今天海量般文字信息中,刚一出版就引起文坛如此的强烈震动,社会普遍关注,好评如潮,成为沉闷的图书市场上难得一见的文化事件?

正如一名叫"小虫花季"的网友在给彭学明的留言中指出的那样:人人都有娘,但彭学明的《娘》却是一个集苦难之大成的娘,书中有屈辱的娘,有卑微的娘,有濒死的娘,有挣扎的娘,有包含血泪的娘,有韧性的娘,有不屈的娘,有战胜时间、命运的娘,有包含大爱、无私、正直、伟大的娘。如果说罗中立的《父亲》是油画父亲的里程碑,那么,彭学明的《娘》就是文字母亲的里程碑!在作家的叙述中,他叛逆而暴戾,他拿刀示爱,极端伤害了娘。同时,他又自尊自强,敢于直面自己进行灵魂忏悔。我们从中看到

---

① 佚名.〈娘〉是我的泣血忏悔录[N].北京晚报,2012-06-02.

了自己和自己娘的影子。是"娘"的艰难人生打动了读者,是作者犀利的忏悔震撼着读者。这里的忏悔比卢梭的忏悔更真诚。爱与真诚,是文学、是人生,是真正能感动天下的原因![1]

在新媒体语境下人们的情感被各类电子读物频频冲击,一部文学作品能够让人痛痛快快流下眼泪来,实在是太难太难了。可彭学明的《娘》做到了。笔者从网上查阅到许多关于《娘》的评论,专家的、读者的、各个行业、各个层次的人都有,而且也都讲到了自己的感动和流泪,也都做出了各种解读或评论,各个角度、各种视野、职业的、非职业的,应有尽有。但是很少有人去对这部作品的语境进行深入的分析和发掘。换句话说,这部作品为什么会产生如此大的反响,甚至不少单位纷纷对该书进行团购?为什么该书会给各个不同年龄、不同层次的读者以强大的震撼?其深层的原因究竟是什么?

必须承认:一部作品能否获得成功,除了本身独特的艺术特色和作品灵魂的重建外,作品发表的时间节点、触及社会的热点问题和当时主流的价值导向也有很大的关系。当一部文学作品受到社会各个阶层欢呼的时候,我们应当重视对作品语境的分析。所谓作品语境,主要包括历史语境、时代语境、政治语境、文化语境和审美语境五个维度。下面,本节将以彭学明的《娘》为个案,对该作获得的空前成功进行具体的语境阐释,从一个侧面见证作家的个性与作品的品质。

一、历史语境:忠孝文化与共同价值观

文学评论家牛学智认为:《娘》并不单单是彭学明个人的文学创作,它实在是"我们"或"他们"一部集体的生命履历。"娘"的生命过程命运遭际精神创伤是中国历史和社会的缩影。因此,彭学明的《娘》将带给人们精神生活领域的一次情感思想启蒙运动。[2]

在笔者看来,历史语境在其中起到了发酵的作用,这种发酵的关键点是孝文化或忠孝文化。忠孝文化是中华民族几千年传承下来的优秀民族文化,

---

[1] 彭学明新浪博客,2012年6月10日查询。
[2] 牛学智. 彭学明的〈娘〉属于中国 [J]. 创作与评论,2012(05):83.

<<< 第一章 本土记忆：文学湘军的民族书写

忠于祖国是华夏儿女的神圣使命，孝敬父母是中华儿女的家庭责任。孙中山先生定义中国文化价值观是"忠孝、仁爱、信义、和平"八个字，他把"忠孝"二字放在首位，突出了中国历史的内在动力和发展方向，这种共同的价值观是《娘》引起人们情感共鸣的前提条件。①

这种历史语境带给我们的深层认识是：人类面对娘（母亲）的姿态，往往是圣洁、崇高和爱的姿态。娘（母亲）作为我们看到的生命具象与生命来源，其呈现出来的姿态具有原始的底蕴与旨意。娘（母亲）在我们原初的意识里是第一个向我们展示高大与强壮的角色，一个值得我们信赖和依靠的角色。她是我们生命的最先到达者，娘（母亲）也因此成为人类最温馨和最古老的力量，成为一种最具普世性质的崇高价值。我们在隐秘的生命里自觉把乳头当成了生命的源头，凝聚成一种生命崇拜，这样的感知让母爱变得神秘而又现实，娘（母亲）是丧失了界限之后的神灵与俗世的完美结合。因此，娘（母亲）有时候和神一样高格，有时候又是直接构筑人伦现实生活的主要而普遍的肉身。也正因为此，娘（母亲）也成为一种带有禁忌的形态，即娘（母亲）是一个不能被亵渎的大写的形象。② 一旦这个形象被扭曲、被侮辱，必然就会激起社会的公愤！比如，该书有不少细节是令人反感和憎恨的，作者写他对娘的怨恨，写他看到继父暴打母亲时的"快乐"，写他读中学时看到母亲被误抓之后对娘的怒斥，等等，这样的情节必然与传统的审美相背离，与受众接受心理发生剧烈的情感冲突。因而有网友指出：《娘》让我看得心堵，觉得不像少数民族的那种美好情感，或者那种情感被扭曲了。也完全体会不到沈从文笔下湘西风土人情的美感。有的只是压抑的扭曲的人性与尊严，总之看得特别憋屈，看完令人特别痛恨文中的"我"。更有读者尖锐批评："我认为彭学明是世界上最不孝、最蠢的人。我是一边哭着一边读完这篇叫《娘》的文章的，实在让人难以想象，如果小时候的彭学明还能让人同情和谅

---

① 聂茂. 苦难叙事的力量与湘西精神的书写——与作家彭学明对话 [J]. 创作与评论, 2012（05）：89.
② 陈原. 与自己的灵魂中的耻辱短兵相接——读彭学明长篇散文〈娘〉[J]. 创作与评论, 2012（05）：102.

解，那长大后的有了一定地位的彭学明就让人无法理解了。"①

彭学明就是用这样一种"冒天下之大为耻"的勇气，用解剖刀划开自己的灵与肉，直面自己的"丑陋"和"无知"。整个文本的叙述，彭学明不是用"你"来叙述，也不是用"她"来叙述，而统统用"娘"。在彭学明看来，用"娘"来作为人称叙述，用一次等于多叫了娘一次。娘在世时，他没有很好地叫过，现在醒悟了，想多叫几次娘。另外，从文字结构上，"娘"在甲骨文里的象形表意就是"一个跪着为我们做饭的女人"，这原是老祖宗最本色的定义。而彭学明从中延伸出新的语意，得出的感悟是：娘由"女"字和"良"字组成，即"女"字后面紧跟了一个"良"，意思是娘永远是最好的。

二、时代语境：作家与时代相互塑造

一个作家与时代发展的关系是非常紧密的，作家塑造着时代，也同时被时代所塑造。具体到彭学明的《娘》这一文本上，可以说，是多灾多难的时代造就彭学明的"娘"，反过来，是九死一生的"娘"造就了彭学明写出这部杰出的散文作品。②

尤其值得深思的是当前中国的家庭大多数都是独生子女，像80后、90后甚至更年轻的一代人，这些人大都是以个人和自我为中心，都有过当"小皇帝"的优越感，他们习惯把父母所做的一切视为天经地义、理所当然，索取的多、奉献的少，不懂得感恩和回报。彭学明《娘》的出版让他们看到，原来世界上的一切并非理所当然。这本书会促使他们反思：要珍惜，要知足，要学会感恩，要认真检讨自己对待父母冷漠的态度，要警惕自己对待父母有没有像书中描写的无情？③

浙江绍兴市钱清镇中心小学陈建新老师每次上语文课都给同学们读一节《娘》，学生自发地写了不少读后感，其中一个叫陆鑫锋的小朋友写得比较有

---

① 新浪网友留言，彭学明的新浪博客，2012年5月16日查询。
② 聂茂．苦难叙事的力量与湘西精神的书写——与作家彭学明对话[J]．创作与评论，2012（05）：86．
③ 同上。

代表性，他写道："如果要想学会做人，首先你得学会感恩。如果你没有一颗感恩的心，那么你就不是人，也不配当人。以前，我似乎从不懂得感恩，总觉得这是娘上辈子欠我的，一定要给我。然而，读了《娘》后我才知道：娘并没有什么欠我的，只有我欠娘的，我欠娘的东西，恐怕我一辈子都还不清。但是，娘是不会让我还的，因为儿是娘身上的一块肉。娘，是世上最高贵的职位。"①

《黄河文学》执行主编闻玉霞声称要自费购买自己主编、刊有《娘》的这期杂志送给天下儿女，让儿女们知道"娘"是怎么回事。闻玉霞之所以这样做，除了太过感动，还因为这部作品有别所有"娘"的形象、又共通所有"娘"的形象，无论对文学和社会都意义非凡。它不但有助于我们重新认识娘，也有助于我们重新认识自己。

的确，在重新认识自我方面，许多跳出农门、来到城里的人感触尤深。大家普遍认为：《娘》不仅照见了我的母亲，也照见了我青春年少时的叛逆和无知、自私和愚蠢，我曾让自己的母亲忍受过怎样的精神伤害啊。我恐惧有母亲的地方就会有争吵，我一边同情母亲一边厌恶母亲。读完《娘》，我终于意识到："有一个吵闹不停的母亲是很不幸，可是没有母亲一定更不幸。"②

其实像彭学明这样的人，在社会上有一大批，都是从农村吃过无数的苦，依靠升学"跳出农门"来到城里打拼，并从城市底层或社会边缘奋斗成为主流社会的人。目前，这些人大多人到中年，是社会的中坚力量，既是国家的栋梁，又是社会的脊梁，还是家里的顶梁柱，这些人都是上有老、下有小，都有过"在外面风光、在家里难受"的苦闷，也都有过跟"娘"战争的痛苦经历，都有过一次次粗暴地对待"娘"、又一次次地后悔，而"娘"一次次宽容、又一次次退却的不堪回忆。正因为此，彭学明的《娘》刺痛了成千上万这样的中国人近乎麻木、矛盾和痛苦纠结的神经：我哪里是在读《娘》，这分明是在审判自己，是一个自我跟另一个自我的打架。我的娘又何尝不是这样呢？到现在为止我还要抽出很多精力与自己、妻子较劲，看起来在莫名其

---

① 彭学明新浪博客，2012年6月10日查询。
② 王明亚. 娘是一条崎岖的路［J］. 创作与评论，2012（05）：88—89.

妙地发火，[1] 其实有很多难以言说的苦闷堵在心里无处诉说，《娘》让大家找到释放了压抑情感的文学读本。

三、政治语境：和谐社会的文学力量

英国前首相撒切尔夫人指出，一个只能出口电视机而不是思想观念的国家是成不了世界大国的。这充分说明了思想文化建设的重要性。在新的历史时期，中国政府对文化发展提出了新的更高要求。中国要在新一轮世界文化竞争中抢占先机，必须将思想建设放在文化建设突出重要的位置，要在向世界展示传统民俗民情的过程中，努力发掘与推介中国各民族的核心价值观和民族精神，以此增强全球化背景下民族文化的核心竞争力。

彭学明认为，在这个功利化和物质化的社会，他越来越感到娘恩的伟大，也因此更加怀念娘。他写作的直接诉求是"写娘恩、鞭己过、抒己悔、救己灵魂。"他甚至没有把《娘》的写作叫创作，因为没有任何创造的成分，文本内容都是真实的记录。写的时候没有顾虑，只有痛苦和眼泪。

文化铸造灵魂。只有科学才能帮助人类实现预期目标；也只有真理才能引导人类实现和谐发展；只有信仰和理想能够凝聚人心，使人同心同德、和谐发展。某种意义上，忠孝文化与和谐社会的建构，忠孝文化与社会主义先进文化的建设，忠孝文化与文化强国的深刻关联等等，都是当下政治语境生动而具体的体现。党的十七届六中全会通过的《中共中央关于深化文化体制改革推动社会主义文化大发展大繁荣若干重大问题的决定》指出："优秀传统文化凝聚着中华民族自强不息的精神追求和历久弥新的精神财富，是发展社会主义先进文化的深厚基础，是建设中华民族共有精神家园的重要支撑。"由此可见，《娘》的发表和出版适逢其时，这也是为什么新华社连续发表3次通稿倾情推荐该书的原因。[2]

扪心自问，在社会急剧转型的关键时期，我们究竟用什么来医治因经济

---

[1] 牛学智. 彭学明的〈娘〉属于中国 [J]. 创作与评论，2012（05）：86—87.
[2] 聂茂. 苦难叙事的力量与湘西精神的书写——与作家彭学明对话 [J]. 创作与评论，2012（05）：63—69.

发展大大超速心灵建设这种全民共识下遗留的精神后遗症？传统的优秀品质能否直接拯救当下的社会顽疾？曾经支撑"娘"顽强坚守人类普适性品质的内外环境已经发生了极大的变化，中国传统社会应该在怎样的现代化进程中适应当代社会的发展需要而创新思想武器和精神火炬？在这个物欲权欲横流的时代，当我们都丢失了娘和娘的精神世界时，彭学明带着整个中国和世界在发问和寻找。作者不但为自己和读者找回了娘，也为自己的读者找回了被人们越来越疏远的文学作品和越来越抛弃的文学价值。这不是一个人的娘，而是整个中国乃至整个世界的娘，这不是一个儿子的灵魂忏悔，而是整个中国乃至整个世界的儿子的心声。正是这个意义上，《娘》是关于母爱这个主题的最伟大的祭文，是我们这个时代最为珍贵的文学经典教材和亲情教育读本。[①]

正因为此，《娘》的出版不仅获得了图书销售上的空前成功，作家彭学明也赢得了政府高层、知识精英和广大读者的普遍尊敬：湖南省委宣传部于2012年母亲节那天召开《娘》的座谈会；湘西自治州委宣传部也于此前召开了《娘》的作品研讨会；怀化学院和山东历城中学等大中专院校开展"读彭学明《娘》征文活动"；广西女子监狱给服刑犯人朗读《娘》；湘西保靖县委宣传部举办了"读《娘》书、颂母爱、感母恩"系列活动；山东省一名人民警察把《娘》作为教材教育那些家庭不和的人；红网保靖站除实时跟踪报道保靖县读《娘》的新闻外，400多人的QQ群每天都在讨论《娘》；一批读者千里迢迢前去彭学明娘的坟前进行悼念；彭学明的老家湘西和湖南省直属各单位更是将《娘》作为最好的礼物送给来宾……大家纷纷反思自己、校正自己，更好地懂得了感恩和孝顺[②]，也更加珍惜和维持和谐美好的生活。

四、文化语境：现代性的崇高美学

众所周知，当下社会是一个市场经济时代，各类消费文化、通俗文化、媒介文化和数字化文化等快餐式的文字大行其道。对于一大批年轻人来说，

---

① 张建永. 最珍贵的文学经典教材和亲情教育读本——对彭学明自传体散文〈娘〉的感悟和追问 [J]. 创作与评论，2012（05）：109.
② 佚名.〈娘〉是我的泣血忏悔录 [N]. 北京晚报，2012-06-02.

他们习以为常地沉浸在大众文化中，吃麦当劳，看球赛，留恋好莱坞电影，娱乐至死，他们活得很轻，轻得近乎可怕。①昆德拉著《生命不能承受之轻》，他们实在是活得太"轻闲"、太"轻松"、太"轻飘"了。正如詹姆逊在《文化转向》一书所论述的，"如果说现代性还拥有崇高的美学的话，那么后现代性则完全抛弃了崇高，抛弃了美的自律状态，转而推崇美所带来的快感和满足。"②在这样的后现代文化语境下，《娘》的出现，体现了作家的担当和责任，他激发年轻人走出消费文化，走出快餐文化，走出享乐文化，感受一下生活的质感和"重量"，感受一下中国底层百姓生活的苦难与沧桑。

有读者指出：彭学明这样敢于剖析自己灵魂的作家，值得我们从心里尊重。这是儿子真诚的忏悔，是天空对大地的眼泪。人世间其实没什么永恒，亲人的缘分只有一次，要好好珍惜共聚的时光，无论相处多久，下辈子都不会再见。因此，在落寞失意的时刻，在异乡苍凉钟声的余韵里，娘的那一头白发飘零的身影总是以同样的姿势时时浮现在眼前，让我独自一遍遍体验人生的酸楚与凝重、生命的悲欣与欢愉以及至善至美的人间亲情。我深知思念是抵达骨髓的疼痛，走得越远，心中的疼痛会更加越长。③

读者的这种认识是令人高兴的。彭学明用承担大量的历史和民族苦难的生活之"重"，引导这一拨年轻人对自己的现实际遇和文化认同获得一种新的反思、新的观照和批判的能力。彭学明在一篇访谈中坦言：《娘》的迅速轰动和持续发酵，《娘》的文学影响和社会影响，让我始料不及。我创作几十年，第一次看到了文学影响人心和社会的力量。这本书是我灵魂深处献给娘和全世界的歌哭，希望娘和全世界都能听到。这本书是我发自内心写给娘和全世界的检讨书，希望娘和全世界都能看到。这部书也是我以血淋淋的教训，提供给天下儿女的一个反面教材，希望天下儿女有所警醒。④

这种警醒告诫大家：如果懂得感恩，就应及时行动，不要让"子欲养而

---

① 聂茂. 苦难叙事的力量与湘西精神的书写——与作家彭学明对话［J］. 创作与评论，2012（05）：92.
② 刘剑梅《我在美国的教学生涯》，刘再复新浪博客，2012 年 7 月 3 日查询。
③ 网友粒尘留言，彭学明新浪博客，2012 年 2 月 7 日查询。
④ 佚名.〈娘〉是我的泣血忏悔录［N］. 北京晚报，2012-06-02.

亲不待"的痛苦再度发生。也有人认为,文本中的"我"是一种典型的"孝而不顺",他实有一颗"孝"的心,却从不让娘"顺心",难道真的是爱之深恨之切吗?为什么人总要到失去了才会珍惜?为什么要等到人死了才来忏悔?①

某种意义上,正是后现代碎片化的语境,让《娘》的厚重凝结成一个生动真实、有血有肉的整体。彭学明用"娘"一生的卑微与屈辱、坚韧与顽强,构成了"娘"平凡中的伟大。"娘"的伟大彰显出作者的丑陋与残暴,追恨与忏悔。这样一份人格的伟大,我们读了,都是《娘》生命与文本的参与者,又都是见证者。我们每个人都在这样的爱的链条上,是承受者,又是传播者。但这样的大爱,我们如何经历,经历之后如何面对,是值得我们每个生命都要深刻反思的。② 有一点可以肯定,最大被逼视者,应该是我们每一个自己。

五、审美语境:灵魂深处的触摸与抚慰

有学者认为,《娘》是继沈从文《湘行散记》之后又一部具有重要意义的文学作品。娘作为一个"历史性"概念出现在我的生命中,又以"符号化"的方式从"我"的记忆里淡出,这一切都与现代文明的冷硬与荒寒有着极大的关系。在这里还有一个不可忽视的问题,就是《娘》的朴实性具有沈从文《湘行散记》的朴实性,对已逝童年的梦境与记忆,对"自我"与"历史"的关系构成了《娘》的现实主题。③

著名文学批评家李建军指出:天下至文皆情文。优秀的追怀之作,往往具有情往会悲、文来引泣的力量。《娘》是我近年读到的为数不多的"情文"和最感人的散文。我读《娘》流了泪。能让人流泪的作品,就是有精神、有境界的作品,就是值得用心去读的作品。④

所谓"有精神、有境界的作品"讲的就是文本的审美语境,也就是文学

---

① 新浪网友《直逼心灵深处的拷问》,2012年8月20日查询。
② 陈原.与自己的灵魂中的耻辱短兵相接——读彭学明长篇散文〈娘〉[J].创作与评论,2012(05):98.
③ 兰喜喜.〈娘〉是真诚与自由的言说[J].创作与评论,2012(05):112.
④ 彭学明.娘[M].长沙:湖南文艺出版社,2012:封面推荐语.

艺术本身的语境。一个作品的产生除了和作家所处时代的历史、政治、文化等真实环境有关之外，还与他们在文学艺术发展链条上的创作生态有关。当前，如同对食品安全的关注一样，文学艺术的纯粹和质量的优劣也越来越受到社会有识之士的关注和重视。当食品安全成为杀伤国民头号社会问题的时候，那么，作为精神食粮的文学作品，是否也存在假冒伪劣产品呢？答案是肯定的。当前的文学艺术，需要出现更多真正贴近大地、带着泥土芬芳的作品。因此，对美的呼唤，对纯粹艺术品的向往，对文学经典的期待，成为大家普遍关切的话题。《娘》的出现，带来了一股新鲜空气，一种返璞归真的价值取向，一种忏悔之中的骨头和力量。[1]

《散文选刊》主编、著名编辑家葛一敏表示：《散文选刊》之所以破纪录地选发长达近8万字的长篇散文《娘》，是应广大读者的强烈要求，当伪亲情充斥文坛的时候，《娘》带给我们强大的真实力量。她认为这部近年来最为质朴、最为饱满、又最为让我们动容和震撼的《娘》，穿越了所有的时间隧道，过滤了所有的精神渣滓和文学渣滓，把人类共生共有的娘和母爱，复杂的亲情和人性，深刻的思考和追问，像钉子一样钉在我们的心灵上、精神里和骨肉中，留给了当下文坛，树立了散文坐标。[2]

解放军某部一名叫戴立的文学爱好者在彭学明博客上留言，他深深地感叹道：工作生活中越来越感到文学是思想的翅膀。特别在军队，特别需要内力，我一直在寻找榜样，我从彭学明笔下的母亲身上看到了女性应有的内在力量。没有哪个女人如此震撼我。彭学明笔下的母亲感动了我，用双脚寻找内心，寻找生命的平衡，我生命里的很多东西被唤醒。前年去涟源，看到山间巴掌大的土地种上了小苗，不禁感动是这山间小苗撑起了这个民族，泥土里的力量如此强大。彭学明的母亲和天下所有女人，就是我们这个民族的泥土和小苗。

是的，一个人，只有当他了解生存的意义与人生的价值的时候，才能确定人的灵魂维度。人之一生的关键是灵魂的建设。如果只有知识和技能，那

---

[1] 聂茂. 苦难叙事的力量与湘西精神的书写——与作家彭学明对话[J]. 创作与评论，2012（05）：88.
[2] 彭学明. 娘[M]. 长沙：湖南文艺出版社，2012：封面推荐语.

么人还是平面的,只有长度和宽度。然后,年龄增加了,知识增多了,长度和宽度也相应增长了,但是缺少一个东西,就是人文维度或灵魂维度。只有拥有了这种维度,人,才会有深度,生命才是立体的。生命质量就是要求人要具有内在深度,具有完整的立体的生命。①

新乐府运动倡导者白居易曾在《与元九书》中提出"文章合为时而著,歌诗合为事而作"的创作主张,其关切点在于:"直歌其事,裨补时阙。"《娘》的这部作品,彭学明写得很撕裂,也很克制;很粗糙,也很细腻。这是作家在写作上设置的难度,是挑战自我的一次尝试。而在思想上和精神上则是作家灵魂深处的忏悔意识。因为忏悔,所以疼痛。这是一种文化自觉,一直隐含在写作中,成为推动文本前进的动力。

总之,一段时间以来,我们对食品安全问题的担忧实在是太多了,许多东西不敢吃。文学作品也一样,想读,却又怕浪费时间或怕受其毒害。在这样的社会环境下,生命的质量就会降低,人们容易犯一种"缺钙症",或者说"贫血症",这是文化的贫血症和缺钙症,即缺少人文的钙,灵魂的钙,缺少情感本体与伦理本体的钙。彭学明的这部《娘》,之所以如此轰动,说到底,就是给这个时代补充血液,就是给广大读者补充钙质。从这个意义上说,我们应该感谢彭学明,感谢作家撕裂自己,用真诚的忏悔,血的教训,肉的痛苦,泪的呐喊,让我们触摸自己的良心,触摸发烫的灵魂。

第六节 李怀荪:《湘西秘史》的民族志书写

评论者刘起林认为:从某种民间性的文化视野和价值立场出发,重新建构21世纪中国的历史叙事。这类作品往往依托中国本土、民间的文化资源,重新设立审视现代中国历史的意义框架,以一种"民族秘史"的叙事范式,

---

① 刘再复新浪博客,2012年7月3日查询。

来超越红色文化本位的"正史"叙事。①《湘西秘史》在这方面做出了难能可贵的努力。

某种意义上,"'湘西'是一个地理、文化与历史的综合实体,是现代理性带走了人们对于世界的诗意化想象之后,当代想象中所剩不多的神秘符号之一。"②李怀荪的《湘西秘史》正是以其传奇性、故事性和神秘性,唤醒人们诗意的想象和理性的思考。

《湘西秘史》以"长河小说"的构建形式,娴熟地以湘西民俗为背景,通过叙述张、龙、刘、麻、石等家族的盛衰成败、荣辱浮沉,展示了千年古镇浦阳的盛衰过程,并通过对各阶层、各个职业的描写全面概括了湘西人的生存世界和精神世界。作品题材的新奇性和传奇性是显而易见的,对湘西民俗细致准确的描写更是吸引人的眼球,无愧于"史"的称号。然而,正如沈从文在《凤凰集》提到的,这些新奇和神秘"背面所隐藏的悲惨,正与表面所现出的美丽成分相等。"在湘西民俗、风气与习惯的浸润下,湘西人有着无奈但必须吞咽的"苦酒"般的人生。

一、氏族遗风与封建宗法的真实缩影

凌宇曾在《从边城走向世界》一书中,将"湘西"界定为一个原始氏族遗风与封建宗法关系并存的社会。前者意味着自然性、原始性、野性的遗存,后者则是规范性、强制性的体现。两者看似矛盾,在湘西女性那里却奇异地融合在一起。

湘西女性在原始氏族遗风下的张扬与恣肆。这主要体现在女性对爱的主动且大胆的追求。刘金莲不满未婚夫张复礼的恶行,转而喜欢上了又丑又矮但诚实可靠的麻大喜,为了表达自己的心意,她不惜女儿颜面,半夜进入麻大喜的房间,声明自己是麻大喜的人,甚而,她为了反抗婚姻并和麻大喜在

---

① 刘起林. 红色记忆的审美流变与叙事境界 [M]. 北京:中国社会科学出版社, 2015:63.
② 周会凌. "自我"与"他者"审美歧途中的"湘西形象" [J]. 吉林大学学报, 2015 (03):47.

一起，一个人冒着风雪去麻家寨，表明自己就是麻家的人了。除了刘金莲，张玉凤、兰花等人对爱大胆追求的勇敢亦让人佩服。张玉凤几乎是炮制了刘金莲的追爱过程，送手帕、扔戒指，再加上语言上的大胆，玉凤由痴情衍生出来的大胆让人难以招架；兰花则是直接以处子之身表明自己真正的心意。

  湘西女性在封建宗法关系下的压抑。一曲哭嫁歌唱尽了女儿的心思。作者笔下的湘西女性，婚前与婚后有着较为鲜明的对比。婚前，她们能够自由地寻找爱情，发泄自己的情绪，可以向父母撒娇、耍泼；婚后，她们要想着怎样讨得丈夫的欢心，全家人的欢心，怎样稳固自己的地位。如刘金莲讨好公婆，主动请缨收购桐籽，步行七十里山路只为收购桐籽，少女时代的娇媚被生活的重担一一磨平。这，只是普遍现状。压抑到极致的女性莫过于寡妇了。湘西多寡妇，对她们却只有"好媳妇"的称呼。刘金莲守着活寡，人前光鲜，架子摆得十足，努力做着身为"好媳妇"应该做的事，但再多行为也弥补不了当年的一次报复，洗不掉流言蜚语，"指背煞"跟随着她的一生甚至她的儿子、儿媳；邬月娥为"冲喜"嫁入杜家，没享受过一点新婚的喜悦便成了寡妇，唯一的寄托却只有过继来的儿子安放，他享受着从未做过真正女人的邬月娥的母爱。在一个个伸手不见五指的黑夜里，湘西的寡妇们一遍又一遍地寻找着"乾隆通宝"，发泄着自己无法实现的渴望。她们唯一能够发泄自己渴望、委屈的途径，只有"乾隆通宝"。与之相对应的是，身在湘西的寡妇们尚且可以如刘金莲和邬月娥一样相互熨帖，而身在汉口的小芸却只能在芳草第，默默以泪品尝荒草般的人生。在这里，作者因为对受难女子的书写已不仅仅局限于湘西这一地区，而获得了一种普遍意义。

  封建宗法关系对自己的压抑，湘西女性是没有知觉的，但对于苦难的感知却是敏锐的。湘西女性以其特有的宿命观对抗苦难。邬月娥成为寡妇，从来没有责怪过身为媒婆的刘金莲，认为这都是自己的命；小芸郁郁而终，从来没有怪过丢下自己不管的张复礼，认为这是自己的命。她们以一种宿命观品尝自己的苦果，却不忍责怪任何人。正是对苦难的共同感知，湘西女性以一种宽容和体谅，体贴对方的不容易，试图消除对方的负罪感。阿春对刘金莲的体谅与刘金莲对阿春的体谅，这两个曾经肆意张扬过青春的女子都竭力将曾经的错误怪到自己身上，竭力诉说对方的好与善。她们默默忍受苦果的姿态着实让人心酸，在某些程度上，这也消除了小说的悲剧色彩。

另外，露娜作为西方女子，且是女权主义者，与湘西女性形成了较为鲜明的对比。在许多人看来，湘西本来是封闭的代名词，来了一个露娜，这本身就是一个异数。露娜可以和丈夫詹姆斯一起来中国做生意，刘金莲们却成为丈夫眼中甚至心中的绊脚石被远远丢在一边，声称让媳妇代替自己孝敬父母。湘西男性可以出走，女性却不能出走，她们执着而痴情地固守着夫家的一切，任劳任怨。并且，由于露娜的身份及其文化背景，使得对这些湘西女性的观照有些特殊的视角。露娜赞美刘金莲忍辱负重、坚强不屈的品格，认为"是任何西方女性所望尘莫及的"[①]，赞美娄听雨是"一个了不起的女性，是中国的娜拉"[②]，露娜的评价虽然不那么准确，但从侧面体现了女性生存的艰难和极其令人敬佩的品格和精神。

二、湘西原始风俗的文化镜像

湘西风俗浸润着湘西人情世俗、经济、政治等各个方面，湘西人生于斯，死于斯，既创造了极具地方特色的风俗，又依赖于这风俗。书中以浦阳为中心，描绘了浦阳一带的风土人情。对以浦阳为代表的湘西风俗的细致描写，成为《湘西秘史》的特色部分，同时，在小说结构、人物心理等方面也起着巨大的作用。

湘西风俗作为历史和时代的见证者，目睹人世沧桑，甚至因果轮回。全书以万寿宫"上会"始，也以万寿宫"上会"终。往日"西帮"的三十六罗汉变为十八罗汉，转而变为十二罗汉，"西帮"日渐衰落，摇摇欲坠，乃至万寿宫"上会"因经费不足被迫中止。护航神鸦护送着一批批船客，见证着同伴的死去和金替身的到来；当船把佬戳穿金神鸦只是镀金之后，护航神鸦又见证着洪水包裹着张复礼和玉凤的生命扬长而去。生命正如水逝，神鸦作为保护航行平安的吉祥物，或谄媚，或正义，或贪婪，但毕竟是这些长期与险山恶水打交道的人们乞求生存的信仰。

[①] 李怀荪. 湘西秘史［M］. 北京：作家出版社，2015：964.
[②] 同上书：965.

湘西风俗是湘西山民心目中的救命神医。巫医一家，对于湘西人来说，生老病死，医生救不了的，找老司；老司救不了的，找医生。老司和医生都救不了，那就只有认命了。当刘昌杰病情严重时，刘邬氏想起了"拜星辰"；火儿瘦得皮包骨，阿春和石老黑想起了"烧火胎"；当瘟疫袭来，"游船掳瘟"开始了，当据说携带着瘟疫的船离浦阳镇越来越远时，瘟疫似乎也离浦阳镇的百姓而去，果然，那次瘟疫没传到浦阳。老司是沟通阴阳的使者，为在阳界的人求得安康，但老司的法术不总是尽如人意。本借了十八年阳寿的张恒泰只多活了五年，虔诚的"拜星辰"也没能挽回刘昌杰的命，三天即驾鹤西去，这些遗憾似乎都成了老人们的命数和缘法。作者通过印秀才和张复礼的对话戳穿了护航神鸦的说法，对于救那么多湘西人性命的老司却是不忍揭破的。

湘西风俗是人们情感的精神寄托。麻大喜将自己对刘金莲的爱意刻进了观音像上，刘金莲靠固执而执着地给酷似自己的观音像上香，表达自己的一些"忘不了"，二人之间的情感交流全通过观音进行，观音已经成为二人情感和信仰的寄托。湘西人相信那些吉祥的预兆，只要老司掷出的卦是吉卦，他们就相信事情一定会获得顺利，比如邬月娥就因为老司掷出的吉卦相信杜英孝一定会好起来，才坚持要嫁给杜英孝。湘西人相信老天给出的预示，因此，几乎每一个职业开始工作前都有个祭天仪式，以示吉凶。船把佬、排古佬之类的职业犹信这个，蜈蚣旗被吹落，杀鸡掩煞却没有砍中公鸡的脖颈，这些对于排古佬来说都是不祥的预兆。

湘西风俗具有叙事的推动功能，甚至本身就充当情节的一部分。书中人物的一个念头想起要做某个法事，虽然没促进情节的发展，但使书中的情节得到缓冲，调节紧张气氛，如当刘昌杰弥留之际，刘邬氏想起的"拜星辰"。湘西风俗亦可充当有效情节，推动故事发展。龙法胜要给火儿"抛牌过印"，在哪儿做成为关键，在龙法胜家做，火儿便成为龙法胜的上门女婿，在火儿自己家做，旺儿就成为上门女婿，这是关系火儿与兰花幸福的大事。"抛牌过印"最后在火儿自己家举行，火儿、兰花和旺儿的感情纠葛便得到了交代，火儿多年不娶也有了原因可循。促进故事出现小高潮的是修普光寺，麻大喜为雕刻观音再次回来，麻大喜与弟媳阿彩会有怎样的结局，麻大喜和刘金莲的感情又会有怎样的牵绊，这些疑问一下子使故事紧张了不少。请老司"踩桥"，做"翻解道场"，这些风俗将火儿抬到幕前，交代了火儿的所思所想。

另外，浦阳镇百姓的闲言碎语似乎也成了当地见怪不怪的风俗之一。浦阳镇百姓的嘴巴是厉害的，逼得张复礼、刘金莲几次离开浦阳镇避风头，最后竟把唯一有可能重振浦阳的张钰龙也逼走了；浦阳镇百姓的嘴巴是盲目的，别人说啥他们就信啥，长疤子等人轻而易举地利用浦阳镇百姓的嘴巴传着刘金莲的流言蜚语；浦阳镇百姓的嘴巴是谄媚的，龙永久被"打瓜金"，龙永久摆摆架子便压下了这些人的嘴巴；浦阳镇百姓的嘴巴是八卦的，爱打听私密的，关于刘金莲的流言从刘金莲做女儿到她成了奶奶，这些流言从未停歇。然而，浦阳镇百姓的嘴巴有时候又是最接近真相的，不然，刘金莲等人就不会如此害怕那些百姓的嘴巴了。作者笔下的浦阳镇百姓，活画出了浦阳镇的落后、封闭和保守，从这一层面来说，作者为浦阳镇的衰落分析出了一个可靠的理由。

作品的叙述方式有些特点，可以视为真实再现历史与时代撞击下的地方志。其主要特点表现在：首先，人物写到哪，就介绍哪儿的风俗习惯或景色。张恒泰要筹备万寿宫"上会"，作者便开始写万寿宫的来由和"上会"的来由。其次，填充式叙述。为了详细而全面地展示湘西各行各业的状况，作者总是让笔下人物、事件出现一些转折或空缺，相应的，湘西的历史文化便写进去了，如张复礼忍受不了家中的生活，想外出，正好张复万从汉口回来，想要浦阳这边补个东家过去。再如船上缺船把，便出现了招人时的一连串富有地方特色的问题和对答。再次，正述与复述共生。已经发生了的较重大的事，往往有人再复述一遍，例如复述打虎匠之死，之前的正述部分已经交代得很清楚了，却还要再复述一次。这样的重复虽然显得有些累赘，却在一定程度上加深了打虎匠的英雄色彩和悲剧气息。最后，英国人詹姆斯和露娜的加入，使得作品叙述有了一个新奇的角度，他们对事件的不同看法都可以作为对湘西人看法的一个补充，达到了复调的效果，丰富了读者的视角，成为一部反映瑶族人民精神历程的有深刻穿透力和现实镜照意义的书，是21世纪瑶族文学的新收获。

第二章

政治叙事：文学湘军的主流价值与自觉意识

进入21世纪之后，改革开放的浪潮和社会转型的步伐渐趋平稳，人们的关注热点不再是一夜暴富的神话和遍地黄金的梦想，而是在现有格局下争取自己利益的最大化。在此背景下，政治叙事开始走向历史前台。王跃文的作品在这样的背景下应运而生，应时而生，应势而生，王跃文成为这一时期受到瞩目的湘军代表人物之一，他创作的许多作品都成为政治叙事的经典，堪称文学湘军政治叙事的旗手。

除了与时代契合的客观原因之外，王跃文自身的精神资源和文学滋养也是他成为文学湘军政治叙事旗手的内生性动力之一。法国文学和俄国文学对他的影响最深，他自己也表达过对契诃夫和拉伯雷的喜爱，但贝克特等后现代作家在精神气质上对王跃文的影响更深。王跃文曾说："我的新作《爱历元年》是一部'无病呻吟，却有大痛'的书。无病之病，是为大病。我想同读者朋友们一起喊一声痛，一起面对我们必须面对的人生。"[①] 在他的作品里，很多人都有病。在生活中被人们认同的人、羡慕的人、仰慕的人，其实是已经"病入腠理，或者病入骨髓，司命之所属也，无奈何也。"在现代性的困境中，人的灵魂在欲望的炙烤下备受煎熬，无处安放。寻求灵魂的救赎，探寻生命的存在意义，是王跃文作品的重要哲学维度。与充满田园牧歌的农业社会相比，现代人不断刷新欲望的标准和自己的心理高度，经常处于焦虑的体

[①] 《王跃文谈新作〈爱历元年〉：无病呻吟，却有大痛》，中国新闻网，2020年4月27日访问。

验之中。

王跃文作品的形式和内容都突破了主旋律作品的框架和思路。他在艺术上力求创新，甚至把艺术性作为作品重点标示的符号，《国画》就直接以"国画"作为小说的题目，而且将其作为小说的主体性意象。王跃文的创作类似于"演绎法"，他擅长化抽象为具体，以寓言浓缩湖湘文化的内核，尽量不用晦涩的说理回溯人物的内心世界，而是以艺术的方式诠释政治叙事的本质。他的小说充满艺术历险，亦极具现实性。

从本质上说，王跃文依然是现实主义作家，但是对艺术的探索和实验使他的作品充满了驳杂的色调。在民族文化的神秘感中，他着力于揭示行为的支配性力量，重视人性的挖掘，刻画人物的微妙心理，从而塑造出各色人物的众生相。基于此，他调整了焦距，或者聚焦，把那些隐秘的斑点放大，或者拉远视角，写了一些具有浓烈的象征气韵，把讽喻、神话、隐语、哲理、诗情汇涵其间的作品。王跃文不是一个只讲故事的小说家，故事是烹饪小说的食材，他更讲究火候和食材背后的天地万物，他的烹饪让你能够在菜品中品味到季节、山川、河流、土地，让你在咀嚼中感受播种和收获食材。读《国画》，看到李明溪，你能感受到艺术界的痞子气，知道他们在喝酒时怎么讨论荤段子，得意时怎么忘形，能够感受到书画桌案上纸张的褶皱。

第一节　文学湘军的精神滋养与责任担当

提起当下的湖南文艺界，人们首先会想到什么？相信肯定少不了湖南卫视。湖南卫视"快乐中国"的口号让无数学者真切地感受到了尼尔·波兹曼"娱乐至死"的担忧，然而湖南卫视至今依然红红火火。实际上，湖南也的确是世俗文化甚嚣尘上的地方：以"快乐中国"为口号的湖南卫视，以田汉大剧院为代表的歌厅，以解放西路为中心的酒吧文化，以及遍布全城、散落于湖湘大地各个角落的餐饮文化、洗脚文化等，足以将湖湘大地火辣又世俗的娱乐精神完整地呈现。

是的，我们可以将这种娱乐精神理解为一种乐天气质，也完全可以用"传统的转型"来予以解读。然而，转型是否真的就意味着所有的传统都可以被继承、发扬？华东师范大学的仲富兰教授曾撰文指出：传统文化，犹如一条浩瀚的大河，曲折蜿蜒地日夜流淌，时至今日，对我国政治、经济、哲学、文学、艺术、音乐、化学、医药、民俗等各个领域，还在发生着极为深刻的影响和作用。[①] 在当下的湖南文艺生产中，"电视湘军"几乎成了一个可以取代"湖湘文化"的指称，伴随着印刷术的没落，电视文化成了现代文化的核心，其所代表的文化精神也彻底颠覆、改写了公众话语的旨趣。大到文化的生产、呈现方式，小到包括政治、宗教、教育以及任何其他公共事务领域的文化内容，都在电视的框架中被重新定义——尽管这种定义本身背后有着文化特有的辛酸和无奈。与其说电视文化以娱乐的方式重构了湖湘文化的传统构造，不如说现代文化生态以消遣的姿态完成了对新语境中文化嬗变的哀悼。

从麦克卢汉的"媒介即信息"到波兹曼的"媒介即隐喻"，媒体以一种隐蔽却强大的暗示力量颠覆性地完成了对现实世界的重新定义。然而，对于湖湘文化而言，重要的不是媒体以特定的形式塑造了转型时期的文化特征，而是媒体所构筑的数字产业已彻底刨除了原有的文化土壤：人类大胆而鲁莽地从"文字时代"转向了"音图时代"，以电视传媒为主力的文化传播形式也深刻地改变了社会认知与人际交往的模式，由此引发的不只是深刻的文化变迁，还有传统精神的式微，甚至消亡。有趣的是，波兹曼在另一部被命名为《消逝的童年》的著作中，运用历史建构主义的视角深入剖析了文化嬗变更替的种种表里："童年的消逝"背后，实为"童年"作为一种特定的文化特征的含糊和暧昧。在一系列关于"童年"和"成年"的文化理析中，因传媒（即文化传递形式及其背后的文化生态）而建立的文化鸿沟被一步步揭示。如果说电视作为一种新的大众传媒一方面填平了因传媒而生成的文化鸿沟的话，那么在另一个方面，社会群体之间的文化分界被彻底拆除，于是，童年便消逝了。由此引发的不是对作为一个生理群体消逝的担忧，而是对其所代表的文化危机征兆的担忧——它不仅指向文化生态，也指向文明生态。

---

① 王泠一. 何必"娱乐至死"[J]. 新民周刊, 2008, 5 (29).

传承作为一个重大的历史命题被重新推到了现实面前。在电视彻底修改了人类的符号世界后，不再有儿童与成人之分：儿童与成人共同成了电视文化的牺牲品；更可怕的是，政治、经济和文化领域都发生了"孩子气"的蜕化降级。如果说这种文化的后果是高品级思维和个性特征消逝的话，那么其所代表的文化生态已经对有序、自制的传统语境造成了致命的威胁。

这种以阅读为特征的新成人文化推广了一种新的思维方式和性格品质。线形排列的文字促进了逻辑组织、有序结构和抽象思维的发展，要求人具有更高的"自制能力，对延迟的满足感和容忍度""关注历史的延续性和未来的能力"。这对人类的宗教、科学和政治等多个方面产生了深刻的影响，改写了新世纪的文明面貌。因此，传统文化的重提和发扬成了一条解决文化困境的必由之路。

"欲读天下奇书，须明天下大道"。2006年至2012年，湖南省完成了《湖湘文库》的编撰出版，这项大型文化工程对湖湘人物、湖湘历史、湖湘风物等方面进行了广泛发掘、研究，对湖湘文化进行了系统性的整理。文库分为甲、乙两编，甲编以时间为序，分为上古至唐、宋元明、清代和民国时期四个时段，主要为湘籍人士著作和湖南地区出土文献，同时酌收历史寓湘人士在湘作品及晚清至民国的部分报刊，共计445册；乙编按内容划分，包括湖湘人物、湖湘历史、湖湘风物、湖湘文化综合研究、湖湘文化工具书与研究资料等5个部类，共计255册。全书涵古盖今，在历史新语境下，湖湘文化以一个全新的姿态真实而优雅地舒展开来，为湖湘大地的新文化建设提供了一份昂贵可鉴的历史标本。在这部总字数达3亿字的《湖湘文库》中，湖湘精神文化和物质文化都得到了全面的呈现和汇聚。令人瞩目的是，湖湘文化中"经世致用"的思想贯穿了《文库》的整个编辑过程，这使得湖湘文化对文、史、哲命题的关注并没有破坏对政、经、法等相关选题的关注，《湖南实业志》便是湖湘文化"经世致用"思想的完美集结。此外，对湖南英杰的群体化描述使得当代湖湘文化建设者有了明晰的情怀导引和志趣引擎。

在一个日渐浮躁的时代，传统的创新和再生为湖湘文化注入了一股新鲜而古老的强力，植根于湖湘厚土的湖湘文化再度成为对抗晦暗语境的利器。从屈原"上下求索"的斗争精神和奉献精神到"若道中华国果亡，除非湖南人尽死"的桀骜性格和家国情怀,湖湘文化从其辉煌的源头到近代以来结出的硕果一直彰显着昂扬的姿态。作为一种精神传统,湖湘文化"激越""担当"的品格依然对历史新语境中的人们有效。它可以是对忧患意识的汲取,也可以是对博大胸襟的传承,可以是穷源探本的原道观念,也可以是实事求是的思想方法。

湖湘文化中政治意识的传承、理性与理想的并重、责任与使命的发扬,以及桀骜骁勇、敢为人先的精神品性无一不对通变求新的文化取向产生影响。

如果说,娱乐精神也是一种草根本能的话,那么是这种接地气的生命热情扮演了娱乐精神的最后一根救命稻草。《国画》便是这种热情汇于笔端、以语境对抗语境的产物。

王跃文在空间的坐标上将广袤黑暗的大地带上前来,在时间的坐标上将目光投入历史的长河。王跃文通过真实地反映蜕变期纷呈杂错的社会现实,留给人们许多思考的余地,并在自己的作品中给予了充分的思考和呈现。在语境对抗的背后,传统也自觉地得到了参与,湖南人经世致用、敢为人先的精神,都融会进了王跃文的创作中。

王跃文是一个真诚的有着崇高责任感和使命感的作家,他拒绝游戏,在《国画》"代后记"中,他说:"任何一位作家,不管他的写作如何晦涩曲折,他的灵魂也会在作品中隐现。我自信我的灵魂见得天日,所以我作小说。如果有一天,我的血管里流淌的已是腐臭的淤血,我的灵魂已被淤血污染,我就不会再写小说了。"在他的小说中,我们看到湖湘文化精神赋予的文人风骨和经世精神。王跃文的独到之处,便是不放弃"做人的逻辑"——人性。

20世纪的湖南文学就是以这样一幅能作为"化验单"和"透视底片"来读解的"国画"收束的。这也像一种命运的安排,它和20世纪初陈天华"警世钟"般的作品形成20世纪湖南文学的首尾呼应,构成湖南20世纪文学史的起点和终端,他们都是"警世之作"。20世纪湖南文学的主旨取向就是"警世",这一主旨取向是20世纪的中国社会和湖南社会的发展状况所决定的,是湖湘文化精神对20世纪湖南作家的创作心理定势的规约所致,而这些作家的创作成果亦成为湖湘文化精神的新的辉煌表征。

第二节　文学湘军的自觉意识与价值追求

跟传统政治叙事小说类似的是，《国画》中也有不少寓言式夸张幽默的地方。就如人物命名方面，《国画》对此也做了不少文章，保留了传统文学特有的隐喻传统，如乌（污）县的书记名张天奇（欺天），为皮市长备宴的餐厅经理叫郝迟（好吃），以及"黑白两道""鱼龙混杂""混蛋称皇"的菜名等，以此类推，主人公朱怀镜的命名就更具深意，有学者认为朱怀镜谐音便是"诸坏尽"，然而笔者对此抱有质疑。

首先，"怀镜"是一个蕴含了深厚古典文学韵味的意象。"心如明镜台"，虽蒙尘，仍可擦拭，本质其实不坏，另外，还有一层重要的意思在于，主人公与"镜子"实在是密不可分。主人公是一个"反映者"，小说基本上是通过主人公的视角展开叙述的，其所见所闻大多从主人公这个"透镜"中得来。朱怀镜只能"怀镜"，他若像曾俚、李明溪那样，他就不是"怀镜"而是"怀玉""怀冰"了，无法充当"透镜"。而且，与镜相比，"玉"（李明溪）、"冰"（曾俚）都显得太不近人情。曾俚、李明溪所代表的又是怎样的一种"人文精神"呢？在小说中，他们没有家庭，没有婚姻，具有某种不食人间烟火的非人状态，他们与其说是某种理想的化身，还不如说是关于人文知识分子的来自大众文化的"想象"。在这种想象性的建构中，曾、李既具有传统儒家文化中"不得中行而与之，必也狂狷乎"的狷狂形象（曾狂李狷），又是当今大众文化塑造的媒体英雄（作为记者的曾俚）和所谓异人隐士的现代版（作为怪画家的李明溪）。可以说，这只是一种符合市民阶层想象的知识分子形象。小说中的人文知识分子话语，明显是从"人文精神大讨论"之类的文本中，生搬硬套来的。在《国画》的"基调"中，它们成了明显的"他者"和"边缘"。

第二，如果像邓才刚那样不大熟悉为人处世，则会被过早淘汰出局。但如若像张天奇那样过于老奸巨猾的话，便成了"怀恶"（心怀恶念），漆黑一片，无法为叙述者代言了。

第三，从某种意义上说，朱怀镜又似乎是分裂主体的"隐喻"。在小说中，朱怀镜时常陷入一种双重人格的焦虑，他的"镜外之我"按规则行事，而当他面对"镜中之我"时，又常常自我反省。值得注意的是，朱怀镜每每通过这种忏悔式的自我反省而得到"救赎"。这也正是朱怀镜在做过诸多恶行，而且继续再做的同时，仍能"怀镜"，仍能被谅解被同情的秘诀之一。由此不难看出作者在试图超越自身话语时的力不从心，自我的反省和批判转而成了一种自我保护。

第四，毕竟镜子有通透、干净的特性，因此，朱怀镜还是小说中诸多对话关系的交汇处，书中曾与李的对话关系，以及所谓的"理想"与"现实"的对话关系，都是以朱怀镜为中介的。事实上，曾、李的批判功能正是因朱怀镜而消解：曾俚最终撤回了自己的稿子；李明溪的"国画"，也通过朱怀镜之手成了运作中的道具。

不仅是名字，整部《国画》都构成了日常生活的寓言化书写。我们知道，寓言不仅具有夸张、戏谑和讽刺的阅读快感，而且带有强烈的隐喻和启示意义，它既可以是对传统意义的界定或反抗，也可以是对当下生活硬扭状况的扶正或疏引，甚至能够对神的暗示进行合理的生发与解构。寓言化的东西是一种变形艺术，它通过对世事百态的精细描绘，借物寓理、暗藏机关，具有很强的战斗性、警示性、劝导性和超脱性，引人共鸣或深思，让读者产生看破"繁华苍凉"的心灵震撼，从而达到一种释放"精神之累"的情感满足。[①]

西方理论家认为，日常生活的寓言化是一种生活态度。因为不论怎样，寓言首先是一种表达方式，与语言、书写是相同的。其次，在寓言中形象与意义并非如在象征中那样，融合为一个统一体，并在瞬间中闪现出神的灵光。相反，形象与意义是断裂的，寓言作为表达方式不是自足的，因此，创作上要表现出这种寓言化需要一种"恒久"的功夫，原因在于作家的知识、经验、生活和写作技巧的积累不是一朝一夕能够完成的。在完成创作积累的过程中，社会文化、道德政治和经济结构及其运作方式共同构成的宏大总体，即卢卡

---

① 王苏立. 王跃文政治叙事小说综论[D]. 湖南大学硕士论文，2011.

契所标明的那个整体结构处在千变万化之中。

读者在阅读作品时，能深深感觉到故事所描绘的人物、环境和细节活灵活现，生动可感。这种真实感，其实是一种寓言化之后的"真实"，是一种比生活的真实更真实，或者说是一种超真实，不仅再现了日常生活的原生态，而且将日常生活的诸种可能寓言化，变成了一种艺术的真实，使读者既置身于作品的精神氛围，分享塑造人物的悲悲喜喜，又超脱于作品的临界状态，参与作品的再创作，从而实现作家、文本和读者在不同时空的、真实的"寓言式的共振"。

谈到生活之"真"与文本之"真"，这是个一直争论不休的问题。土耳其作家奥尔罕·帕慕克的小说《我的名字叫红》中，这种争论得到了完美的呈现。小说的主要事件是两桩凶杀案，真正的主题却是怎样才能使时间停止流逝，什么才是艺术之真。古老的波斯细密画以放弃对自然的真实描画来追求真实，停住时间。细密画家们运用工笔年复一年日复一日地描画，直至眼盲才能再现最高境界的真实。真正的真实只有在彻底放弃对现实中真实的狂热追求后才能得到。由于文字本身的特质，任何一个作家想要以照相似的准确地去再现现实都是徒劳的。无论信奉的是什么理念，哪怕就是自然主义的左拉，呈现在文本中的也只可能是想象之"真"。所以文本之真，或者说艺术之真，并不仅仅看它与现实生活的相似度，而是看它是否完成了对生活无限可能性的一种呈现，是否揭示出了生活本质的真实。

还有一点，艺术的特性就在于它能够使日常生活被再度"经验"。这种再度"经验"其实就实现了作者、文本和读者三者间的对话。文学的阅读，必须有情感的投入。文学作品的阅读欣赏，其本质就是"对话"：精神的对话，心灵的交流和撞击。读者要把自己摆进去，"烧"进去，不能"隔岸观火"，要与作者和文本产生感情的共振和心灵的默契。

严格意义上的寓言小说作品至少应该具备以下三点：一是它的叙述框架应该带有浓厚的非现实色彩，无论它的细节叙述得怎样逼真现实；二是它的叙事方式应该是扭曲的、夸张的、反讽的、黑色幽默的；三是它在整体上有强烈的象征性，言在此而意在彼。

从宽泛的意义上来说，王跃文的着眼点是在人性，"我只是睁着我的眼睛在看，我看见的是人性在权力磁场中的变异和缺失；往更深处说，是人的本质的异化。当然，我也力图写出这种异化的根源。"① 王跃文的小说，表面是对现实的逼真书写，深层却是表达人生对人的本质异化和掏空，也是言在此而意在彼。这也是本雅明所说的形象与意义的断裂。

第三节 拟态环境的现实力量

"拟态环境"是新闻媒介基于现实环境营造出的世界图景，它的出现本身定义了它的特性：虚拟性与真实性共构，戏剧性与指引性并存。当作家明确宣布文学艺术作品的世界是经过虚构和想象、经过加工改造过的世界图景时，文学作品必然地被打上了"拟态化"的烙印。巴尔扎克道出了其中真谛：小说是"真实的谎言"。

作为来源于现实生活的文学艺术作品，其表达形式与新闻记者对现实世界新闻题材的报道有着异曲同工之妙，而事实也正是如此，新闻报道本身即是文学的一部分。在媒介语境，尤其是现代电子传媒的视角下，作为"拟态环境"的新闻报道与文学艺术作品几乎是一对孪生体。

在李普曼的拟态环境理论中，受众始终处于一个"局外人"的角色，其所接受的也只是拟态环境中的"主观真实"，即一种对于现实环境的认知反映和意识回应。在拟态环境理论的发展演变中，拟态环境逐渐成为由媒体和受众共同参与的社会性建构。艺术的使命不在于再现真实，而是通过想象塑造真实之上的真实，因此，广义地理解，传统文学艺术作品所虚构的语境也是一种"拟态环境"。

抛开拟态环境生成机制中的内部因素，政治和经济逐渐成为拟态环境的构建支撑。立法机构颁布的法律，行政机构下达的命令，司法机构实施的监管，乃至整个社会的经济动态，都成为拟态环境的生成动力。由此来看，拟

---

① 王跃文《我为什么做起小说来》，王跃文博客，2014年3月17日访问。

态语境出现在政治叙事小说中并非难以理解,甚至,这是一种因政治语境化而导致文化语境化的必然趋势。

1968年,日本学者藤竹晓提出了"拟态环境的环境化"问题,直指现代社会中人们对大众媒介的依赖使得整个社会系统的信息判断和适应行动都打上了虚拟的特征,而这些行动的结果则是拟态环境作用于现实环境,使得现实环境越来越带有"拟态环境"的特点,以至于人们很难在两者之间做出明确的区分。如果说这只是在社会学视角下的拟态环境理论延伸的话,那么在文学作品中呈现的虚拟语境则直接将拟态环境理论纳入了文学艺术批评。

一个重要的问题是,作为文学艺术的创作主体,如何有效地规制、利用自身和外界因素,努力呈现有现实批判力的艺术化现实?笔者认为,对社会信息的把握和对文学旨趣的坚守是两个必备条件。

"人类传播天生就是不完美的,道德秩序是传播的组成部分,对于传播过程中信息的解释与传递而言,多样性至关重要。"[①] 这意味着营造一个成功的拟态环境必须突破单向的线性信息机制,就文学创作而言,作者必须摒弃片面性的社会信息和语言信息,通过艺术化的信息整合来完成艺术对现实的指引性超越。这意味着固定的思维与表达模式、政治偏见等都应该得到矫正,所有的艺术信息都应该服从语境。

只有在立于现实的基础上,文学作品才能通过读者对其艺术真实性和思想真诚性的考验,而小说也才能成为"真实的谎言"。

李普曼在《公众舆论》的第二章《审查与保密》中,通过详细描述一次战地新闻的见报过程,分析了审查在战争宣传中发挥的作用,这也为信息的传播如何影响人们对现实的认识做出了极具参考意味的解读。他甚至坦言:"如果没有某种形式的审查制度,这个世界就不可能存在严格意义上的宣传。"而在王跃文的小说叙事中,这种信息的筛选、搭配一定意义上也是由自我审查和语境审查的合力所支配。

归根结底,王跃文小说中借助拟态环境的构造所真正的着力点在于其对

[①] [法]埃里克·麦格雷. 传播理论史——一种社会学的视角[M]. 北京:中国传媒大学出版社,2009:129.

话语结构和小说寓意的经营。在现实世界之上，王跃文营造出了一个极具虚幻性，但又不乏真实性的文本环境，完整地呈现了这个时代的精神文化概况。麦克卢汉曾说，"艺术家在我们的社会里扮演着一个重要的角色，因为他们创造了反环境，并且使对环境的感知成为可能""在过去的一百年里，艺术家变成了反环境的象征"[①]。可以说，虚构世界与现实世界之间的对比张力和反省意义赋予了文学作品中的拟态环境以"反环境"的作用。

民间话语、市井话语、江湖话语的借用也打通了小说艺术在通往拟态环境有效性上的道路。然而，《国画》的终极指归不是对恶的揭露，而是一种基于现实语境的文化关怀。借助世俗类话语之外的虚拟与隐喻，文本以精神性抵达了世俗性，以上升性瓦解了功利性。

因道德与理想的争端而引发的思想性呈现，得益于王跃文在文本技巧的处理背后的拟态环境经营。无论是否身处其中，对《国画》的阅读体验都将被寓言化之后的真实感笼罩，这不仅是对现实语境的消解，更是对理想语境的重置——一种拟态化的艺术语境不但比现实语境更真实，也能再现日常生活的原态，而且能赋予日常生活极大的可能性和寓言性，达到"寓言式的共振"。

在拟态化的语境构建中，王跃文以"国画"为名，构建了一个令人共振的场域。此时，丹纳的忠告依然有效：不是这个或那个大师的生平，便是每个大的艺术宗派的历史，也证明模仿活生生的模型和密切注视现实的必要。一切宗派，我认为没有例外，都是在忘掉正确的模仿，抛弃活的模型的时候衰落的。

第四节 文学湘军政治叙事的理性资源

作为华夏文化园中的一朵瑰宝，湖湘文化的精神可上溯至炎黄文化，乃

---

① 赵建国. 文艺作品的三个参照系与"拟态环境"、"虚拟现实"[J]. 文艺理论与批评, 2009 (05): 67.

至前炎帝神农文化，下可寻根于现代化进程中涌现的时代拓荒精神。

纵观湖湘文化的发源、流变，因地域性而滋生的文化特殊性始终是湖湘文化能遇时衍变、生生不息的根本原因，而这种特殊的文化意蕴也为当代的湖南作家提供了新历史语境下艺术创造的土壤。

在湖南先民文化传统中，人性始终高扬，并贯穿于湖湘大地的文明建设和生产生活，这种基于地域的个性化人文气质从楚辞的激越与浪漫中传开，直至后来的程朱理学，乃至近世文化湘军，可谓一脉相传，生生不息。作为中国"腹心之地"，湖南北有长江，南临五岭，在原有的以屈、贾为代表的本土文化思潮的基础上，深深受惠于唐宋之间伴随着人口迁移而来的经济重心转移和文化重心南移。后世有学者将深受儒学滋养的湖南评为正统，故有"潇湘洙泗"之美誉。如果说原有的楚巫文化和贬官文化是湖湘文化的第一滴血的话，那么后来的儒学文化则锦上添花，构成了革新湖湘文化的第二滴血。然而，在同属于华夏文明的此二重文化的交响激荡中，本土文化的浪漫和雄伟始终居于主导地位。

这种主导地位绝非得益于文化先天性，而是受制于湖湘的自然人文。在包容中原儒学"经世致用"思想的同时，湖湘文化自身所蕴含的兼容性和调和性被无限放大，进而滋生了湖湘儒学所特有的刚强和务实之风。从宋代周敦颐、张南轩，到明清王船山、曾国藩，其思想虽以承担孔孟之道为己任，却无时不透露着"血诚"般的搏击进取精神。在清末被誉为"中兴四大臣"之首的曾国藩身上，这种搏击进取精神得到了充分的体现，正如相关研究者指出：其"诚""明"理念源于儒学追求；而其"血""强"的观念又涌动着荆楚蛮民的血性。

江南灵秀，西北苍茫，高原雄浑，盆地安逸。相较于别处，湖湘大地更多的寒暑无常培养了湖湘文化明显的不屈与激情，它以跳跃性应付无常，以浪漫性对抗苦难，因而充满了离骚式的疑问和楚巫式的神秘，但归根结底，这都是一种反抗。

无论是云气、水气，还是泥土气，抑或是浩气、霸气，都是湖湘文化给后世的无尽滋养。归纳开来，这些滋养可从天地意识、家国意识、个体意识这环环相扣又各有侧重的三个方面予以阐明。

第二章 政治叙事：文学湘军的主流价值与自觉意识

首先是天地意识，呈现为兼容并蓄的包容性和推陈出新的时代性。这主要在地域民俗风情和时代动荡中得以呈现。

湖湘文化兼容并蓄的包容性首先得益于其移民文化，作为中国"腹心之地"，湖湘大地在兵家征战中首当其冲，故而多受战火之灾。元、清两代，为平衡因战争而导致的人口分布不均，中央政府鼓励移民，大量的江浙民众，以及邻近的江西和四川等地的移民蜂拥入湘，这些历史移民为湖湘文化的多元化和包容性提供了基础。同时，作为我国民族最多的地域之一，湖湘地区的民俗民情基本处于一个庞杂繁复但交融渗透的状态。不同民族的历史沿革不仅造就了不同的生产生活方式，也为宗教信仰的并行提供了有利条件，以楚巫本土文化和南下儒学文化为共同基础的湖湘文化对宗教的态度也呈现出了极大的包容，在南岳衡山，儒释道共享民众之信仰即是见证。

而此种价值取向也使得湖湘文化成为一种博采众家、推陈出新的文化，广泛交融的文化形态促成了开放的天地意识。随着历史发展，以离骚、楚巫为代表的荆楚文化与以孔孟为代表的儒学文化交互融会，构成了宏观层面上的文化基调，而对于宗教和民族的包容也使得湖湘文化具备了潜意识层面的认同感——基于互存互惠的包容和基于融合发展的革新。

包容性同时也见诸湖湘著述，如理学大著《太极图说》《通书》等，以儒学为宗，融会贯通佛、道之经义，在阴阳五行的天地视野内充分吸收各家思想精髓，开创理学学派，完成了湖湘文化的奠基。纵观湖湘文化历代著述，诗词文赋、哲史经济、科技志要，尽呈湖湘文化汇合百家、兼容并蓄的包容精神。

横向的包容性为纵向的时代性提供了重要条件，在思想交流和文化融合的大趋势下，湖湘文化从思维方面意识到了推陈出新的重要性，而其突出表现就是格物致知和实事求是，以此来应对历史的变化——天变，道亦变，此为通达。

近四百年来，从王船山的旁征博引到曾国藩的笃实求是，湖湘文化不断在"唯实"的思想路线下推陈出新。面对被宋代程朱理学以玄说注解和心学重构的儒学失落，王船山上续诸子百家，下统学派纷争，提出了"格物致知"和"实事求是"的经世致用思想。这种精神经过清中叶魏源、曾国藩等人的扬播,不仅直接促成了清末洋务运动,更是为后来立志救国的五四运动埋下了伏笔。辛亥革命前后,以黄兴等为代表的资产阶级革命派更是自强不息,引领了历史潮流。之后的新民主主义革命时期,以毛泽东等为代表的无产阶级革命派更是抓住时代的命脉,推陈出新,缔造了别开生面的神州大地。直至今天,"实事求是"依然是湖湘文化一脉传承的思想哲学精髓,其势必会对政治、经济、文化等各领域的建设、发展起到不可忽视的重要作用。

由于起始于以农耕经济为基础的地域,湖湘文化视域内曾一度出现过因务实而显得保守的思想,如明清之际大思想家王夫之提出的"农人力而耕之,贾人诡而夺之"思想,但湖湘文化的内部包容性使得其自身具有极强的自我更新功能和强大的通变、开放精神。《海国图志》所极力主张的"变法图强以制夷"思想即是湖湘文化所蕴含的推陈出新的时代性的有力证明。

由此可见,因地域自然和移民文化所规制的湖湘文化虽以包容性和时代性扬名,但其所代表的根本精神确实是一种无所不往的天地意识——因一地而及天下,因一日而致古今。

其次是家国意识,呈现为经世致用的务实性和心忧天下的担当性。这充分呈现在湖湘巨子们的哲学思想和政治担当之中。

湖湘文化中的家国意识一定程度上是其天地意识的浓缩和移情。其主要表现在于:家国意识中的"经世致用"一方面承接了天地意识中"格物致知"的思想;另一方面也发展、深化了其时代性,即在历史语境中寻求文化的意义和作为。不同的是,湖湘文化中的天地意识多侧重于地域文明的培育与沿袭,以此来教化人们的言行,而家国意识明确地指向了儒学传统所指归的致知目的:"修身、齐家、治国、平天下"。这种差别使得家国意识成为湖湘文化的标志性气质,于家国,理当务实,于天下,理当承担。

如钱基博先生所言:"湖南人所以为湖南,而异军突起以适风土者,一言以蔽之曰强有力而已。"[①] 这里的"强有力"非止于个体,而是一种集体风貌,具体所指即是"经世致用"——基于行动的务实精神和基于忧患的担当精神,这种实践理性在某种程度上也暗合了顾炎武所强调的"天下兴亡,匹

---

① 转引自中文百科在线,2014年10月5日访问。

夫有责"——一种与生俱来的文化认同感和时代参与意识。

自屈原《离骚》始,忧离之思和家国之情开始流入湖湘文化的血液,至贾谊《鵩鸟赋》,报国遂志的思想逐渐演变为湖湘文化心存家国、心忧天下的务实精髓,这不仅启发了一代又一代的湖湘文人的报国忧患意识,更是鼓舞了一代又一代湖湘儿女前赴后继、以身许国的行动。

湖湘史学的研究是"经世致用"思想最主要的演绎、传播路径。经史并重的湖湘史学研究思路使得经义之道始终指导着学人们对历史的评价,在一定程度上,历史传承与经义阐发殊途同归,都是为了检讨时代,以学术之名,行兴国之事。从宋代湖湘学派开始,"入世"成为湖湘文化的一个标志性思想,因此,注重现实,关切实际的"实学"成了主流。这种夹杂着社会学与功利主义的学派发展迅速将"经世致用"的思想推向了高潮,而无论是后来明末"六经责我开生面"的王船山,还是清代"师夷长技以制夷"的魏源,都是这种思想的笃行者。以曾国藩为代表的晚清湖湘名臣,更是将经世务实之作风发扬光大,勇担天下之大责,在晚清历史上留下了浓墨重彩的一笔。

至于经世致用的著述,既有奉行海内外的《皇朝经世文编》,又有集"立德""立功""立言"为一体的《曾国藩全集》,这些著述秉承了屈、贾等先贤忧国忧民的担当传统,也发展了胡安国以"经世致用"为纲的务实派哲学传统,为湖湘文化打上了"文道合一"的深刻烙印。

传承、发展迄今,经世致用的务实性和心忧天下的担当性已经成为湖湘文化的价值基础,在时代境遇的冲击下,进一步形成了家国利益高于地域利益,民族利益高于个人利益的优秀价值观。这种忘我的集体主义也为爱国主义传统社会责任感添加了新的注脚。

最后是个体意识,呈现为睥睨天地的浪漫性和敢为人先的进取性。

文化是集体的,但文化的创造者是个体,特别是那些优秀的文化成果,无一不是得益于文化巨子的出现,而这在很大程度上对个体有着依赖。湖湘文化所张扬的个体意识同样与其天地意识和家国意识一脉相承。如果说其天地意识是在哲学思想层面影响了湖湘文化的话,那么其家国意识则是从现实层面强化了湖湘文化的精神,而无论是天地意识还是家国意识,最后都要落脚于个体意识——在普遍而特殊的个体身上所携带的湖湘文化精神——无限的可能性和期待。

湖湘文化中睥睨天地的浪漫性天然地得益于其"三湘四水"的自然环境和神秘诡谲的楚巫文化。抛却自然环境因素，湖湘文化中激越的文人情怀还是得从屈、贾以降的历史传统展开，而睥睨天下的浪漫主义情怀如果不是源于对世界的好奇之心的话，那么一定与湖湘地区自古以来的移民文化有着千丝万缕的关系。移民文化中特有的吃苦耐劳精神和拼搏精神同样源于一种思想上的流亡感和动荡意识，而这种气质无疑与楚文化中的浪漫气质不谋而合。至于敢为人先的进取性，似乎就是实践意义上的浪漫性，不同之处在于前者更注重实际，更加能体现湖湘儿女自古以来不屈不挠的斗争实践。

在这种内在的浪漫性和外在的进取性的交互支配下，湖湘文化总是呈现出某种意义上的极端——保守与激进共存同生。甲午战争以前，湖南人对沿海省份开展的洋务运动无动于衷，但对"反教排外"行动异常积极。然而伴随着维新运动的开始，不仅湖湘学子们走在了革命的理论前沿，而且湖湘大地也成了极力学习西方的典范。

这种文化个性似乎可以在湖湘文化的教育中找到蛛丝马迹：湖湘文化的高涨和湖湘教育的大兴始于宋代，其独特的传统在于学思并重，知行统一。这种传统使得湖湘大地一方面重视独立思考，另一方面也易于固执。前者带来的理性批判思维使得湖湘文化总是在反思、建构，而后者要么带来故步自封，要么带来激流突变。这就形成了近代湖湘文化笃实而又灵动、浪漫而又现实的鲜明特色。

在维新变法时期，以谭嗣同、唐才常等人为代表的资产阶级维新派就是这种个体意识的代言人。在面对时代激流的时候，他们勤于思考、著书立说，却并不精于筹谋算计；在革命行进过程中，他们无私无畏、视死如归，却无法进行长久而有力的革命。这是时代的局限，也难逃个体意识的责难。

但总体来说，这种个体意识几乎贯通了湖湘文化的全部精神："淳朴重义"且"勇敢尚武"，"敢为人先"又"自强不息"。源于生活环境的浪漫主义情怀使得他们临难不惧、视死如归，而他们舍我其谁的霸蛮精神又使得他们具有强烈的正义感和向群性。这些精神相互融会，构成了湖湘文化独特的个体意识特色，即具有鲜明的浪漫主义情怀和英雄主义色彩。

第二章 政治叙事：文学湘军的主流价值与自觉意识

在回顾梳理了以兼容并蓄的包容性和推陈出新的时代性为标志的天地意识，以经世致用的务实性和心忧天下的担当性为标志的家国意识，以及以睥睨天地的浪漫性和敢为人先的进取性为标志的个体意识之后，不难发现：湖湘文化之所以能"独立不羁，遁世不闷"，既可归于其理想关切和政治关怀，又可归于其问题意识和时代担当，而一以贯之的则是古老的湖湘文化传统和博采众长的开放创新精神。

楚荆之地，人杰地灵。在漫长的历史长河中，湖湘文化作为一种精神滋养了一代又一代湖湘学人，逐渐形成了一种湖湘文化滋养湖湘学人，湖湘学人馈赠湖湘文化的动态互动模式，时至今日，彪炳史册的巨匠先贤已成为湖湘文化的一个又一个坐标，并不断指引着当代湖湘学人进步。

提及湖湘文化对湖湘学人的滋养，首先是以"入世"为根本表征的价值取向，其次是以"浪漫"为表征的理想关怀。这种夹杂着悖论的文化情怀在屈原赋《九章》、作《离骚》之时就已初见端倪，至后世十九世纪末维新变法时期，这种浪漫主义的入世情怀被资产阶级维新派继承，并强力地注入了因时代语境而产生的（其实何尝又不是源流于湖湘文化千年来的精神传承）英雄主义，以谭嗣同、唐才常为代表的维新派之士前仆后继。谭嗣同面对大势已去的革命形势坚守如初，力图力挽狂澜，在革命走向彻底失败的最后关头，他拒绝出走，面对劝其出走的梁启超，留下了"不有行者，无以图将来；不有死者，无以酬圣主"的决绝之言，革命浪漫主义和心忧天下之情溢于言表，面对死亡的威胁，他更是痛快悲壮："各国变法，无不从流血而成，今中国未闻有因变法而流血者，此国之所以不昌。有之，请自嗣同始！"直至今日，其狱中的绝唱依旧令人血涌思进："望门投止思张俭，忍死须臾待杜根。我自横刀向天笑，去留肝胆两昆仑。"如果说屈原的济世情怀多了几分楚巫色彩的话，那么谭嗣同身上则闪烁着耀眼的佛教色彩，前者发掘湖湘本土文化资源，后者则从湖湘之外寻求到了丰富的湖湘文化的精神资源。

相较于以庙堂节气著称的屈原，谭嗣同以江湖义气留下了湖湘学人的另一面。后世的胡安国、胡宏父子承周敦颐之学，融心性之学与经世致用于一体，为张栻、王船山等人的学问打下了丰厚的基石。至近代，无论是魏源等经世派，还是曾国藩等务实派，以至辛亥革命派和五四革命主义者，都深受湖湘文化的精神滋养，而他们所创造的历史丰功伟绩也完美地融合了"浪漫"与"入世"的湖湘文化精髓，以理想之名，行涉实之事，在政治、经济、文化等各方面完成了对湖湘文化的馈偿。

在文学创作领域，湖南当代作家更是深得"湘味"，不断地汲取并改写湖湘文化的价值关怀和审美取向。如果说汲取是一种继承的话，那么改写则是一种丰富。正因如此，当代湖南文学的审美品格在某种程度上亦是湖湘文化在新历史语境中的精神风貌的呈现。

作为现实主义的文学自觉，小说的美学选择几乎是先天性地打上了语境的烙印，而其中的地域性不仅是小说文本进行意义探寻的根基，更是通过对写作者潜移默化的影响左右着小说艺术的流变。在语境作为一种特殊文化背景的关怀下，书写者一方面继承了传统，另一方面也借助新的书写语境对传统进行了别有意味的改写和重述。在传统意义上，书写者要借助现实题材表达文学意义，而在新的历史语境下，"书生意气"则逐渐被其他的写作所修改、替代。这理所当然地意味着，小说书写不仅要保持艺术创作题材的现实性，也要保护创作主体的涉世性。

湖湘文化作为潇湘大地的精神产物，不仅作用于湖湘地域社会形式的组成，也作用于湖湘大地上民众的政治态度和情感信仰。在湖湘文化的视域中，作为传统的自然环境和移民文化，以及有四百年道统的理学不仅对湖南地区以政治为中心的社会现实产生了塑形作用，更是对当代湖南作家产生了深刻实在的影响。这种影响在小说创作领域更多地呈现为一种基于解构语境的回溯、重构，而非止于传统意义上社会纪实和意义描摹。

在以兼容并蓄的包容性和推陈出新的时代性为标志的天地意识的指导下，湖南当代作家的写作充满了题材的广袤和艺术的先锋。在题材选择上，湖南当代作家们不拘一格，不仅将艺术的触角不断伸向了以民俗风情、山川河流为代表的自然风物，更是在以政治、经济、文化为核心的社会文化领域取得了骄人的成绩。前者如湖湘大地上深受神话传说和宗教巫术熏陶的时岁节庆、婚丧礼俗、服饰饮食等，以及由自然条件、风土人情所孕育的高山大川、江河湖海等，这些源自湖湘大地自然风物的题材为湖南作家的文艺创作提供了取之不尽的素材灵感；后者如唐浩明的《曾国藩》《杨度》等历史系列小说，古华、叶蔚林、彭见明、陶少鸿等涉及湖湘山村的乡土系列小说,何顿的长沙市井系列,以及为人熟知的政治叙事小说系列等。这些丰富广泛的素材选择取向为湖湘文化的新历史语境做出了很好的见证和回应,像韩少功的《爸爸爸》《女女女》、残雪的《苍老的浮云》《黄泥街》等。这种艺术探索有效地回应了湖湘文化所特有的激越和进取。

在以经世致用的务实性和心忧天下的担当性为标志的家国意识的指导下,湖南当代作家们继承屈、贾以降的"文以载道"精神,以笔为戈、针砭时弊,在表达现实关切的同时力图以文救世,在呈现底层民众疾苦的同时展现出爱憎分明的忧患意识和使命意识,如水运宪的《祸起萧墙》和叶蔚林的《没有航标的河流》等,都是从民众出发,直达历史和现实关怀的艺术创作成果。陶少鸿的《梦土》则完成了对20世纪中国农民生存状态和心路历程史诗性审视,而以王跃文、阎真等领衔的政治叙事小说作家群,更是这种家国意识和使命担当的有力支撑,他们通过作品介入时政并传达出的爱憎情感、反思精神以及改革、担当精神等,无一不是强烈社会责任感和经世致用精神的体现。王跃文的创作从文化性和精神性切入现实,写尽了生活的繁华苍凉之百态,而阎真的创作从现实入手,无时不指向人性的形而上关切,其代表作《沧浪之水》手术刀般刻画了当下中国知识分子的精神气质和生存状态,借现实向时代理想和古典诗性发起了不懈的追问。湖南作家们从湖湘文化中汲取的营养既有楚文学传统中的忧患意识和求索进取精神,也有理学传统中"传道而济斯民""康济时艰"的思想。

至于以睥睨天地的浪漫性和敢为人先的进取性为标志的个体意识对当代湖南作家的影响,在湖湘学人、作家的著述中更是屡见不鲜。从《离骚》开始,湖湘作家的作品中处处可见想象力上的奇幻诡谲、表达形式上的浪漫惊艳,以及修辞结构上的富丽繁缛。在湖湘大地神话传说和自然风物的熏染下,湖南作家们既有慷慨勃发之情思,又有磅礴浪漫之文采,既有奇幻壮美之胸怀,又有回转曲折之言辞。在儿童文学的创作领域,童话般的艺术思维直接取材于湖湘久远而深厚的楚巫精神,而生意盎然的艺术表达形式则直接得益于湖湘文化灵动激越的思维天性。在诗歌领域,"新乡土诗派"的余韵和古怪灵动的文风始终生生不息,这种一脉相承的诗性在聂沛、蒋三立、廖志理等人的创作中可见一斑。在散文领域，王开林用流光溢金的笔调书写磅礴磊落的性情，刘鸿伏以悲天悯人的叙述寄托骁勇博大的灵魂，这种经智性到诗性，经勇气到大气的浪漫主义情怀散落在湖湘作家的创作中，不断激励、催生着新的湖湘文学精品。可以认定，基于深厚传统和新时代语境的复合式精神思维赋予了湖南当代作家们不可置疑的多面性和交互性，而这些无疑也会促成一种相摩相荡、奋勇争先的动态文化格局。

湖湘文化的丰富多彩不仅创造了三湘大地多元的传统习俗和民族风情，又融合渗透，为后世湖湘学人们提供了极具地域特色和博大视域的精神养分。在市场经济的浪潮中，以地域性为载体的湖湘文化已经重新闪耀活力，而它自身的多元性和开放性也将为湖湘地区的文学实践和文学理念建构提供新的指引。这将是一种全新的文化发展模式：以强大的文化传统适应新历史语境，滋养新人文风流；以锐意进取的新文化姿态馈偿先贤遗泽，开拓湖湘精神。

第五节　文学湘军政治叙事的经世致用

自启蒙以来，文明的螺旋始终受制于政治，而文学与政治的关系也始终是文学、美学，甚至社会学、政治学领域不得不解决的首要命题。文学的社会意义和政治指涉虽然在现代主义的作用下屡遭责难，但伴随着新批评思潮的回落，文学的政治性——泛政治性再度被法兰克福学派、马尔库塞等纳入了美学的思想批判中，而后来的弗·杰姆逊、伊格尔顿更是以政治为视角完成了对当代文学的阐释。

面对日新月异的全球化社会图景，文学的涉世性再次引发了人们的关注。这不仅意味着文学的社会性与政治性将被赋予新的意义，更加意味着文学道德性和美学性的重构亟须摆脱纯粹的形而上学思路。目前来看，在史学视角内，新历史主义对意识形态给予了热切关注，而在后殖民文化批评中，前沿政治问题和帝国主义的人类解读也极力将政治纳入自身的研究视域，甚至是女权主义中关于性别、族群的控制和统治论述，都完成了对人类文化、文学的政治式还原。无论是由于政治解读的意义泛化，还是源于人类图景的泛政治化，政治化的诗学回归都在启发我们对文学与政治关系的重新认知。

论及文学批评，语境始终是先于文本考察、甄别的研究对象。因为文学的政治性——泛政治性必须经由独特的历史语境来认定，而政治的文学化呈现也必须在特定的阐释体系中生成。对此，知名学者张开炎有一个精辟的论述："只要历史语境或解释体系改变，文学作品的政治意义就会相应改变，它是一种结构性生成物，一种在特定的结构关系中被赋予或解除的功能。"① 参照张开炎的观点，可以说，湖湘文化对湖南作家的精神滋养不是一种单纯的教化论、驱使论，而是一种召唤论、引导论；尽管不得不承认湖湘文化中以经世致用的务实性和心忧天下的担当性为标志的家国意识为湖湘当代作家的政治关怀开辟了一条天然捷径，但在家国意识之外，湖湘文化中以兼容并蓄和推陈出新的时代性为标志的天地意识，以及以睥睨天地的浪漫性和敢为人先的进取性为标志的个体意识都引导湖南当代作家们走出政治的意识牢笼，争取一种通达而开放的社会性、政治性担当，此即湖湘文化所倡导的"独立不羁，遁世不闷"精神。

由此可见，在湖湘文化的召唤、指引下，湖南当代作家的文学创作既饱含现实关切和政治关怀，又致力于文学个性和美学理性的建构；如果说湖南当代的政治叙事小说多见政治意识和时代担当的话，那么其背后的支撑和指引则是其一以贯之的开放创新精神和美学追求。

一方水土养一方人，湖湘大地"三湘四水"的自然环境培育出了兼容天地精神的湖湘文化。作为一块马蹄形的地域，其造就的寒暑之道一方面滋养了"天行健，君子以自强不息"的奋斗精神，另一方面也培育了"地势坤，君子以厚德载物"的承担胸襟。前者从楚辞精神、楚巫文化起始，穿越千年至新民主主义革命时期，源流般激励着湖湘儿女激昂逾越，引领历史潮流。后者崇理敬道、重视实践，辅之以"天下兴亡，匹夫有责"的担当意识，则为家国情怀；辅之以"当今天下，舍我其谁"的英雄主义，则为楚才风流。

从早期湖湘文化中的"贬官文化"开始，地域上对政治的疏离使得湖湘

---

① 张开焱. 召唤——应答：文学与政治关系的理论表述［J］. 文艺报，1999-12-09（05）

大地既保留了深厚的文化积淀，又包容、收留了一个个被发落的士大夫。作为贬官文化的承担者，士大夫们怀才不遇的悲剧性文化现象将个人抱负和国家命运的冲突逐渐酿成了一种个体精神上的自我博弈，即"兼济天下"与"独善其身"之间的冲撞、调和。在文学创作中，这种博弈性恰好对应了文学和政治在特定历史语境中的双向互动。在湖湘作家们的文学创作中，既存在对政治的认同，也存在对政治的对抗，甚至是逃避、超越——而这种生于时代语境的逃避、超越姿态最终也会消解于另一种语境，即使新的语境也必然意味着新的认同和对抗。

伴随着楚族先民筚路蓝缕般的生产积累和文化沉淀，政治性/泛政治性意识始终伴随着湖湘文化的发展、流变。它可以是富国强民的政治主张，也可以是忧国忧民的社会理想，更有可能只是重道务实的实干精神。首先凸显的是在湖南作家群的精神气质中普遍存在的"屈贾情结"。作为一种高度融会儒家经邦济世思想的文化现象，"屈贾情结"始终是湖湘作家群的一个文化幽结，甚至可以说，湖南当代政治叙事小说的创作就是屈贾精神在新历史语境中的继承和扬弃。从胡安国作《春秋传》开始，基于现实性的政治式关怀不仅引导一代又一代理学学者走出抽象的哲理辨析和离群索居的心性修养，转而务实济世，更是形成了一种思想文化上的"骨牌效应"。明清之际，经世致用的思潮席卷全国，以顾炎武、黄宗羲、王夫之等为代表的思想家使湖湘文化获得了空前的政治性取向和现实关切，匡扶社稷、救亡图存、治学用世的思想也成了湖湘文化的标志性建构。时至清末，时局的动荡和中西文化的碰撞使得湖湘文化中的政治性再一次勃发，从魏源的《圣武记》提出"今夫财用不足国非贫，人材不竞之谓贫；令不行于海外国非羸，令不行于境内之谓羸。故先王不患财用，而惟亟人才；不忧不逞志于四夷，而忧不逞志于四境。官不才，则国祯富；境无废令，则国柄强"（魏源《古微堂外集》）的论调到曾国藩的"拼命救国，侧身修行"思想，湖湘文化中始终保有经世致用的文化心理机制。

作为宋代以后儒学沿袭、发扬光大的重镇，湖湘文化中的历史担当意识和家国使命意识经周敦颐理学思想的灌溉滋养，与本土传统中的"淳朴重义""勇敢尚武"精神合流，融贯为"文以载道""经世致用"的学术思潮。我们应该看到,"文以载道"尽管难逃传统政治诗学的嫌疑,但其背后自强不息的进取之心和睥睨天下的浪漫主义精神时时促使其冲破时代局限。至于"经世致用"的务实精神,虽然也有文学服务、屈从于政治之嫌,但其更注重实践理性与"天下兴亡,匹夫有责"的参与意识。因此,湖湘文化中关于政治与文学关系的认知理念也有着生生不息的新注解:以理学品格介入时代语境(绝非止于政治),以务实精神引领文学争鸣(绝非囿于文学)。

伴随着现代化的作用和新文化语境的生成,经世致用之风深刻地影响着湖南作家群的创作心理,政治性/泛政治性视角也成为湖南作家群在创作中一个基本的审美取向。当仔细检阅20世纪的湖南文学时,湖南作家群的文学观念和审美观念自始至终都具备一种政治性/泛政治性观念,更有意味的是,这种政治性/泛政治性不仅凸显于某一全局性的文学政治化、意识形态化的时期,更是彰显在文学艺术自由舒张的时期。不得不承认,这归根结底来源于文化积淀所形成的创作心理定式。周立波在1935年发表的《文艺的特性》一文中强调"一切文学都浸透了政治见解和哲学思想","一切文学史上有名的作品,不论是浪漫的或写实的,甚而至于'古典主义'的,都有浸透着政治及一切意识形态的特质"。如古华就自称其代表作《芙蓉镇》就是写农场里出了一件蹊跷事,寓政治风云于风俗民情图画,借人物命运演乡镇生活的变迁。

如果说湖湘文化对于旧时湖湘作家的创作引导总是有儒家"为天地立心,为生民立命,为往圣继绝学,为万世开太平"的精神烙印的话,那么在饱受现代化冲击的市场化、民主化社会新语境中,湖湘文化则一定程度上扬弃了传统兴邦治国的强烈参政意识,如清代曾国藩倡导的"内圣外王""兼普天下"思想;也走出了旧革命时期意在献身的"霸王经世"之学,如谭嗣同等维新派激扬文字、力图倡导的维新思潮。当传统儒学伦理被市场经济放逐,而后现代社会的生存哲学重新面临洗礼之时,政治遗失了所有的美好风尚,只剩下(当然也不得不剩下)"地震式文化变革"中作为个体的现实责任和美学关切。

从1998年的《国画》开始,《梅次故事》《西州月》《大清相国》《苍黄》等一系列小说将"中国政治叙事小说第一人"的美誉加在了湖南作家王跃文的头顶。"王跃文以敏锐的洞察力、犀利的笔触对争斗中的矛盾冲突和人物性状作了极其深刻的灵魂审视和道德评判，而且从湖湘文化、佛教文化等方面对其蕴含的文化意味和存在的文化根源进行了深层的发掘与思考，显示出独特的审美价值和文化意蕴。"① 与此同时，阎真的《沧浪之水》则直接上承屈原，写出了"沧浪之水清兮，可以濯我缨。沧浪之水浊兮，可以濯我足"的涉世理想。此外，肖仁福、陶少鸿、邓宏顺、何彩维、吴茂盛、铁戈、阳剑、刘春平、彭见明、水运宪、朱金泰、浮石、魏剑美、余艳、姜宗福、易清华、黄晓阳，以及周碧华、易卓奇、戴云、刘一纯、邓建华、刘子华等一大批湖南当代作家围绕政治性（泛政治性）对政治叙事展开了别有意味的文本探索，这些不仅将当代社会政治作为文明核心成分的影响力予以了证明，更重要的是湖湘作家在湖湘文化的引导下充分利用文学意识，对政治都做出了极具覆盖性和渗透性的解剖，这种融认同与对抗为一体的解剖不仅以文学的方式回应了政治（而不是一味地规避），也以美学的名义超越了政治。

　　观察20世纪的文学，不难发现，政治叙事一直占据着中国文学正统的一席之地。而湖南作家深受湖湘文化精神的滋养，同时他们又是作为湖湘文化的承载主体，"使他们表现出一种共同的文化品性"，"具体地说，就是以政治作为人生的第一要义，以经世致用作为治学和立身处世的基本原则。"② 至此不得不提到对新世纪湖南政治叙事小说创作构成直接影响的水运宪和唐浩明。

　　水运宪连续创作了《祸起萧墙》《裂变》《撞击》《雷暴》，这一系列作品与20世纪80年代初期的"改革小说"交相辉映，表明了鲜明的政治参与精神；这在某种意义上可视为湖南当代政治叙事小说创作的先声。而在1990年，唐浩明创作的长篇历史小说《曾国藩》出版，这部"湘味"十足的历史政治叙事小说"引导人们回到历史，使我们见识了中国官场文化对知识分子的巨大建构和解构作用"③。借助对曾国藩这样一个人物的艺术化描述，博大

---

① 佘爱春. 揭开官场神秘的面纱——王跃文政治叙事小说文化透析 [J]. 哈尔滨学院学报，2006（01）：44.
② 田中阳. 论近世湘文化精神的负面效应 [J]. 求索，2000（06）：79.
③ 郑国友. 论新世纪湖南政治叙事小说创作 [J]. 河北工业大学学报（社会科学版），2012（03）：129.

<<< 第二章 政治叙事：文学湘军的主流价值与自觉意识

精深的中国文化与源远流长的湖湘文化相融相汇。之后，唐浩明又连续推出《张之洞》《杨度》；这种借助对湖湘历史文化名人的艺术化解读，为湖南当代作家借助湖湘文化反思现代文化提供了新的表现方式和反思视角。"水运宪和唐浩明，一个着重于表现人物的命运沉浮；一个慨叹着几千年文化的刀光剑影。我想，从两位作家的创作分析，我们有理由确认，新世纪湖南政治叙事小说创作有着历史文化底蕴，同时也具备直面现实关怀大地的精神根基。"①

在水运宪和唐浩明首开政治叙事小说之风后，湖南政治叙事小说迅速崛起。在一番文本梳理之后不难发现，湖南当代政治叙事小说既有湖湘文化中一贯的普世悲悯，又有湖湘文化始终葆有的严酷冷峻。王跃文《国画》中的朱怀镜和李明溪，阎真《沧浪之水》中的池大为和马垂章，肖仁福《仕途》中的米春来和陆秋生，陶少鸿《花枝乱颤》中的袁真和吴晓露，浮石《青瓷》中的张仲平，水运宪《乔省长和他的女儿们》中的乔良等，为湖南当代政治叙事小说提供了一个湖湘风味浓郁、个性鲜明的人物谱系。在这些政治叙事小说人物形象的塑造背后，湖湘文化生活化、人情化，当然也更具体化地得到了呈现，更重要的是，传统湖湘文化开始彰显新语境赋予它的思想张力——受其浸染的人，无论是政治叙事小说的作者，还是小说所塑造的艺术形象，都时时进行着思想的沉潜、行动的反思和生命、文化、政治等一系列大命题的批判。

毫无疑问，湖南当代政治叙事小说在湖湘文化的滋养下写出了人在权力面前的心理状态和灵魂处境；更重要的是，湖南当代政治叙事小说"站在权力的远处、高处甚至对立面，对我们民族的'劣根性'、对个体的生命价值、对权力的运行逻辑、对时代的精神病痛，表达一个作家的独特发现和深深忧患"②。而这，也正是湖湘文化的精髓。彭见明在《天眼》中以湖湘大地的民俗相术巫文化切入今日官场和世俗，余艳以"后院"为视角，从"后院夫人"的特殊视角来观照官场的隐秘状态，浮石借《青瓷》道出官商文化的种

---

① 郑国友. 论新世纪湖南政治叙事小说创作 [J]. 河北工业大学学报（社会科学版），2012 (03)：130.
② 郑国友. 论新世纪湖南政治叙事小说创作 [J]. 河北工业大学学报（社会科学版），2012 (03)：133.

种纠结,水运宪借《乔省长和他的女儿们》表现官场逻辑在家庭生活的蔓延等等,视角虽然复杂不一,但对湖湘历史文化精神的传承和发扬却是一致的。其中最引人瞩目的,当属对官场的历史理性和人文忧思;如果阎真的《沧浪之水》写的是一部知识分子的精神蜕变史,"揭示了中国当代知识分子在世俗化潮流中的精神守望与自救问题"[①] 的话,魏剑美的《步步为局》系列则呈现了鲁迅杂文式的批判意识,肖仁福的《仕途》对生命与意义的追问是其中真意。如此来看,"湖南作家写出的官场小说显然不同于一般意义上的官场小说,他们有着自己的价值思考,并试图在文本中进行价值建构,有着一种文人型写作所能体现的历史理性和人文忧思。正是出于这样的创作视角选择,湖南政治小说呈现的感情基调和美学意味,有着荒诞的真实、繁华的苍凉、冷峻的温情,冷眼旁观中暗含着对生命的关怀和对民族的思考,充盈着忧患意识、反思精神和理想色彩,这成了湖南官场小说的精神命脉"[②]。抛开具体的文本,可以看到,湖湘文化中"经世致用"的思想和"激越勃发"的思想依旧作为当代湖南作家的写作引擎滋养着他们的艺术创作,而湖南作家们也充分继承了先贤的遗泽,以时代勇气和现实力量赋予了湖湘文化中的济世情怀以新的注脚。

第六节 文学湘军政治叙事的困境与突围

在关注文学湘军的精神气质的时候,难免会以湖湘文化为参照。这使对湖南政治叙事小说作家群的描述始终难以脱离一种普遍而深沉的焦虑感,如果说关于湖湘文化的传承使得他们面临似有似无却无所逃遁的话语基础,那么关于时代语境的承担则使得他们不得不呈现这个时代共有的躁动与不安。

根本困境在于:由文化传承赋予的精神性和由社会担当赋予的现实性几

---

① 谭桂林. 知识者精神的守望与自救——评阎真的《曾在天涯》与《沧浪之水》[J]. 文学评论, 2003 (02): 85.

② 同上。

乎是一对天然的矛盾。这使得湖南当代的政治叙事小说作家群普遍难以逃脱因"互悖"而生成的文本困境。这种困境不仅体现为政治叙事小说内容与形式的分裂；也体现为反智/反禁忌式的游戏性文字消解。如果说前者使得湖南政治叙事小说作家群在处理传统的道德规范、应对价值深度上有一种永远不能抵达的潜能的话，那么后者则使他们不得不借助细节处理和精神泛指追寻生活原态的琐碎意义，用日常经验取代艺术经验，将文学的价值简化在"一次性消费"的商品价值中。无论如何，湖南当下的政治叙事小说的书写总是忙于应对文本外围的环境，这也让政治叙事小说文本空间的萎缩现象显得不那么令人惊奇。

  与此同时，在文本内部，一些涉足政治叙事小说创作的作家在题材的把握上还有欠缺。个别作家对现实主义题材过分地偏爱，强调宏大叙事，希望作品反映时代的重大变革和进程，却没有架构重大题材和叙事的能力，使作品显得粗糙，缺乏艺术震撼力。也有作家则走向创作的另一个极端，多偏重于个人感受和心灵玄思，题材狭窄，对文本创作的审美感性片面地强调，对叙事原点的艺术价值失去必要的关注，对作品在人的精神内层上的探索，特别是在人性的卑微幽暗面上的揭示没有给予合理而深入的探究。至于视野狭窄、创新意识滞后、思想保守、语言枯涩、想象力贫乏等问题都在不少青年作家身上或多或少，或明或暗地存在着，正是这些焦虑与困境，使文学湘军"想飞而没有飞起来"，或者说，"飞起来但没有飞得更高。"

  不难发现，21世纪以来盛行的"类型化写作"之所以能大行其道，本质上是因为其本身契合了现代化传媒的复制精神和拟态效应。以信息传播和审美快感为主的商业化写作、大众化趣味将政治叙事小说纳入了仙侠、玄幻、盗墓、穿越等快餐式文化范畴；由此，政治叙事小说与严肃文学一致的精神追求被自然地忽略，甚至遭到无视。

  经过多年的耕耘与收获，湖南当下的政治叙事小说创作已经完成了一种艺术上的自觉，即重视时代语境中地域性文学的意义反刍，高扬湖湘文化赋予湖南当代作家的"政治情结"，延续着文学湘军的辉煌（当然也引发了文学湘军的新焦虑）。在王跃文借助政治生态完成文化叙事，在拟态环境下完成官场祛魅并力图呈现湖湘文化精神原点的同时，阎真站在知识分子的审美立场反复拷问坚守与放弃的生命之痛，借助精神逼宫重提被遗忘的诗性，这一方面完成了转型时期的现实关怀，也提出了浮世之上的价值追问；二人的创作在一定意义上也完成了湖南当代政治叙事小说关于政治与美学的双重叙事。

但他们所代表的成绩背后则是政治叙事小说在这个时代所面临的新挑战。在文学从社会中心位置抽身，转而为人们精神文化生活重心的时候，政治叙事小说对人类的温情与关怀如何成为讨论国家重要问题的"场所"成了一个可疑的命题。湖湘文化给予新时代湖南作家群的只是一个意义上的支撑引导，即以理学品格介入时代语境（绝非止于政治），以务实精神引领文学争鸣（绝非囿于文学），但就政治叙事小说而言，其文学的现实性不是意义，而是价值。

由此来看，"坐标性差异"的缺失和"价值性合流"的混乱可以被视作湖南官场小说创作的实际困境。

所谓坐标性差异，即湖南政治叙事小说所呈现的文本关怀和精神指引是否有明显的差异性和标志性。从宏观上看，湖南当代政治叙事小说如何区别于旧湖湘文化中的政治指涉性作品，如何区别于当代国内外的地域性文学作品；从微观着眼，湖南当代政治叙事小说内部的创作是否反映了不同的价值追求和文本美学。

目前来看，湖南当代政治叙事小说的书写并没有脱离旧时代道德藩篱的束缚，总是在传统与现实之间疲于奔命；在以现代叙事策略为框架进行涉实性题材的处理时，语言、精神和现实有冲突，而在以文学的方式应对政治时，语言和精神又产生了内部分化。这是社会性的难题，当然也是作为文学的政治叙事小说所要担当的负荷与责任。此外，湖南当代政治叙事小说的书写如何从湖湘文化中找到自我的精神渊源，进而有别于"齐鲁文学""秦陇文学"等其他地域性文学，这也是当代湖南政治叙事小说书写中已经觉醒但尚未完成的任务。就湖南文学的内部创作来看，政治叙事小说依旧属于一个没有被明确定位的创作体例，而各创作者之间也缺乏足够的对话与身份认同。

所谓价值性合流，即在精神层面，湖南当代政治叙事小说如何在传承湖湘文化的同时接纳外部资源，关切现实语境；在创作层面，不同的文本写作如何交融、激荡，在与文学批评的对话中滋生出共通而积极的政治叙事小说生态。在当前的湖南政治叙事小说书写中，湖湘文化的传统使命和济世情怀已经得到某种有意无意地延续，从王跃文的《国画》到阎真的《沧浪之水》，湖南当代作家群前赴后继，围绕着政治性/泛政治性创作出了大量的文本，但"价值性合流"的危机依然存在，这既体现为文本的乏力，也体现为批评的乏力。

湖湘文化的济世情怀如何在湖南当代政治叙事小说的书写中得到延续、创新是首要问题，从王跃文的《国画》完成对政治叙事的初次描述开始，阎真的《沧浪之水》也呈现出了屈原式的涉世理想。此后，一大批湖南当代作家都对政治性/泛政治性展示出了极大的文本兴趣，这种对当代社会政治成分的关注不仅延续了文学的责任意识，也完成了对湖湘文化的文学化诠释，但是，其深度和力度、广度依旧显得力不从心。政治叙事小说的写作是小说式的，但其对诗性的发挥还有很长的路要走，这其中既包含本学体式的内部交流，更要求创作与批评的有效对话；面对湖南当代政治叙事小说的崛起，国内文学批评界已经给予了相当的关注，但是真正对湖南当代政治叙事小说具有艺术指引性和文化解剖性的批评依旧少见；同时，批评必须在与时俱进的同时参考文化传统，而如何在湖南作家群中产生一批对湖南政治叙事小说具有真知灼见的批评家，以此来促进湖南当代政治叙事小说的繁荣依旧有着很大的进步空间。不得不承认，这种有效批评的缺失也是湖南当代政治叙事小说进步的一大瓶颈。

在同质化取向严重的文化语境中保持文学的差异性是当代文学的重要任务。在现代化和世俗化共构的新时代语境中，文学的涉实性必然要求其意义重心侧重于其赖以产生并发生现实功效的世俗根源、文化背景，而非其文本内部的语言迷宫。而"文学之根"的确定一方面来自文学民族性、地域性的要求，另一方面也是时代性、进步性的要求。"认同即渺小"——新时代语境所暗含的写作弊端全在于从精神到技术的极端类型化与趋同性；湖南当代政治叙事小说书写如何确立自己的坐标，依然是一个没有任何自觉的话题。紧接着而来的是文学内部的差异性，湖南当代政治叙事小说已经找到了自己的书写地域，但似乎依旧没有找到属于自己的声音。

在后现代主义的操控下，个体的生存空间被剥夺了方向和中心，与之相伴的则是集体价值的迷失和怀疑，传统还有几分魅力，其自主价值如何在新语境中得以传播、接受，这些都对湖南当代政治叙事小说作家群的书写带来了挑战。"在特定的电信王国中，整个的所谓文学的时代将不复存在。哲学、精神分析学都在劫难逃，深挚情书也不能幸免。"① 法国解构主义者雅克·德里达在《明信片》中的直截了当地道出了这个时代文学面临的困境，而文艺理论家J.希利斯·米勒则借助同样的担忧——尽管这种担忧的直接出发点仅囿于"文学的困境与终结"——为政治叙事小说的书写做出了合法性辩护："文学研究的时代已经过去了，再也不会出现这样一个时代——为了文学自身的目的。撇开理论或政治方面的考虑而去单纯研究文学"，"……文学只是符号体系中一种成分的称谓……文学研究的时代已经过去，但是，它会继续存在，就像它一如既往的那样，作为理性盛宴上一个使人难堪、令人警醒的游荡的魂灵。文学是信息高速公路上的沟沟坎坎、因特网之神秘星系上的黑洞。虽然从来生不逢时，永远不会独领风骚，但不管我们设立怎样新的研究系所布局，也不管我们栖居在一个怎样新的电信王国，文学—信息高速路上的坑坑洼洼、因特网之星系上的黑洞——作为幸存者，仍然急需我们去'研究'，就是在这里，现在。"② 作为政治叙事小说，其美学性和价值性几乎全部地涉及政治，在一个技术、信息对全球文明走势、对民族国家权利、政治行为全面影响与渗透的年代，其出现和发展本身几乎天然就是一曲"合法的挽歌"。

当生存的哲学必然地意味着欲望的黑洞时，价值的荒芜和思想的无根几乎也成了潜意识里的真理。而在此思想的指引下，批判的正气自然也难逃姿态化，不管是乡野还是都市，在已有的湖南当代政治叙事小说书写中，只要辅以政治的望远镜，都被打上了"政治叙事小说"的幌子，且不说这种叙述策略是否得当，单就其文本对都市生活和乡野生活的呈现力度来说，都显得浮躁而匆忙。受商业时代精神气候的规制，当下的湖南政治叙事小说创作整体上有明显的商业气息和娱乐意味。特别是在全球化历程中成长并涉足创作

---

① 转引自[美]J.希利斯·米勒：《全球化时代的文学研究会继续存在吗》，国荣译.《文学评论》，2001年第1期。

② 转引自[美]J.希利斯·米勒：《全球化时代的文学研究会继续存在吗》，国荣译.《文学评论》，2001年第1期。

的中青年作家,更是深得时代的精神气质,以娱乐化投合大众,以商业化迎合市场,不得不承认,这只是市场经济的胜利,而非政治叙事小说的成功。市场经济条件下的小说叙事,与其说是所谓的同质化写作,不如说是游戏文学的快餐化写作。"现代文学的写作都是张扬欲望化写作,这些作品之所以受到一些读者的欢迎,之所以有一定的消费市场,源于作品迎合了人的感性生命中的那份自在的生理欲求。"[①] 但问题是,何为"人的感性生命中的那份自在的生理欲求"?文化疗养式的都市告白是否能揭露政治叙事小说的意义本质,这成了一个重大的疑问。

论者已在前文中梳理了以上现象,除开少数具有文本含量和精神力度的作品,大量的书写以政治叙事小说为名、行文字游戏之实。某种程度上他们满足了大众的阅读期待,也辜负了大众的阅读期待。而湖湘文化的精神传统并没有在湖南当代政治叙事小说的书写中得到彻底的继承和改造,甚至更苛刻一点,我们会发现湖湘文化的传统在湖南当代政治叙事小说的观照体系下几乎是失效的,这不只是艺术承继的问题,更是文化沿革的问题。所幸传统还在,这必然地意味着传承;所幸担忧还在,这必然地意味着担当。

刘勰指出了文学的通变之道:"文律运周,日新其业。变则其久,通则不乏。趋时必果,乘机无怯。望今制奇,参古定法。"(刘勰《文心雕龙·通变》)湖南作家秉承湖湘文化的余脉,在政治叙事小说创作领域既出现了一批来势喜人的创作新秀,也存在后继乏人和后继乏力的问题,因此文学的突围不仅成了整个文学湘军的重任,更是立足未稳、充满争议的湖南当代政治叙事小说所面临的重任。

首先是政治叙事小说的合法性确立,这在某种程度上是对湖南当代政治叙事小说面临的所谓"坐标性差异"困境的化解。

康德说"美是道德的象征",这为艺术的社会化预约了一个理念契机;黑格尔说"美是理念的感性显现",这在一定程度上反其道而行之,将艺术在形而上的路上推了一程。然而,伴随着现代主义和后现代主义的前赴后继,传

[①] 吴家荣. 新时期颓废文学中的非理性主义神话 [J]. 佛山科学技术学院学报(社会科学版), 2006 (01): 73.

统意义上的艺术概念还能对现代美学做出一个令人满意的回应吗？究其根本，作为传统精神学的派生物，现代美学并没有因为尼采的颠覆而发生彻底的转向，相反，传统依然发挥着生生不息的作用力，正因为如此，尽管文学丧失了从前的优越地位，但依然处于一种高贵而自足的状态。

那么政治叙事小说的终极指归是什么？在技术与信息的支配下，政治叙事小说只是一种文化式的无聊消遣？一种无喻指的感性经验？在利益被无限放大、距离被无限压缩的时代，政治叙事小说——当然也包括所有的小说，甚至也包括所有的艺术范式——真的没有一个刨除了生理学意味的美学解释？显然，政治叙事小说的合法性依然是一个短期内不可能被解决但又必须面对的问题。政治叙事小说预示的语境化的审美取向必须在一个感官刺激主导人类精神的时代做出姿态，为自身的前世今生正名——不是靠理念，而是靠沉淀。

政治叙事小说的出路一定程度上可以约化为文学，甚至是单线条艺术范式（诸如区别于以影视为代表的综合型艺术范式的音乐、戏剧、绘画等）的共同出路，因此首先要做的是对其所处的公共活动的文化症候予以梳理甄别。

长期以来，政治叙事小说力图呈现的意识形态并没有完全解释公平正义（权力）的文化背景，这使得所有关于官场的真诚书写行为最终都难逃意识形态戏剧化的敷衍和戏弄。另外一个方面，当意识形态阴谋化、隐私化，甚至娱乐化、商业化以后，公众的态度便是一种怀疑，在权利较量和利益分配极为隐秘的官场，文化总是呈献给公众一种不得不接受的假象。在此意义上，官场的参与者，不管是公务人员还是普通百姓，其行为和反应基本上都处于一种表演、无意识的状态。在后现代主义的文化作用下，一切现象都可以文化化，甚至意识形态化，但这种文化化和意识形态化又面临着内涵正当性和可靠性的失效。如此来看，政治叙事小说的书写一定程度上也与哈贝马斯们追寻公平正义之源的努力不谋而合，只不过一个是文明意义上的真理寻找，一个是艺术意义上的真理回溯。

然而幸运的是，湖南当代政治叙事小说的创作境遇虽然也遭受着现代主义和后现代主义的冲击，但并没有像哲学思潮那样面临着虚无和重构。这一方面得益于小说的内部规律，另一方面得益于湖湘文化的强大潜流。在湖南当代政治叙事小说创作中,作家群不必为真理之梦的彻底破灭寻找新的意识支撑,也不必对虚假的意识形态义愤填膺——因为社会的固态化和权利的有效性尽管让政治叙事小说的书写面临种种困境,但政治叙事小说的美学性和其所承担的文化传统同时也带来了无限的可能性。只要政治叙事小说深刻地认识到其所处的社会语境和文化背景,那么工具理性在权利上的合法性便不会伤害到艺术创作,而政治叙事小说也将从根本上不可能成为一种迎合意识形态要求的表演。

当然,当我们抛出"存在即合理""政治叙事小说的合法性"等关于政治叙事小说写作取向的本体争议的时候,我们必须以更为平和、当然也更为广阔的视角来对待"政治叙事小说"这一方兴未艾的文学现象。而这种视角的根本转变也意味着所有关于政治叙事小说的本体合法性的争论都不得不回归到文学本身和社会现实,也就是政治叙事小说写作的现实价值和社会意义。

在新时期语境下,湖南当代政治叙事小说必须在艺术的纯度、思想的深度与人性的高度等各方面完成自我确认,政治叙事小说所呈现的文本关怀和精神指引如何从湖湘文化中获取滋养,如何在湖湘文化精神的影响下完成意义的重构和改写,都是伴随着自身合法性确认而来的大命题。作为以政治为主要题材的艺术创造行为,政治叙事小说必须对政治理想予以重视,这在奥威尔的《一九八四》、昆德拉的《玩笑》等作品中已经得到了很好的呈现。同时,政治叙事小说要应对的不只是政治,这意味着政治叙事小说的书写又要具备更加广阔的社会情怀和人文视野,如托尔斯泰在《战争与和平》等一系列史诗性作品中呈现的那样。

只有在借鉴传统和外部资源的基础上,湖南当代政治叙事小说书写才能形成自己的文本特色和文化气质。也唯有如此,湖南当代政治叙事小说才能从任何一个写作视角出发,最后都涉及漫长的文化传承,关照到宏大的历史和现实,甚至重塑一定范围内的美学、哲学思想。在坚守湖湘文化性的同时,必须积极吸收外部有效资源的滋养和检阅,不论是以现实关怀和个体美学追求为代表的精神层面,还是以叙述结构或艺术手法为代表的技术层面,都可以演绎出湖南当代政治叙事小说的地域性和涉实性。

在自我差异性和标志性建构的过程中,湖南当代政治叙事小说将明显区别于旧湖湘文化中的政治指涉性作品和其他当代国内外的地域性文学作品，进而为湖湘文化在新语境中的意义做出辩护。而政治叙事小说也将在文学艺术范式的内部为自身谋得一席之地，促进并催生文学范式的内部革新。在这一点上，王跃文的创作有着开创性。"他从世俗的官场生活中，洞察到官场深层中的一些底蕴，并把它转化成了一种艺术美。"① 陶少鸿的《花枝乱颤》也提供了另一种参考，即"在真实的叙事和看似细碎的生活流中体现一种冲淡、隽永和深沉"②，凭借湖湘文化的底蕴、语境化的语言和文本之间诗意的张力谛听文化叙事。这也意味着湖南作家对生命的感悟必须从湖湘文化中得到灌溉。

其次便是对"价值性合流"危机的化解。这首先意味着湖湘文化的传统必须被重新纳入政治叙事小说的创作视野。目前来看，湖湘文化中依然有很多的精神养料可供湖南当代政治叙事小说发掘弘扬：一是使命传统，湖湘文化传统中围绕着家国意识构筑起来的使命传统和责任意识在不同历史时期有着各不相同的具体内容，但是深沉的忧患意识和以天下为己任的坚定历史责任感与使命感却始终未变。二是包容传统，具体而言即是开拓创新与对外开放的传统，这种传统促使湖南作家群永远探求新知，在日新月异的文化语境和社会背景中不因循守旧、不抱残守缺，在传承地域性文化传统的同时接纳外部资源、关切现实语境。

另一方面，从价值论角度观察，当下的政治叙事小说创作有着浓重的市侩主义情结——尽管这种倾向不是源于功利目的，而只是由于政治叙事小说本身的不成熟或者是无意识。当"纯情的理想主义""文学向政治渗透的乌托邦气质"和"道德的原始冲动"等幌子被洒向政治叙事小说时，我们看到更多的则是流于表演的犬儒式文化躁动。目前来看，湖南当代政治叙事小说在大变革时期的引导性作用和文学价值依然充满了未知，这必然地意味着文本之间的交融互通，也必然地意味着政治叙事小说生态的建设。

因此，突围的另一层意义是政治叙事小说"文学性"的重新确认。在文

---

① 段崇轩. 官场与人性的纠缠——评王跃文的小说创作［J］. 小说评论，2001（02）：77.
② 郑国友. 论新世纪湖南政治叙事小说创作［J］. 河北工业大学学报（社会科学版），2012（03）：131.

艺美学发展过程中，文学性是一个崭新但有着悠久渊源的词汇，从俄国形式主义将"文学性"作为一个形式美学的概念开始，其所关涉的内容已经突破单纯的语言结构和形式技巧，进而与社会历史的生成变异以及精神文化的建构、解构合流。伴随着文学性内涵的发掘和丰富，传统社会的支配性文化，比如哲学与宗教都被逐步纳入了对"文学性"的意义范围之中。而随着后现代理论对文学性在社会历史层面和思想文化层面的阐释，"文学性"以其对社会历史和精神文化的真实注解得到了广泛的关注。只有彻底打破传统叙事模式中对政治的既定想象，才能真实而有效地回应当前的特定语境。也只有坚守小说的文学性，政治性、泛政治性叙事才能成功地规避市侩主义。当政治叙事小说摒弃政治上的失落情绪，转而谋求公正的政治生态时，政治叙事小说才能回答自我的合法性难题，政治性、泛政治性叙事也才能被证明不只是一种叙事激情，更是一种叙事热情。

如此来看，政治叙事小说的突围必须突破美学的范畴，不仅将政治学、社会学纳入自身的视野，也要将哲学、神学甚至是历史学和经济学作为自身的重要资源。政治叙事小说的书写必须基于有效的批评生态，而这种批评生态的提出必须关注到社会流变的内在气质和精神症候，对于以"消费"为核心表现的现代社会，文学批评不能桎梏于文本的符号、意义表层，这也意味着政治叙事小说不能停留于消费社会的商品属性，流俗于符号性的社会介入。关于政治叙事小说的批评应该立足高远，站在社会建构的角度和史学的高度对文本进行关照，相应地，政治叙事小说的创作也要不止于对权力关系的政治性揭示。如此，政治叙事小说的书写和对政治叙事小说的批评才能共构一种积极的、活泼有力的文学生态，政治叙事小说才能真正地进入时代语境，完成对文学性新的、可能性的注解。

这在某种意义上也暗合了当前社会科学研究向跨学科研究挺进的文化走向。政治叙事小说究其根本来讲，只是小说的一种，因此"小说性"依然是其存在并发展的根本。

好在文明的延续性尽管会有波折但依然能生生不息地向前延展，湖湘文化在湖南地区的不断发展、沿革为此做出了极具证明力的辩护。因此，湖南当代政治叙事小说的突围必须注重两点：一是对其所处历史语境的重新认知。

二是对其"文学性"的修正开发。唯有如此,湖南当代政治叙事小说才能回应读者关于"艺术的纯度、思想的深度与人性的高度"的阅读期待。

  回到现实,湖南当代政治叙事小说的突围只是文学湘军突围的组成部分,尽管它肩负着更高的期待和更重的责任。在湖湘文化的支援和时代语境的作用下,湖南当代政治叙事小说必能突破困境、释放焦虑——尽管我们也不得不对此留下怀疑的底牌——承继湖湘传统的时代精气,开启昂首阔步却任重道远的文化新长征。

第三章

世界视野下残雪小说的先锋特质

残雪是先锋派的代表作家之一,从第一篇小说《黄泥街》开始,残雪就引起了文学界的广泛关注和褒贬不一的评论,其小说深入挖掘内心潜意识,文本形式及文本思想都具有极致的先锋性质(尽管她将自己的小说称为所谓"新实验"小说)。其小说独特的魅力在于构建了一个虚拟的异质世界来与世俗抗争,并立志将这种抗争进行到底。她的小说在形式上极具先锋特征、内容上极端荒诞,某种程度上称得上是中国乃至世界文学史上一种独特景观。在文本背后,我们发现她以现实社会逐渐遗弃的价值意义和终极关怀为己任,不断地对人类精神世界进行深层探索,以期引起世人对灵魂叩问的努力。先锋小说是20世纪80年代遗留下来的产物,在褪去社会政治因素以后,残雪仍将其作为创作的指导延续下来,说明其存在一定的现实意义。

一方面,残雪受到西方现代派的巨大影响,将现代主义的创作手法融入了自己的创作实践中,并对中国的文学传统与中国当代文学的大多创作实绩不以为然。她曾坦言:"我不能搞现实主义,将来也如此,我只能进入一种超自然的状态来创造,我必须提到我的精神沉浸在最狂野的遐想之中。我的所有的人物与事件都是我的创造,它们不需要符合一般人能够理解的那种现实,我故意使他们与现实作对。我将聚集起我的全部情感和想象来反对现实的铜墙铁壁。"[①] 这也正道出了她的作品出现如此多争议的深层原因,通过一种潜意识式的"自动写作",小说文本看起来超出我们普通人的日常生活与阅读习

---

① 萧元. 圣殿的倾绝——残雪之谜 [M]. 贵阳:贵州人民出版社,1993:363.

惯太多，令众多读者乃至评论者望而却步。而在众多的西方现代派作家中，最常被人们拿来与残雪进行比较的无疑是卡夫卡，两者不约而同地以一种荒诞的呈现手法对人的生存状态进行展现与反思，构成了中外文学史上一次扣人心弦的心灵互动。当然，残雪显然并不着力于模仿任何人，而是形成了自己独特的文学风格，她本人也曾有"超越卡夫卡"的豪言。

另一方面，在吊诡的形式与荒诞的文本背后，残雪又试图构建一个自己苦心孤诣追寻的精神世界，以期达到与现实世界分庭抗礼的目的，并且希望读者能够走进她的精神王国，与自己成为精神上的"同谋者"。或许是出于作品时常不被理解并遭遇非议的苦恼，希望通过"提示"的方式给试图接近其艺术王国的读者提供一把钥匙，或许是出于对个人文学创作观的表达欲望，她曾多次谈到自己写作欲望的源头："我们的民族，是世界上最善于遗忘的民族。通过遗忘，我们可以化解自己内心的所有矛盾，让黑暗的'生'与澄明的'死'在内心搅和成一片混沌。于是晕晕乎乎，得过且过，而这被称之为'活'。"[1] 正是出于对这种被现实与苦难麻痹已久的人格隐忧，迫切需要时时进行精神探索，在精神的荒原上突围："我的作品全部是向内部深入的，我总是将自己放在危机四伏的境地，不断地对他加以拷问，促使其生命力的爆发，将探索不断地进行下去。"[2]

在中国当代文学史上，先锋派文学是受到学界广泛关注的热点之一，曾一度以一种荒诞乖戾的印象独树一帜。对于先锋文学的定义，很难有确切的结论，"有人认为先锋文学只是一种纯粹的话语游戏，其形式的实验性远远大于精神内涵，有人觉得先锋文学是对艺术传统的一种故意割裂，是创作主体为了彰显自身艺术个性而采取的一种极端化的艺术行为……"[3] 在20世纪80年代中后期，先锋派小说实现突破性的跃进发展，涌现出了以徐星、刘索拉、莫言、马原、残雪、扎西达瓦、张承志等为代表的一大批先锋小说作家，掀起了一股反规范、创新形式的审美风潮。其中的"残雪文学"更是一个无法回避的现象。残雪的人生经历颇带传奇色彩：她出身官宦和书香门第，父母

---

[1] 残雪. 残雪文学观［M］. 桂林：广西师范大学出版社，2007：25.
[2] 残雪. 残雪文学观［M］. 桂林：广西师范大学出版社，2007：25.
[3] 洪治纲. 守望先锋：兼论中国当代文学的发展［M］. 桂林：广西师范出版社，2005：2.

兄弟身世浮沉，尝尽世态炎凉。残雪本人当过待业青年、医疗站学徒、机械厂工人、个体裁缝，最终成为专业作家。残雪从事写作30年，几乎每年都有作品在国外出版，她的作品已经被翻译成十多种文字，主要有英语、法语、德语、日语、瑞典语、意大利语、越南语。迄今为止，共有近30个外文版单行本。国外多家主流媒体对她和她的作品有过大量报道，欧美、日本知名评论家对她的作品不吝赞美之词。日本还成立了残雪研究会，创办了《残雪研究》杂志。

相比较余华、格非、马原等人，残雪的作品有着更大的争议，她的小说之费解已经达到了令习惯于在前因后果的文学叙事和意图明朗的故事情节中找寻意义的读者难以接受的程度。怪异的表现手法，夸张、荒诞的人物性格，梦魇般的气氛，故事内部时间的断裂、空间的交错等等，都为残雪的小说打上了鲜明的、无法与他人作品混淆的印记，也给读者和研究者造成了审美上的巨大冲击。

第一节　西方话语与残雪小说的道路选择

要更好地理解残雪文学创作的源泉以及其具体文本中出现的令一般人匪夷所思的场景与意象，我们不得不对其家庭与成长环境进行溯源。残雪，原名邓小华。1953年出生在长沙的一个知识分子家庭，家庭文化氛围浓厚，用她自己的话形容，"父母都是那个年代的所谓理想主义者"①。1957年父母被划为右派，父亲被关"牛棚"，母亲被下放，幼时的她遂跟随外婆生活。残雪在自传《趋光运动——回溯童年的精神图景》中描述了那个对她影响至深的年代——童年，由于童年的家庭亲子关系和天生的个性直接影响着个体的自我价值认知和将来的生活模式，残雪自童年起就表现出与众不同的气质，一种孤独敏感、特立独行的文学气质。

---

① 残雪. 趋光运动——回溯童年的精神图景 [M]. 上海：上海文艺出版社，2008：212.

残雪在《趋光运动——回溯童年的精神图景》中形容"家"既亲切又处在焦虑感中,在寻找"家"时,那个真正的"家"总能轻易地被内心充满渴望的残雪找到,即使家只是外表看起来一样的房子。① 当然这里的"家"不单单指残雪的生存环境,更应该指在她成长经历中遗失的"家人"。家人中首先给残雪重大影响的是她的父亲邓钧洪,父亲是残雪童年时期文学上的引导者和精神支柱。在残雪的描述中父亲即使在劳教生活中也会一有时间就坐在书桌前读书冥思,父亲的书籍引导着幼年残雪对文学的最初渴望。从童话故事到历史故事,从革命小说到所谓的"严肃书籍",残雪从小就是在书籍中长大,在阅读书籍时继承了父亲的"冥思"体验,总能轻松地进入作者描述的境界扮演其中的角色,并通过这种不一般的自我阅读体验建立起一套阅读体系。父亲在艰难时期通过书籍找寻精神追求的清高和倔强给了残雪效仿的可能,使她身体力行地践行着父亲的追求,由关注外在转而关注精神内质。外婆是残雪7岁前最依赖的人,外婆的言传身教对她神经质的性格影响最深,而这种性格又表现为一种神秘莫测的特质进入残雪的作品。外婆总用独特的异乡口音讲着梦一般的故事,那些故事没有确切的时间、地点和情节,徘徊其中的是一种忧伤而幽默的调子,幼年的残雪将外在的语言剥离,把握住了这种调子。这不就是残雪小说中一贯坚持的写作模式吗?她讲述的故事没有时间地点的限制、情节缺失、语言混乱,却在模仿着外婆的口气总结生活,避开现实生活的烦琐而走向梦境。父亲和外婆给残雪提供了另外一种生活的可能,但真正促使残雪走上文学之路的可能是面对现实时发自内心的恐惧,在与外界无法沟通的情况下她可以在创作中发挥超人的精神力量来消除恐惧。这种恐惧可以是对"蛇"的生理恐惧,也可以是对"人际关系"的心理恐惧,更难以磨灭的是面对死亡而无法逃避的恐惧。外婆饿死、弟弟意外溺死、父亲心脏病去世,残雪生命中最亲近的家人的死亡,造成了她在现实和文学创作中都无法释怀的死结。她唯有在梦中与亲人相遇,上演各种不可能的戏,通过写作在文学中造梦以改写死亡、释放恐惧。家庭因素促使残雪发现文学,而自身独特的气质和经历形成最终导向。残雪宣称自己的作品是用儿童的眼

---

① 残雪. 趋光运动——回溯童年的精神图景[M]. 上海:上海文艺出版社,2008:212.

光观察世界，追求的是一种纯儿童的回归。这可以用弗洛伊德关于意识、前意识和潜意识的心理结构理论来解释。意识表现不过是人格中的冰山一角，潜意识才是构成人性最根本的部分，而潜意识只能抽象显示，最有可能完全保留的就是婴儿的人格。丢失了童心的成年人会不时以"憧憬""怀念""美好"等词汇悼念童年，但对于那些能够保持童心一生不变的成人来说，童年不等同于纯真，而更准确的是弱小、迷茫、无助，是对现实的反戈一击。残雪自幼身体虚弱，患有严重的风湿、肺病，疾病的体验使她更加注重身体锻炼，在与身体的斗争中反而促成了精神的发展。小学毕业后残雪主动要求退学，原因是她在交流和人云亦云的教条方面太薄弱，没能接受到集体教育使她的天性得以完整保留。残雪声称自己"不懂事"，与同龄人相比有一个"延长了的蒙昧期"[①]。笔者并不这么认为，她不但不幼稚，反而在文学方面显得更加早熟，这种早熟表现为一种觉醒的执着。残雪与外界格格不入，害怕与人相处，在人际关系方面有着天生的缺陷。在迷茫和无助中为了得到友情、交流和认可，她付出过努力，但最终失败，而不服输的个性又促使这种渴望更加迫切，在重复的挫折中引起心灵激荡，将抗争诉求于创作，使作品表现出一种先知先觉的自觉意识。

第二节 创作诉求与神秘的趋光运动

除开家庭背景与童年成长经历带来的影响，如本章开头所说，对残雪的文学观念以及小说创作产生更直接冲击的无疑是西方文化与西方文学，特别是西方现代派文学。残雪称："开始创作的时候，接触到西方现代派，受到很大的冲击，才知道自己要写什么"，[②]她明确指出自己的创作与西方现代派有着很深的渊源。当然，当时的先锋派代表都明显受到西方作家的影响，如马

[①] 残雪.趋光运动——回溯童年的精神图景［M］.上海：上海文艺出版社，2008：86.
[②] 残雪.为了报仇写小说——残雪访谈录［M］.长沙：湖南文艺出版社，2003：23.

原的"叙述圈套"[1]、格非叙事迷宫的构建等。但残雪的独特性在于"广种薄收",即有勇气将西方文学中自古代文学起至后现代文学的代表作家纳入品评体系,在评论中源源不断地吸取营养。残雪在《艺术复仇》中详细解读了但丁、莎士比亚、歌德、卡夫卡、博尔赫斯等对其有直接影响的西方作家[2]。在残雪看来,创作和评论都是内省的过程[3],唯一不同的是选择的方式,一个是通过自己反省,而另一个则是通过别人来反省。她的创作之路没有断层,是由于源源不断地从西方经典中学习,尤其对于西方哲学的吸收使其创作能够突破事物表象而寻找真理。其中,最有代表性的就是创作中处于指导性质的"逻各斯"和"努斯"意识[4],即理性意识。也是进入90年代后先锋派逐渐式微而残雪能够独领风骚的原因之一。

当前评论界谈到残雪与西方的交汇时不约而同地会与卡夫卡、博尔赫斯等联系起来。《百年文学与后现代主义》一书中阎真教授提道,"残雪也相当明显地受到了西方作家的点化,特别是卡夫卡和博尔赫斯……很多人注意到了残雪与卡夫卡的关系……在我看来,她在精神上更接近博尔赫斯,以制造迷宫为基本的叙述方式。"[5]"迷宫"是博尔赫斯小说意象和叙述结构的主体[6],残雪在《艺术复仇》里对《曲径分岔的花园》中迷宫的理解是"迷宫的本质也许就在于那连环套的幻想,谁具有这样的能力,谁就可以进来,这是人面对死神所进行的幻想营造,也是用谜来解谜的永久的游戏"。[7] 其小说《归途》里"我"无法走出的房子、《表姐》里永远走不出的旅店以及《新生活》里述遗为自己选择的顶楼全都有"博尔赫斯式迷宫"的影子。关于残雪与卡夫卡的关系,用残雪在《中华读书报》答记者问时的回答可以概括:"我同卡夫卡的关联当然很大,我自己认为是一脉相承,都是来自伟大的西方经典文化。"在其对卡夫卡的解读中,影响最大的应该是对《城堡》独特的解

---

[1] 吴亮. 马原的叙述圈套 [J]. 当代作家评论, 1987 (03): 43.
[2] 残雪. 艺术复仇——残雪文学笔记 [M]. 桂林: 广西师范大学出版社, 2003: 125.
[3] 残雪. 残雪文学观 [M]. 桂林: 广西师范大学出版社, 2007: 116.
[4] 卓今. 关于"新努斯的大自然"——残雪访谈录 [J]. 创作与评论, 2013 (02): 68。
[5] 阎真. 百年文学与后现代主义 [M]. 长沙: 湖南教育出版社, 2003: 63.
[6] 吴晓东. 从卡夫卡到昆德拉 [M]. 北京: 生活·读书·新知三联书店, 2003: 42.
[7] 残雪. 艺术复仇——残雪文学笔记 [M]. 桂林: 广西师范大学出版社, 2003: 189.

读,"残雪对卡夫卡作品的解读是非常独特的,她笔下的那个冷峻、变态和噩梦般的世界也一直难以为人们所理解和接受,然而她在一个十分遥远的国度里却发现了卡夫卡,这便有了她那部《灵魂的城堡》。"[1] 显然,残雪是通过分析"城堡"、人物以及情节背后的象征意义来为她笔下的那个不为人理解的灵魂世界寻找同盟。

然而,残雪自认为与博尔赫斯、卡夫卡甚至更早些的但丁、莎士比亚的关系并非"师承",而是一种平等的关系,这与阎真教授在《百年文学与后现代主义》中对残雪与其他先锋作家不同之处的解释不谋而合,他认为"残雪借鉴西方作家的痕迹较少,形成了自我风格……她毕竟凭着自己的才华和个人气质,在相当程度上脱离了前辈的窠臼"[2]。残雪在《残雪文学观》答近藤直子问中明确说,"我的小说是属于自古以来就有的一种说不清道不明的、有点奇怪的时间与空间里头,让笔先行",即残雪一再强调的"自动写作"的,在她看来,这种方法并非她独创,而是"自古以来就有的"。"自动写作"的方法确实有例可循,其中具有代表性的就是美国作家亨利·米勒的"超现实主义创作"。亨利·米勒继承并发展了前人的超验写作技巧,"他将自己的创作变成了一块实验场,广泛地、交替地、不停地使用'自动写作''梦幻记录'等技巧"。然而,残雪却认为西方的"自动写作"是"浅层次的",她一方面说自己的创作类似"巫术似的自动书写",另一方面又认为这种书写是不可能自动写出来的,究其原因,首先是从根本上说残雪的创作确实是独有的,是使用自然和理性与文学交合的方法而进行的潜意识的描述,其指向是涉及人的潜意识发掘和被隐蔽的生命基质的,而不是单纯以潜意识为指导的"做梦式记录"。另外,这与残雪不断以新的更契合的理论支撑为自己的小说宣誓的探索有关,在持续的哲学、理论研究以及实践写作中,关于文学的认识也在逐步地深入。可见,残雪式"自动写作"要求叙述内容必然是涉及人类潜意识的,也必然是具有哲学构建的。残雪既然选择了这样一种独特的意识流形式对自我潜意识进行深究,就不得不承受比描写现实经验生活更大的压力,

---

[1] 曾艳兵. 卡夫卡研究在中国 [J]. 外国文学研究,2003(02):124.
[2] 张群. 花自飘落水自流——论亨利·米勒的超现实主义"自动写作"法 [J]. 英美文学研究论丛,2008(02):213.

因其先锋性必定是超越现实存在的,而先锋性也是文学存在的价值之一。

残雪小说自觉地将日常生存现状与超验精神追求对立统一而形成一种生活智慧,这种智慧具体表现在作者本身的哲学理念和小说中透露的辩证思维。从外在条件看,不论是社会文化环境还是自身经历,无不挤压着残雪走向孤独,这是日常体验的孤独,在每个人身上都有可能会发生。而真正的孤独是来自本能的压抑,艺术就发生在压抑后的勃发,"艺术工作者就是将本能通过强力抑制以达到最大发挥的人"[①]。残雪为了进一步展开对人的生存状态的思索,一再使用哲学思维来表达孤独,她将孤独体验转而上升为对抗的哲学观,以强烈的战斗意识进行"自我"向"他者"的反叛,在战斗中唤醒灵魂深处某种被压抑的潜意识,从而引导着创作的走向。

孤独是抽象的,在残雪的作品中,孤独普遍存在与黑暗联系起来的不被理解的疯狂上。《污水上的肥皂泡》最早发表于1985年湖南杂志《新创作》的第一期,后收录在小说集《种在走廊上的苹果树》和《从未描述过的梦境》中。小说描述的是一向凶恶、贪婪的母亲经过"我"的"谋杀"变成了污水里的肥皂泡。母亲时常会抱怨或示威,甚至依靠出卖自己的孩子向上级讨好卖乖,而"我"在母亲、小科长和外来人的相处中是被完全孤立的。在忍无可忍之下,"我"终于下定决心,使母亲变成了肥皂泡。这个结果不是一蹴而成的,至少经过了两个阶段,首先是希望母亲煤气中毒,无果后以"脚痛"的借口企图唤起母亲的同情,两次努力失败后,压抑的情绪终于爆发,"杀母"行动形成。"杀母"是为了"救母",因为文中的母亲冷血、唠叨、贪婪,是人性中最丑陋的代表,"救母"以达到"自救",因为血缘关系是"我"在世俗中最不可能摆脱的阻力。但由于欲望强大的生命力,以及"我"对世俗母亲依然存在某些幻想,导致"杀母"不彻底,母亲变成了污水里的肥皂泡后,依然对"我"指手画脚。在"杀母"也不能完成自救的情况下,最后"我"只能靠"吃人"排解压抑,以更疯狂的报复完成与世俗的彻底割裂。小说的前半部分处于争吵、压抑的苦恼中,当报复真正开始实施以后,小说进入了高潮。"不在沉默中爆发,就在沉默中灭亡",残雪选择最决绝的

---

① 残雪. 艺术复仇——残雪文学笔记 [M]. 桂林:广西师范大学出版社,2003:52.

方式奋起反抗。"孤独"是一种创作的动力,使作者能够深层次潜入写作中,同时也是精神层次发现自我、找到自我的导火索,是对人内在灵魂的反思。

第三节 精神之源:西方与东方的融合

残雪小说在形式上的先锋性创新有着深刻的文本意义,首先一定范畴的陌生化形式有助于引起更广泛的关注和研究,对先锋理念的传达有着推动作用。另外,先锋精神的表达可通过独特的形式更深刻地表现出来,先锋形式是创作者的必然选择。陈思和教授主编的《中国当代文学史教程》中提到,残雪就是在寻求合适的感觉表达时选择了先锋性的形式[1]。同时,形式的探索也是先锋性文学探索的一部分。

某种意义上,"语言是文学创作过程中主体审美意识得以物化的媒介"[2],是文学形式的重要表现要素。不管什么目的,传达理念抑或自说自话,也不管接受者的身份地位,文学必定是写出来给读者看的,否则就失去了存在的价值。即使先锋派小说极力排斥语言的传统存在,终究无法摆脱语言的束缚,能做的只是寻找最自由的表达方式而已。所以,对文本的语言分析是有现实意义的。残雪的小说普遍表现出语言的不连贯和无逻辑,因其描述对象——潜意识的特殊性,可以说是小说"创造"了语言,同时这种"梦呓"语言形式的自由性充分契合了残雪的选择,语言又完成了小说。在残雪式独特的语言范畴里,表述者确实自由了,它可以将所思所想用任意的语言形式表述出来,为自己的本意披上一件又一件外衣来迷惑听众,并在真话与假话、此物与彼物间来回游走,但欺骗的不只是虚构世界里的听众,也迷惑了向残雪小说靠近的读者。这种自私利己的选择可能是作者有意为之,锻炼自己精神力的同时,不忘对读者抛出烟幕弹,以期获得具有"火眼金睛"的读者群。当

---

[1] 陈思和. 中国当代文学史教程 [M]. 上海:复旦大学出版社,2008:292.
[2] 欧阳友权. 文学理论 [M]. 北京:北京大学出版社,2006:27.

语言传达与接收处于不平衡状态时,就会产生自说自话或对牛弹琴的焦虑,也就是梦呓与交流的矛盾。

梦呓般的语言致使语义模糊或语义缺失,造成传达层面与理解层面的不对等,使文本中人物对话失效。"梦呓"可以通过多种形式表现出来,首先是在与世俗的对话中对比显现,《公牛》的"我"和老关的对话就是这样的。

"我看见了一点东西,"我用不确切的语气告诉他,"一种奇怪的紫色,那发生在多少年以前。你记不记得那件事?……"

"你看,"他朝着我龇出他的黑牙,"这里面就像一些田鼠洞。"

……

"那个东西整日整夜绕着我们的房子转悠,你一次也没看见?"

"有人劝我拔牙,说那样就万事大吉。我考虑了不少时候,总放心不下……"①

很显然,老关对"我"的提问总是不理不睬、自说自话,他唯一关心的是被虫蛀了的牙齿,看似有明确的生存目标,实则混混沌沌地生活在低俗的追求中。与之相对应的是"我"的话里则充满了"梦呓"式虚幻的、美好的东西,也就是"真理"。有人在评论《公牛》时认为小说的主题在于展现一种异质的夫妻关系,认为"残雪将夫妻二人置于最大限度地不相容……将他们置身于对抗的地位"②,或者认为夫妻二人的交流不成对话,是没有意义的③。但笔者认为对话虽然存在矛盾却是有意义的,只是对话的个体处于不对等的地位,作者就是要以"我"的"梦呓"拯救老关的堕落从而深化表层的夫妻关系,以达到救赎的目的。这从"我"不断以问句的形式与老关对话可以看出来,但正是因为"梦呓"是个体偶然的灵感闪现,甚至自己都还不能明确地把握,又怎么会轻易得到他人的回答和认可呢?所以即使"说了一通夜",直到小说的最后,老关举着大锤向那面可以反映并引导"我"认识内心

---

① 残雪. 残雪自选集 [M]. 海口:海南出版社,2004:56.
② 蔡之国. 黑夜中的灵魂之舞——试探残雪的《公牛》[J]. 阅读与写作,2001 (04):23.
③ 孙德喜. 病入膏肓世界的梦呓 [J]. 中南大学学报,2005 (01):237.

<<< 第三章 世界视野下残雪小说的先锋特质

的镜子砸去的时候,"我"依然没能拯救老关,而老关的龋牙也越来越严重,"皮肤皱缩地如八十岁老人"。透过这种对比形式的语言,可以看到残雪要传达的理念:"梦呓"是更高级的语言形式,是自我在不满于现状而寻求精神层次的满足时才会闪现的灵感。"梦呓"是难以达到的,甚至常常陷于孤独境地而无法与外界达成共识,但"我"没有放弃,残雪也没有放弃。

"梦呓"式的先锋语言表现为作者叙述中使用的奇特比喻。她经常把人比做各种物象,可以是动物、食物或者东西。如《山上的小屋》里将父亲比作发出凄厉嚎叫的狼,狼是在梦里才会出现的恐怖意象,这里的狼是经历了特殊遭遇后人的异化,主人公能够看到父亲狼的形态,能够感受到父亲在与母亲的相处中受到的压制,象征着主人公能够与父亲摆脱一般的交流而进行精神交流。《路边人家》里阿娥将自己比作松树林里的蘑菇,并且认为这个比喻很漂亮。如果没有看过残雪的自传,很难想象她的比喻指向哪里。在自传中残雪提到,她幼时最喜欢跟外婆去岳麓山采蘑菇,蘑菇是那段艰难岁月里自然馈赠的礼物。联系下文全家抵制房屋拆迁,可以想见,阿娥可能是作者幼年的化身,期待通过遥远的回忆回到故乡。还有《雾》里母亲说父亲只是一件外套,并且是多年后才发现这个真相,"外套"与人的肉体相关与灵魂相对,在母亲眼里父亲的实质消失,只剩下表象的形象,说明母亲与父亲只是维持了象征的夫妻关系,直到母亲出走才悟出这种关系的不正常,而这种不正常的夫妻关系在现实生活中是普遍存在的,从残雪的小说来看,解决问题的关键是个体独立意识的觉醒。

文学之为文学的意义之一就是创作者与接受者的对话,这种对话通过具体文本完成,也同时受制于文本。创作者通过多种形式的语言叙述表达,文本的价值通过接受者的主体经验和价值判断实现。从文本中人物语言及叙述语言的分析看出,残雪是有意识传达阻滞的,但通过仔细分析,又能从中找出迫切交流的痕迹。首先是有些文章由大段大段的对话组成,这在《公牛》《雾》《天堂里的对话》中都有所体现,如果交流没有必要或者没有意义,从人物嘴里说出来的句子就毫无用处,甚至可以忽略不计,这显然违背了残雪的创作初衷。另外,有些看似没有意义的交流可能正是作者设计的陷阱。如《突围表演》中X女士面对观众进行的无意义演讲,她明明知道演讲不会达到传达的目的，依然奋力地想说出来，在两败俱伤里寻到出口。最后不得不提到的是残雪可能正是要以梦呓的不交流来呼唤精神的深层次交流。《最后的情人》中丽莎与文森特总是处在一个追，一个躲的尴尬的夫妻关系中，夫妻对话失效，但就是在各自经历了不同的人生体验后找到了自己，最后也在精神的"长征"中相遇。从上述分析中可以得出，残雪的语言不是毫无意义或者拒人于千里之外的，虽然从语言的接触意义来讲，作品中的语言失去了基本的交际功能，但从整部小说的话语系统来讲，却实现了残雪创造新语汇的追求。

第四节　集体记忆、个性张扬与地域特色

当我们对残雪的小说进行整体风格与先锋性的品评，并尝试对其中的人物形象进行具体分析时，却常常会遇到阻碍。因其小说的主体并未涉及社会人的属性[①]，而是创作者本人潜意识中的个体分裂，分析人物形象及人物身份等都是行不通的。但是，小说中的人物并不是独立存在的，必然会接触到"他者"。美国社会心理学家舒茨在人际关系方面提出了"人际关系三维理论"，该理论认为，包容、支配和情感的需要是个体在人际交往中的三种基本需要，人际交往中个体的行为以及个体对他人行为的反应都是被这三种人际需要支配着。例如，当个体成长中的包容需要得不到满足时，可能出现低社会行为，在与他人的交往中孤僻、独立以及排斥群体。这种"三维"不足的人际关系在残雪的创作中大量表现出来。如果对残雪大部分的小说做一个比较，不难发现小说中普遍存在一种人与人之间异化的关系，这种关系存在于孩子和成人、夫妻情人，甚至自我之间，人物关系呈现出简单的"二维对立"特征，并不涉及一般小说中描述的是非曲直和人情世故，表面上看是残雪对人际关系的自我化认识，实质上更是对隐藏在经验生活下的人的本质的挖掘，当群体普遍呈现不理性或疯狂状态时，人只能把希望投向个体本身，人的本

---

① 阎真. 百年文学与后现代主义 [M]. 长沙：湖南教育出版社，2003：68.

质就是突破种种苦难压制活下去，是一种"活的冲动"①。

　　小说中最普遍的应该是大人跟孩子的矛盾，当然这种大人只包括成年人，老年人在其小说中通常与孩子划为一类，这在《路边人家》《爱思索的男子》等都可以找到例证。至于原因，笔者猜测在残雪的眼中可能只有成人是既脱离了儿童的单纯又无法达到老年人的精明，所以才会处于混沌中接触不到真理。《山上的小屋》讲的就是孩子与成人之间不可调和的矛盾。"我"的抽屉是小说隐含的一条线索，"我"无时无刻不在想着整理好那个抽屉，仿佛那是唯一值得做的有意义的事情。当然在我们看来，整理抽屉只是某个影像的代表，从个体体验和儿童的感受来讲，更像是我们幼年时的隐私，这样的解释更符合人类的集体意识。而这个"我"珍视的"抽屉"并不安全，最终被妈妈以不正当的手段打开并搞得乱七八糟。情节发展到这儿已经能够看到这里边理所当然的成分，许多人小时候都遇到过这样的情况，有自己以为永远不会被发现的小秘密，却被父母或者别人轻易窃取到隐私。当我们以儿童的心思去看待时，就会理解在"我"的眼里妈妈是可恶的，而"我"又时刻处于紧张状态的原因了。同时，不断整理抽屉与妈妈觊觎抽屉的矛盾就像是重建秩序对固有秩序的抗争②，孩子在大人面前总是弱小的，这一努力希望渺茫，但对生存之恶动态的抗争才是生命应有之义。

　　与此同时，爱情也是残雪善于描述的方面，在看待夫妻、情人关系的问题上，残雪并没有丝毫手软，还是将人们认为的高尚美好的爱情拉入世俗。《公牛》全篇讲夫妻之间的琐事，开篇丈夫就用"我们真是天生的一对"来讽刺。尤其是当"我"想要触碰梦里的公牛时，碰到的总是老关冰凉坚硬的后脑勺，委婉地表现了"我"美好的梦想总被冰冷的现实所阻，世俗里的爱情是不可信的。这在我们的生活经历中也会经常遇到，当得到了爱情就以为得到了所有，将所有的精力和热情都用在与另一个人的纠缠当中以致迷失了自我。遇到偶然的机会我们重新寻得当初的美梦时，已经被爱情牵绊住了出离的脚步。在理想与现实的对抗中，老关代表的世俗现实取得了最终的胜利，

---

① 邓晓芒. 灵魂之旅 [M]. 武汉：湖北人民出版社，1998：56.
② 陈思和. 中国当代文学史教程 [M]. 上海：复旦大学出版社，2008：274.

夫妻关系是否会土崩瓦解尚未可知，无非有两个结局，"我"对老关开始新一轮的拯救，或者老关堕落。从残雪的态度来看，前者可能性更大，因为活着就是抗争的过程，没有胜利，唯一的胜利就是死亡。"我"对老关的救赎是一种自我献身的使命，老关是"我"在现实的映照，而只有打破层层的自我局限才能从内部获得精神力量。①

在夫妻关系的拉扯中还存在一种自我与自我的特殊关系，这种关系多以肉体与精神的对抗来展示，即灵肉冲突。在文本中具体表现在老关拔牙与不拔牙的矛盾中。老关通篇都在讲他的牙齿：

"有人劝我拔牙，说那样就万事大吉。我考虑了不少时候，总放心不下。我一想到拔了牙之后，再没有什么东西在口里窜来窜去，心里就'怦怦'直跳。这样看起来还是忍一忍为好。"②

虽然最后老关拔了几颗牙，但这里值得注意的是老关不愿意拔牙的理由，本来蛀牙已经给老关造成了不小的困扰，可是在长时间处于这种困扰以后他居然习惯了，一旦改变就会害怕。在拔掉蛀牙以后，他用玻璃罐把牙保存起来，以便拿出来时时观察，这种变态的行为背后是紧张不安的情绪，灵魂的惰性表现在固有的状态，稍稍改变就会使人陷入迷茫之中。残雪把生存的悲剧和人性的丑陋本质展示在对人性的解读当中，生活中不乏老关一类随遇而安的人，可能人的惰性和不敢为的软弱正是"救赎缺席"③的根源所在。在人际关系的展开中，总有一对或几对世俗人与动态人，即拯救者与被拯救者之间不可调和的矛盾，除此之外其他人物都只是这两种人的化身。所以，残雪小说中展现的人际关系都是简单明了的，但简单的人际关系背后却是个体与个体的矛盾冲突，一方面是残雪向内写作重点关注人心导致，另一方面也展现了另一个非理性世界的人生百态，简单中透着让人难以理解的复杂。

---

① 邓晓芒. 灵魂之旅 [M]. 武汉：湖北人民出版社，1998：26.
② 残雪. 残雪自选集 [M]. 海口：海南出版社，2004：98.
③ 戴锦华. 残雪：梦魇萦绕的小屋 [J]. 南方文坛，2000（05）：44.

第五节 生存的困境和人性的阴暗

残雪小说在结构安排上有其独特性，短篇多跳跃式结构，情节破碎、充分表现出避开外在形式束缚而达到精神自由的特征，长篇则像是由多个短篇拼凑而成，形而上的理念至上而情节其次，在情节的无限跳跃中形成整体。从具体文本和访谈中可以发现残雪的创作并不注重叙事结构的刻意安排，而是以意识流的形式自动涌现，难以使用逻辑分析得出结论。

短篇小说多随着情节的跳跃而发展，情节与情节之间并没有一般小说中强调的过渡承接，而是潜意识片段的拼凑，联系片段的可能仅仅是一个物象或者一个人物，而此种物象与人物都可能是作者虚构出来的。以《爱思索的男子》为例，钟大福是一个沉默寡言的青年，他每天大部分的时间都在思索，全篇由大福买菜、大福学棋、大福进出警察局几个明确的事件组成。围绕在大福身边的不过是神秘的姑姑、围棋老先生、看似威严的民警三个人物，其中围棋老先生还像个隐形人。从开篇到大福买菜回来，卫生间里的异象、水库等看似不相关的想象情节是以大福的思索联系起来的，这也说明了残雪在叙事方面的转变，至少可以使读者轻易明白。直到大福被警察抓起来，情节就变得扑朔迷离了，大福的思绪变得更加零散，有围棋老头、藤萝、草鱼、民警，不禁使人想弄清楚这些意象是靠什么连起来的，他们背后的象征意义在哪里。进出警察局的情节更加混乱，贯穿其中的只是一头臆想中的老狼，而读者不能完全理解的是老狼出现对于情节发展的意义在哪里。针对情节的缺失，高玉教授在《论残雪小说的"读不懂"与文学阅读的"反懂"》中给出解答，即不能从传统层面去分析残雪小说的逻辑，而应该摒弃情节、结构等概念，以直觉来把握。[①] 分析中有值得思考的部分，因为以传统小说理论来

---

① 高玉. 论残雪小说的"读不懂"与文学阅读的"反懂"[J]. 中国现代文学研究丛刊, 2012 (06): 92.

分析残雪小说是不可行的,只能寻求另一种解读方法,但给出的方法仍然是形而上的,"直觉"毕竟不能形成系统,还可能陷入狭隘的个人体验里,同时也不能解决大部分读者的阅读障碍。笔者认为,残雪小说与传统小说并不是泾渭分明的,结构、情节分析存在现实意义。

与短篇小说相映成趣的是残雪的长篇小说多是虚构出经验以外的世界,这个世界里的人和事都带有神秘的特点,在开辟空间方面有重大意义,通过文本的细读,还会发现短篇里少见的精心安排的叙事结构。此特点在《最后的情人》中表现明显。从目录中就可以发现,虽然章节之间并无逻辑联系,但以一种人与人之间虚构出的关系来连接,比如"玛利亚的爱好"和"丽莎的秘密""文森特去赌城"和"乔决心出走",玛利亚和丽莎因为同时遇到了家庭问题而自然走到一起,文森特与乔是在各自的生活中感到了厌倦去寻找新的刺激而出走,纵向来看,由"玛利亚的爱好"到"玛利亚去旅行"再到"丽莎和玛利亚两人的长征",清晰地展现了玛利亚的转变过程。从文本内容来分析,由于联系的并不紧密,使每一章节的情节都可以延展出一个"童话"来。从第九章"埃达的逃亡生活"来看,作为小说的一部分,埃达对现实世界的逃亡是必不可少的,但她的逃亡也完全可以独立成篇,作为一个小短篇的形式存在。整章写的是埃达在一个家庭酒吧里的场景,她逃出情人里根先生的橡胶园,在城里一个叫"绿玉"的酒吧帮忙,在与老板女儿的相处中发生了一系列诡异的事情。在这个"幻想的城"里,老板女儿养了至少一百只白鼠,她经常从桌上跳下来吓唬地下簌簌发抖的白鼠,还宣称是锻炼它们敏捷逃生的能力。在白鼠眼里老板女儿就是上帝,掌握着它们的生杀大权,"逃亡"成了白鼠们活下去的唯一选择。埃达有感于白鼠的遭遇,想到自己在家乡泥石流中逃生出来,有种"回老家"的感觉。埃达逃亡的原因就在这个小寓言里显露出来,从灾难里逃出来的她更加感到生命和家乡的可贵,但里根先生却霸道地想从身体和灵魂上占有她,这让埃达感到恐惧,她理智上无法出卖家乡和自己,所以才有了这次的逃亡。从后文来看,埃达并没有忘记里根先生,反而在感受到老板女儿和其男友的关系后更加清楚地认识到对里根先生的怀念,才真正正视自己的爱情,所以到最后,埃达虽然开始流泪,但还是离开了酒吧。可见虽然结构是零散的,但精神的追求和回归却是浑然一体的，以哲思的角度引导读者进入人隐秘的内心世界，从而深刻认识自我。

第六节　逻辑之悖：形式与内容的背离

前文提到先锋派的崛起与西方现代派的影响有着直接关系，先锋小说是80年代后期出现的一种文学现象，广泛意义上的"先锋"指现代性范畴下出现的前沿的文学艺术现象。[①] 洪子诚教授在《中国当代文学史》中给出的定义是："先锋小说"由以往的重个人主体追求和历史意义的确定转而重视文体的虚构和叙述形式，主要探索的是小说形式和叙述方式。[②] 在《中国当代文学史教程》中，陈思和教授给先锋精神定义，认为"先锋精神意味着以前卫的姿态探索存在的可能性以及艺术的可能性，以不必极端的态度对文学的共名状态形成强烈的冲击。"[③] 前者从先锋小说具体内容及外在形式上给予解释，后者则从精神文化层面深化先锋小说的内涵，从两种定义来看，先锋小说在文学史上的实验探索性和战斗性是毋庸置疑的，也是文学界普遍认可的。然而，先锋小说作为一种文学现象却像是文学史上一颗绚丽的流星，在惊艳后很快黯淡下来。残雪是先锋小说的代表人物，尤其在20世纪90年代先锋作家纷纷由前卫的探索姿态转向生活化叙事后，残雪的先锋选择显得更加难能可贵。她将自己的创作定义为"新实验"文学，认为此类文学是描写本质的文学，是在保留传统语言基础上的关于文学内部的颠覆，不仅在形式内容上进行创新性颠覆，更本质的是在自我的否定和抗争中认识自我。[④] 其中的先锋性显而易见，但与80年代的先锋小说又有着明显的区别，虽然保留了其中最根本的探索性，但"先锋"已经发生了变化，可以说，"先锋"并未消亡过，反而以更前卫的姿态出现在残雪的创作中，创新——否定——创新的创作模

[①] 阮南燕. 孤独者的自我毁灭——先锋之悖论 [J]. 当代文坛, 2005 (02)：121.
[②] 洪子诚. 中国当代文学史 [M]. 北京：北京大学出版社, 2010：293.
[③] 陈思和. 中国当代文学史教程 [M]. 上海：复旦大学出版社, 2008：291.
[④] 残雪. 残雪文学观 [M]. 桂林：广西师范大学出版社, 2007：126.

式决定了"先锋"是动态的先锋①,也必然因其无尽的循环而无法达到。此类"先锋"类似于《最后的情人》中的"长征",每个人都在各自的精神旅程中找回了自我而得以在"长征"的途中相遇,但"长征"不会消失,故事永远没有结局。创作者在先锋性实验中同时扮演着探索者和领导者的角色,存在超前而认识滞后的矛盾使"先锋性"难以真正地实现。

卡夫卡曾说过,写作就像是死人的事业,为此他需要孤独。这同样可以用来形容残雪的创作。残雪的先锋性实验是孤独的,为此才需要不断的访谈、自我解读或评论来宣扬,但宣扬的结果尚不尽如人意,知道残雪的人不多,真正了解残雪的人可能只有她自己。对于普通读者而言,残雪是阅读的困扰和无法猜透的谜,谜底的指向永远是形而上的。

残雪的先锋创作面临了两方面无法回避的问题:从残雪本身来看,首先是需要了解,她要表达的东西真的通过她选择的并津津乐道的方式表达出来了吗?是否造成了过度陌生呢?如在《布谷鸟叫的那一瞬间》里反复出现了一个穿着学生蓝衬衫的白皙的孩子,笔者联系《趋光运动》"男孩"篇章里残雪幼时在球场遇到的漂亮的男孩儿,猜测前者就是后者的化身,主观性认为《布谷鸟叫的那一瞬间》讲的就是作者初恋的感觉。假设这种猜测符合作者原意,那接下来的问题是如果不知道作者的那段往事,可能猜测就会走向另一个方向,而下一个方向又是不是作者的原意呢?所以,从笔者的经验以及查无可查的资料来看,残雪要表达的东西可能还没有完全表达出来。其次是残雪一再强调的人类深层精神世界的书写是否可以抵达?残雪的个人化经验可以作为残雪不为大众理解的原因,是否可以作为其可能代表全人类普遍经验的原因呢?既然以个人特殊经验为基础创作,挖掘的也只是个人的灵魂而已,在带有明显个人化的作品中很难说烙印了普遍的人类精神世界,否则就会引起更大的共鸣来。可能由于外在因素,这种共鸣还不能立刻显现,这在历史中也是有先例的,比如西方很多经典著作都没能在创作初始就引起广泛的关注,却在后世被奉为经典而永存。面对残雪的作品,可能时间才是最好的检验真伪的工具。

---

① 阮南燕. 孤独者的自我毁灭——先锋之悖论 [J]. 当代文坛, 2005 (02): 144.

<<< 第三章 世界视野下残雪小说的先锋特质

　　残雪小说始终面临无法抵达读者的问题，这可以说是其小说一开始就存在的特点。从读者的处境来分析，首先考虑到的是阎真教授提到的一个问题，"读者是否有必要弄清这些暧昧事件的意义？"[①] 残雪小说中到处都是意义模糊的词汇、句子组成的事件，残雪声称"这里头确实有些神秘的东西，同每个人的语言系统有关"[②]，就是说这是残雪从自己的语言系统里拿出来的东西，是不为外人道的。当然，人的想象力是无穷的，读者在进入小说后必然有不同的阅读体验，是遵循自己的阅读习惯还是弄清残雪的写作意图呢？如果说传统的阅读都是不可信的，那么所有的读者面对残雪的作品都变成了小学生，都要重新学习她的那套"语言体系"。其次，在笔者个人的阅读体验中，发现阅读残雪的作品必须平心静气，只有在一个安静的环境里才能进行，而这也只是要进入小说的一个充分条件，复杂的场景变换、虚无缥缈的人物以及含义模糊的物象等等，都对阅读者提出了这样一个必要的要求，看似简单的要求在现实却难以满足。处在"快消时代"，读者渴望从文学中获取休闲娱乐而不是微言大义，人们已经没有时间和精力去找到安静的处所，尤其没有资本去消费这样一种精神至上的文学。这是时代的悲哀，也是创作者和读者共同的悲哀。笔者认为残雪的小说确实是存在某种深意的，但读者也确实遇到了阅读的难题，怎么搞清楚这些难题是读者遇到的第三个问题。读者在遇到残雪作品时，基于社会或个人的复杂原因，读者的"期待视野"[③] 完全受挫，被创作者或者某些学者要求必须进行"感知、体验、精神"层面的阅读，而绝不能像传统阅读那样根据已有规则找到答案，那么所有的疑问没有人来帮助解答，一切都要靠自己的猜测，如果阅读一直处于猜的状态，完全有可能形成"文字游戏"，那真理要到哪里去寻找，难道残雪就是要把读者置于这种状态来进行操练吗？如果是，那么可以说这种操练在目前是不成功的，因为疑问依然存在，而且会随着残雪不断地创作而延续下去，这又导致了残雪和残雪阅读者的双重孤独。

　　残雪一直致力于先锋性的继承与延续，并将其小说定义为"新实验"小

---

① 阎真. 百年文学与后现代主义 [M]. 长沙：湖南教育出版社，2003：69.
② 残雪. 趋光运动——回溯童年的精神图景 [M]. 上海：上海文艺出版社，2008：4.
③ 佘丹清. 从读者期待视野看残雪及其创作 [J]. 广西社会科学，2005（03）：44.

123

说，执着地将先锋实验进行到底，这是残雪与众不同的重要原因之一。论文从三个方面论述了残雪的先锋性。一是先锋创作的动力溯源，从童年影响及理论构建两个方面得出，残雪的先锋创作并不是偶然，而是受到个体及外在双重影响的。二是结合具体文本分析，对前人关于残雪小说的先锋性研究进行补充，论述了先锋特质的形式探索，包括文本语言、文本人物的关系以及文本结构的创新。三是先锋性的超前创作所面临的困境，包括先锋性本身的难以接近、现实与理想的固有矛盾以及创作者与读者之间难以调和的矛盾等，并在其中总结了残雪小说需要解决的一些疑问。当然，按文中所论，先锋的含义是随着文学的发展无限延展的，那么残雪在坚持先锋写作时必然面临突破传统、突破自己两方面的难题，而且，虽然残雪小说的文学价值是毋庸置疑的，但其先锋姿态必然不会受到大部分读者的追捧。印第安人有这样一句谚语，"别走得太快，等一等灵魂"，而反过来用在残雪的小说中恰恰合适。当先锋的意义指向越来越不明确时，做出部分让步可能是解决问题最好的方式。

在残雪的后期作品中，或许是出于对"意象过于重复"的批评论调的反击，大量的荒诞意象逐渐被荒诞的事件所取代，出现一种"事件性象征"[①]的转向。在《断垣残壁里的风景》中，"我"和"他"在断垣残壁中日复一日地等待着另一个人的到来，但如同戈多一般，"我们"要等的人始终不曾出现，"等待"成了全文唯一重要又无效的事件。《历程》中，老单身汉为了一个不知道存在与否的姑娘煞有介事地赴约，却只见到了一个老婆子，结果便再也找不到回家的路。在这些荒诞的事件中，一种面对着世界却无法触碰与改变任何现实的无力感压迫着我们。我们读到了《等待戈多》中的荒诞，也读到了《西西弗斯神话》中的徒劳："这个世界，我能触摸它，而且我还能断定它存在着。我的全部学识就到此为止，其余的需要再建设。因为，如果我试图把握这个我确定的'我'，如果我试图给它下定义并要概述它，那就只会有一股水流从我手指间流过。"[②]

由此读者们感受到了深埋在作者内心的深刻的荒诞意识，问题在于，当

---

① 阎真. 迷宫里到底有什么——残雪后期小说析疑 [J]. 文艺争鸣，2003（05）：115.
② 加缪. 西西弗神话 [M]. 上海：上海译文出版社，2010：61.

<<< 第三章 世界视野下残雪小说的先锋特质

一个作家确乎感受到了这一点,看到人与现实世界、人与人之间的对抗姿态之后,他是选择单纯地展现荒诞,随后同它一起下沉,或者貌似不经心地消解荒诞,还是选择奋起反抗,用一种无与伦比的内心力量和坚毅人格对抗荒诞,重新寻找灵魂的栖息地。换言之,残雪的故事迷宫背后是否仅仅是一个由语言和形式浅表的荒诞包装而成的,并不包含作者任何反抗姿态与精神追寻的空洞文本?

事实似乎不是这样。首先,残雪的小说中虽然透露出无边的荒诞与绝望,但这并不是她文学世界中的全部。"极端性,使残雪构筑了一个独特的小说世界,并继续在那个世界殚精竭虑地营造,来与人们固有观念和模式中的世界对抗。反抗性又使残雪具有当代作家难能可贵的真诚和勇气。而过多地、极度地陈列或展示丑恶之象和邪恶之性又难以使读者感受到存于残雪灵魂深层的'美丽的南方的骄阳'。"①当我们读到《约会》、读到《布谷鸟叫的那一瞬间》、读到《天堂里的对话》,我们欣喜地发现了这确乎存在的骄阳,发现了原来哪怕现实世界的一切都是丑陋而荒诞的,残雪仍旧在苦心孤诣地搜寻着一个澄澈透明的理想天堂,在那里,她高坐在灵魂的王位上,与我们进行着惊心动魄的"天堂里的对话"。

残雪多次表示她一切的写作都是同灵魂的对话,都旨在引导读者进入自我、找到自我。那么,这个自我究竟是什么?"每一个人都以独特的自我通向精神世界,自我就是精神"②,于是为了抵达这种所谓的精神真相,她决心冲破表面的"真实",用一种"自动写作"的方式最大限度地表现自己内心的境况,试图呼唤每一位读者打开内心深处那扇因久处于重复、荒诞而麻木的现实世界中而紧紧关闭着的通往精神王国的大门。在她的小说中,每个人不是在与他者对话,而是在与自己的灵魂博弈,黑暗与荒诞只是现实的表象,而人内心的精神世界则充满了理性与阳光。"我向读者提供一个美丽的心灵世界,这个世界比表面的所谓'现实'重要得多。这个梦幻般的世界比我们的'现实'更大、更深,人类永远在探索它,但永远不可能把握它。"③在这种

---

① 王芳. 80年代小说与西方荒诞思潮 [D]. 中国社会科学院研究生院博士学位论文,2003.
② 残雪. 残雪文学观 [M]. 桂林:广西师范大学出版社,2007:22.
③ 残雪. 残雪文学观 [M]. 桂林:广西师范大学出版社,2007:25.

对精神的探寻中，残雪其实始终不遗余力地关照着人的存在、生死、永恒精神等宏大命题。这或许也正是为什么当多数本土"先锋"作家都由一开始的展现荒诞并表现极端的反叛变为渐趋油滑的幽默与对荒诞的退避、消解，或者干脆放弃先锋姿态、放弃荒诞意识之时，残雪仍旧坚守在她的精神战线上，以决绝的姿态突围危机四伏的境地，对现实世界展开情感与艺术的"复仇"的原因。

最后也不得不说残雪这种所谓的"赤手空拳、乱搞一通"的极端个人化的小说书写方式的确令大部分读者望而却步，其实这也是所有现代派作家不得不面对的一个悖论："当现代派作家出于对世界和人生的终极性关怀，在作品中展开着诸如'世界是什么？''我是谁？'之类硕大的、形而上的谜题，他们已经从这里背离了作为社会组成的多数的'俗众'。在任何形态的人类社会中，多数人尽管持有不相同的人生观念，却总能有心有肠地活着。无论艰辛和困苦，无论千劫百难还是九死一生，都并不能使他们接受关于世界的不可理解性与荒诞性的解释，都并不能使他们体认深层意义上的生存危机与精神危机。因此，作为多数的'俗众'难以参与现代性作家的终极性思考。'现代派'与社会的距离由此拉开。"① 不仅如此，残雪小说中荒诞迷宫具体指向性的隐匿也令众多专业的文学评论者既心有不甘又无从下手。但当通过平心静气的阅读而进入作者的精神王国的哪怕一隅时，我们会惊异于那样一种波谲云诡的文本中独特而摄人心魄的精神气质，会为作者对于普通人生存状态的荒诞又原生态的展示，对于个人的潜意识与精神世界孜孜以求的探寻，对于全人类精神与命运的终极关怀所做出的努力而惊叹不已。这时，一种关于结构、技巧等方面的逻辑清晰的批评的缺席似乎又不是那样令人搔首踟蹰了。

---

① 刘纳. 诗：激情与策略——后现代主义与当代诗歌［M］. 北京：中国社会出版社，1996：134.

第四章

阎真：知识分子的启蒙叙事

  阎真是一个有精神信仰的人，所以注定了他需要承担生存的疼痛和痛感，现实对他精神逼宫，他没有选择退步，更不愿意被同化，于是他自己也主动地对自己精神剖析，以自己的经验和体验咀嚼雕刻生存的疼痛，进行理性陈述与表达。

  阎真的生存痛感主要集中在"我是谁"和"我应该是谁"的问题上，这是他的主体自觉，也是他追寻的文化认同和精神认同。"我是谁"和"应该是谁"的问题并非简单地说你来自哪个地方？不仅仅是地域和泥土，也不仅仅是现在、当下，更是有关地域和泥土之上的文化与精神，有关所有的过去和未来。彼岸也绝非只是隔着一条大洋，那只是时空上的尺度，彼岸更有关灵魂，我们一生眺望的都是精神的彼岸。这个精神是建立在中国传统文化的超越价值之上的，即以儒家思想为主脉的彼岸世界。具体来说就是阎真对文化母体的忠诚和他对母体文化的皈依。

  首先，文化母体和母体文化都是具象的，比如《曾在天涯》中高力伟追求梦想不远万里来到异域生活时所面临的身份认同困境和现实生存困境，体现的正是阎真对文化母体的忠诚。《曾在天涯》只是一个起点，这种对文化母体的忠诚一直贯穿着阎真的小说，这种忠诚在《沧浪之水》《因为女人》《活着之上》中都有体现，只是没有《曾在天涯》那么明显，却比它更深刻，因为《曾在天涯》更多地上升到了形而上，升华为文化母体。

  生存痛感绝非只会在物质落差或者地域落差的条件下才产生，精神的落差反而才是其最终本质。在这里我们必须要阐述一个观点：母体文化和文化母体并不是一个概念。母体文化往往是客观的，你可以将它界定为地域性之上的故土以及土地上的社会，阎真在国外承受的正是母体文化与西方文化所带来的差异。文化母体在一定意义上则是主观的，尽管生活在同样的国度，每个人的文化母体却是各不相同的，原因就在于所坚持的信念和信仰不同。阎真回到了国内，但是他的文化母体或者说精神血缘却与中国大多数人"背道而驰"，生活在肉体的故土却不能生活在精神的故土之上，他只能眺望"彼岸"，虔诚地拥抱自己的信仰，在精神上孤独，这远远要比生活在国外的肉体上的折磨要沉重得多。实际上阎真坚守的文化母体正是我们的母体文化的根基，它一直都在，就在屈原那里，在曹雪芹那里，在《渔夫》那里，在《红楼梦》那里，他选择逆流而上，拾起那些不应被遗忘的纯粹与美好。这也注定了他要做特殊的一个、与众不同的一个，代价就是承担和承受生存的疼痛。

在他人的土地上面对无数陌生的陌生人，询问"自己是谁"和"应该是谁"，这是个人的痛感；在自己的土地上，面对无数熟悉的陌生人，询问"自己是谁"和"应该是谁"，这应该就是大众和社会的痛感了，而最痛的仍然是主动者和自觉者，比如阎真。"我是谁"和"应该是谁"是人的终极问题，是理性人的终极思考，理想与现实的双重作用下人被撕裂，异化随之产生，这个问题变得格外重要，也格外沉重。阎真并没有选择沉默和妥协，他咀嚼所有的孤独和沉默，坚定地做着理性表达。

在《沧浪之水》连续畅销15年之后，阎真推出了新作《活着之上》，在《收获》杂志上一发表即获得了路遥文学奖。他站在知识分子的立场上，将场景搬到了高校之中，叙述了主人公聂致远生活的各方面。纵观阎真的作品，从1996年的《曾在天涯》，到2001年的《沧浪之水》，再到2008年的《因为女人》，然后到如今的《活着之上》，似乎总有一根无形的线在贯穿始终，连接着四部作品，这是主心骨。但细看每一部作品又都是全新而独特的。首先四部小说的主人公都是知识分子，其次他们每个人都生活在当今市场化的时代语境中，面临着各种各样的诱惑和困境。这四位主人公做出的抉择又都不尽相同：或回归，或改变，或堕落，或坚守，展现了不同的生存状态。

阎真创作的周期不同于如今快速高产的网络写手，他每两部作品问世的间隔时间都很长，《沧浪之水》是继《曾在天涯》问世之后5年出版的，《因为女人》又与《沧浪之水》相隔 7 年，之后再过 6 年才创作出了《活着之上》。自 20 世纪 80 年代后，中国意识形态环境突变，在这个过程中，中国的知识分子的精神历程也呈现出与此前截然不同的面貌，即知识分子不再作为社会存在的一个主体身份，随之而来的是他们的乐观和自信心的崩塌，他们的困惑和迷茫接踵而至。阎真的四部作品都是这种意义上的衍生品，着眼点大同小异，只是领域不同，生存状态有个别差异。阎真也曾批评过巴赫金的"狂欢理论"，他认为狂欢文化的理论体系的文化根基和历史依据是不充分的。"解构"也只是顺应社会心理，不是在于其结构的断裂性。

　　阎真以其学者的眼光写作，审视世界，研究文本的外延之意。所以说阎真的每一部作品都是精雕细琢、反复思索而成的产物，具有精神上和艺术上的原创性。通过阅读《活着之上》，再回顾阎真以往的三部作品，论者获得了新的阅读体验。

第一节　道德立法与历史祛魅

　　自古以来，以儒家为代表的中国近代知识分子阶层都非常清醒地知道自己的"修身、齐家、治国、平天下"的历史担当。正因为肩负着这样一种社会责任和历史使命，所以中国知识分子的身份认同都自然地指向"立法者"角色。正如有人指出的那样，自古中国知识分子（士人）"首先为自己立法，成为'自律'的道德完人；然后为社会立法，成为具有'他律'功能的'道'的承担者、表现者"。而所谓的立法者，即是这样一种角色："他们超越了各种不同的帮派利益和世俗的宗派主义，以理性代言人的名义，向全体国民说话。"

　　"人生的不幸成就文学的大幸"，确实如此，人生的坎坷也成就了他们创作的辉煌。古往今来的文化名人几乎都是一生磨难，可即使遭遇困苦、排挤，忍受贫穷、孤独，不被重用，他们也不愿违背自己的本心，放弃纯粹的坚守。在他们眼中，出仕固然重要，却终不及心灵的真诚、精神的不屈和人格的坚挺，哪怕一生无依、一生卑微、一生穷苦，也决不能放弃道德的追求。虽然生活窘迫，可这些古代仁人仍心怀天下，视天下兴亡盛衰为己任，将先"自律"再"他律"作为终极的价值追求。

　　李白厌倦御用文人的身份，晚年颠沛流离，生活困窘，但仍希望"长风破浪会有时，直挂云帆济沧海"；杜甫饱受战乱之苦，却始终胸怀家国，"安得广厦千万间，大庇天下寒士俱欢颜，风雨不动安如山"；范仲淹秉公直言，屡遭贬斥，依然"先天下之忧而忧，后天下之乐而乐"；苏轼一生坎坷，可却在文、诗、词以及其他很多方面都达到了极高的造诣，对后世产生了深远的影响，他乐观旷达、豪迈坚韧的心境，进退自如、宠辱不惊的人生境界，坚持操守、心系天下的人生追求，更是让世人景仰，"为报倾城随太守，亲射虎，看孙郎"；还有屈原的"长太息以掩涕兮，哀民生之多艰"；陆游的"王师北定中原日，家祭无忘告乃翁""位卑未敢忘忧国"；曹植的"捐躯赴国难，视死忽如归"；顾炎武的"天下兴亡，匹夫有责"。这些字字句句都给人以震撼的力量，蕴含着儒家"修身、齐家、治国、平天下"的精髓。另外，还有司马迁虽受尽屈辱却留下传奇著作《史记》，曹雪芹连生平都未留下却默默创作出《红楼梦》，孤独困苦始终包围着他们，却永远无法浇灭他们心中的那团烈火。

　　一直以来，阎真都是推崇古人的这种精神追求的。失眠的夜里，他捧着《李白传》阅读，会不知不觉感动到泪流满面，他感知着这些不朽的灵魂，心灵的坚守带来的是生活的困苦、命运的凄凉，这些古人似乎都无法摆脱这样的命运，因为在价值追求和发财扬名之中，他们永远选择的是前者，毫不犹豫。阎真认同这样一种固执的骄傲，他敬佩，他觉得这些不肯俯就的人，才是真正意义上的人。他特别敬重曹雪芹，也在小说《活着之上》借主人公聂致远之口不断追问，是什么让曹雪芹在那样物资匮乏之时写就了《红楼梦》？曹雪芹安于寂寞、安于清贫，不为金钱、不为盛名，只为了自己的一个梦和一种信仰，创作出《红楼梦》，终于流芳百世。

　　所以，在《活着之上》里，曹雪芹和《红楼梦》贯穿始终。小说在最开始就写到聂致远爷爷枕着《石头记》出殡，带着它一起离开这个世界，这也是聂致远的爷爷唯一的遗嘱。而后，在火车上聂致远遇到赵教授，与赵教授聊到曹雪芹和《红楼梦》，分别时收到赵教授自己写的《红楼梦新探》，到后来在门头村再次巧遇赵教授，听赵教授说曹雪芹和这个村子的故事。在门头村，有一棵或许曾见证过曹雪芹一生的老槐树，赵教授抚摸着这棵槐树，就好像是在抚摸一个孩子。在城市建设中，赵教授想保住这棵老槐树，跑去海淀区园林局说，但人家却只要证据。这棵老槐树就如曹雪芹一样，意义重大而深远，却受不到应有的重视。小说最后，"我"又去了门头村，可却再也不是记忆中的那个村子。成片成片的房子，寥寥无几的路人，满满的都是城市的模样，就连当年的那棵老槐树也没人能再说清楚。短短几十年过去，一切全都变了样，人们不知道老槐树，不知道正黄旗，只知道"上佳锦苑"，人不在，景不在，神也不在了。

《沧浪之水》也有着异曲同工之妙。小说开头，池大为在清理父亲的遗物时发现了藏在软牛皮箱中的《中国历代文化名人素描》——孔子、孟子、屈原、司马迁、嵇康、陶渊明、李白、杜甫、苏东坡、文天祥、曹雪芹、谭嗣同，一共十二人的画像和父亲的题字。多年后，他成为"池厅长"，在父亲坟前亲手烧掉了这本名人素描。他没有和父亲一样，在这些文化名人的光辉下坚守一切，他走上了另一条不同的道路，从而升官发财，生活优越。

阎真就是在对这些文化名人的敬仰之下，描绘在如今市场经济条件下知识分子的精神状态和生存困境，展现当下知识分子群体的追求和选择，从而引发读者思考，何种选择才是值得和正确的？

第二节　身份的焦虑与灵魂的拷问

阎真所写作品的主人公都是知识分子，他们也都认同这个身份，受到了传统文化和名人的深刻影响。但是，时代的变迁又让他们有别于传统，在历史时代和经济环境的影响下发生了一系列改变，面临着复杂的抉择和思索。这种历史、时代、环境、经济（收入）等因素的总和就被称为心灵史元素。

"知识分子"最早的含义来源于启蒙运动时期，到"后现代"，它也不再简简单单是才智的代称,而成了公理、正义和弱势的代表。福柯也表明知识分子应该是专业人士的水准,而不是大众的普遍意识,不应该为了批判而批判。那么什么是"身份认同"呢?

身份认同的基本含义是指个人与特定社会文化的认同,尤其是对传统的固定体系,因为人在英雄模范程度上是一定社会历史的产物,传统在每个人身上都无可避免地打上深刻的烙印。这种身份认同常常概括为这样的命题:我是谁、从何而来、到何处去?

在阎真的作品中,从《曾在天涯》的高力伟、《沧浪之水》的池大为、《因为女人》的柳依依,到如今《活着之上》的聂致远,无一不是知识分子的典型代表。虽然走过弯路、错路,可是他(她)们依然在心底认同自己的这一身份。《沧浪之水》中的池大为虽然走上了一条有别于父亲的道路——为了获取地位经营算计,但是他时刻都在进行自我审视和自我拷问,他对自己的这种精神蜕变感到自责。在他终于获得了利益和权力之后,依然没有忘记儒家"达则兼济天下"的情怀,他心系底层职工,努力为单位谋发展。他不吝伸出援手帮助他人,在竞争时懂得适可而止,能为职工争取修建福利房,在婚姻上更是谨守本分,他和古代那些奴颜婢膝、贪婪自私的官员不同,他不忘自己知识分子的身份,以儒家的中庸思想为原则,坚持着最低的人文精神和道德坚守,他知道自己在大环境下走的路有损知识分子的尊严,可他勤于自省、自我剖析,让他自己和那些卑劣的官员划出界线,进行着最后的挣扎和坚守。

《曾在天涯》中的高力伟,抱着大赚一笔的想法出国,却处处碰壁,最后,他甚至失去了自己在这个异国唯一能够相互扶持和依靠的人——妻子与他离婚,彻底变成了他一个人打拼。可就在最艰辛的两年过去,绿卡和爱情唾手可得,五万加元的存款也终于到手的时候,他却选择了放弃,然后回国。当然,高力伟的这种回归无法和钱学森这样学成归来、报效祖国、救国救民的知识分子相提并论,但他依然还是回来了。或许有些许逃避和退缩的意味在里面,但不可否认的是,他回来了,他遵从自己内心的召唤,遵从本土文化对他的召唤,放弃辛苦获得的一切,回到自己内心真正归属的地方。李白一生都寓居四方,游历人间,李白的身份就是在扁舟子和宦游人之间来来回回。推而及之，阎真的《曾在天涯》中的高力伟，他也是知识分子的代表。不得不说，他也是离乡的漂泊之人，这种感伤也是跨时代的。在这种意义上，小说《曾在天涯》伴生出社会转型时期和地缘文化带来的强烈的身份认同危机，具有精神寻找的意味，更有文化探讨的空间。

《活着之上》中的聂致远，心里一直有一杆很踏实的秤，何事可为、何事不可为，他都清楚地知道。小说毫不手软地把聂致远逼入一个又一个生活窘境，考验他，让他作出选择，可喜的是，聂致远始终拥有着正面的人性，坚守着作为知识分子的良知。毕业被分到郊区，感情因买房安家的问题而面临危机，考研导师被换，论文遭抄袭，考博士未果，博士毕业后找工作困难，发论文、评职称受挫，还有老婆的转正指标问题，聂致远屡屡碰壁。而他的同学蒙天舒却借着小聪明，不学无术，坑蒙拐骗，一路走得顺风顺水，毕业留校，考博优先考虑，抄袭论文却被评优，评职称顺利，还被提拔为院领导，从投靠副校长导师开始蒙天舒就一路顺畅。聂致远即使清楚地知道这些捷径，却依然坚守本分。他在和赵平平为"安家"发愁的时候，内心挣扎道"这种状态让我害怕，一个知识分子，他怎能这样去想钱呢？说到底自己心中还有一种景仰，那些让自己景仰的人，孔子、屈原、司马迁、陶渊明、杜甫、王阳明、曹雪芹，中国文化史上的任何正面人物，他们每一个人都是反功利的，并在这一点上确立了自身的形象"[1]。而且，在聂致远慢慢顺利之后，他也不忘帮助那些像他过去那样还在挣扎中的人。学校讨论编制的问题，聂致远被派去代表学院投票。在历史学院图书馆工作的李灿云，二十年前因为丈夫是商学院的副教授，被照顾来麓城师大工作，当时承诺有了编制会优先解决她。可十年前丈夫跟她离婚了，并离开学校下海去了，她的编制一直到现在都还悬而未决。投票的前一天，李灿云提着东西、带着女儿来找聂致远，请他帮助。五十岁了，这是她最后的机会，如果能解决编制，拿到一份退休金，生活还不至于太难熬。第二天，聂致远在投票会上为李灿云说了很多话，终于让险些再次被淘汰的李灿云得到了机会。由此可见，聂致远始终牢记并谨守着这份属于知识分子的道德标准，坚持并贯彻着自己作为知识分子的精神，

---

[1] 阎真. 活着之上 [M]. 长沙：湖南文艺出版社，2014：44.

铭记并使用着自己知识分子的身份。

《因为女人》中出现的几个主要角色，像柳依依、宋旭升、夏伟凯、秦一星，他们都是知识分子，当然小说主要讲的是女性知识分子。比起男性知识分子，女性知识分子比男性知识分子在更大程度上接受了"五四"以来的新思想。一大批女性抛弃封建家族的桎梏，带着美好的憧憬，学习大量的知识，来谋求生存。只是当知识和女性结合在一起时，她们天然的矛盾也暴露了出来。首先是知识女性历史的缺乏，她们的存在没有肥沃的土壤给她们滋养。其次，她们的知识大部分来自男性，她们接受了他们的集体传输。也正是由于他们的知识，这把双刃剑才更加厉害地伤害了她们。

在《因为女人》中，其实，最开始柳依依认为爱情是神圣不可侵犯的。这是她的信仰，是比任何东西都要纯粹的东西，她鄙视一切亵渎爱情的东西，她觉得苗小慧还没想着要跟樊吉定下来就跟他"发展"了，是一件不可思议的事情。可自从她去兼职遇见薛经理，薛经理约她出来，带她去高级场所，对她说女孩的青春如白驹过隙，要最大限度地表现出来之后，她甚至找不到理由去辩驳薛经理的这席话，她开始犹豫、开始徘徊，到最后一步一步走入了万劫不复的境地，什么道德、坚守都被她通通抛到了脑后。的确，站在金钱至上的立场上，或许薛经理曾对柳依依和苗小慧说过的这些话真的难以找到破绽，但是柳依依显然忽略了至关重要的一点，那就是道德、良知和节操。柳依依是大学生、是知识分子，并不是商人，金钱不是全部，无论是过去、现在，还是将来，都不可能成为全部的价值标准。小说中充斥着与"大款"约会、恋爱、堕胎、逛街消费、当"小三"等故事情节，代替了原本应该积极向上、青春洋溢的大学生活。从柳依依，到苗小慧、伊帆、夏伟凯、郭博士、秦一星，都是如此，几乎完全没有了作为一个知识分子该有的道德和良知，仅剩金钱、欲望和交易。当然，阎真只是放大了大学校园中一个很小、但客观存在的部分，现实中仍不乏单纯和美好，可这很小的一部分无法被忽视，需时刻警惕和警醒，并告诉读者什么才是正确的。

阎真的祖上是书香门第，他高校毕业，有留学经历，在大学执教多年，阎真从身份到精神都可以说是一个十足的知识分子，他对知识分子有着深刻的体认。他敬佩先贤，却也了解当今的现状，市场经济条件下催生了拜金主义和实用主义，这是我们无法忽略和逃避的现实。在这样一个物欲横流的社会，产生了这样一条约定俗成的规律：要想往上爬，人情关系少不了。

可是作为知识分子，一方面既想实现自己的身份价值，另一方面又不屑于采用这样违背本心的做法，那他要么飞黄腾达，要么甘于平庸，二者不可兼得。所以，有人说《活着之上》中的聂致远智商高而情商低，不愿说、不愿做，不去溜须拍马、阿谀奉承、送礼求情，不懂为了升职加薪而作出相应的调整，这在人们看来就是一种低情商的表现——不懂变通、死守顽固。这在当今社会已经成为一种共识，你要想成功、要想往上爬，你就得这样做，别人都做了，而你不做，那你注定要被压下去，都是这个道理，让你没有驳斥的余地。所以，阎真在《沧浪之水》和《活着之上》中向我们呈现了两个十分鲜明的例子。池大为起初诸事不顺、处处碰壁，但在妻子董柳为马厅长的孙女扎好了关键一针，从而搭上马厅长这条线，自己告发了中医研究院原院长舒少华之后，一切就开始变得顺风顺水，最后做到了厅长。《活着之上》中聂致远的同学蒙天舒也是这样，蒙天舒熟悉各种人情世故，靠着自己的小聪明和小伎俩一路顺利往上爬，最终获得了成功。池大为和蒙天舒都是这样一种规律的典型代表。

阎真在一次采访中曾谈道："知识分子的历史处境有了根本性改变，他们遭到严峻的挑战，这动摇了他们的生存根基。如果不对新的历史处境作出说明，却只是展开道德上的批判，那不但是苍白的，而且是在逃避。"所以，他"力图写出知识分子日常生活中那种宿命性的同化力量，它以合情合理不动声色的强制性，逼迫每一个人就范，使他们失去身份，变成一个个仅仅活着的个体"[1]。市场经济催生的种种畸形思想对当今知识分子产生了极为深刻的影响，也给他们提出了严峻的问题，"究竟是'活下去/活着之上'还是'有尊严地活下去/活着之上'成了一种艰难选择"[2]。

在《活着之上》的腰封上有这样一段文字："钱和权，这是时代的巨型话语，它们不动声色，但都坚定地展示着自身那巨轮般的力量。"在这两大巨型

---

[1] 陈敏. 阎真：活在经济社会更需要心灵的力量 [J]. 中国青年, 2003 (18): 23.
[2] 聂茂. 从人生的悲苦中寻找超越 [N]. 光明日报, 2015-03-17 (11).

话语的挤压下，人文话语和人文精神被逼到角落，得不到伸展。西方说"知识分子死了"，只盯着金钱和权力，注定会失去属于知识分子的责任意识和献身精神。阎真的小说就是通过琐碎生活细节的描写，向我们展示了知识分子面临的这一现状，他们渴望现实生活的愉悦、舒适，但又无法忽视自己知识分子的身份，想要坚守住人文精神的可贵，他们徘徊、犹豫、挣扎，最后做出不同的选择。

通过文学作品表达一个国家的"感情与思想"。感情越是高尚，思想越是崇高、清晰、广阔，人物越是杰出而又富有代表性，这本书的历史价值就越大，它也就越清楚地向我们揭示出某一特定国家、在某一特定时期人内心的真实情况。因此，所谓心灵史，就是"尽可能地深入地探索现实生活，指出在文学中得到表现的感情是怎样在人心中产生出来的"。阎真在作品中通过一件一件的小事将现实生活真切地还原在读者面前，让读者找到与自己生活中的相似之处，感受与小说主人公相同的境遇，获得深刻的阅读体验。阎真就是这样，以平实的生活描写，给读者带来最深刻的阅读效果，感受到他想要传达的思想感情，引人思考。阎真说："当市场以它无孔不入的力量规定了人们的思想方式和行为方式，人文精神到底还有多大的操作空间？我没有力量回答这些问题，我只是提出问题，通过自己的小说提出问题，问自己，请教别人。"[1] 这就是阎真想要通过作品传达的东西。

阎真抱有知识分子的当代良知而提出这一命题，在小说的写作中，他将他的热情也义无反顾地扑在上面。阎真的这一选择，除了对高尚道德的坚守以外，还有一个原因，就是阎真身上崇尚本心的气质。从这个意义上讲，他是这个时代真正的文人。他有能力供养道德之心，又能够把这种言论传播到更多读者、知识分子的心中。阎真始终坚持着知识分子的操守，另一个原因就是他决心在对知识分子的书写中，成就自己伟大的人格魅力。《曾在天涯》中的高力伟，"相信人性，相信自己的心，有时被一时的热情哄着了"。认真思考自己到底是留下还是归去，可高力伟还是"经常用右手的手指在手表的

---

[1] 阎真.中国当代知识分子的困惑和尴尬——谈《沧浪之水》《活着之上》的创作[N].中国艺术报，2015-04-20（003）.

表面顺时间方向虚画着圈儿，催促老人似的指针快走"。只是爱高力伟的人，高力伟爱的人不能理解高力伟的决定。托尔斯泰曾说过，自人出现以来，在所有民族中总是出现一些领袖人物，他们教给人们一门学问，就是人最需要知道什么。这门学问教给人们的总是，人的使命是什么，及其因而带来的每个人以及所有人真正的安康。唯有依据这门学问才能够判断所有其他知识的作用。阎真选择的就是这样一种性质的学问，这种学问的作用就是改善人类的生活，提升人的精神境界。阎真的身份抉择，并非简单的身份抉择，它体现的是阎真对于生存和发展之路的一种探索。

第三节　创作主体的在场与离场

作家叙事主体的确立和发展是随着社会的发展而不断变化和丰富的，适逢市场经济的不断深入，消费主义席卷而来，生存与发展成了小说里不可或缺的表现主题。在这个过程中，作家笔下的人物难免受到各种不公正的待遇，或者要损害其他人的利益，原来平静的叙述主体或隐或现，主人公自我矛盾、自我迷失或者重新回归。

这样一来，作家或多或少地会在作品中留下自己的影子。其人其文，知人论世，了解作家对理解作品很重要，同时阅读作品也能够反过来帮助读者熟悉作家。在阎真的小说中，我们就能够清楚地看到他自己的痕迹，他生活的很多部分都深深地烙印在作品中，但同时又有所区别。

《曾在天涯》常被说成是阎真的自传小说，因为主人公高力伟在各方面都与阎真本人有着太多的相似之处。主人公高力伟留学北美，阎真也于1988年远赴加拿大留学、工作；留学期间，高力伟四处找工作，为了生存，高力伟拿救济、发豆芽、站油锅，因为异国人的身份而到处碰壁，毫无归属感，生活艰辛，心理压抑。再看阎真，他在加拿大的生活也并不轻松，为了支付留学费用，他努力打工赚钱，三年时间，在毫无半点优势的异国他乡，他当过厨师、清洁工、广告传单派送员，还有塑料厂的工人，也同样是困难重重，过着最底层人的生活；高力伟在小说最后选择放弃国外终于打拼来的一切，渴望回归，而阎真也放弃了在加拿大得之不易的"绿卡"，选择了放下一切回归。阎真1992年回国，到1996年创作出《曾在天涯》，时间间隔很短，可以说，这部小说很大程度上就是他对其留学生涯的记录和反思，小说中的很多故事情节都与其生活轨迹存在重合之处。可以说阎真的写作是在自我的行动中体验内心，依靠不断的自言自语把内在的个人感受表达出来，这样一来，使得整个叙事带有明显的自我特征，这是阎真的艺术感受方式和审美叙述策略。小说成了折射某些隐秘经历和意象的一个载体，断断续续地在小说文本中隐现。甚至说，有些"私人性"的经验和意象是阎真小说构思的某种原型，这些原型也寄托了阎真的某种隐秘的依恋和渴望。

除了痕迹最重的《曾在天涯》，其他的作品——《沧浪之水》《因为女人》以及《活着之上》，也无不贴近阎真自身的生活环境和身份地位。北京大学中文系毕业，湖南师范大学文学硕士，加拿大圣约翰大学学成归来，从事高等教育事业近30年，现任中南大学文学院教授，所有的这些都昭示着他知识分子的身份。作为一名知识分子，他清楚知识分子的责任和坚守，也了解他们如今的徘徊和失落，他归属于知识分子群体，在精神上也与知识分子一脉相承。《沧浪之水》中的池大为和《活着之上》中的聂致远在他的笔下鲜活而立体。池大为是医药学研究生，父亲因为当年替同事说了几句公道话而被划为右派，来到了这大山深处的三山坳村，做了一名乡村医生。父亲对池大为的一生影响巨大，那本《中国历代文化名人素描》贯穿小说始终，一直给池大为以警醒。《活着之上》中的聂致远更是如此，历史系博士，高校任教，为发论文和评职称费神，和阎真的身份有着更多的相似之处。多年的高校经历让阎真熟悉高校中的一切人和事，尤其在湖南师范大学这个女学生众多的环境中，他阅尽了人情世故，写出《因为女人》可谓信手拈来。虽然小说有夸大和绝对化之嫌，但小说也确实在一定程度上反映了高校中真实存在的一些现象，展现了柳依依和苗小慧这类女大学生的堕落、沦陷和价值观的扭曲、畸形。

其人其文，我们可以说阎真的小说有其生活的痕迹，但是绝不能说这完全就是他的生活再现。《沧浪之水》逼真地刻画了官场的浮沉、同事间的你争我斗,仅仅看他的文字,也许很多人都会觉得文字背后的他一定也是个城府极深的人,可是见过阎真的人都知道,他其实是个直爽而淳朴的人,不会去钩心斗角、贪权争位。他有自己坚持的原则,甚至有时候还会因说话太直爽而得罪人,可是即使这样,他也愿意一直保持这样沉默的诚实,而不是像池大为那样抛弃坚守,升官发财。虽然阎真不会溜须拍马、谄媚奉承,借着大树的枝蔓迅速往上爬,但是他熟悉种种原则,只不过熟悉归熟悉,他还是愿意选择通过自己的方式来获得成功,全力以赴将自己的专业技能练扎实,即使成功的过程相对缓慢,却始终在一步一步、一点一点地向上走,不是不能为,而是不愿为。

小说创作是作家思想的产物,所以当然不可避免地会带上作家自身的烙印,叙事主体会一定程度上介入到作品中来,其现实生活的部分也会偶尔出现在作品中,我们现在常常进行的原型批评就是在做着这样一项工作。但是,文学作品源于生活,也高于生活,机械化地照搬生活没有任何意义,只有在生活的基础上,对生活进行加工变形后,才能成为一部有意义的作品,这时候,叙事主体就已退隐于作品之后。因此,可以这样说,阎真一方面将自己的生活搬入了作品,另一方面也将自己的生活搬出了作品。

第四节 时代精神与文学血液

对于一个作家来说,具有决定性重要意义的,便是他的心灵有意识地或无意识地受到他那个时代最进步思想的渗透。无论是积极体现时代精神的作家还是消极避世的作家,都无不体现时代的进步与局限。

阎真就是用现实主义的笔法,通过记叙生活中的点滴小事,来展现自己在时代影响下的思想情感。在阎真的小说中,多的是日常生活中的琐碎:柴米油盐,安家买房,情侣夫妻之间的吵架赌气,同事上下级之间的合作与竞争,考研考博发论文,评职称转正……都是生活中经常会遇到的真实点滴。所以看阎真的小说就好像是在看生活,主人公都是自己身边的那些人物,立体可感，发生在这些主人公身上的事也在真真切切地发生在我们的现实生活中，他们遇到的问题也是我们会遇到的问题。阎真就是通过小说的叙述将这个问题呈现在读者面前，引发读者思考。曾有人问阎真，现代是否还能够追求干净的成功？如果他是池大为，又会做何选择，是安静地屈于底层，还是随波逐流获得成功？阎真是这样回答的："一般我不做这样极端的选择。我不会去锤炼察言观色、溜须拍马的本事，靠着大树好乘凉，也不会一味寻求世外桃源，任由小人宰割。我会全力以赴地把自己的专业技能练好，再一步步往上走，即使是缓慢的，但也会坚持向上的趋势。"① 知识分子如果甘于平庸，那必然无法发挥出自身的价值，可如果钩心斗角、不择手段，又失去了作为知识分子的良知和坚守，知识分子陷入了两难的境地，墨守成规可能就意味着被动挨打，为还是不为，全在一念之间。

《因为女人》中有这样一段话："欲望优先，这是一个世纪性的错误，也是一个世界性的错误。"② 如果这个社会只剩下欲望，那后果简直不堪设想。金钱至上观念盛行的社会，欲望、权力和金钱就是全部，所以为何柳依依会被薛经理简单的一席话动摇，是因为除了金钱她看不到其他，她忘了自己大学生的身份，一步一步越陷越深，最后除了整天杞人忧天、惶惶不安，什么也做不了。《活着之上》以鱼尾镇人去世的场面开篇，有人去世是镇上的一件大事，这些离去的人在之后的生活中几乎不再被人提起，可他们的逝去对活人来说意义重大，出殡时各家放多少鞭炮关乎的是人情和面子，这人情和面子简直已经快成为这里的人们活着的理由了。当今社会，人们活得谨小慎微，生怕自己一步行错、一句话说错，毁了大好前程。那些原本恪守本分的人，也被指责为不懂变通，慢慢被"调教"地融入这个社会。

试想，如果没有去追逐这些利益和权势，难道我们就无法安然生活在这个社会吗？外界物欲横流，可如果我们有足够的定力不被打扰，那就没有影响可言了。我们现在惋惜于曹雪芹的落寞，可或许他自己从未觉得窘迫，有梦想和信念陪他，怎会寂寞？他不在乎当时人的认可，不希冀未来人的景仰，

---

① 阎真：《活在经济社会更需要心灵的力量》，新浪网，2003-09-29。
② 阎真. 因为女人 [M]. 北京：人民文学出版社，2007：73.

他想要的只不过是完成自己内心的理想罢了。《活着之上》在最后就提出："他没有获得现世的回报,使自己从极度的贫窘潦倒中得到解脱;也不去追身后的名声,在时间之中刻意隐匿了自己的身世。对一个中国文人来说,淡泊名声比淡泊富贵更难,可曹雪芹他就是这样做了。一生形迹的埋藏,是他生前做过充分思考的安排。牺牲精神是伟大的,但牺牲者希望得到世人的理解和见证,这是人之常情,无损于牺牲者的伟大。可曹雪芹他作出了既不为现世功利,也不为千古流芳的牺牲,无人见证,也无须见证。"[1] 曹雪芹在当时可能算不上是成功者,可在如今看来却是值得我们不断追思的伟人,他留下的是无人能超越的经典。如果把曹雪芹放到今日社会,我想他依然会毫不犹豫地选择平庸隐世,名和利是和他无关的一切。

或许有人会说,这种假设根本无法成立,因为谁也不是曹雪芹,谁都不能也没有权利为他做决定,而且我们只是凡夫俗子,没有曹雪芹那样的境界,也无法成就他那样的功绩。可不仅仅是一个曹雪芹,还有王夫之、李白、杜甫、苏轼、范仲淹、司马迁……离我们近一点的也有钱学森、詹天佑、华罗庚,还有很多未曾留下姓名的有志之士,放弃唾手可得的优越,回来赌上这未知的一把。追名逐利不是必需,而仅仅是你想,所有举着被现实逼迫当幌子的堕落都是虚妄的,充其量只不过是自我安慰的借口和自我辩解的理由。"毕竟在自我活着之上,还有先行者用自己的人生昭示意义和价值,否定了这种意义,一个人就成了弃婴,再也找不到心灵的家园。"[2]

选择"活着"还是"活着之上",全在自己内心。有才华、有能力的人,总有一天会实现价值,只不过如果没有外力的推波助澜,这个过程有时候会有点漫长,安心于这一漫长过程也是一种难得的能力。《活着之上》中的聂致远说:"活着就是道理,好好活着就是硬道理,这是正常的人生。除此之外还有道理吗?细想之下,似乎有,又似乎没有。我说有就有,我说没有那就没有,全看自己怎么想。也许,既定的意义真的像有些人说的那样,是不存在的,所有的意义都由自己来确定。"[3] 所有一切都由自己来定。面对不断的诱

---

[1] 阎真. 活着之上 [M]. 长沙:湖南文艺出版社,2014:25.
[2] 阎真. 活着之上 [M]. 长沙:湖南文艺出版社,2014:133.
[3] 阎真. 活着之上 [M]. 长沙:湖南文艺出版社,2014:216.

惑和困难，聂致远坚守住了底线，"心中的那些文化英雄似乎要被打倒，可最后发现他们还是挺立在那里"①。作为知识分子，当然要明白自己的理想信念，要为实现自身价值，达成"修身、齐家、治国、平天下"的使命而努力追求，但如果这种追求无法通过正常手段实现的话，我们唯一能做的或许就是"等"和"静"，静心等待，有则我幸，无则我命，处之淡然，做好自己该做的事情。小说中还有这样一段话："生存是绝对命令，良知也是绝对命令，但这两个绝对碰撞在一起就必须回答哪个绝对更加绝对。"② 我们每个人在生活中都会遇到这样的问题，不同的人会作出不同的选择，有些人在重压下改变了，像池大为一样，有些人则在这样的困境中更加清楚了自己的信念，坚定了纯粹的内心。面对这样困难的抉择时，如果你感到不堪重负，难以下定决心，挣扎徘徊，那证明你尚有良知，还没有被这物欲横流的社会啃噬殆尽。

虽然说，依照李泽厚的观点，中国文化是一种乐感文化，中国文学的书写也是依靠书写世俗生活的圆缺为主体。但是阎真的四部作品是不同于那些的，他一直在追问困境与寻找精神救赎的方法。当然典型的是《活着之上》，聂致远对于曹雪芹的追缅、对知识分子存在意义的叩问，就像陀思妥耶夫斯基的"复调"小说，其中尽管穿插着众多的声音，但是对主人公精神状态的剖析是清晰而明显的。他个人或其他人一遍一遍审视，审问自我的存在，即自我辩论。

阎真也就是通过这样或那样一系列细致的描述，呈现出我们生活中也会出现的选择和诱惑，清楚地表现了当今市场经济下知识分子的身份和处境。这个时代赋予知识分子的是考验，也是挑战。历史变迁，我们不能一成不变，死守着传统的一切不肯接受新事物，要作出相应的调整，但也不能随波逐流，被金钱和权力牵着鼻子走，失去了独立思考和自由选择的能力。阎真用其小说展现时代优劣，也把选择和决定的权利留给了读者。

---

① 阎真. 活着之上 [M]. 长沙：湖南文艺出版社，2014：44.
② 阎真. 活着之上 [M]. 长沙：湖南文艺出版社，2014：151.

第五节　巨型话语与个人"小我"的自由天地

"生存或者毁灭？这是一个问题。"这个问题超越了一切，在一切之上。同样，活着也不仅仅是活着，活着也存在着活着之上。阎真一直所思考的就是活着之上的问题，就在绝大多数人当下亦步亦趋，又按部就班地活着的环境中，这是阎真最难能可贵的地方：宁愿独自上路，承受这份解剖与重构自我的疼痛。如果难得糊涂，那么我们可以活得很自在，可是阎真显然不愿意不明就里地活着，所以，他将视角对准最普通、最真实的每一个小人物，观察每一个人以及他自己，体味每一个人的疼痛，让自己更痛，然后批判性地书写与思考现实。阎真擅长审痛，这可能并非他的本意，没有人愿意那么痛苦地活着，事实是现实本身就很疼痛，而文学源于现实，悲剧也就这样诞生了。实际上，《曾在天涯》《沧浪之水》《因为女人》都是在审痛，只是还不够彻底，这些作品当中我们能看到小说主人公在疼痛面前的妥协，但是，阎真却没有妥协，所以就有了《活着之上》。

《活着之上》中的聂致远同样生存于疼痛之中，但是，他始终没有妥协，就像疼痛版的堂吉诃德，最平凡的小人物与最平凡的小事，却深刻又彻底地阐释了活着与活着之上的博弈，也就是说疼痛之中，我们每个人其实都是被割裂的。有人觉得《活着之上》更像是一个郁郁不得志的小人物的自怨自艾与无病呻吟，其实，这正是一种"谈几句人生别人就觉得你做作"的当下"后现代"语境中的误读，试问一下，《活着之上》中的情景谁的生命里没有遇见过？其实，我们每个人都活在疼痛里，阎真则是活在众人疼痛的集合里。《活着之上》就是阎真的精神自白，他无时无刻不在逼问自己，直到把自己逼进死角，只是，这一次与前几次不同，如果说前几次他都选择了无奈妥协的悲苦，那么，这一次他选择了坚持到最后，哪怕是玉石俱焚、飞蛾扑火，他要的就是那瞬间活着的升华和超越。

"生存是绝对命令，良知也是绝对命令。当这两个绝对碰撞在一起，你就必须回答,哪个绝对更加绝对。"(阎真《活着之上》)这句话真是振聋发聩。世俗与现实的牢笼对大学精神的禁锢似乎让人心生绝望,但是阎真并没有止步于这种绝望,而是将更多的笔力投入对抵抗精神的书写。聂致远没有像《一地鸡毛》中的小林那样沦为只关心生计的小市民,也没有像《春尽江南》里的诗人谭端午一样"躲进小楼成一统,管它冬夏与春秋"。面临现实与世俗的泥泞,聂致远依然选择坚守中国传统知识分子独立人格和超越精神的一方净土。因为有着对活着之上的期许和希望,使得他有了抵抗绝望、战胜现实世俗的信念和力量。如聂致远所说的,毕竟,在自我地活着之上,还有着先行者用自己的人生昭示的价值和意义。否定了这种意义,一个人就成了弃儿,再也找不到心灵的家园。

除了在《活着之上》中描绘出以聂致远为代表的高校教师的真实生存图景与精神现状之外,阎真对知识分子写作的独创性,更在于他较为深刻地揭露了知识分子在现实生活的生存压力下内心深处强烈的分裂与矛盾。《活着之上》中的两组冲突就深深体现了这种分裂与矛盾,同时使小说在叙事结构上呈现"复调"性。其一是聂致远与妻子之间的"务实、务虚"之争;其二是聂致远自身灵与肉的对话。一方面在生活的步步紧逼之下,聂致远不得不认同妻子所谓的"活着之上"的生存之道;另一方面,当面临世俗生活与精神守望的抉择时,聂致远坚定地捍卫着知识分子的独立人格,这种抉择其实也是大多数知识分子真正面临着的生存与精神的抉择。他们或妥协于生存的压力,自甘沉沦;或坚守人格而放弃欲求,走向逃避。但在此之外有着另一种生存图景,他们不甘沉沦而又不愿逃避,所以他们选择在坚强活着的同时去守望活着之上的精神家园。

某种意义上说,阎真是中国当代少有的具有审痛意识和追求经典书写的作家。他的作品常常聚焦普通知识分子,善于描写社会文明发展进程中人的尴尬处境和生存痛感,表现出作家对人的命运的时刻警醒与深切关怀。在《活着之上》[①]中,主人公聂致远有着独立的人格,立志以曹雪芹、王阳明这样伟大的灵魂作为人生楷模,希望在历史学研究中有所突破,可残酷的现实

---

① 阎真. 活着之上 [M]. 长沙:湖南文艺出版社,2014:26。

让他困惑、郁闷、愤懑和悲苦，究竟是"活下去/活着之上"还是"有尊严地活下去/活着之上"成了一种艰难选择。全书用一个个生动的细节清楚地表明：当今社会，坚守知识分子的良知和守住道德底线需要付出巨大的代价。阎真的写作非常诚实和扎实："小说中几乎每一个细节，都有原型。"他认为"活着就可以，活着就是一切"这样的观念是必须批判的，因为人不能盲目服从本能的驱使，从而丧失价值判断，膨胀的欲望是造成人格分裂的重要原因。

阎真毫不隐讳自己的价值判断和创作诉求。他出道至今，无论是《曾在天涯》中的高力伟的苦闷、《沧浪之水》中的池大为的挣扎，还是《因为女人》中的柳依依的妥协，他都毫无例外地将自己置身于现实中，直面他们的生存困境和面对诱惑的艰难选择，不仅与作品中的主人公同呼吸、共命运，为他们的不平鼓与呼，而且自觉地成为生活的体察者、伤痛的安抚者和信仰的呐喊者。列宁评价托尔斯泰的作品是"俄国革命的镜子"[①]，阎真的作品也是中国当下知识分子的一面镜子，他像托翁一样，反复告诫自己"不要向读者撒谎"。他在提起笔书写时，首先想到的是人的生存境况，每个人的悲欢离合都会引起他的深思，甚至是心灵的震颤。当作品中的主人公由于现实的残酷而做出有违道德或良心的选择时，阎真总是为之辩护，他理解并尊重这些主人公的艰难选择。这种直视和坦诚的勇气，在《活着之上》中，有着更为集中、更为丰富和更为深刻的展示，阎真把自己所见、所闻、所思、所想，以及所追求的信念以高超的技艺和细腻的手法，非常生动、真实地写了出来，其艺术感染力和历史穿透力不仅超越了同类题材，如《教授之死》等一批小说，[②] 甚至超越了前期为他赢得巨大声誉的《沧浪之水》。当它的节选版在《收获》杂志2014年第6期上甫一发表，立即受到读者和评家界的普遍关注，并成功斩获了首届路遥文学奖的桂冠，这表明阎真的创作达到了一个新的高峰，为他野心勃勃进入经典作家的队列又增加了一份应有的自信。

在康德看来，人们行为意志的动机所遵循的原则有两种，即主观的准则和客观的法则。主观的准则只是个人的行为原则，只具有主观情感或感性经

---

① 聂茂. 从人生的悲苦中寻找超越 [N]. 光明日报，2015-03-17.
② 郑飞. 新世纪以来大学题材长篇小说的基本类型 [J]. 中南大学学报（社会科学版），2014（01）：201—205.

验的因素，因而不具有客观的普遍性和必然的有效性；客观的法则没有任何主观的情感或感性上的成分，因而具有普遍和必然的客观有效性，可以作为人人行事的法则。聂致远，也就是书中的主人公"我"，用一直以来的痛苦坚守和心灵煎熬，为自己赢得了"活着"的尊严，给跟他一样的"位卑者"垒起了一道心灵的防腐墙，也让许多知识分子在黑暗的泥沼中看到了良知的微光和前行的力量。因为聂致远知道：出生而入死，是生命的自然规律，但不是人生的归宿；人生的真正归宿，是出死而入生，这是一种古老的人类始祖之灵魂所发出的深情呼唤。

第六节　坚持良知与生存境遇的博弈

道德是人类理性行为的基本准则和判断依据，就其本身而言，是在人和生存之上的，具有其自身的超主观性和先验性，是一种普遍有效和适用的道德准则。在这双重压力的夹击之下，对于身处其中的阎真及其他笔下的主人公而言，生存和道德的力量是相当的，无孰轻孰重之分，从高力伟、池大为和聂致远，特别是柳依依等人将二者放置天平两端苦苦衡量孰轻孰重的时候，我们可以看到在生存的迫切威胁下，道德地位的被迫"下嫁"——从高高在上神圣不可侵犯，到沦为与生存同处天平两端，可见这种普遍性的道德准则遭遇具体的个人和他/她的生存环境时所面临的尴尬。当处于具体情景和处境，尤其是处于极端的生存威胁中时，这种人人适用的超验性普遍道德准则无法不移位给具有个人感性和经验的主观道德准则。

亚里士多德说："遵照道德准则生活就是幸福的生活。"[①] 在阎真的笔下，这种价值秉持不但丝毫无用，还显得十分荒谬。在《活着之上》里，面对良知的坚守，道德得以暂时逃出时间和空间的捆绑，有了回旋的余地，于是也

---

① ［古希腊］亚里士多德. 尼各马可伦理学［M］. 廖申白，译. 北京：商务印书馆，2003：29.

留给我们这样一个问题：在一次作恶后是否还能回到作恶之前的状态？道德的崇高性被破坏之后如何再重新建立呢？从初犯到惯犯到底有多远呢？如果道德考虑重新接纳，那意味着要削弱自己的地位，用高度来换取长度，尽管这也许是道德维护其自身存在的一种不得已的策略，但人是在基于道德基础上的存在意义和价值的自我肯定中，才会身不由己地守住自己的防线，一旦这道防线被攻破以后，也意味着这种道德感被不同程度地消解，即这种存在的价值感被削弱，如果这种是生存还是道德的选择可以循环，又没有急需道德补偿的迫切需求，无疑道德就会一次次地败北。换言之，透过道德与生存的激烈角逐，阎真对人性的要求与现实的处境有着深刻的了解，他试图借助于良知的力量打破生存的尴尬，彰显出对不可触及的普遍道德审判地位的怀疑和超越，因为客观道德准则对处于生存威胁下的主观道德并不适用，这种要求生命个体与生存割裂的普遍道德是不人性的。

  从小说文本上看，《活着之上》是从聂致远小时候看到村里死了人、放鞭炮写起的，用儿童视角表现年少无知，也表现年少时人性的单纯。正是通过描写小时候对死的懵懂无知，长大后为"活着"奔忙的挣扎与纠结，两者形成的强烈反差和对比，从而告诉人们：活着是需要勇气和力量的；活着之上还有良知、精神、品格和灵魂。小说开篇不久，作者就写到了美国威斯康星大学研究精密仪器的赵教授，他一辈子最大的兴趣就是研究《红楼梦》，并写了一本《红楼梦新探》。他将聂致远带到北京的一棵槐树下，说："这棵老槐树，四年前我专门从植物园请了专家来看，看了说有三百多年的树龄了，我相信曹雪芹是看见过它的。"赵教授想保护这槐树，他认为与曹雪芹有关。可人家说，证据呢？赵教授一下子傻眼了："曹雪芹一辈子怎么活过来的都没有证据，我怎么拿得出这槐树的证据？这也许就是曹雪芹当年的最后一个遗迹，也保不住了。"尽管如此，他还要努力去发现和寻找。因为，找到曹雪芹曾经生活过的蛛丝马迹正是赵教授活着的理由和生命的价值，他的理想就是要成为一个见证者："一个圣人不能无人见证。"聂致远读完赵教授赠送的书后，竟感动得流泪了。男儿有泪不轻弹，聂致远之所以流泪，是意识到了作为一个知识分子应有的责任与担当。有了这份责任与担当，他们就会执着，甚至是固执地寻找一些被称为"迂腐"的事情。比如，有人穷其一生研究李白的出生与死亡；有人几十年如一日地考证《史记》叙事的虚与实；甚至有人从鲁迅的小说《孔乙己》中多次出现的"十九"虚拟数字，联想到《左传》重耳出亡"十九"年的实际意义，进而考察到《庄子》《史记》和《汉书》等经典中出现"十九"这个数字的象征意义。知识分子孜孜不倦地考证，不会关心能不能得到金钱、地位，能不能得到权贵们的赏识。他们这样做，纯粹是出于一种道义和良知，是对知识的尊重以及内心深处呼唤的深沉回应。事实上，通过这样的考证，不仅可以激发读者对孔乙己的生命悲剧进行深刻反思，而且可以引导读者对曹雪芹有意无意地让贾宝玉经历"十九年"人世红尘，最终皈依佛门而感悟到个体生命的终极意义。① 正如阎真在《活着之上》的封面上所清楚地表达的："毕竟，在自我地活着之上，还有着先行者用自己的人生昭示的价值与意义。否定了这种意义，一个人就成了弃儿，再也找不到心灵的家园。曹雪芹们，这是真实而强大的存在，无论有什么理由，我都不能说他是他、我是我，更不能把他们指为虚幻。"

这部小说的成功不仅在于它直面人生的勇气，更在于它在直面人生中的思考，并尖锐地提出一系列问题，勾勒出一幅幅触目惊心的精神图像，引起人们对自身庸碌生活的质疑和不满，因而具有巨大的社会意义。在阎真看来，在金钱的支配下所造成的灵魂的畸形，道德的沦丧，以及风气的败坏，等等，都是不符合"人性"的自然发展的。而这些丑陋和阴暗的东西之所以普遍地存在于社会中，是因为人的欲望过于强大，但欲望不是推动活着的唯一动力，与欲望相对的良知也有着强大的活力。尽管许多时候，良知被迫让位于欲望，但并不表明良知已经泯灭。小说中，有这样一句经典的话："生存是绝对命令，良知也是绝对命令。当这两个绝对碰撞在一起，你就必须回答，哪个绝对更加绝对。"这是每个读者必须直面的一个问题，与莎士比亚那句"生存还是毁灭"有着一样的锐度和力度。

鲁迅先生的人生观是："一要生存，二要温饱，三要发展。"后来他又进一步解释道："我之所谓生存，并不是苟活；所谓温饱，并不是奢侈；所谓发

---

① 魏耕原. 数字十九实虚反复转化的意义［J］. 中南大学学报（社会科学版），2015（02）：38—42.

展,也不是放纵。"① 在许多人看来,生存不是问题。但生存不是活命,即不是鲁迅先生批评的"苟活",发展也不是放任自己的欲望,而是必须守护"活着"的尊严和心灵的信仰。这原本是最简单和最基本的生活常识,但这种常识却被强大的现实尖锐地撕裂,以至于你要维护这种常识,需要更为强大的精神力量做支撑,否则,你就有可能倒在常识的背面,成为可怜的牺牲品。小说中,聂致远报考博士生,与吊儿郎当的蒙天舒一起竞争,"别的我比不起他,考试我也考不过吗?"然而,命运就是这么奇妙,聂致远被"无情地"刷下来,而蒙天舒"意外地"考取了。"我的外语比他多了十一分,可专业竟比他少了十五分。不可能的事情就这样发生了,自己的命运似乎已被别人精心设计。"不爱读书,却擅长"关系学"的蒙天舒不仅考上了博士,而且还通过送礼物、送金钱(甚至还向原本就缺钱的"我"借钱去送)等手段,弄了一个优秀博士论文,真让人大跌眼镜。蒙天舒坚信"搞到了就是搞到了",为达目的,不择手段,这是蒙天舒的生存哲学。蒙天舒认为"现在是做活学问的时代。死学问做着做着就把自己做死了,还不知是怎么死的",这是"人比人,气死人"的生动写照。现实如此残酷,生活如此沉重,像昆德拉笔下的托马斯,命运的无常令人无法承受。蒙天舒的博士论文评上"优秀"之后,一系列"实惠"以马太效应的方式出现了:"教育部给了(他)二十五万元研究资助,学校配套二十五万元,破格评上了副教授,还补给他一个按教授标准集建房的名额,这个名额也值二十多万元。"这就是"搞到了就搞到了"所带来的"实惠",一下子拉开了聂致远与蒙天舒的差距,而这种差距在以后的生活中会越拉越大。而最具讽刺意味的是:蒙天舒的博士论文的"第二章就是我的硕士论文改造而成的"。就是这样的"文抄公",蒙天舒不仅事业上飞黄腾达,还因此抱得美人归,女孩是外国语学院的系花,本科生原本不能留校,但因为有蒙天舒的"优博"效应,学校特批她留校。不仅如此,成绩排名靠后的"系花"还补上了保研名额。用"一人得道,鸡犬升天"来形容毫不过分。面对种种议论,童校长发话为之撑腰:"还有谁能为学校争取这个荣誉,学校同等待遇。"这种"不看过程,只重结果"的评价和晋升体制,无

---

① 叶继奋. 鲁迅现代生存观的伦理学阐释[J]. 鲁迅研究月刊, 2012(02): 46.

疑助长了钻营者的为所欲为，也让更多的势利者们朝着"功夫在诗外"的学术和人生之双重的"不归路"越走越远。更具讽刺的还是：蒙天舒很快当上了院长助理，而聂致远博士毕业，求职路上十分不顺，在经历种种屈辱而痛苦的折腾后，最终成了蒙天舒的部下。面对"有恩于己"的聂致远，蒙天舒不是感激和报答，而是阳奉阴违，让聂致远吃尽了苦头。

　　阎真的书写不仅具有精神的能动性，更充满了冷酷、苦闷和探索的意识，它不只是记录生活的现状、释放个人的悲愤、洒下同情的泪水，还是从根本上否定现存社会秩序的价值承载和犬儒主义者的精神追求。不仅如此，阎真还将批判的锋芒无声地潜移于作品的深层结构中，让读者看清那些阴暗世界和生活底层的小人物挣扎的灵魂是多么焦虑、抗议，甚至绝望。可贵的是，深陷压抑、悲愁和绝望的聂致远并没有沉沦，更没有倒下，而是被内在的定力和反对绝望的推力所吸引，他以"飞蛾扑火"般的勇气寻找人性幽暗中的光明，并艰难地保持着飞翔的姿势，他为自己的执着所感动。他直面生活中的丑陋和苦痛，从绝望的最深处昂起高贵的头颅，因而超越了绝望，或者说，比绝望更绝望，这就是一种难能可贵的审痛意识。所谓审痛，是指对道德的、心灵的、内在痛苦的承受和咀嚼，是一种良心的折磨、内心的谛视、欲望的去除和精神的自洁。孔子评价弟子颜回："一箪食，一瓢饮，在陋巷，人不堪其忧，回也不改其乐。"孔子倡导淡泊明志，以苦为乐。人，只有自觉地进入到悲苦经验的最脆弱，也是最强大的地方，才能发现人生最重要的东西究竟是什么。有了这种审痛意识和从容心态，也就有了活下去的勇气，这是一种痛苦的升华。

第七节　虚拟的符号世界与现实的美的凋零

　　作为一种精神叙事，阎真用《活着之上》力图证明：人不是注定如此的物欲动物，人的光荣在于用"鸡蛋碰石头"的勇气探求一种超越物质的形而上的存在可能。小说写的虽是生活小事，人们司空见惯，或见怪不怪，但透过作者冷静的观察和深沉的反思,彰显出现实主义文学强大的坚实精神和优秀作家的叙事自觉。正如书中所写:这是一个大师远去再无大师的时代,芸芸众生再难产生令人高山仰止的灵魂;这也是一个平民英雄辈出的时代,无数小人物虽时时卑微却仍要坚持仰望星空。"你不曾经历,却正如你经历。"[1] 阎真的可贵在于:他没有回避人性的幽暗和生命的尴尬,相反,他一反知识分子的含蓄作风,勇敢,甚至是鲁莽地将穿在身上的衣服,一件件地脱下来,直到把自己全部脱光。他脱光自己的衣服,并不是要读者看到他的裸体,而是去看他灵与肉上的一道道伤痕。面对那或深或浅的累累伤痕,有谁敢说,那一道道伤痕不是你刻下的?又有谁敢说,那一道道伤痕不是你自己曾经、现在或未来也拥有的?小说中,这种质询和不安定因素十分突出,造成物质和精神、自我和现实的空前对质,这样的拷问和对质不仅表现在沉重的字里行间,也表现在作者的苦恼和读者的压抑中。应当承认,触目惊心的残酷现实与内心信念之间的敌对,可以视为整个社会和个体生命紧张对质的文化镜像。这种镜像虽然被小说中一个个生动鲜活的细节所打破,但当代人的命运遭际却一次又一次地因为打破,而发出在物质世界诱惑之下灵魂挣扎的哭泣的声音。

  小说中有这样"残忍"的情节:女友赵平平跟别人好过,弄了八万元,作为买婚房的首付款。聂致远认为:"一个女孩利用青春为自己的生活打个基础,说真的我能够理解,也愿意理解。只要她不是赵平平。"因为是自己的未婚妻,所以聂致远就无法做到理解,即便赵平平忍受的委屈不仅是为了这个家庭,为了她的母亲孙姨,也是为了聂致远本人,他也有着无法忍受的屈辱和苦痛。"为什么是赵平平?"聂致远不能释然,小人物的痛苦纠结是如此的生动真实。赵平平是"211"大学毕业,最高理想就是"当一名有编的小学老师。这理想非常卑微,对她来说却很神圣"。然而工作六年,却一直没有弄到这个编制。为此,她一而再去请客送礼、委屈自己去求人,当她好不容易找到一个面试评委,但这个道貌岸然的评委居然暗示她要"潜规则"时,她本

---

[1] 阎真:《活着之上》封底之李敬泽、李建军和唐浩明等人的评语以及腰封上的推荐语,湖南文艺出版社,2014。

151

能地"掀开包厢帘子",仓皇而逃。赵平平忍无可忍,最终把这个消息告诉了聂致远,聂致远愤怒地要去杀人,当然也只是说说而已,"君子动嘴不动手",他只能用"阿Q精神"骗骗自己。他不能行动,却能听到心灵的哭泣,这是一个男人想要尊严却无法得到尊严的哭泣,一个男人想要体面地生活却无法做到体面地生活的哭泣。阎真是人生黑暗深切的体验者,他对人性的阴暗保有清醒的认识,作品中人格残缺的表现极为残酷。他不仅是现实生活的反省者,更是精神世界的写实者。他揭示了人的内在欲望,尽力将隐藏在人表象世界后的某种本质触目惊心地呈示出来,加深了人类认识自我的程度。

黑格尔指出,悲剧就是把不该毁灭的东西毁灭了。[①]鲁迅也说过:"悲剧将人生的有价值的东西毁灭给人看。"小说中,悲剧无处不在。例如,郁明是个实用主义者,不看专业书,专弄古玩字画钱币方面的东西,他告诫聂致远:"数清楚曹雪芹有几根头发有什么用?在知识经济时代,最要紧的就是把知识变成生产力。"郁明读博,目的非常明确,就是顶着博士帽成为收藏行业的权威,而不是在专业方面做什么贡献。聂致远不为所动,继续看王阳明的《传习录》。不久,郁明为聂致远揽了一个活儿:山东企业家郑天明愿意出四万元写一部传记。为了买房子,聂致远违心地接了单,后来他才知道企业家出了六万元,作为中介的郁明轻松地赚了二万元——同学之间的友情没有了。聂致远花了两个月的时间,终于写成了一本《从一个人看一种精神——郑天明传》,郑老板说:"看了你写的书,我突然发现自己是个多么好的人啊!"这让聂致远有了恐慌,"我看了那么多历史著作,是不是看到了历史的真相?"正因为有了这样的反思,当郁明接到更大的单——给一个孟老板写传记时,在利益诱惑的紧要关头,聂致远拒绝了。这种拒绝,是经过痛苦的矛盾纠结后做出的:"这么多钱,是我一辈子没见过的,也已经跟赵平平讲了,她已经都做了安排了。我不写也会有人写,又不必署真名,怕什么?"但当自己"掏出手机给许小姐发信息,信息写好了我呼吸急促起来,胸口感到一种压迫"。这是知识分子的良知带给他的压迫。最终,信息竟然改成"我恐怕写不好"。不等自己犹豫,就发了出去。聂致远不能有犹豫,否则,良知带来的压迫就会

[①] 朱光潜. 悲剧心理学 [M]. 北京:人民文学出版社,1983:134.

被这份犹豫打败,从而与现实达成同谋。聂致远发出短信后有一刻的痛快,但接下来就是更深的和更现实的痛苦:先是想起给妻子的许诺泡汤了,接着宾馆服务台让聂致远退房,火车票也要他自己"排一个小时的队,买到一张站票,在候车室等了七个多小时,又铺张报纸在车厢连接处坐了十个小时,回到了北京"。阎真把聂致远对良知的坚守以及坚守的内心煎熬写得淋漓尽致,突出了作者并没有拔高主人公的形象,相反,只是真实生动地写出了小人物要坚守一种理想是多么艰辛和痛苦。这个活儿最后由聂致远的师兄张维接了,写成的传记书名叫《从一个家族看一个民族的崛起之路》,为此,聂致远悲愤不已。这种悲愤与其说是对师兄的不满、对自己放弃这个活儿的后悔,毋宁说是对社会现状的不满。因为,这就是真实的生活,就是残酷的现实。[①]这种类似"美的凋零"式的写实,构成了特殊的悲剧效应,仿佛灵魂上撕裂的伤口,流出的血止都止不住。

第八节 人性的闪光:活着之上的终极价值

当今社会,大部分人都有一个共同的心理疾病或者心理危机。这样的危机主要体现于每个人都要面对一个复杂的、决定性的、关键性的选择:要么选择表面上的、慢性的精神痛苦,让自己远离所不满意的现实,而去创造个人的虚拟花园,使自己的"良心"趋于平和;要么陷入人格分裂,让自己把个人对现实的不满所造成的精神痛苦摆脱掉或者刻意隐藏起来,从而顺利地成为社会的盲从者和"合理的存在者"。这样,每个人都有几十个假面具,按照不同的情况,使用适合每个情况的不同的假面具,这对他们来说不仅是无辜的、无罪的,也是无可指责和无可非议的。因为现实太残酷,人要活下去,因为每个人的生命只有一次。为了这绝无仅有的"这一次",每个人不断地改

[①] 汪怀君. 物、符号与符号消费的伦理意蕴[J]. 中南大学学报(社会科学版),2014(05):28.

变自己以适应社会，这种改变也使自己逐渐失去自我，甘愿让现实的残酷泯灭那颗不安分的心。

为了"这一次"，生命有着与生俱来的强大韧力。就像余华的《活着》，福贵老人家中的一家七口人全部死了，老人亲手埋葬了一个个亲人。他孤零零的，依旧要活下去，甚至不知道对生活抱怨。① 在福贵这里，活着不仅是目的，是生命意义的展示，也是在创造新的生活，一种通过活着本身而创造的新的放大了意义的生活。因为，福贵不仅要为自己活着，更要为那些年纪轻轻就失去生命、没有活够的亲人们活着。与余华的《活着》不同，阎真的《活着之上》不仅要让聂致远活着，而且要尽可能地有尊严地活着。活着虽然艰难，但活着就有未知的可能，活着就是希望的所在。阎真在书名上也是颇费心思的，取名《活着之上》而不是《活着至上》，一字之差，意义迥异。"之上"表明"活着"的上面还存在着更高的价值和闪光的理由；而"至上"表明"活着"就是目的，而且是唯一的目的。毕竟，福贵老人与聂致远是两种完全不同的人。

阎真的这部小说直面社会的潜规则与学术生态的阴暗面，以锋利的笔触揭开高校腐败的内幕和中国知识分子的堕落，在大学里"活得最好"的不是聂致远这样有理想、有良知的人，而是那些不学无术的投机钻营分子。这些人极为聪明，人格严重分裂，能够利用一切机会，把"功夫在诗外"的戏演得淋漓尽致。阎真的书写并不仅仅局限在揭短或暴露上，这不是他的创作诉求。实际上，现实生活的阴暗面还有更多更残酷的事情，阎真本人都见过、听过和经历过，但他写得内敛，写得很克制。因为对高校揭短和暴露黑暗不是《活着之上》的创作初衷，阎真更多的是聚焦在以聂致远为代表的一群人在现实环境下无奈生存的真实况味。这些人虽然也屈服现实，但内心深处始终保有一丝对中国传统知识分子独立人格的向往，始终不忘良心和梦想。在阎真看来，只要良心和梦想存在，你心中那一缕精神的火苗就不会灭绝，你就总会设法找到一种力量让你不甘沉沦，战胜困境，超越自我。这种强大的精神力量，在《曾在天涯》中是高力伟对"彼岸""家园"和"星空意识"

---

① 余华. 活着［M］. 北京：作家出版社，2008：121.

的向往和守望，在《沧浪之水》中演化成池大为的父亲整理的《中国历代文化名人素描》带来的警醒与自省，而到了《活着之上》则变成了聂致远等人对曹雪芹、王阳明等传统文化精神血脉的追溯和探源。

阎真的经典式写作正是体现这种持之以恒的"深耕"和"挖井"，他用全方位、多视角和众声喧哗的方式，不仅生动、真切地呈现了中国社会知识分子的生活现状，反映了个体生命在社会转型中被扭曲、被践踏、被侮辱的苦难历程，而且还把现实世界的丑陋，坚守的艰难与苦恼，赤裸裸地置于精神家园的火炉旁。在小说的最后，阎真不无深情地写道："我只是不愿在活着的名义之下，把他们指为虚幻，而是在他们的感召之下，坚守那条做人的底线。就这么一点点坚守，又是多么艰难啊！"这是时间深处传来的"召唤"，是审痛之后的悲苦和超越，它既是社会的歌哭，也是人性的歌哭，更是精神战胜物质、良知战胜欲望的歌哭。而这样的歌哭所彰显的现实主义的批判力量，传达了难能可贵的正能量，不仅是广大读者所希望的，也是当前社会所迫切需要的！

第五章

水运宪：始终遵从心的方向

水运宪是文学湘军中最难被类型化的作家，也是最有戏剧性和面具化的作家。不被类型化表明他性格的独特性、血液中与众不同的黏稠度，以及作品里表现出来的非典籍化倾向和民间传奇般的喧哗特色。他的戏剧性是由他生命本身的丰富性、惊异性与作品中人物命运与故事情节的尖锐冲突所爆发出来的文本张力构成的；他的面具化主要体现在他将艺术与生活区分得异常彻底，不向文学的强权或机会主义妥协，以及他不断捕捉时代经验，尽可能使自己的创作主题与书写风格多样化。水运宪在文学创作上始终遵从心的方向，文字率性真实而不落俗套，对文学创作抱有一颗"敬畏之心""警醒之心"和"赤子之心"。水运宪坚持不改自己的创作初心，努力摆脱陈陈相因的主题、观念、理论、审美趣味以及眼花缭乱的各类艺术表现手法，重申文学的锋度与韧性、庄严与肃穆、秩序与风度，并以持之不断的反思与叩问而成为当今文坛独特的存在。

第一节 现代性追求与时代的镜像

中国社会的现代性转型不可避免地带来阵痛，在这样的历史境遇下，文学的现代性转型也必然要经历一个痛楚的变异过程。无论是水运宪个人的写作史，还是其笔下人物的命运史都与中国社会的快速发展有着密切的联系。

水运宪不被西方经典与传统文本所束缚,大力提倡"从生活真实中来,到艺术真实中去"①,他的作品亦可看作是对裂变时空下文化镜像的深刻书写。

如果把水运宪的作品横面展开,我们可以从中既看到社会发展的合理性,也看到历史的偏激与冲动;既看到时代困境下的悲剧灵魂,也看到倔强而又狂热的人物性格。《祸起萧墙》是一面镜子。水运宪以犀利的批判力度、精确的细节描写,把人物命运推向强悍的集体意志面前,展示了生命个体在现实面前的懦弱与荒诞。作品剔除了那个时代流行的虚假的现实主义,体现了思想的超前意识和拓荒牛精神,体现了自觉的现代性追求。文本洋溢出超凡脱俗的理想主义情怀,一种内在的、被生命净化了的悲悯。主人公傅连山以一种暴力式的激进情感以及自我献身的极端方式,冒着主流话语"叛逆"的指斥担负起社会批判的使命,水运宪用另一种人道主义再现了特定历史条件下的"人"的生命价值。可以说,《祸起萧墙》中的傅连山是现实主义文学在特定历史时期和时代语境规范下书写的典型形象:一个力图重建现实秩序、重建现实"乌托邦"里的时代悲剧英雄,深切地表现了那个时期焦灼而躁动的历史愿望,与其说这是一部成功的改革小说,毋宁说它是一部改革浪潮下的现代启示录。这是时代大潮中的贝壳,是从生活本身和社会肌体上剔下来的、有着痛感的血和肉。水运宪充分领会到了文学的肥沃性,这是一次重大发现,是与文学种种可能的一次奇遇,他后来所做的一切仿佛都在为这次奇遇做诠释。他看清楚了时代与个人、社会与历史、生活与艺术的诸多联系。

水运宪的现代性追求体现了他的悲悯情怀,这种情怀建立在"英雄"的姿态之上,建立在不甘做时代落伍者这样的奋斗意识之上。所以,当伤痕文学与反思文学兴盛之时,当知识分子的"检讨"传统置换成"感时伤国"的叙事传统时,水运宪依旧坚持着对于"英雄"的主体性书写,即便是失败的英雄人物,他也用悲悯的眼光看到了负重前行的可贵,他甚至用一种生命毁灭的悲壮感来实现对社会故步自封的反叛与对保守势力的不驯。除此之外,我们从水运宪的小说人物命运的历史变异中,亦可窥探出人物与社会发展的

---

① 水运宪谈创作的真实性与真实感 [EB/OL]. 中国作家网, 2016-07-04. http://www.chinawriter.com.cn/news/2015/2015-10-27/256393.html.

断裂、思想启蒙与死亡、精神苏醒与沉沦的多重变奏。例如，在影响深远的小说《乌龙山剿匪记》中，水运宪没有回避那个特殊历史背景的真实性与残酷性，他通过艺术化的虚构与漫画式的处理方法重构了现实与历史的新型关系，刻画了众多有血有肉、爱憎分明的人物形象，将读者心目中"土匪"的刻板印象彻底改变过来。这些具有时代印记的人物群像也"为'真实地'建构历史和阐释现实提供了全面的符号象征体系"[1]。

　　水运宪的现实主义题材小说多带有鲜明的问题导向与时代特征，但由于他对于人物形象的塑造以及对于人物心理活动刻画的侧重，使得其笔下的人物在"拒绝充当时代精神的传声筒"的阐释中，既有时代的镜像，又能为人们提供情感的抚慰。水运宪在早期创作的一系列有关改革背景的小说，无论是《祸起萧墙》还是《雷暴》，抑或是《裂变》，无一例外都属于现实主义题材。这些小说不是简单地呈现生活、描摹现实，而是探索性地运用先锋派、荒诞派等表现技巧来对现实生活与时代病象进行审美透视，直指波澜壮阔的时代大潮下人们精神的核心，叙事冷峻却又不乏现实生活的庸常之美。水运宪于2008年创作的长篇力作《乔省长和他的女儿们》，借助20世纪80年代以来改革开放大背景下城市生活的变迁，通过展现主人公乔良的人生经历和心灵历程，把一个父亲的心灵史、四个女儿的成长史与一个社会的变迁史相融合，生动而真实地反映出社会转型时期风云变幻的社会面貌，也让读者看到了乔良所代表的一代人的生命轨迹与人生追求。

　　水运宪小说中的主人公也并不完全是改革的弄潮儿，也有对现实的怀疑与否定者。主人公的怀疑理性与社会理性、价值理性、历史理性之间的冲突与调和，构成了其小说内部的逻辑张力，水运宪通过这样的书写逻辑淡化了小说故事所承载的过重的历史焦虑，这使得水运宪笔下的主人公同时扮演哲人、英雄、叛逆者与布道者的角色，并大都带有文化自省与文化自觉的意味。像《祸起萧墙》这部小说，傅连山身上鲜明地体现了那个时期迫切的改革精神，所有关于那个时代的欠缺与迷失，都在文学作品里呈现并获得想象性的满足。傅连山想要凭一己之力来撬动社会的顽固势力的冲动在那样的历史语

---

[1] 陈晓明. 表意的焦虑[M]. 北京：中央编译出版社，2003：369.

境下显得既悲壮又可笑,社会的发展要求与现实的脱节成为导致人物悲剧命运的必然,傅连山的尴尬处境也隐喻了像他这样的小人物终将成为时代牺牲品的宿命。

  水运宪的写作与其说是一种作家对于文学想象的自我创作,不如说是将写作看作一种"姿态",一种有关知识分子的、文化工作者的"姿态"。因为水运宪的作品很少游离于时代中心话语之外,较多时候都是将其作品视为时代映象并围绕主流话语展开,小说中人物的情感亦可承担起伦理叙事的功能,只是巧妙地在叙事上表现出一种与传统文学相对陌生的艺术手法。就拿《雷暴》中丁壮壮与杨玉莲、罗明艳的感情来说,丁壮壮与杨玉莲的情感较为纯粹,可看作一种正常男女之间的私人情感,但丁壮壮与罗明艳的情感纠葛则带有几分集体意志的撕裂色彩,是个人与集体、情感经验与意识形态的拆分与弥合。水运宪将人物的私人话语与公共话语相调和,实现了其主观情感的审美伦理化表达,使整部作品具有了浓厚的社会内涵、雅俗共赏的基调与主流化品格。

第二节 人性纠缠中的适迎与悖反

  水运宪拒绝陈陈相因、只见故事不见思想、缺失精神的平庸写作,他冲破体制规范与文人传统的双重遮蔽,写出日常生活中无处不在、又常常被忽略的生活原态。他既不借助于想象的辩证法,也不依赖于宏大叙事,更多的是将自己在日常生活的感悟或发现融进自己的文学世界,以此见证他对生活的感知、对理想的执着和对辽阔梦想的激情。他的文字不仅有血性,有忧愤,有暴雨,更有雷电灼伤的疼痛感。当读者透过文字仿佛嗅到了湘西森林里那股幽暗、危险的气息时,水运宪却用去鱼鳞的方式,直面苦难中的动摇,欲望前的魅惑,沉默后的声响,生命里的挣扎。这是一个人的战争,也是一个时代的战争。最后,他拖着骨架散了般无丰满却极具质感的生命背影,疲惫不堪却怡然自得地行走在山野的尽头。

刘再复在其《怎样读文学——文学慧悟十八点》中谈到文学和历史、哲学的区别时说道："文学体现的是心量，历史体现的是知量，哲学体现的是智量。文学的一个重要特点，那就是文学不设政治法庭，也不设道德法庭，只设审美法庭。"① 即是说，做非黑即白的道德判断并非文学的首要任务，文学的首要任务在于写出生命个体的生存困境、人性困境和心灵困境。小说《乔省长和他的女儿们》从表面上看是一部讲述乔良官运变迁的官场小说，但水运宪实则将"情感"作为小说的叙事重点，讨论的是生命情感之于人的价值与生命的意义，其中不乏对人性的拷问与文学伦理性的思考。作者用乔良的官运变迁作为对生命价值的过程性思考，乔良在人生的各个阶段所面临的问题与困境隐含着作者作为知识分子与文学书写者对于时代大环境的精神倾向与价值判断。著名作家王跃文曾这样评价该部小说，"既有对日益淡漠的理想主义和人的自我完善的追认和张扬，又冷峻凝重地写出了权欲交织之下人物命运的执着和挣扎、迷失与回归"②。就此意义而言，作为社会人的乔良，他的人生困境又何尝不具有"类"的意义？

中国当代热销的政治关怀小说大多热衷于描绘"官场"这一特殊的政治文化场域对于人的异化的影响，并出现了"生存的焦虑"到"权力的游戏"的叙事转向。然而，水运宪的政治文化关怀小说则呈现出一种"回撤"的姿态，他将日常生活以及生活琐事中的心理变动重新安入文学想象之中。水运宪并不是将"官场"视为时代精神与主流意识的宣讲地，而是集中于对"官场"之下"人"的描写与对人性、欲望的发掘与表达，执拗地对身处特定环境下人的精神状态与生存焦虑进行勘察。因此，水运宪笔下的"官场"只不过是社会转型背景下的一个场域或一个镜像，也是一个可以揭秘人性隐秘角落的窗口，一个可以观察时代精神症候的听诊器。水运宪以巧妙、生动、细腻的笔法对官员们的日常行为和心理变化进行了客观刻画与真实描摹，将官场背后的规则和潜规则不露声色地加以展示，并能于其中折射出个体生命所面对的灵魂与现实的悖论和冲突。

---

① 刘再复. 怎样读文学：文学慧悟十八点 [M]. 北京：生活·读书·新知三联书店，2018：35—37.
② 水运宪. 乔省长和他的女儿们 [M]. 长沙：湖南人民出版社，2009：封底.

水运宪从来不是一个清高的素食主义者，他笔下的人物被众多欲望所控制，贪婪、虚伪、狡诈、自恋，尽显人性中丑恶的一面，描绘了人类共同的宿命。《乌龙山剿匪记》这部小说中，水运宪并没有回避"土匪"身上蛮横、跋扈的匪气，但是水运宪并不是从"文明"的对立面去渲染"野蛮"的破坏性、侵略性力量，而是从"生命"的角度切入，注重对土匪人性的挖掘，成功地将反派人物真实化、血肉化、人性化。他们是道德伦理下的异己者，是正统文化的排斥者，是撼动社会秩序的破坏性力量，但这些"土匪"身上也有着适迎与悖反，有着人性的幽暗中的光亮，这种光亮往往被强权意志刻意地抹掉。水运宪将作品中人物的爱与恨、邪恶与忏悔、大胆与懦弱、精明与愚昧刻画得入木三分，无论是"榜爷""钻山豹"还是"四丫头"，他们等人都从文字中"跳"了出来，成为一个个有血有肉的传奇人物。小说中的"钻山豹"，他会用枪打死一个婴儿，逼疯母亲，但他又执拗地、真正地爱着田富贵的妻子。表面上看，"钻山豹"的土匪身份以及打杀抢掠的野蛮行径使他始终站在传统道德伦理的反面，但是水运宪依旧表现了这个恶贯满盈的匪首身上人性温存的、光亮的一面，他既不放大这种光亮，也不抹去它，而是内敛地、适当地加以表现。"他看见菁妹子倒下了，当时心里确实也震动了一下，便喝令土匪不许再放枪。进而，他又产生了莫名其妙的一个想法，他倒真想让田富贵逃出去，也真想把菁妹子的尸体留下来好好地送她入土。他觉得这样一来，自己的儒雅名声就会不胫而走"[①]。集"英雄梦"与"土匪身"这一矛盾于一身的"钻山豹"，在欲望的两极寻找生命的平衡与人的尊严。土匪对其身上爱与欲毫不掩饰地张扬，实际上就是人性的复活，是原始生命力或善的本能意志向现代人性的回归，水运宪对于"剿匪"这一事件的思考，从传统的"英雄崇拜"走入对"大写的人"的精神建构之中，这也是这部作品被正统的文学评论家刻意抹掉却在民间社会形成强大野性生命力的重要原因。

---

① 水运宪. 乌龙山剿匪记［M］. 长沙：湖南人民出版社，2012：283.

第三节　聚焦生命真实的去符号化写作

查尔斯·泰勒在其书《世俗时代》中向现代人抛出了一个灵魂之问：生活在世俗时代意味着什么？之于作家这个问题就变成：生活在世俗时代对作家意味着什么？水运宪的回答是，要始终遵从心的方向，真诚面对读者，真诚面对自己，真诚面对笔下人物的灵魂。水运宪孜孜不倦地寻找着由"通俗"向"通雅"过渡的叙事路径，并取得了卓越的成效。水运宪深谙文学立格之道，因而其作品多以通雅为基，在得乎大众通感与喜爱之时又通乎人性洞达之镜。正如著名作家王蒙所言"所有高雅的世界背后都有一个庸俗的世界"[1]。"土匪"作为主流意识形态下的异己者，在正统话语系统中始终处于一种弱势地位，"土匪小说"也在很长一段时间内被认定为不入流的通俗读物，这样的作品往往被正统文化当作拒斥的草莽文化，或被高雅文化当作放逐的低俗文化，难登大雅之堂。水运宪要为它正名。就像莫言的《红高粱》为"土匪爷爷"立传一样，水运宪用一种低姿态努力观照这群落草为匪的边缘群体，积极挖掘出"土匪"身上在可变的外部环境压力下的那种不变的生命强光，用民间话语为"土匪"发声，用英雄视角为"土匪"立言。不得不说，水运宪的这种执着和对生命的悲悯值得尊重。在小说《乌龙山剿匪记》中，既有紧张刺激、曲折离奇的故事情节，又有对人性的追问与对生命的理性思考，在一个个鲜活的生命个体之上窥见了灵魂的独特性与传奇性，读者也在精神消遣与对小说人物生命状态的体认中实现了精神的启悟与文化的自省：人生从来不是一场关于物质或世俗意义上成功的盛宴，而是一场有关个人灵魂的修炼、感悟与得失。高雅与通俗从来不是对立的两面，而是两个相互依靠、相互支撑的艺术世界。小说《乌龙山剿匪记》不仅在艺术上实现了通俗性与思想性的耦合、传奇性与时代性的相契、精神消遣与价值思考的统

---

[1]　王蒙. 不奴隶，毋宁死？[M]. 北京：北京十月文艺出版社，2008：196.

一,改编后的同名电视剧迅速捕获了大众趣味,万人空巷,成为电视荧屏上一个时代的经典记忆。

水运宪不因作品改编成电视剧的成功而迷失自己,更不放任自己,他迅速从现实的纷扰和扑面而来的诱惑中出走,千方百计把自己从生活局限的窠臼中解脱出来,让自己遨游于灵魂的自由之中,以寻找新的文学可能性。2009年在"生态苗乡·长寿麻阳"的笔会讲座上,水运宪在谈《乌龙山剿匪记》的创作经验时说道:"湘西没有乌龙山,湘西也没有土匪!田大榜、四丫头都是我虚构的","我写的也不是历史,只是一种历史的精神。"可以说,在《乌龙山剿匪记》这部小说中,水运宪"颠覆了'历史即真实'这一概念",将历史变为传奇,把虚构变成了真实——湘西并无一个地名叫乌龙山,他拒斥了传统的历史性叙述。无须有的"乌龙山"成为水运宪放飞笔端的灵魂旷野,成为一个摆脱了历史逻辑的带有寓言性质的符号场域,它实现了对"江湖"这一文化场域的消解与"绿林"修辞的讽刺性隐匿。水运宪从心的方向出发,以一种更为恣肆无羁的写作姿态去塑造想象世界的一系列人物,窥探人性的幽暗与光亮,并在这片辽阔的旷野上描绘了瑰丽多样的灵魂的风景,实现了"英雄"与"灵魂"的双重在场。

对水运宪而言,文学创作就是一个生命向另一个生命的靠近,是一个灵魂对另一个灵魂的唤醒,是带有深切生命感受的人生体察,是对文学始终怀有敬畏之心的灵魂皈依与零度叙事,是聚焦人生终极意义的精神追问。如果心中没有道德与正义的标高,他无法实现自己书写的意义,更遑论生命的价值与人的尊严。

《乌龙山剿匪记》这部小说,对"土匪"这一非主流文化之外的人物主体进行田野考古和生命哲学的透视,在原始的、野蛮的湘西土匪身上寻找最原始的欲望冲动与最本真的生命力量,寻找一种新的生命形式。因而水运宪笔下的人物是带有深刻的生命体验的,还其"本来的样子"。人们基于对"兵""匪"关系的传统认知与文学想象,大多都会将其看作是"文明与异己者""秩序与破坏力量""正义与非义""善与恶"之间的二元对立,但是水运宪在人物刻画的过程中,却将道德伦理与意识形态等价值评价搁置,转用文人悲悯的眼光对小说中非典籍化的人物进行人文主义的审美观照,从"道德立法"转向"生命阐释",探求人在极端的生存境遇与生存环境下野性的生命力量。于是"兵"与"匪"的二元对立在这里就发生了偏离,转而成为两种不同的生命形式抑或是生命存在形态之间的对质与审视。水运宪所重视的是表现生命最原始的"力"与人性最初的"真"以及具有野性特征的、非规范化的自然情感,而非道德的演绎与世俗的评判。这并不是说,他没有批判,他的批判不是建立在传统意义的符号系统上,相反,他想打破这个僵硬的系统,这种打破本身就是一种尖锐的批判,是对民间话语的漠视或对小人物命运沉浮与生存艰难的逃避的批判。

伯恩斯坦曾提醒我们:"我们永远也不要低估我们基本冲动和本能的力量和能量,也不要低估精神矛盾的深度。我们永远不要自欺欺人地认为我们的本能性破坏能力可以被完全驯服或控制住。我们永远也不要忘了,所有不可预期的偶然状况都可能释放'野蛮的'攻击性和毁灭性能量。"① 为了还原生命的本真与自然的人性,水运宪对小说中的人物进行了"去符号化"的艺术处理,而在《乌龙山剿匪记》这部小说中则体现得格外明显。

《乌龙山剿匪记》的写作背景是社会正处于改革开放的转型期,出现了文本身份的集体书写与个人追求相矛盾的时期。在传统的文学想象与大众的认知经验中,"湘西"与"土匪"不仅有了刻板印象,而且逐渐被符号化,且不断加重这个刻板印象和符号化力度。一方面将"野蛮"的一维不断放大,乡土与血性的自然言说已经失去了原有的尊严与肃穆,其艺术生命力在扁平化、概念化、脸谱化的过程中失去了其原本的震撼人心的动人力量,原本"有血有肉有灵魂的人"最后沦为血淋淋"野蛮"的符号与象征;另一方面,"土匪"在文学想象中反复使用与重构,承载了太多世俗化的符号学意义,使得其社会意义的赘附遮蔽了人的本身,而发生了符号象征的变异,失去了其原有的生命的本真,没有所指,只有能指的神秘而可笑的文字符号。水运宪力图打破人们对于"土匪"传统认知的刻板印象与意识形态偏见,他没有用一种居高临下的、轻蔑的、敌对的眼光和道德优越感将其笔下的土匪污名化、

---

① [美]理查德·J. 伯恩斯坦. 根本恶[M]. 王钦,朱康,译. 南京:译林出版社,2015:195.

卑劣化、妖魔化，而是在一种非政治化的审美观照中，用一种民间的素朴、悲悯的眼光、平等的视角给予了他们充分的"人"的尊重。沈从文也曾在《湘西·苗民问题》一文中，从民间立场出发来为"湘西土匪"正名。沈从文认为湘西土匪并非穷恶刁民、凶恶之辈，他们原本是"一种最勤苦、俭朴，能生产，而又奉公守法，极其可爱的善良公民"[1]，由于容易被世事左右，走投无路而落草为匪。水运宪通过对"土匪"形象的"去符号化"表达剔除了众多社会意义强加其身的赘附，并在对"英雄"的反思与重建中审视这些生命，用"湘西精神"重建了"土匪"这一边缘群体的精神内核，实现理性精神的去蔽，这是在对"湘西土匪"形象的重新编码之中提供一种可以比照的生命力量与价值尺度，是水运宪对中国当代文学独特的贡献。

应当看到，小说中，"钻山豹""独眼龙""龙胡子"这些绰号只是有限肉身的形象代码，而水运宪真正表现的则是符号下面的无限自由的灵魂，去符号化后的人物就是水运宪用来演绎生命之相、表达生命之感的镜像意象，是生命的存在者、"存在的勘探者"[2]。霸蛮、跋扈、蛮横、暴力，诸如此类，作为土匪身上的反文化因子，同时又是另一种生命的"真实"。水运宪用去鱼鳞的方式，将人性的恶与丑陋的一面给撕裂开，将生命个体最原始的欲望冲动以一种最显性、直白的姿态显露，血淋淋但又活生生，而这也正是人性最真实的一隅。土匪们的生命力被正常的社会结构排斥在外，于是野性的力量得以爆发出来，并用一种野性思维的人生形式来解构原有的生命形式，从而创造一种新的狂放的生命意识形态。水运宪借"乌龙山土匪"想要表现的是一种非典籍化的民间野性力量。在《乌龙山剿匪记》中有一段关于田大榜同野狗赛跑的描写，田大榜于岩石上剽悍、恣意地狂奔的姿态，仿佛让人忘记了他是那个穷凶极恶的匪首，在春天洛塔的原野上，相信每一位读者都会被此时所流露出的浪漫而坚韧的生命气息所感染。生命力的爆发虽有一定的破坏性，但依旧是一种蓬勃的力量，田大榜以一种江湖匪性对抗着压抑个体生命与自由的奴性，以一种野性的生命力量来对抗生存焦虑。我们民族原始而

---

[1] 沈从文. 湘西·苗民问题 [M]//沈从文散文选. 北京：人民文学出版社，2015：287.
[2] [捷克] 米兰·昆德拉. 小说的艺术 [M]. 董强，译. 上海：上海译文出版社，2004：42.

旺盛的生命力在这些充满野性和生气的土匪身上以一种更为显性的、极致的形式表现出来。这种以"匪气"为表征的湘西硬汉精神，这种血性不羁的民族精神与旷达的生命自由意志，既是对此前《水浒传》《三侠五义》等众多侠义小说英雄好汉的传统承续，又在莫言笔下山东高密东北乡的余占鳌身上得到了精神呼应。可以说，生活在"乌龙山"下的这些土匪具有高昂的斗志、坚韧的毅力、怒放的生命，是没有被文明化、工具化、符号化抑或是异化的生命。他们身上的"匪气"又何尝不是一种力求回归自然、皈依生命的本真？这种本真受时代大潮所裹挟，作为具象的生命个体，这样的人遇到贺龙就成了红军，适逢抗美援朝，他们就成了时代英雄。包括有着"土匪"身份却获得一等功臣的金珍彪在内的一万多名湘西"土匪"入朝参战，屡立战功，成为"另类英雄"就是很好的证明①，这也是水运宪用坚定的反叛精神和超前的人文意识为"土匪"正名得到现实支撑的价值所在。

第四节　形而下的关怀与形而上的叩问

　　生命意义的建构异常曲折，生命只有在苦难中反复磨炼，才能日臻成熟。中国的哲学，无论是儒家修身之说，还是湖湘文化的经世致用，都具有极强的实践性。受此影响，中国主流文学秉承"文以载道"与"为民代言"的叙事传统。而哲学与文学交融的结果便是文学的哲学化与哲学的文学化。林岗也在《什么是伟大的文学》中谈到"天才的作家总是在不经意之间就在文本的具体的、形而下层与普遍的、形而上层之间搭建了绝妙的隐喻关系"②。水运宪率性自由、敢为人先的性格与创新精神使他的作品注定不是一个只对现实描摹的平庸式写作，他总是用敏锐的眼光对他笔下的每一个人物进行灵魂透视，在其文学叙事中对生命哲学进行的形而上的思索。

---

① glory1978. 最后的一万名湘西土匪：为求生路苦战于朝鲜 zt. [EB/OL]. (2015-03-30). https://blog.wenxuecity.com/myblog/23512/201503/33794.html.
② 林岗. 什么是伟大的文学 [J]. 小说评论, 2016 (01): 34—42.

水运宪的《祸起萧墙》与《雷暴》都是带有悲剧意蕴的小说。如果说《祸起萧墙》的悲剧是外在的，那么《雷暴》的悲剧主要是内在的，这种内在式的心灵悲剧比外部形态的悲剧也许具有更高的审美价值。在面临时代变革与社会转型的大背景下，像罗明艳这样的知识分子只能在平庸的事务中耗费年华，虽不甘忍受，却只能徒劳挣扎。她的自卑是来自对周围环境的清醒认识；她的悲剧则来自个人力量在集体意志面前的无能为力，这种无助感与无力感使她在无可奈何的生存困境中无法完成自我救赎，最后只能从一段婚姻悲剧中走向了另一段爱情的不幸，继而陷入个人悲剧的旋涡。在罗明艳个人悲剧的背后隐含了水运宪对于那个特殊时代下妇女群体悲剧性宿命的审思，即妇女的"高知"身份能否促其冲破世俗的藩篱而实现自救？水运宪这种对人之价值的思考使得罗明艳的个人悲剧具有了形而上的意义。

在《雷暴》《祸起萧墙》《庄严的欲望》或《无双轶事》中，水运宪所叙述的故事表面上只属于这些故事中的人物，实际上是关于这个时代的，是集体的，也是他自己的故事。水运宪丝毫不掩饰自己对于生命思考过程中所感到的迷茫。他窥探到生命的真谛：没有纯粹的生命，更没有纯粹的意义，生命的意义是由人性的美好与丑陋、社会的光明与黑暗共同构成。

水运宪小说所流露出的这种形而上的悲悯情怀，像一股携带着海盐味道的海风，有一种苦涩的清醒。湘西这片地域的神秘性、原始性、异质性、抵牾性赋予这里的人们自然本真的生命形式与蛮性粗犷的硬汉精神。小说中以"乌龙山"为象征的湘西世界既是一个充斥着暴力、死亡以及人情乖戾的野蛮世界，也是一个超阶级、超文化的具有神话模态的异域世界，一个被生存焦虑所包围的寓言世界。对于"田大榜""钻山豹"这些土匪来说，"野蛮"是他们生命最极端的张力，因而，"野蛮的湘西土匪"就是原始生命力极致显现的生命形式。而因"野蛮"所带来的种种反人性的行为，它并非单单只属于"钻山豹""田大榜"这些个别人抑或是"湘西"这一单一地域，它实则来源于人的理性与生命本身的非理性因子之间的分裂，是传统的道德理性和人类内心深处无限欲望之间的断层与错位。水运宪在叙事过程中抛开英雄人物的文化品格，执着于挖掘"人"的生命底色，他自觉拉起"精神寻根"的大旗，激起民族精神的血性与生命活性因子，在呈现"匪"的本来释义的同时又凸显了"土"字背后所携带的本土性与民族性的文化内质与精神品格。小说传奇情节的背后张扬的却是"打不败"的硬汉精神，中国的"东北虎"所捕获生命的价值，与海明威笔下的桑提亚哥有了东西方共振的现实意义。

水运宪善于将古老的传说、美丽的风景、淳朴的风俗以及历史叙事融为一体，制造一系列扣人心弦的悬念，作品的真正价值就在于作家将这些潜在的民间传奇以"重述"的方式注入主流文化的理性资源中。小说中带有神秘的、宗教色彩的民间风俗描写，也是水运宪用来表现自然本真的生命形式的一种方式。《乌龙山剿匪记》中对苗族丧葬文化的描绘，就是作者借这种神秘的文化氛围来追问人生的意义与生命的价值。小说中，戴着"神冠"、穿着"战袍"的苗巫要为死者超度念经，出殡时要举行"引发"仪式，死者的墓坑也极其讲究，"精心精意地用一些米粒子在地下画了个八卦阵"①。在这落后闭塞的穷乡僻壤之中，神秘的宗教仪式不仅影响着生活在此的人们的思维与行为。与此同时，我们也看到了这里的人们试图在这神秘的宗教仪式中寻求精神上的安慰与灵魂上的超度，读到这里，一种悲天悯人的人文关怀呼之欲出。所以湖湘文化或文学湘军主力作家的身份使水运宪很难摆出一副"局外人"的姿态，更多的是用一种生命自审与文化自省的意识，观照着生活在这片古老而又传奇的湘西大地上的人们。小说中的风俗礼仪就是展现人类的存在方式和生命意识的过程。

赵毅衡在《符号学原理与推演》一书中谈到，超越有两种方式，一种是向上还原，一种是向下还原；前者是对自我作社会学的解释，而后者则是对自我作生理学的解释。②水运宪对其小说中的人物给予形而下的关怀与形而上的叩问还体现在他对人物进行向下性还原的超越性书写。这并不是说，我们要以文学的方式为暴力、野蛮、人性恶进行合法性辩护，而是让我们看到了另一种生命之真。如前所述，水运宪没有用居高临下的姿态将"湘西土匪"妖魔化，也没有用一种社会伦理的眼光对"湘西土匪"进行道德批判，而是在暴力与血腥之间反思生命，审视人性，并透过"土匪"这一边缘群体对生

---

① 水运宪. 乌龙山剿匪记 [M]. 长沙：湖南人民出版社，2012：346.
② 赵毅衡. 符号学原理与推演 [M]. 南京：南京大学出版社，2011：86.

命进行人文观照与理性之思。小说中,"四丫头"的死亡亦能体现水运宪对生命形而上的思考。"四丫头"并没有屈从于现成的、既定的社会规约和道德理性,而是以一种本真的生活方式承担起可怕的历史与自己的悲剧命运,她以一种狂热的、极端的、决绝的非理性方式来反抗社会,也就是反抗强权意志加在自己身上的枷锁。我们不由得思考:土匪的暴行,是个人所犯下的罪行还是人类集体的罪行?是归咎于文明的未开化、欲望的冲动还是人性本来的恶?小说最后,土匪被歼灭,"剿匪"获得了成功,这种"胜利"是属于人间正义还是属于人性之善的张扬?仅仅是文明对野蛮的征服吗?有没有可能是一种生命形态对另一种生命形态的压制?虽然被压制的一方属于正常社会秩序和传统文化所认定的,但这种认定难道是天然的、一成不变的?被俘之后的"钻山豹",他的绝望、无奈、懦弱、挣扎以及以乌龙山土匪们这些边缘群体的生存焦虑是否还有被聆听的意义与被审美观照的价值?一个人的道路选择有着自由和不自由的双重制约。现实生活中,金珍彪等一万多名"土匪"入朝作战,成为英雄,既是时代的选择,也是他们个人的选择。可以说,《乌龙山剿匪记》这部小说在一定程度上是对人类生存状态以及生存焦虑的悲剧性描绘,是对另一种生命真实存在的警示、反省与忧思。

这种形而下的关怀与形而上的叩问亦在水运宪的政治关怀小说中有所体现。诚然,于水运宪而言,"官场"抑或是"官场下的人物"都是他对于"人"进行形而上思考的形而下的场域,其小说形而上的哲学意蕴与水运宪擅长用存在主义的眼光去塑造人物、构思文本有着深刻的内在关联。2012年推出的中篇小说《无双轶事》,叙事落拓不羁,语言诙谐泼辣,特别是对人物内心那种不安感和荒诞感的处理显示出某种反讽的或黑色幽默的意味。[①] 水运宪曾这样说:"诙谐或调侃中,暗藏机锋。"如此来看,与其说水运宪的作品很少侧重于文本的形式层面,不如说他更侧重于表达一种世界观,表达对生存的独特感受。这样看,水运宪的人物是立足于存在意义之上的主体,是具有形而上的哲思意味的主体。

---

① 水运宪. 无双轶事 [J]. 芳草, 2012 (06): 5-44, 入选《小说选刊》2013 (1): 75—114。

从表象上来看，小说《无双轶事》具有很强的戏剧性。"纸条迷踪事件"充满了各种反转与再反转，看似故事冲突交织的背后隐藏的则是现实生命中各种"偶然"事件的发生。水运宪对于人之存在的深思落脚在他对于"偶然性"事件的书写，而与"偶然性"事件相一致的是整部小说充满了强烈的怀疑品格和讽刺意味。整个故事又在主人公单无双（小说叙事中常常去掉他的姓）不停地怀疑与不断地追问中展开推进，"怀疑"与"追问"代表两种不同的力量，单无双在两种力量对碰中认识世界、建构自我。可以说，推动故事发展的叙事动力就是单无双的怀疑理性，叙事线则是在单无双的怀疑理性与现实理性的冲突与消解中展开。"丢失的纸条"这一象征性物件也建构了单无双的"镜像世界"。他每一次反观内心的另一个自我时，都要加上反讽和嘲弄式的语气，让单无双这个知识分子的内心活动史有了一种"自我解构"的精神态势。随着主人公的不断猜疑与消疑，事件的真相也一再延宕甚至发生意外，水运宪无意于悬念的设置与叙事的迂回，而更多地着眼于挖掘人或事之下的不为人知的隐秘角落。这样的叙事逻辑与拉康笔下"被窃的信"似乎有异曲同工之趣，这一小小的纸条也变成拉康笔下那"漂浮的能指"[1]。与"被窃的信"所不同的是，单无双的纸条的传播路线则是存在于单无双的自我怀疑与想象之中，所描绘的不是单无双的欲望图式而是想象图式。在拉康关于"被窃的信"的理论中，漂浮的能指所构成的能指链虽不表征任何东西，但是却构成了一个意义生产的语境。但是在《无双轶事》中，丢失的纸条所构成的能指链则形成了单无双的生存语境：我们活着就是一种漂浮在表面形式上缝合起各种想象和象征性碎片的症候，这是水运宪所描述的生命不可承受之轻。水运宪让人物的情绪、思想、怀疑与自我怀疑被这一连串的偶然性所操控，在其过程中，主人公如同提线木偶一样，在"猜疑""解疑""惶恐"与"释然"中不断挣扎，而故事的结局竟是"虚惊一场"。这不由让主人公的"怀疑理性"带有些许自嘲与他嘲的意味，这是水运宪自己对于存在之思的理解。相比于海德格尔的费解而又诗意的哲学思辨，水运宪则是用诙谐的笔触将"存在"这一沉重的话题以一种水墨式的幽默给冲淡了，水运宪

---

[1] 黄作. 漂浮的能指：拉康与当代法国哲学[M]. 北京：人民出版社，2018：432.

以一种看似玩世不恭的态度为哲学上的"存在"做了轻描淡写而又令人深思的注脚。

  纵观水运宪的小说创作，可以清晰地看到，他的作品既有敢为人先的拓荒牛精神，又有以人性探讨、灵魂追问为表征的悲悯情怀，以及以现实为基、以时代为旗的文学精魂。水运宪的作品流露出生活的疼痛与战栗的力量，使文学湘军原本十分优秀的叙事技巧变得更加瑰丽多姿。他以敏锐而热情的眼光发现了人类良心的种种阴暗，并以古典的火焰表达了我们这个时代中生命的悲剧性体验。他用高超的飞越和丰盈的想象，塑造了一系列关于历史与时代、虚拟与真实的人物群像，并借由这些人物在人民记忆中的追寻主题，表现出作家极大的同情心、沧桑的幽默感以及对社会各阶层的深刻体察。于水运宪自身而言，写作就像修行，他以率真的写作姿态坚守着对于文学最初的"温暖的心灵冲动"，不断寻找着那根可以引无数人共鸣的琴弦，而这也恰巧是作为精神与灵魂意义的小说的真正价值所在。

第六章

唐朝晖：制度自信的佐证与文化自信的诠释

中国文学创作正在走出西方中心主义的定势，写出中国人民朴素的感情、伟大的牺牲、真实的纠结，展现时代的风度、气度和厚度。唐朝晖的《百炼成钢》通过非虚构的实录手法，真实还原了钢铁产业工人的历史环境、生存状态和人物命运，写出了钢铁产业工人群体的前世今生。作为曾经的时代英雄，他们在产业升级、行业进化和技术进步面前，退居幕后，坦然面对，完成了在行业升级换代背景下历史演进中的自我扬弃，在表述自己与自己表述中释放文化自信，在历史规律与民族进步中佐证制度自信，折射出与时代交相辉映的新时代的文学景观。更为重要的是，作品展示了中国语境和文化逻辑的力量，扩宽了马克思主义在中国发展的新维度。工人群体通过发出自己的声音，艺术性地回答了"我是谁、为了谁、谁在说"的历史问题。

对于很多作家来说，如果写作对象和场景里没有自己，看不到自己的影子，就会索然无味，继而没有创作冲动。唐朝晖则不然。在他的作品里，不但描写的人物要说话，还让叙述者自身也说话，唯独作者唐朝晖不说，似乎他要刻意隐匿自己的存在。换言之，唐朝晖的文学景观里都是世界原始的样子。在他看来，写作只是从真实生活中搬了一张到纸上。唐朝晖早期创作以散文、诗歌或散文诗为主。他的散文创作有着浓重的纪实特征，基本可以归入非虚构写作的范畴。唐朝晖有在底层生活、特别是在家乡的石灰窑工作多年的经历，又有扎实的文字训练、文学熏染和近二十年的编辑生涯。这些生活和经历使他的作品更具现实意味和文本的油烟味，他总是试图在时代的大潮静息之后，走到曾经汹涌澎湃的海滩，望着退潮的海面，数着无尽的贝壳，回味尚未完全褪尽的海水腥味。所以，钢铁厂、石灰窑等这些曾经为共和国大厦奠基挥洒汗水的场所，成为他关注和书写的重点。《石灰窑 DV 人物》《两个人的工厂》《菜市场》《通灵者》《梦语者》《勾引与抗拒》《心灵物语》《镜像的衍生》《你的神迹》等作品，不断标示出他写作的新境界和新高度。可以说唐朝晖所取得的实绩，使之当之无愧地成为中国非虚构写作的重要作家。他的笔下充溢着有关工厂的记忆和对于劳动的书写，封闭、潮湿、汗臭味、喘息声和尖锐的撞击声合在一起，充溢着强烈的现实主义和人文情怀。

唐朝晖新推出的非虚构作品《百炼成钢》，彰显了一个优秀作家勇于探索的创新精神和家国情怀的使命责任，该书聚焦八个地方的传统国有钢铁企业工人在不同时期、不同阶段、不同境遇的人生样态，以人物为中心，以时间为支点，以空间为轴线，文本跨度从北京石景山、河北迁安，到山西长治和贵州六盘水，涉及首钢、长钢等钢铁企业，刻录了一个渐行渐远的传统钢铁产业工人的群体背影，展现了传统钢铁产业工人"活化石"般的生存状态，成为中华人民共和国波澜壮阔的工业发展史上独具特色的一个缩影。

第一节　在行业升级换代的历史演进中自我扬弃

《百炼成钢》没有传统意义上的章节题目，而是由石景山、曹妃甸、迁安、滨河村、秦皇岛等地理名字进行结构连线。这些地方都曾经是国家的老工业基地，集中了历史文化、交通区位和地理资源等优势，一度是中国最先进生产力的必选项。这是孕育屠学信、高望飞等一代钢铁工人的绝佳土壤。在这里，他们穿着制服，唱着红歌，在高炉旁度过了自己的青春年华，在中国大开放、大变革、大发展、大转型的年代里，呈现出不同的生存状态、生活方式和命运轨迹。首钢的屠学信曾经和国家领导人合过影，当过全国劳模，是特定时代"工人老大哥"的光辉榜样。而长钢的高望飞虽然只是一个普普通通的钢铁工人，但他也有自己的生活、自己的悲欢、自己的命运。或者说，无论是屠学信还是高望飞，无论是英雄模范还是普通工人，他们都有着自己的故事、性格和命运。由于国家产业政策的调整和产业升级转型的需要，他们离开了自己的岗位，经历了从辉煌到失落的心路历程。在这种人生起伏中，他们从纠结、焦虑和彷徨中走出，慢慢变得从容、自信和淡定，从这个意义上说，他们永远都是时代的英雄。每一个时期落幕后，那些曾经在时代浪潮里起舞的人，都会带着些许的落寞述说过去的时光，似一壶老酒，浓香醇美，余味悠长，《百炼成钢》即是如此。

《百炼成钢》的可贵，不仅仅在于它刻录了一个渐行渐远的传统钢铁产业工人的群体背影，展现了传统钢铁产业工人"活化石"般的生存状态，还在于它用"发展着"的眼光审视当下，敏锐地从特殊性中发现普遍性。作品的八卷内容既独立成章，又一气相连，八座城市的人物故事，就是整个钢铁工人的故事；八个地方人物的命运，就是这个"老大哥"群体的命运。这八个不同的侧面，组合在一本书里，便是极富代表性的社会历史生活长卷。唯其如此，《百炼成钢》才有如此的吸引力，才能令人感动并产生共鸣。在经济方式转变和产业结构转型升级的过程中，高质量发展是大势所趋，钢铁行业同样不能故步自封。备受内忧外患种种压力，他们不得不思考这样的问题：一是如何在技术进步中自持，在行业技术进步的同时获得发展，不被技术发展的潮流吞噬，过上更加美好的生活；二是如何在钢铁行业大发展中守住产业工人的初心。市场经济条件下，市场作为资源配置的方式，使劳动力实现了经常性流动，大幅提升了人才的使用效率。在计划经济时代，工人在一个单位工作一辈子，是特定行业、特定职业的象征，也成了计划经济时代的代名词。

在《百炼成钢》里，无论哪个部分，无论口述者是谁，他们都表现出坚定从容的平静，不喜不悲。钢铁企业是稳定性最好的行业之一，但这种稳定性一旦需要重置，不得不在跨度巨大的技术、体制间艰难转型，阵痛在所难免。作为首都的特大型钢企，首钢按照疏散非首都功能这一统一部署，从北京的石景山搬迁至河北省的曹妃甸。正如屠学信在《曹妃甸》中所说："我们一边炼钢一边清炉，炼着钢还喷着火花，这很危险。谁也不敢去清，就我敢。我清之前，看准炉口的钢花，它跳跃的密度，色彩和高度是可以看出来的，我会听炉子的声音，它每次发出的声音是不一样的，根据钢花、声音，知道炉子什么时候会喷火，什么时候不能在下面清了，这需要精准的判断。每炉钢有六七分钟的时间不会喷,我就可以去清,我就找到这几分钟,赶紧在炉下干活,如果喷出来,人就有危险。"① 这里呈现了作家无法用自我书写能够传达的时代信息。当时的工业生产其实是大规模手工业生产的升级版,主要靠工人的经验和感觉,标准化水平和质量控制能力较差,工人的安全保障度不够,这是工业发展水平的时代局限。今天的人们无法想象当时的环境,也无法理解工人之间如战友般的生死情谊。对待工厂和生产线,他们是有感情的,就像一个驾驭烈马的骑手,惊险而充满挑战。当时出不出得好钢,就是看火焰的功夫,"火眼金睛"的功夫是练出来的。高炉的性情其实是稳定的,只要你不是一个躁动的人,"高炉就是一只兽,你温柔地抚摸,兽是温驯的"。面对生死,他们没有显示出畏惧和怯懦,而是把高炉看作一只兽,但是驯兽哪有不流血?与那些慷慨激昂的口号不同的是,他们从来不把自己当作英雄,在他们的意识里,这不是战天斗地,也不是丰功伟绩,就是平凡的日常生活,每日如此,他们紧张而充实,并享受着这样的生活。

炼钢不仅是职业,更是生命的符号和血液的基因。作为时代的英雄,他们冲锋陷阵,无私奉献;落幕之后,他们对人生、对世界有了更深、更透彻的理解和感悟,并表达自己的冲动。他们曾经是时代的英雄,但在产业升级、行业进化和技术进步面前,他们退居幕后,坦然面对,不哭不闹,不卑不亢,因为他们是这个国家的主人,曾经是,以后还是。江山代有才人出,这是任何人都无法抗拒的规律,也是时间给予我们的恩赐,它让我们这个民族可以永立潮头。中国工人认同这样的行业发展规律和历史演进必然性,看清了,理解了,也就释然了。在这样的历史视域中,他们退出历史舞台和登上时代中心一样,既是为了国家,为了集体,也是为了自己。

批判性和革命性是马克思主义与生俱来的优秀品质。作为国家发展的中坚力量,中国工人无论在计划经济阶段,还是市场经济时期,都以刀刃向内的勇气和自我革命的精神,自我扬弃,永远成为社会发展的动力。在行业升级换代的大背景下,他们立足当下,着眼于国家发展和技术进步的必然趋势,以自我革命的勇气重新定位自己,突破了身份束缚,破除了思想的禁锢,因此自我扬

---

① 唐朝晖. 百炼成钢 [M]. 北京:北京十月文艺出版社,2019:67

弃也是中国工人的鲜明标志和基因。应该看到，自新中国成立以来，工人阶级正是通过自我扬弃，一次次甘当时代的先锋和国家的铺路石，表现出了可贵的牺牲精神，从思想到信仰，都无愧于工人阶级"老大哥"这一行业定位。我们还看到，勇于自我革命，是中国工人从历史走来、贯彻始终的鲜明品格，是中国能够战胜困难、取得成就的动力之源、精神之基。习近平总书记指出，"做到不忘初心、牢记使命，并不是一件容易的事情，必须有强烈的自我革命精神。党的自我革命任重而道远，决不能有停一停、歇一歇的想法[①]"。

在行业升级换代的历史演进中自我扬弃，来源于工人阶级实现中华民族伟大复兴的坚定追求。自我扬弃，就是要以发展标准、国家利益去自我检视。他们从不空喊口号，因为他们践行了习近平总书记所说的，"除了国家、民族、人民的利益，没有任何自己的特殊利益"。牢记为民族复兴、国家富强的使命，不求任何自己的特殊利益，就无惧于最严格的历史检验！

第二节　在表述自己与自己表述中释放文化自信

2001年，诺贝尔文学奖颁给了英国印度裔作家维·苏·奈保尔（V. S. Naipaul），称"其著作将极具洞察力的叙述与不为世俗左右的探索融为一体，是驱策我们从扭曲的历史中探寻真实的动力"[②]。这种带有明显倾向性的态度说明，真正的文学应该成为历史的见证者和时代断面的活化石。它也昭示着一个崭新文学时代的来临，维·苏·奈保尔把整个新时代称为"写实的世纪"。

《百炼成钢》可归入非虚构写作的范畴，作品没有丝毫的斧凿痕迹和刻意的艺术加工，文字很干净，鲜有微言大义，它的独创性并不在于艺术形式上的探索，而是时代的隐喻。"经典的陌生性并不依赖大胆创新带来的冲击而存在，但是，任何一部要与传统做必胜的竞赛并加入经典的作品首先应该具有

---

① 习近平. 习近平在中央政治局第十五次集体学习时的讲话［N］. 人民日报，2019-06-25.
② ［英］奈保尔. 抵达之谜［M］. 海口：南海出版公司，2016：1.

原创魅力。"① 《百炼成钢》寓含了唐朝晖的文学价值观和文学理想，折射出与时代交相辉映的崭新文学景观。作品让写作从书斋走向日常，从作家的个体性想象走向群体性的原生态显露，从宏大叙述走向具体的历史纵深。它不像传统散文和小说那样，从小处写，以小见大，也不是直接的宏观表达，而是以行业、工种为视点，展现钢铁企业的历史变迁，这就为读者提供了新的视野和新的可能性。

一方面，当下各种文学样式都打着创新的旗号颠覆文体的边界，崇高被消解，情感被矫饰，只要有创新，一切皆有可能！喧嚣之后，人们突然发现，纯文学自娱自乐，俗文学自我复制，它们一起把读者驱离阅读的现场。另一方面，随着互联网的普及，作家们的经验正从地域、家族等范畴里脱离出来，同质化正在成为填埋作家创作的一锹又一锹土，当他们在互联网的狂欢下怅惘时，早已黄土及腰，无法动弹。在此情势之下，职业作家很难以此为业，他们的写作也需要回归生活的本相，而作家又很难在短时间内刷新个体经验，注入新的感知。基于此，更本真、更原味、更鲜活的写作方式在时代的呼唤下登上了文坛和历史舞台。

唐朝晖通过非虚构的实录手法，真实还原了钢铁产业工人的历史环境、生存状态和人物的命运。20世纪90年代之前，中国作家常以全知全能的视角观照生活，高高在上，或者以悲悯的态度看待芸芸众生，或者以批判的视角审视世界，但他们很少是生活的主体和参与者。20世纪90年代以后，随着市场经济的基本确立，文学的存在环境也发生了巨变，作家们开始从启蒙姿态转入亲历体验，但这种亲历式的体验常常沉溺于私人经验的琐细叙事，缺乏对生命和生活的深度开掘。在文学经历了无数次的进化升级之后，作家们已经很难以独特的题材、思想和体验打动读者。作家代表人类和公众的时代正在悄然离去，读者需要感同身受般的阅读体验，而作家的生活轨迹是一个封闭的曲线，不可能成为覆盖多侧面、多维度、多阶层群体的代言者。从被表述到能够表述自己，这是时代的变化，也是人类进化的必然。讲故事曾经是作家最为有效的利器，他们向读者讲述自己的情怀、思想和梦境，但是很多

---

① [美] 哈罗德·布鲁姆. 西方正典 [M]. 江宁康，译. 南京：译林出版社，2011：5.

作家很难把握虚构与现实的尺度，在虚构的外表之下失去了真实的内核，虚构被虚幻取代，思想被胡想置换，读者无法在虚构中感知现实的力量。他们厌倦了无根的、胡编乱造的"臆想文学"，希望能看到深入某个行业、职业、群体和地域的作品。"一部文学作品能够赢得经典地位的原创性标志是某种陌生性，这种特性要么不可能被我们完全同化，要么有可能成为一种既定的习性而使我们熟视无睹。"①《百炼成钢》带着可感可触的陌生化感觉，带着钢铁工人的质朴和时代的沧桑走到了读者面前。

现实可能比虚构更有力量。有的非虚构写作在不自觉中并入了自然主义的轨道，仅仅做到了"非虚构"，而抛掷了非虚构的精髓——采用实录的手法，把生活中的五彩斑斓整体搬入作品。非虚构写作无须强调真实性，他们的叙述本身就是陈述一段尚未尘封的历史，《百炼成钢》就是他们自己的故事。由于作品直接使用了第一人称，唐朝晖这个叙事人似乎隐形了。"在第一人称回顾往事的叙述中，可以有两种不同的眼光。一为叙述者'我'目前追忆往事的眼光，另一为被追忆的'我'过去正在经历事件时的眼光。"②"讲故事"是中国文学的优良传统，对他们来说，这些往事是他们一生的缩影，过滤掉了琐碎的生活碎片，他们甚至无须使用圆润的语言，或者仅仅靠所谓的理性和理念来支撑作品。置身于行业历史的富矿中，加以淡定的语调、娓娓道来的述说，将历史与现实对接，让行业特色、生活方式与新的时代、新的价值观念碰撞，形成了置身其中的艺术效果和带有浓厚历史气息的"讲故事"的方式。

《百炼成钢》中的八卷故事既有独特陌生和古朴粗粝的一面，又有翔实丰满、好读耐读的特色。作品在强调时间、人物和事件的真实的同时，更折射出主观感情和精神的真实，那种带有个人经验印记、从工人视角出发写出来的真实。八个地点中的每个故事都不长，大多只有几千字，但这短小的篇幅却是他们一生的经验整合，浓缩了他们的温润情感、精神烛照和审美方式。

中国工人的集体主义观念、共同富裕目标、甘于奉献精神与中国文化的天下为公、经世济民、和谐共生遥相辉映。文化本身并不是独立的存在，也

---

① ［美］哈罗德·布鲁姆. 西方正典［M］. 江宁康，译. 南京：译林出版社，2011：4.
② 申丹. 叙述学与小说文体学研究［M］. 北京：北京大学出版社，1998：223.

不是自身推理演绎的结果，而是国家发展、民族进步、思想观念，乃至行业更替、技术换代的集中反映，同时对上述方面具有反作用，构成了能动因素。如今，西方文化囿于根深蒂固的个人中心主义思想，衍生出了资本优先和个人利益至上原则，已使其陷入了深重危机。与之相对应的是，中国工人与中国文化的共生，使社会主义和市场经济在中国实现了高度融合，焕发出了前所未有的生机和活力，建构出了举世瞩目的社会主义市场经济，在世界文明史上写下了璀璨篇章。正是由于这种融合，市场经济作为一种资源配置方式，使社会发展的效率更高，同时规避了弊端和恶果。因此在由高度集中的计划经济向社会主义市场经济转变的过程中，工人们能够坦然面对，释放出足够的文化自信和阶级定力。

　　工人在历史过程中展现出来的文化自信，已经对中国现代化进程产生了巨大的引领作用和强大推动力。作为中国的领导阶级和发展的中坚力量，工人在计划经济时期是铁饭碗的象征，意味着身份、地位和尊严，但在国有企业改革之后，他们接受了新技术的挑战和时代的再选择，以豁达的心态和淡定的行为诠释了文化自信的强大力量。因此，这种经过时代淘洗和时间检验的文化自信具有鲜明的实践性。中国已从工业行业一穷二白，转变成为世界产业链最完整的国家之一，怎么不应该自信？中国制造从靠经验为主，如屠学信在《曹妃甸》中所说，全靠主观听声音，凭着感觉炼钢，一不小心就有生命危险，后转变为自动化、智能化的先进生产线，怎么不应该自信？中国工人的受教育水平以前以小学和初中文化为主，后转变为高等教育为主，怎么不应该自信？那些曾经是目不识丁的工人，在社会教育和企业发展的大熔炉中不断成长，学技术、学文化，在属于他们的历史时期创造了世人瞩目的成就，怎么不应该自信？所以，强调文化自信、坚定文化自信，根本不在于就文化自身做演绎推理，而在于深刻理解自信之源；在于发现总结这种文化自信的特点，并用这种经过历史检验的价值观引领社会；在于用这种文化自信破解新的发展难题，形成中国经济发展的新风景、新道路和新模式。这样的文化自信更能够引起共鸣，激发出时代的回响。

第三节　在历史规律与民族进步中佐证制度自信

《百炼成钢》留存了计划经济条件下传统国企渐行渐远的背影，他们曾经是国之重器，万众瞩目，我们不能用历史担当和文化情怀这些字眼去衡量他们的人生与功绩。作品中各个口述作者都是钢铁工人，他们经历了企业不同历史时期的时代变迁和酸甜苦辣。在这里，他们不再是被表达的对象，无须被采访，也不可能用怜悯、悲怆、抑或是伟大、崇高等色彩鲜明的词汇去描述。

钢铁产业工人是一个有创造性和荣誉感的群体。在计划经济时代，他们是国家的中流砥柱和万众瞩目的中心，他们就是理想生活的象征，是国家强大的象征。而在市场经济时期，在传统经验型生产方式向现代智能型生产方式转换的过程中，他们的身份和角色也发生了根本性的变化，从人生的黄金时间走向暮年，从繁杂的物象走向冷静的灵魂。这种变化伴随着阵痛和焦虑，但同时也有新的收获和启示。他们的思绪是复杂的，一方面为产业不断升级而感到骄傲，另一方面也为往昔荣光的流逝而怅惘。这为散文注入了一些独特的异质元素。钢铁企业多是特大型企业集团，它们有着可观的人员规模，体系庞大，自成生态，与社会的融合度相对较低。工人这个"老大哥"身份一度带给他们足够的尊严感，在第六卷《长治》里，高望飞自豪地说道："我父亲在潞安矿务局当煤矿工人，回村里，大队支书见了，说，老大哥来了。非常的尊重。父亲穿的衣服上印着'潞矿五阳矿'的字，穿着工服，走到村里，'老高回来了，工人回来了'。工人是响当当的。"[1] 他们中的某些人甚至与国家领导人合过影，让国家领导人在请柬上签过字，"1998年发大水，我代表首钢捐了300万，同时还有一批明星，赵忠祥、杭天琪等人，都在后台坐着，就我一个工人"。这是历史的化石，也是时代的剪影。曾经的辉煌落幕之后，有鲜花，没有眼泪；有掌声，没有怨愤。他们已经把自己融进了宏大的

---

[1] 唐朝晖. 百炼成钢［M］. 北京：北京十月文艺出版社，2019：241.

历史，在时代的潮起潮落中看惯了起起伏伏，不再大喜大悲。

作品的扉页引用了卡尔·马克思《路易·波拿巴的雾月十八日》中的话，"他们无法表述自己；他们必须被别人表述①"。因为被表达，他们无法发出自己的声音，只能任由被描述，所以在一定程度上，他们的形象是被想象和虚构。在马克思看来，工人只能被表述，因为他们无法表述自己。但在一个多世纪后，工人的文化面貌已经发生了根本性的转变，他们可以表达自己。马克思的概括是准确而精当的，他发现了工人无法表述自己这个现象的同时，也揭示了资本主义制度的工具性和虚伪性。彼时，工人只是资本家追求利润的工具和流水线上的环节，他们在异化劳动中丧失自我，失去了表达自己的能力和可能性。

时代变迁，马克思主义语境下的工人也发生了巨大变化，这是中国文化、中国制度带给世界，带给马克思主义的新维度，也是中国对马克思主义予以丰富和发展的新佐证。唐朝晖的意义在于，在经典马克思时代中的工人们只能被表述，但是《百炼成钢》用事实证明，他们可以自己表述自己，这正是中国语境和文化逻辑的力量。在社会主义社会，他们当过主人，现在和以后还是主人；在这样的机制和体制里，他们文化层次提升，灵魂归属明晰，从大工业生产机器上的螺丝钉，转变为活生生的人，所以他们一直可以表述自己，只是在退出了一线工作后，有了空间和时间的可能。

第四节　基于词频分析透视文化自信与制度自信

唐朝晖以非虚构写作的方式，最大限度地回到曾经的现场，从八个传统钢铁工业区内十几个工人的视角出发，结成了《百炼成钢》。这些工人在计划经济和市场经济时期，表现出了辉煌过后的平静、笑看风云的淡定和国家主人的自豪。从宏观角度看，这种行业升级换代的技术演进是历史发展的必然，但无论

---

① ［德］马克思. 路易·波拿巴的雾月十八日［M］. 南京：江苏人民出版社，2011：31.

181

产业技术和管理机制怎样变迁，他们都一如既往地支持国家的发展，正心态，知进退，也与国家一同成长。这就是社会主义制度自信和文化自信的力量。

在此，笔者试图以词频为切入点，以 Word 软件为基础，通过 Word 中的"查找"功能，统计出指定词语的频次，部分选取了能够反映两个时期工人的价值取向、身份认同、文化心理的词语，按照代词、形容词、名词、动词的分类方式，各取一组，在人工统计与软件统计的基础上建构了寓意框架，旨在对作品中八个地方、两个时期工人的变化进行分析。为最大限度地体现数据的真实性和全面性，词语选取采用了同义词合并统计的方式，如将形容词中的"光荣""伟大"合并统计，"平凡""普通"合并统计，还将动词中的"改变""变化"合并统计，"稳定""固定"合并统计。

同时，笔者考虑到两个时期的不同特点，文本选取了具有对照意义的词语，以体现数据比较的代表性和鲜明性。通过词频统计，本文意在构建出工人在不同历史时期的心理图谱和价值倾向。

表 6-1　《百炼成钢》的部分词频统计

序号	词语	次数	合计
	代词		
A	我们	782	
B	我	1576	
	形容词		
A1	光荣	4	A1+A2=6
A2	伟大	2	
B1	平凡	4	B1+B2=15
B2	普通	11	
	动词		
A1	稳定	9	A1+A2+A3=29
A2	固定	17	
A3	平稳	3	
B1	改变	22	B1+B2+B3=110
B2	变化	57	

续表

序号	词语	次数	合计
B3	发展	31	
	名词		
A1	劳模	8	A1+A2=12
A2	模范	4	
B1	市场	4	B1+B2=56
B2	技术	52	

由表6-1可知，在代词分类中，"我们"出现了782次，"我"出现了1576次。需要说明的是，在"我"的词频统计中，去除了它在"我们"中的频次，使其成为不同意义区间的词语。

在动词分类中，"稳定"和"固定"分别出现了9次和17次，作为一个意义区间，本文将其进行了合并，其他此类的合并均基于此种原因。为了说明问题的方便，每种词性的词语均分成了A、B两类，意在涵盖计划经济和市场经济时代的特征。

表6-2 "精神"在《百炼成钢》中的词频统计

特定意义	政治意义	中性意义
1. 我们现在要的是一种精神，而不是具体的过去的那些事 2. 现在人都在讲工匠精神 3. 我在传承老首钢精神 4. 我会选择一些有创新精神的工作 5. 老爷子在水里面办公，那精神 6. 敢创世界第一的精神，到改革的时候，钢厂还继承了 7. 韩国工人的精神面貌，给人感觉特别拼 8. 我没有一点怨言，现在上班，精神十足 9. 那一代人坚持的首钢精神，是周冠五年代提出来的 10. 他就是企业家，这就是企业家精神 11. 我讲的还是老黄牛精神	乡里组织全国人大代表，传达全国人大精神	1. 现实中的自己与精神中的自己 2. 他精神状态好，永远认为自己行，年轻没问题 3. 我觉得他有种精神寄托，要等孙子回来 4. 跑步把人的精神状态与面貌改变了 5. 矿里有四个精神病人 6. 西方人注重契约精神 7. 从国家政治、经济以及精神的角度，来安排布局的

从表 6-2 中，我们能够发现一些很有意思的事情：在《现代汉语词典》里，"精神"有多重含义，但从语境的角度出发，大致可以分为三个层面：特定意义、政治意义和中性意义，如"首钢精神""老黄牛精神"。"文件精神""通知精神""上级精神"，这些在日常生活和政治话语中使用频次较高的语境，在作品中只出现了一次，从侧面印证了钢铁工人情感的真挚和真实。具有政治意义的"精神"只出现了一次，说明在社会主义制度下，工人们不是只能被表达的对象，在不同的体制背景下，他们可以将自身与社会积极融合，而不是简单依赖政治。在马克思主义产生的时代，工人是异化的螺丝钉，他们尚未觉醒，所以与时代之间的关系紧张，唯有通过革命的手段才能摆脱被奴役的命运。但在中国的社会主义环境中，他们是社会的主人，从高度集中的计划经济时期过渡到市场经济时期，他们通过自我革新，转变心态，优化技能，依然是推动社会发展的主体力量。

社会主义市场经济能够在中国获得成功，与中国文化自身的特质密不可分。中国文化讲求中庸致和、和合为美，包容性强，迥异于西方文化中的科学理性、个人本位。中西方工人在不同文化语境当中呈现出不同的特征，尤其是中国从高度集中的计划经济转向市场经济之后，工人阶级在短期的阵痛之后，及时调整自身姿态，提升技术能力，在市场经济的大潮中站稳脚跟。与西方文化的彼岸性不同，中国文化更强调此岸和现世，喜欢用平和的态度和变化的视角应对周遭的一切，在不断调试中找到新位置、新方式和新通道。中国文化的重要源头之一是《易经》，它强调"变则通，通则久"，核心思想是"变"；西方文化的重要源头是《圣经》，强调理性、个体和冒险。在高度集中的计划经济显示出落后和僵硬之后，单一的计划经济被社会主义市场经济体制所取代。在这样的变化面前，工人们没有产生时代抛弃感，也没有出现西方社会中仇视机器和新技术的现象，其中文化价值观起到了重要的作用。

与西方文化相比，中国工人更强调集体主义和共性利益，而不是个人主义和个别利益。中国文化以儒家思想为主体，在长期发展过程中形成了道佛互渗的文化体系，以及天人合一、和谐共生的人文特征。在这样的氛围中，群体利益和家国意识成为影响中国工人思想和行为的重要因素，乃至言行标准和判断是非的依据。市场经济没有阶级属性，它仅仅是一种资源配置方式，资本主义可以用，社会主义也可以用。但是在此之前，人类历史中，市场经济从未在社会主义国家获得成功，中国开创的先例，也为社会主义发展开辟了新方向、新形式。在改革开放的先行先试取得成功之后，事实证明社会主义市场经济比计划经济的效率更高，更有利于国家发展和民族强大，工人就把自己积极融入时代的发展大潮中。

唐朝晖《百炼成钢》的大胆尝试是对中国文学现实精神的回归，这种既非到虚无的历史里寻根，也非赴西方朝圣的探索精神，是对中国文学，乃至中国文化的深度纠偏。一段时期以来，中国文学创作全面学习西方，兴起了以欧美为主导的西方中心主义思潮，理论、词汇、标准统统西化，导致中国文学创作虽热闹，实质上却处于失语或半失语状态。去除西方中心主义，更加关注脚下的土地、过往的历史、人性的律动，增强文化自信，让文学扎根中国的土地，创作出具有民族气质、时代气象、中国气派的文学作品，中国作家的探索值得尊敬！

第七章

胡述斌：从新乡土诗到后乡土诗

作为"新乡土诗派"代表人物之一的胡述斌，曾与友人创办《诗歌导报》，发表了大量的新乡土诗歌，为该诗派的创立、发展和扩大影响做出了突出贡献。本章分析胡述斌的两首诗，《过汨罗江》彰显了历史凭吊者的文化乡愁与家国情怀，《洞庭渔樵》饱含了作者对于现实生活中的反思以及自身精神追求的诘问，从中可以窥见一个诗人的心路历程和创作追求。三十年来，新乡土诗派在不断发展变化中呈现出后乡土诗的审美特征。胡述斌的创作很好地体现了这种变化：题材的广泛、内容的丰富、手法的新颖、思想的深邃等，都突破了新乡土诗的价值追求和书写范式，胡述斌让诗歌创作成为一场精神苦旅，他讲究情绪的挥发、流动的意象和古典的气息，追求陌生化的艺术效果和朦胧的美感，而这些，正是后乡土诗的特质所在。

第一节 时代语境下的一个诗派与一张诗报

胡述斌是湖北省武汉市黄陂区人，长期在长沙工作和生活。他是"新乡土诗派"元老级人物，也是该诗派的幕后英雄和主要推动者。然而一般的媒体报道和相关研究似乎都忽略了这一点。我们常见的文字是："新乡土诗派"于1987年由青年诗人江堤、陈惠芳、彭国梁等人共同创立，诗人队伍不断发展壮大。一个"等"字似乎包含了胡述斌的功劳，但实际上，这种表述远远不能与胡述斌为该诗派所做的主要贡献相匹配。

原因在于:"新乡土诗派"之所以形成后来的影响,与《诗歌导报》的创办不无关系,而胡述斌正是创办这张报纸的幕后英雄。一个诗派的形成,没有一个平台和一个载体的聚集和推介,也是很难想象的,而胡述斌正是这个平台和载体的主要推动者。关于创办这张报纸的种种艰难及其曲折经历,足可以写成厚厚的一本书,而胡述斌无可争议地成为这本书的主角。在20世纪80年代那个特殊年代里,要创办一张报纸,仅凭想象和热情是远远不够的。当时没有经费,胡述斌二话不说,掏出了准备结婚用的900元积蓄作为第一期的印刷费。编辑部设在长沙,租的地方也是胡述斌设法找到的。作为第一期至第四期的编辑部主任,无论是申报刊号(内刊报备)、办报经费、稿件处理、营销发行,以及与办报相关的各类人际关系、日常事务和诸多杂事,胡述斌事无巨细,全身心投入其中,亲力亲为,不计回报。从第五期开始,胡述斌做了社长,责任更大,担子更重,他克服难以想象的困难,使诗报的影响力越来越大,成为当时全国性民间诗报的一面旗帜,"新乡土诗"持续的影响力也由此受到全国瞩目。

可以说,没有《诗歌导报》不遗余力地发表、策划、推介和宣传,"新乡土诗"就不可能有后来广泛的影响力和美誉度。作为一个诗歌载体和媒介平台,《诗歌导报》为"新乡土诗"所做的标志性的事件主要有:该报先后用了八个整版开辟"湖南新乡土诗群专版";从第二期开始,该报连续不断推出"中国新乡土诗大展";召开了中国首届新乡土诗研究讨论会,并用了一个整版推出"中国首届新乡土诗研讨会笔录";通过胡述斌的精心组织和认真策划,该报在第六、七期(合刊)专门开辟了"世界华人新乡土诗大展",使新乡土诗走出了中国,走向海外华人诗坛。总之,该报前后历时3年,共出版诗报10期,却几乎成了《新乡土诗专报》,对于日后"新乡土诗派"的鼎盛起了至关重要的作用,"两栖人""家园""新乡愁"等当年诗坛流行的关键词,都是从这张报纸上脱颖而出,直击人心,成为"新乡土诗"理论方面的代名词。毫不夸张地说,没有《诗歌导报》,"新乡土诗"只是当年两千多个"诗派"中的一个,早已烟消云散;没有胡述斌的默默付出、倾心投入和辛勤奉献,《诗歌导报》也不复存在,"新乡土诗"也就很难出现在广大诗歌爱好者、读者和评论家面前。

关于与此报的渊源，胡述斌曾发表文章《一张诗报与一个诗派》[①]，详细讲述了创办该报的酸甜苦辣，现在读来，仍让人激动不已。岁月无痕，花开有声。胡述斌从不计较别人对他的评价，每每听别人说起"新乡土诗派"，他从不为自己争辩什么，总是谦逊有加，保持应有的微笑。这些年，他利用自己的工作平台，不断帮助别人推出新的作品，包括诗歌、歌词和歌曲等。他创作的歌曲《香格里拉》《月亮锁》《永远的雷锋》《老兵》《老婆》《在长沙，我等你》传唱一时，并摘得各类大奖。无论身份如何变化，他骨子里还是一个诗人。虽然他出版过长篇小说《短信男女》，但他更看重出版的诗集《情系古河道》《香格里拉》《南方大雪》。或者更确切地说，他的歌词和音乐创作乃至长篇小说创作，都是新乡土诗派精神血脉的延续或另一种表达形式，是新乡土诗发展到一定阶段所必然出现的创作变化。在一首《父亲，您是我的胆》中，胡述斌深情地写道："我像一棵瘦弱的秧苗/长在贫瘠的土地上/阳光和雨露穿过别人的缝隙/投射到我的身上/我瘦小的身体和灵魂/时常手足无措/终究，没有蔫黄/父亲，您是我的胆。"这样的诗歌，还是胡述斌的风格，与最初的书写相比，却又有了些许不同，这些不同，或许可以用"沧桑"与"深沉"来形容。国家的改革、个人的成长、生活的变迁，他已不是单纯的少年，即便面对父亲，也有了无法言说的感受。这首诗，他写出了对于亲情和乡情的无法割舍与浓浓的爱，彰显出诗人从"新乡土诗"向"后乡土诗"的创作转变。

本章主要以胡述斌的两首诗歌《过汨罗江》和《洞庭渔樵》为例，来探讨诗人的创作冲动与价值追求，以及"新乡土诗派"在新的历史条件下的一些审美追求与书写变化。这些追求和变化，主要体现在题材的广泛性、内容的日常性和思想的深邃性等方面：前一首诗主题为凭吊伟大的爱国诗人屈原，希望世人传承屈原的家国情怀与叩问精神；后一首诗表达了诗人对辛勤劳作的平民（渔夫）与杜甫的歌颂，以及对现代化城市的担忧，呼唤回归人的天性。这两首诗包含着明晰的"新乡土诗派"的审美底蕴，但又展示出现代性

---

① 胡述斌. 一张诗报与一个诗派［J］. 理论与创作，2011（02）：22—28.

风格的变化：陌生化的效果与朦胧式的美感。诗人的创作诉求呈现出日常生活下的精神苦旅，字里行间充溢着情绪的挥发、流动的意象和古典的气息，有着强烈的反讽和隐喻特色。

第二节 《过汨罗江》：历史凭吊者的文化乡愁

  作为"新乡土诗"的幕后英雄和主要推动者，胡述斌的贡献不仅仅是积极创办了《诗歌导报》，更为重要的是，这些年来，他一直在"新乡土诗"的创作道路上持续进行探索，并取得了瞩目的成就。本节试图以解剖麻雀的方式，通过分析胡述斌的《过汨罗江》，来阐释他的创作变化，以及这种变化所呈现的时代意义。显然，这首《过汨罗江》，其主题就是凭吊伟大的爱国诗人屈原。屈原在楚国郢都被秦军攻破后，自沉于汨罗江，以身殉国。胡述斌途经汨罗江时追溯历史，有感而发，怀念屈原的情怀与精神，并呼唤世人把这一腔爱国热情的历史血脉永久传承下去。

  诗歌聚焦"河水就这般幽怨"，起笔就叫人心痛。"忧怨"二字为全诗奠定了悲伤沉痛的感情基调，暗示了作品深层次的文化乡愁；河水本身没有情感与知觉，因为作者对诗人屈原的伤感，从而使河水赋予了人的感情。拟人化的"河水"的忧怨包含三种意蕴：一是汨罗江作为历史的见证者，见证了沧海桑田的变化，它本身就为楚国的衰败、灭亡而忧愁；二是二千年前的屈原担忧危在旦夕的楚国、为民生而忧的情绪感染了河水，正如《离骚》中所写："长太息以掩涕兮，哀民生之多艰"[①]；三是作者胡述斌在途经汨罗江时，对屈原的怀念与凭吊，产生了忧愁的思绪，进而带给读者一种"绿水本无忧，因风起皱；青山原不老，为雪白头"的感觉。

  请看："每一个浪头，都在向你召唤。"这里，诗人委婉地表达并且暗示了屈原投汨罗江而逝的结局。这里颇具反讽意味：屈原之死无法归咎于浪头

[①] 张立华.楚辞章句补注[M].长春：吉林人民出版社，2005：3—48.

的召唤，而是由于楚怀王的昏庸、懦弱，招致亡国之祸。屈原对家国命运满怀绝望苦闷，加之对楚国子民的愧疚无奈，才选择了投江。

胡述斌作为一名历史凭吊者，站在时代的风云大潮中，以屈原的忧国忧民作为聚光点，书写一代知识分子内心的不忿与遗憾、落寞与孤寂。在诗人看来，快速的城市化进程使优秀的传统文化式微，许多人身居其间，却并没有感受到应有的危机，一方面，城市化进程的加速是无法阻挡的潮流；另一方面，因这种潮流，不少传统文化被过度开发而遭到损害。这使作者深感忧虑，他将单纯的乡愁提升到文化的高度，"写出了乡愁背后的文化落差与精神渊源"①。

"穿过楚地／你的脚印浅浅深深／一些泪洒衣襟，一些热血沸腾的故事／开始在足迹里发芽、生长。"显然，"楚地"一词着重强调故事发生的地域，昭示了胡述斌对于家乡故土深厚的感情。另外，"穿过楚地"的行为并没有主语，他既可以是二千年前的屈原行吟于此，也可以是游历汨罗江的胡述斌本人；既可以是屈原和胡述斌的合二为一者，也可以是任何一个在楚地上行走的陌生人。这样的书写，留下了巨大的空白，使文本增加了时空的重叠感和历史的宏大感。

屈原的《离骚》《天问》《九歌》得以流传，他深沉的爱国精神、宁死不屈与追求真理的执着，同样被后人承袭。这些"故事"以楚地上保留的屈原遗迹作为诗歌发光的种子，进而"发芽、生长"，这两个富有生命力的动态词汇，冲淡了前面营造的悲伤氛围，呈现出蓬勃与葱郁之势，这样的亮色是作者有意为之。胡述斌郑重地提醒大家，千万不要沉湎于悲伤的历史，重要的是吸取历史的教训。

诗中还有这样的句子："你踏浪逆流而去／于江水与天地相接之处。"胡述斌突破了语言的规范，使用"逆流"这一词汇，彰显出屈原在黑暗社会中的挣扎与反抗；强调了他的人格精神，不随波逐流，而是在时间的锤炼中愈加珍贵。"江水""天地"两个意象，勾勒出一幅宏阔壮观的自然景观，格局远大，具备"秋水共长天一色"的立体空间美感，同时表达了诗人对朴素诗意乡土的向往。"都在血管里聆听你的足音"，"足音"实则为屈原的诗歌与精

---

① 欧阳友权. 论新乡土诗派的诗品与文心［J］. 中南工业大学学报，2001（01）：55—59.

神,"在血管里聆听"表明生活在楚地的后人有着屈原的血脉,并且代代相传、生生不息。

"楚地啊,这九鼎的熔炉/煮沸你被泪水凝固的热血/我看见/太阳之外还有一个太阳。"这一节展现了诗歌的"陌生化"特征,胡述斌通过运用新奇的比喻——"九鼎的熔炉",放飞了想象的翅膀,超越了公共空间,对事物进行创造性的表现,以此反抗并刺激读者阅读,实现新颖的审美感受的塑造。"凝固的热血",说明从肉体上宣告了屈原的死亡,但他的爱国精神永不泯灭。而太阳的意象,第一个是自然界的具有"本源意义性"的太阳,它超越时空特征,被不同种族所理解;第二个则是屈原,他如同太阳,千年来散发着不息的光芒。

屈原的故事,对胡述斌而言,从未淡忘,历久弥新,使他的诗歌主题不断得到深化,他用不同方式,表达了对屈原由衷的钦佩与热情的歌颂。除《过汨罗江》一诗外,胡述斌还创作了《端午读〈离骚〉》《问候屈原》《向屈原忏悔》《汨罗江畔》《汨罗江,生命之江》等一系列诗歌凭吊屈原。与其说是作者对诗人屈原的怀念、敬仰,不如说这里的"屈原""汨罗江"已经化身为一个文化符号,代表着楚地千年来的文化,胡述斌对此有着清醒的认识。作为生在湖北、工作在湖南的诗人,胡述斌觉得历史上的"楚国"恰巧就是今天的湖北、湖南,因此对屈原的怀念也是对自己故乡的怀想,或者说是他另一种形式的文化乡愁。

众所周知,当前社会还处于改革转型的阵痛期,农业文明向工业文明转变,曾经的故土——清澈的江水、质朴的人们、大片的田野逐渐被高楼大厦、灯红酒绿所取代。"当前兴起于我国社会生活中的文化乡愁、怀旧情绪是一种社会现象,更是一种文化现象,具有一定的历史必然性。从它的产生原因来看,确切地说,它往往是社会发生变迁或转型时期的产物。它通过对过去的重构和再造,不自觉地承担起了对人们所遭受的文化伤害的救赎与抚慰功能。而以健康、理性的文化心态去面对当前的文化矛盾,是走出文化乡愁情结,重整中华文化气象,以及构建和谐社会的理性。"[①] 作为一种精神慰藉,文化

---

① 种海峰. 社会转型视域中的文化乡愁主题 [J]. 武汉理工大学学报(社会科学版),2008(04):128—132.

乡愁可以视为现代都市人种种压力下安身立命的精神支柱，具有本源的意义与自足的价值。胡述斌用诗歌深刻地诠释了这种意义与价值，这使他的诗歌超出了一般意义上的新乡土诗，而进入后乡土诗时代。

正如有学者指出的那样："乡愁，不仅仅是对某时、某地、某人的怀念，而且是对'文化地理'的眷恋，对'历史传承'的牵挂。"① 现代人挣扎在城市与乡村之间，备感孤独、迷茫、无助，因此转向故园情景、田园牧歌寻求精神抚慰。这就陷入了身体与灵魂的"两难境地"——"它从一个侧面折射出潜隐在当代中国文化中的一个内在悖论：现代化？抑或是田园牧歌式的乡村文明？在这种乡愁中分明有两种力量在撕扯着它：既想物产富裕、生活现代化，体会新鲜的经验，又想悠闲、稳定、安逸。这是一种难言的酸楚，是全球化途中现代人心底的煎熬。"② 胡述斌的书写带给了读者关于"诗与远方"的重新思考，是"新乡土诗"向"后乡土诗"审美转变的书写所在。

第三节　《洞庭渔樵》：现实反思中的精神追问

如果说，《过汨罗江》表达了诗人胡述斌作为一个历史凭吊者所拥有的一份文化乡愁的话，那么，《洞庭渔樵》则更多地抒发了作者对于现实反思中的一种精神追问。这首诗的副题为"赠汤青峰"，汤青峰是《茶文化采风》③ 一书的撰稿人，是胡述斌的好友，是一个可以称为"知己"的人。《过汨罗江》写的是历史人物及其对于后人的启迪，而《洞庭渔樵》写的则是现实生活中的人，以及作者对于理想价值与生命意义的思考。写历史，观照的是现实，诗中的屈原既是一位诗人，又是作者崇拜的爱国者；写现实，反射的是历史，

---

① 罗青.文化乡愁历史情——追记乡愁诗人余光中先生［N］.文汇报，2018-02-01.
② 种海峰.社会转型视域中的文化乡愁主题［J］.武汉理工大学学报，2008（04）：128—132.
③ 李湘树.文化茶香透俗雅——评陈先枢、汤青峰〈茶文化采风〉［J］.文史拾遗，2008（02）：33—35.

诗中的汤青峰既是作者的好友,又是一个知己,还是一个可以倾诉的对象。同时,汨罗江作为洞庭湖的一个入口,胡述斌借此作为精神血脉和文化纽带,使两者既互为关联,又相互印证。实际上,诗人胡述斌借由这两首诗,由历史而现实,由屈原而汤青峰,诗人和诗歌文本、诗人和历史、诗人和现实、诗人和读者等都融为一体了。这正是"新乡土诗"向"后乡土诗"主题拓展之创作转变的表征所在。

具体地讲,胡述斌的这首《洞庭渔樵》,从渔夫唱着歌谣写起,一路撑船而上,却发现没有涯岸可停;当行至杜甫江阁时,与一千多年前的诗人杜甫产生了遥远的共鸣,便决定在这里靠岸。这里的靠岸,既是现实生活的真实靠岸,又是向历史深处的精神靠岸。诗歌主要表达了对日常生活的渔夫与历史上的杜甫之赞颂,以及对城市现代化的担忧——自然美景难寻,高楼大厦林立,极大地压抑着人的天性与自由。

首句的"多水之地"是一处没有被现代文明打扰的"世外桃源",我们并不知道这一处地方在哪里,可能是宁静的村庄、雾气蒙蒙的湖边,也可能是从一千多年前杜甫的时代撑船而来,流动在历史的长河里。由此及彼,诗歌中的"你"就具有了多层意蕴,不单是指渔夫,还指一种虚无缥缈的东西,是情怀、是本真、是流动的自然、是人类的代代传承。汹涌而浩渺的波涛像伴奏歌声的鼓点一般,激荡着渔夫的胸怀,给人荡气回肠之感。江流激荡的声音"让黄鹂四散/让燕雀高飞"。需要注意的一点是,黄鹂选择仓皇四散,燕雀选择翱翔高飞,暗示了不同的人做出不同的人生选择:志存高远的人如同燕雀,庸庸碌碌的人就如同黄鹂。

"你独自撑着乌篷船/逆流而上/长长的水路啊/何处是你的涯岸。"诗歌的情绪与色彩暗淡下来,弥漫着挥之不去的孤独气息。"借问酒家何处"化用杜牧的《清明》一诗,增加了古典的韵味,描绘出细雨纷纷、杏花灼灼的景象,然后来到了杜甫江阁,很自然地想起了历史上这个伟大的诗人。作者缘何选择了杜甫,而非其他的诗人?首先,作者有着浓重的乡土情怀,杜甫江阁建于湖南长沙,所以选择了这个诗人;其次,杜甫号称诗圣,杜甫的诗被誉为"诗史",杜甫心系天下、忧国忧民、不忍唐朝满目疮痍,这与作者的忧患意识有关,他担忧过度城市化,使宁静的村庄、美丽的自然消失,他与杜甫的历史共振促使"你"在这里上岸,寻找仅有的静谧和残存的诗意。

历史上,杜甫也有万般无奈,他和渔夫一样,是渺小的、卑微的、世间的过客。甚至,杜甫"致君尧舜上,再使风俗淳"的愿望,在他逝世的千年之后仍未能实现。作者因此写"他赊的酒账,至今仍未还清","酒账"实则是杜甫心系苍生、胸怀天下的抱负,这个始终未能实现的志向,留下了永恒的遗憾,令读者扼腕叹息。

城市化的过程是历史的选择,无法阻挡。"少水的地方"与诗歌第一句"多水之地"形成了鲜明的对比,多水之地生长、养育的是自然淳朴的人们,是郁郁葱葱的树木;少水的地方生长的却是钢筋水泥。"渔网和柴刀自然应该丢弃",证明进入了城市,必然要舍弃一些东西,这些可能是已经落后的文明,比如,"渔网、柴刀",被更先进的设备所取代;还有自然的馈赠,要一并舍弃,放弃"春风又绿江南岸",放弃炊烟袅袅、小桥流水的大自然生活,转而被高楼大厦所取代。哪怕你胸中无比激荡、心怀远大,一样要被现实压抑。"八百里"不是一般意义上的江水的面积,而是着重强调了渔夫的心怀壮阔,说出了诗人对他的敬佩。每个人都要被城市的快节奏压抑,无论多么广大的胸怀,你都只能在缝隙中喘息,并且装得不露声色。诗中的"静静"二字,是作者在反思现代人之间形成的无形的隔阂——人与人之间关系冷漠,不愿交流,心中有事不会说给别人听,悲欢离愁都由自己承受,这就是城市现代化所带来的后果,颇有一种黑色幽默的味道。

"好在/你终于发现了一个岸。"作者给了渔夫美好的结局,不论在江河漂泊了多久,所幸终于找到了心灵的归宿。这个岸,是杜甫江阁,也是胡述斌的心中桃源,它在城市化过程中被保护存留下来,承继了历史的沧海桑田,是城市中少之又少的"净土"。

最后一节与诗歌的第一节前后呼应,渔夫唱着洞庭的歌谣而来,寻找到可以依靠的岸,心中八百里洞庭的湖水得以安放;不必在钢筋的缝隙中流淌,而是可以在胸中翻滚、在心里涌动、在血脉里吼叫。洞庭、澧水与资江融入了他的血脉,强调了对自然的追寻与执着。"吼叫"被作者反复书写两遍,不仅是渔夫终于寻找到涯岸的畅快释放,更多的是诗人对返归自然的呼唤、对城市压抑的宣泄,是代替无数挣扎在城市中的人们发声,振聋发聩,意蕴深沉。

胡述斌写诗赠友人，其实是通过杜甫的诗歌中介，或者通过汤青峰的情感中介，赠给另一个自己。所谓杜甫江阁，也是诗人心中的"乌托邦"，是每个都市人都向往的桃花源。因为"这里的'城市'与'村庄'只是一个符号、一个象征。'城市'代表了不断被物化的世界，'村庄'代表了梦想中的精神家园"[①]。而作为"被物质世界边缘化的精神缺失的"这种典型的新乡土诗书写的"两栖人"，在精神严重失落的都市中，只能转向对乡土的缅怀，从而获得暂时的轻松。胡述斌振聋发聩的诘问正是对失落的人性的呼唤，是对现代文明背景下当代人精神虚无现象的反思。他通过诗歌创造了理想的乡土世界，关怀人类生存的终极价值，寻回朴素、善良、纯真的"乡村品性"。

第四节 "后乡土诗派"的现代性追求

通过对胡述斌上述两首代表性诗歌《过汨罗江》和《洞庭渔樵》深入细致的文本分析，一个强烈的感受是：诗人创作所聚焦的主题更为集中，表现手法更为圆润，艺术张力更显锋芒，审美品格更加高蹈，忧患意识更为突出，书写情感更为丰沛，蕴含历史与现实的指向更为广远，一言以蔽之，现代性意味更为强烈了。而这些，恰恰是"新乡土诗"的创作者们所缺失或发力不够的地方。

"现代性"，这个概念最初由西方学者提出，其在中国社会表现为"人的个体存在的自我主体性危机。这些'现代主义'文学、艺术的追求，主要是建立在对于近代市民社会中文化的自我满足的批判，以及日常经验中主体世界的崩溃与对于日常世界的超越的追求之中"[②]。新乡土诗派将"现代性"作为底质，只是其诗歌精神指向更落实于本土，落实于"小我"的情感世界，

[①] 陈惠芳.长途跋涉的诗歌之旅——新乡土诗派概论[J].创作与评论，2012（07）：32—35.

[②] 灵焚.浅谈散文诗与现代性[J].当代作家评论，2016（03）：89—93.

落实于现代时空下中国人自己的"现代感"。"新乡土诗派"并不着意于展现乡村风光和牧歌情调，不刻意书写乡土的本源意义和本土意识，而是传达着回归乡土所总结的诗人情怀、感受和新的精神感悟。

经过了三十年的发展，目前，"新乡土诗派"的创作者并没有放弃对故土的讴歌，同时审视身居其间的都市生活，对"现代性"的追求有了新的感悟、新的主张、新的尝试，至少胡述斌是这样努力的。在《故园咏叹》中，他写道："都市的裤脚/不再沾有泥迹/祖籍已成为掌故/但中国大米一次次的亲近/使都市保留血统。"胡述斌写城市，虽然还带着农人的视角，但对城市不再恐惧与隔阂，而是习惯与热爱。在《摩天大楼》中，他直言城市的高楼大厦，没有将城市与农村分割开来，诗人眼里的城市是这样的："农夫遗失你/是历史的误会/农夫的兄弟用泥土/塑成你的皮肉/经风耐雨如农夫的脸。"说到底，任何一座城市，最初的时候都是荒野，都是农村；最初的城里人也是从农村或别的地方迁移过来的。没有一个人生下来与农村没有任何关联，只是纯粹的城里人，这是不可能的。实际上，在城市化快速扩张的过程中，许多年轻的城市居民大都是农人。

最能体现胡述斌这类思考的，是他的《与城市握手》。在这首诗中，胡述斌感觉"登上城市的楼顶/如父亲走向稻田"，父亲对于稻田的熟悉与他作为城里人对于高楼大厦的熟悉是一样的，城市不再是漂泊的地方，而是他的根，他的灵与肉都将栖息在这里，他的魂也会在这里缠绕，就像他的父亲对于农田的缠绕一样。"肥沃的月光/滋润城市的土地/这是我儿子的田园/父亲抚摸稻田的神情/教导我如何亲近城市的土地/我该与城市握手言欢。"这是诗人的警醒与反思：夜深人静之际，仍然会思念故乡，会思念父亲的容颜。他因为自己在城里扎下根，父亲不是哀伤，而是骄傲，他总是告诉乡亲们：城市那片土地，就是我儿子的田园。父亲将"我"从他身边推开，他希望儿子能够在城里扎根，父亲对稻田的爱，就是教"我"学会对城市的爱。而"我"，也没有辜负父亲的教导，不仅学会了"与城市握手言欢"，而且真实感受到"夕阳摄你入背景/你是土地宽大的喉结"（《摩天大楼》），城市与乡村的关联在胡述斌笔下是如此紧密又和谐。

以上种种努力使胡述斌的诗歌呈现"后乡土诗派"的风格。所谓"后乡土诗",它首先表现在创作者的身份转变上,其次表现在他们不再是"两栖人"的自我抒发。如果说,"新乡土诗"重在对"两栖人"的精神建构——虽然诗人身在城里但更多地以乡村人自居,强调城市只是诗人的生命过程或漂泊地的话,那么,"后乡土诗"的写作者,已经把城市从"新乡土诗"的"客人"身份变成了"主人"身份,写作者也不再强调精神上的漂泊和焦虑,而是重在对城市本身建设的献计献策上,就像父辈对农田一样,他们已全身心地投入对脚下这片土地的辛勤耕耘中。胡述斌有一首获奖歌词《在长沙,我等你》,诗人在介绍"橘子洲头""岳麓书院""湘绣""湘菜"等长沙传统的核心地标与文化符号时,如数家珍,就像一个农人对于家里的宝贝和村里村外的景点了然于心一样,此时的作者,就是一个热情的主人,他真诚地欢迎四面八方的客人来到他的家——长沙做客。

  与此同时,"后乡土诗"在意象上,也不再局限于对白菜、草垛、锄头、镰刀、池塘、水井等乡村生活的抒情,而更多地把目光聚焦到城里的山水、建筑和景观上;在审美追求上,不再追求文字的通俗和逻辑的规范,而是积极寻找陌生化与朦胧美;在细节处理上,不再用冷色调强调乡村的自然美,而是从城市里的光亮处出发,尽可能展示人的温情与物的简约,讲究贴合,不失诗意;在价值诉求上,不再以"小我"为中心,而是借助于历史事件和历史人物,强调对精神的反思和现实的批判。基于这样的分析,胡述斌这两首诗歌,就艺术形式而言,有着极强的张力、深刻的意味、丰沛的感染力,更加接近"后乡土诗派"的本体意义和基本特征,这些在后乡土诗的写作群体如梁尔源、陈惠芳、草树、罗鹿鸣、刘起伦等的诗作中都有充分的反映。其中,陈惠芳作为"新乡土诗派"三大主将之一,在江堤英年早逝和彭国梁不再写诗之后,这些年来,他一直辛勤耕耘,写下了大量诗作,这些作品与他早期的"新乡土诗"已经有了很大的不同。

  胡述斌是一个有担当、有责任心、有创新意识的人,特别是他长期在宣传部门工作,对如何有效抵达受众、如何让自己的作品与时俱进、如何让高雅的诗歌艺术得到大众的热爱,他是有过许多思考的,也是有过很多实践的。例如,《过汨罗江》中"楚地啊,这九鼎的熔炉"和《洞庭渔樵》中"他赊的酒账,至今仍未还清",这样的表达具有明显陌生化特征,偏离了新乡土诗贴近泥土的表达，挑战了人们的审美经验和生活习惯，增加了读者理解的难度，但留下了巨大的想象空间，从而使阅读的感觉回溯在字里行间，增强了诗歌的意象符号所荷载意义的价值功能，使读者感受到文字的朦胧美。与此同时，作者通过营造至真至纯的辽阔天地，引导困惑的现代都市人积极反省，停止在都市中的"异化"和对大自然的掠夺，用自然之美对抗人性之恶，用人性之善批判心灵之黑，用情感之真呼唤诗意生活的价值回归。

胡述斌的诗歌创作追求情绪的挥发，在文字节奏上讲究音乐美和流动美，是"永远地必须立即一个知觉转向下一个知觉"，诗歌中间的语句虽然中断，气息却没有中断，情感也没有中断，这大致等同于音乐上的不稳定感。他曾说过："乡土，应是一片广阔的疆域。乡土诗，也应该是一个广阔的概念，不只限于农村题材和歌谣体诗。整个中国大地，都在乡土包容之内。只要不是贵族气十足、脂粉气十足和晦涩难懂的古怪气十足，而具有中国诗味、民族风格和地方特色的诗，都是乡土诗。"[1]

尤其值得一提的是，在《过汨罗江》和《洞庭渔樵》中，胡述斌还毫不隐讳地表达了对中国古代诗人屈原与杜甫的敬佩、怀念、虔诚的感情，诗歌中也化用了古体诗，如"借问酒家何处"一句，歌颂伟大诗人的精神和情怀。而《洞庭渔樵》一诗，不仅构建了一个自己的理想世界，也抒发了对现实之岸的向往。胡述斌深知一个诗派的发展，不仅要有历史的底蕴，更要经过时代大潮的冲洗，要留下现实生活的文化刻痕。

换言之，胡述斌的创作冲动不是为了写诗而写诗，而是感时伤国，秉承屈子、范公之忧国忧民的精神余脉，立足泥土，主题更加闳阔，意境更加宏大，不仅气韵生动，更有着深沉的忧患意识和深刻的反省精神，这种后乡土诗的写作风范使得他的创作不求体量、注重品质，真正做到有感而发，不吐不快，唯其如此，他的诗歌才会自然流畅，气韵生动；也只有如此，他的作品才会诗意十足，回味无穷。

---

[1] 胡述斌. 一张诗报与一个诗派 [J]. 理论与创作, 2011（02）: 22—28.

第八章

"文学湘军五少将"：地域经验的价值原点

70后作家成为当下文坛最具实力、最活跃的群体之一，关于这一点，仅从一项国家大奖即可看出其中端倪。自1998年鲁迅文学奖开评以来，在每三年评选一次的中国具有最高荣誉的文学奖项——鲁迅文学奖短篇小说奖评选中，第一、二届无70后作家得主，但随着2004年江苏70后女作家魏微、2007年河北70后作家李浩、2010年江苏70后女作家鲁敏分别成为第三、四、五届鲁迅文学奖短篇小说奖得主后，70后作家的短篇小说在全国的影响力逐步提升。特别是湖南70后作家田耳凭借《一个人张灯结彩》获得第四届鲁迅文学奖后，70后作家群，包括被命名为"文学湘军五少将"的作家崛起成为一个不争的事实。

2004年，湖南文艺出版社主办的《芙蓉》杂志连续发表了湖南新一代作家的作品，作为对新锐的扶持，当时挑选的作家均为20世纪70年代以后出生的人。他们或者崭露头角，在文学期刊上发表过反响较好的作品，或者获过重要的文学奖项。最终，杂志社从当时湖南众多青年作家中有选择地挑出了五位小说作者，并在《芙蓉》刊物上设置了新湘军"五少将"专栏，包括谢宗玉、马笑泉、沈念、田耳和于怀岸五人，这就是后来被大家所熟知的"文学湘军五少将"。

十几年过去了，昔日的"文学湘军五少将"如今已经成长为文学湘军的中坚力量，他们中的大部分人已进入不惑之年，时光的淘洗和阅历的丰富使他们的作品思想更加厚重，艺术日臻成熟。他们为读者带来的，既有对社会的思考，也有对人性的深刻追问，还有叙述上的实验性开拓。他们以各自的创作实绩，为中国文学注入了活力，为湖南文学奠定了基石。

就写作领域和精神资源而论，以田耳为代表的文学湘军作家开始探寻三湘以外的世界，尽管还保留着湖湘文化的精神底色，但他们生活在城市，其经历和经验已经与现代生活融合。不动声色，荒诞戏谑，幽默沉重，充满现代性的叙述是他们的显性标签。尤其是田耳，重在表达人类的共同经验和现实处境，而不是通过地方性和民族性凸显普世性的力量，这使田耳在文学湘军中成为独异的存在。

尽管还是反映底层人物在社会转型时期的命运挣扎，但70后的文学湘军在整体叙事风格上开始转型为温情的人文精神、淡定的叙事策略。田耳的中篇小说《一个人张灯结彩》荣获第四届鲁迅文学奖可谓实至名归。他的小说叙述看似漫不经心，实则从容淡定、成竹在胸，以深刻的人文关怀冷峻地展示着底层人物的辛酸命运。

借鉴、融合、突破，文学湘军在审美范式和文体观念上也在不断创新。马笑泉的写作审美范式借鉴了西方现代主义和后现代主义的精华，加缪式的荒诞、海勒式的黑色幽默、博尔赫斯的叙事狡黠、马尔克斯的魔幻现实，沉郁大气，悲壮苍凉，以崇高感和美感给读者带来灵魂的撞击与震撼。马笑泉在创作上有自己的执着和追求，他的《银行档案》进行了大胆的实践，把旧有的文体观念的突破点放在新闻写实的叙事上，有意识地借鉴海明威的写作经验，讲求语言的犀利、短捷，在叙述中寓含讽刺，常常在不经意中轻轻一带，就形神毕肖地刻画出人物的性格、心理乃至潜意识，形成了属于自己的幽默从容的现实主义风格。

与时代特征相对应，文学湘军作家往返于乡土与都市、传统与现代之间，他们敏锐地捕捉到传统乡土与现代都市的对立，或者批判乡村的落后，呼唤都市文明；或者抵触都市文明对于传统农村的侵蚀与冲击，坚守着自己建构的温情故乡。随着时代的变迁和社会的发展，作家的乡土情结不断衍变，在各个历史阶段彰显出不同的精神内涵。于怀岸让读者感受故乡的悲欢喜乐、爱恨情仇，鲜明地揭露出现实社会中存在的问题，赋予其作品丰富的现实意义。在充满悲情的乡土文学作品中，处处萦绕着苦难，然而苦难的背后是对正义与理想、人性与良知的拷问。描述底层社会的目的并不是揭露黑暗、控诉现实、发泄悲愤，而是在这个道德逐渐沦丧的时代拷问着人们的心灵，重新呼唤正义与理想、人性与良知的回归。对于故乡，于怀岸寄予了深厚而丰富的情感，其富有个性的文学思维促使其作品形成了独具一格的风格，超越了一般意义上的"田园牧歌"式的文学作品。

塑造女性悲剧形象，表现小人物生活的无奈和困窘，是沈念带给中国当代文学的重要收获。沈念的小说有着时代的烙印和日常生活的痕迹，他对生活中的细微事物和情感世界都有敏锐的感受。由于深刻体会了底层弱者的生存状况，他用作品关注生活、摹状生活、参与生活，用民间的视角来看待生活现实。他注意表达底层社会的生活面貌，对底层生活有着内省式的观察。读者从中能看到自己，能看到"北漂"和"蚁族"的影子，梦想、憧憬、奋斗，即使他们身处城市最底层，也要在大城市里站稳脚跟。小人物的生活困苦而艰难，不管是爱情、工作还是生活，小人物都在被各种要素推着前行，而没有自己选择的空间，女性相对于男性来说更是弱势。沈念描绘出了女性弱势的深层原因和她们做出的一系列生存努力。

同样是出身于农村的作家，谢宗玉的一系列乡村散文都表达了一种生命的达观，与于怀岸的写作精神不谋而合。在对城市文明表达出厌倦和质疑的同时，谢宗玉满含着对乡村的怀念与热爱，构建出一个自己精神的"乌托邦"。同时，他在作品中也并不否认人生的悲凉与农村的凋敝，但他从这种对生存与死亡的哲学思考中悟出了一种"道法自然"的境界，对中国文化进行了一次深刻的回望。更难能可贵的是，谢宗玉并不满足于"隐遁"，他从乡村的小世界中跳出来，融入现代文化的大潮，甚至通过影评等方式肆意挥洒他对文学与时事的思考，体现出一个作家真正的社会责任感。

"文学湘军五少将"给文学湘军，乃至整个当代中国文学带来了新的品质、新的希望，也在构制文学叙事的更大格局。他们的写作呈现出诗性的特点，表现出对人生和世界的悲悯，承传着湖湘文化的传统。

第一节　田耳：现实的隐遁与虚拟的迷局

一、现实的翅膀与精神的飞翔

田耳是来自湘西的作家，这使我们轻易地联想到另一位执迷于乡村诗性叙事的前辈——沈从文。与沈从文不同，田耳的创作指向山外复杂的世界，他试图寻找一个超出自身生活阅历以外的生存空间。当年，沈从文闯荡世界，最终置身于繁华的都市，但乡村的印记像空气一样进入他的呼吸、像氧气一样渗入他的血液，挥之不去。尽管他的天分、悟性和执着使他获得了成功，赢得了尊敬，但多年的打拼、奔走和辛酸使他对城里人有了一种不平的怨气，在他笔下，绝大多数城里人都是受嘲弄或被讽刺的对象。沈从文总是以"乡下人"自居，一是表明他的身份，表明他与城里人精神趣味的分野；二是一种自保姿势，他以"自贱"的方式抵抗外在的强大力量；三是"小地方人的谨慎"；等等。所有这一切，都是当年沈从文面对现实围困实现精神的飞翔而做出的努力。

年轻的田耳没有沈从文那样的生活阅历，却也没有山里人常见的自卑。虽然现在他置身于大都市，在文学创作上也有了一些骄人的成绩，但并没有享受到空前的成功。可贵的是，他没有区分自己是城里人还是乡下人，关注更多的是创作环境本身，对文字书写的执迷。他是单纯的，甚至有些理想化的单纯。他在一部作品中，借主人公之口说出自己的心灵渴望："我骨子里向往一种单调的工作或生活，比如，灯塔看守人，或者是在南沙的一个海岛上放哨，甚至，我还幻想过坐牢，单人牢，在里面抱一本很枯燥的书。"这可能也是作者内心最为真实的想法，因为封闭自己，可以很好地思考一些深层问题。面对外面世界的众声喧哗，面对现实的围困，他希望抓住创作的刹那实现灵魂的飞翔。

短篇小说《围猎》就是这样的文本。田耳以不动声色的叙事方式向我们真实地展示了荒诞的生活是怎样形成的，它浓缩了人类的经验和现实的处境。当我们去围猎别人的时候，自身也成了别人围猎的对象，这种身份的置换在实质上展示出人类精神的困境。田耳把荒诞的细节置于现实中，又把现实生活变成荒诞发生的真实场域：一个恋爱中的、眼睛近视的小伙子被一种神秘的力量推动着，卷入了一场"围猎"的斗争中。没料到，围猎不成，自己反而成了围猎的对象。尤其可笑的是，在围猎的过程中，参与者经历了紧张、兴奋、无奈、放松、戏谑和夸张的全过程，最后把围猎变成了游戏、变成了狂欢式的闹剧。大家对围猎的对象越来越淡漠，对围猎的结果越来越不在意，大伙儿在意的是刺激和围猎行动本身。田耳的这部作品在荒诞中掺杂着幽默，但叙事的幽默并没有消解精神表达的沉重，相反，这种幽默变成了一种有质感的、带着疼痛的锋芒刺入我们的阅读期待。

如果说，《围猎》向我们传达了人类自身的一种真实尴尬和精神困境的话，那么，田耳的中篇小说《蝉翼》[①]则试图在理想的价值观和传统的道德视域中实现精神的飞翔。这篇小说的视角非常独特，描写的是一个叫小丁的训练斗鸡的小伙子的生活与情感的困境与挣扎。他与女主人公朵拉的男友杨力是同学，他受杨力的委托去照顾朵拉。这篇小说可以看成是青春小说，但与一般青春小说的反叛和行为的怪诞不同，这篇小说写得很内敛，甚至是过于内敛。小说的情节很松散，没有大起大落的情感波动，没有始乱终弃的情节，传播的也是"发乎情、止乎礼"的心灵冲动。小丁与朵拉在一个隧道里，面对情欲勃发他能够控制。一方面，有一种原欲的力量推动着小丁与朵拉发生某种关系，他们成为事实上的精神情人；另一方面，又有一种比原欲更强大的、不易察觉的力量控制着反道德、反传统的事情的发生。这种控制与许多70后作家以"暴露"和"恶搞"的精神走势不同，作者对传统道德的坚守和捍卫是难能可贵的，是自觉的。他并没有肯定欲望就是现实困境的出路，作为一个理想主义者，田耳宁愿相信精神的力量，作品中朵拉与小丁的关系在某种意义上象征着纯粹爱情的胜利，也是某种精神的飞翔。

[①] 田耳. 蝉翼 [J]. 青年文学, 2007（07）：42.

但这篇小说的结局在温情与克制下，还是透露出作者对于生活悲剧性的思考。在朵拉结婚这种形式上的完满中，读者看到了她与杨力婚姻关系的不牢固，以及对爱情隐约的失落感。而小丁作为一个漂泊者，他的命运也是未卜的，在这里作者预见了一切事物归于秩序和平凡之后的无奈，所谓"蝉翼"，也是脆弱的现代人在婚姻爱情中找不到精神支撑点的隐喻。突破现实困境固然可以靠人内心自省的精神力量，但这种力量与原欲在某种形式上的交互、斗争，也是田耳作为一个作家所需要思考的基本问题。在另一些小说中，如《一朵花开的时间》，田耳就将性欲当作实现精神飞翔的途径，尽管与《蝉翼》在文本意义上看似对立，但其实都表达了他反抗现实的态度。无论是借助于性欲，或是理性对性欲的克制，田耳心中并没有某种所谓的"本体论"，正如他自己所说："如果有人说写作是给别人看的，偏就有人接下茬说是为自己写作；如果有人说写作是为了探索永恒的人性，马上就有人反唇相讥，凡写人必涉人性，你凭什么判断，人性之中何为永恒、何为瞬间……孰对孰错，小说没有本体论，在此基础上，一切的论调皆显得似是而非。"[①] 可见，他并不为自己的作品规定某种具体意义，他只是真实地刻画出了人类在面对欲望与理性时的艰难抉择。

这种充满现代性的写作方式也让田耳从"湘军"中脱颖而出，成为一个独特的存在。他不再用沈从文式的笔调为田园生活唱着挽歌，也不像其他的湘西作家，如于怀岸，试图从故乡的土壤里发掘历史的厚度。田耳只是田耳，他对写作充满执着，对现实充满观照，对人生有着戏谑与悲悯的复杂情感，也对底层的小人物有着细致入微的观察。值得欣慰的是，他笔下的大多数人物自始至终都对世界抱着善意，残酷的生存状况与人内心的温暖形成了鲜明对比，而人与人之间这种隐秘的温情，成了在荒诞中突围的精神救赎。

二、寂寞的温情与孤独的想象

最能够体现这种田耳式温情的作品，是他的中篇小说《一个人张灯结彩》。它以温情的人文精神、淡定的叙事策略，深刻地反映了一群底层人物在

---

① 田耳."文学湘军五少将"创作谈 [J]. 理论与创作, 2008 (05): 23.

社会转型时期的命运挣扎，也由此获得了第四届鲁迅文学奖。田耳的获奖使湖南作家原创文学实现此奖项的零的突破，它对于重振文学湘军有着十分重要的意义。

《一个人张灯结彩》是一个近乎黑色幽默的侦探故事：一个叫邹官印的无业游民在小说中以"钢渣"的诨名出现，他每天想着抢银行、搞大钱，与搭档皮绊干着偷鸡摸狗的勾当。这些令钢渣看不起的小勾当只能勉强让两人苟延残喘地生存下去。他与理发店的一个哑女小于坠入爱河，为了让小于的生活过得稍稍像样一点儿，便与皮绊去抢出租车。没想到，被打劫的出租车车主恰巧是小于的哥哥于心亮，而钢渣却在不知情的情况下杀害了心爱人的哥哥。在得知真相后，钢渣意识到自己不能继续在小城里待下去了，便跟小于告别。此时的小于已无可救药地爱上了钢渣，她压根儿不知道，给自己解除寂寞、带来疯狂性爱的人就是杀害哥哥的凶手。她问钢渣什么时候回来，钢渣说，大约在过年的时候吧。小说把"一个人张灯结彩"的悲剧命运一步步地推向纵深。

悲剧的高潮来自案件的侦破。故事的另一位主人公，一个名叫老黄的警察通过作案现场留下的一顶帽子找到了线索，最终逮捕了钢渣。钢渣被捕后请求老黄代他在过年时去看望小于，而大年夜时，孤独的老黄在挂满灯笼的理发店外，久久徘徊、沉思。

作者对叙事的圆融处理，让小说显得环环相扣、严丝合缝，每一个细节都能在文本中找到层层叠叠的铺垫，恰又成为故事发生结构性转折的支点。在诸多的巧合中，却又隐藏着某种必然联系，如钢渣为了小于去抢劫，是因为小于的孩子病了急需用钱，而打劫出租车司机是因为司机身上一般都有钱，而且经不起威胁。在实施打劫的那天，几乎没有司机愿意接这两个客人去那么远的地方，只有于心亮主动揽活，因为于心亮正好缺钱——为了妹妹的孩子。钢渣本不想杀于心亮，但是风把他的帽子吹掉了，他头上的疤和胎记被于心亮看见了，他不得不灭口。这一连串的巧合其实注定了于心亮成为一个受害者，而于心亮的善良、热情也成了于心亮被害的理由。假如于心亮稍稍对陌生人有点警惕，或者没有为了妹妹的事情而拼命揽活，那么悲剧就不会在于心亮身上发生。

作品中对于心亮这样一个底层人物还有许多辛酸的描写：他家十余口人，挤在一个棚屋里，舅舅有智力障碍，哥哥和妹妹都是残疾人，还有四个小孩，全家只有他一个人工作，家里养着猪，污秽不堪。但即使在这样的情况下，于心亮还对生活怀着单纯的向往，他在买断工龄跑起出租车的时候"面露喜色"，谈起自己的妹妹小于时，虽然嘴里骂她是贱人，但心中满含关怀之情，甚至还想把小于嫁给老黄。在于心亮身上，我们看到的是一个兢兢业业、热爱生活的普通人形象，而他的死，成就了他悲剧英雄的角色，在他的死亡背后，喻示着一个家庭的坍塌、一段爱情的逝去和两个歹徒无可挽回的末路。也只有这样一个善良角色的无辜惨死，才能让故事有着震撼人心的巨大力量。

而哑女小于则代表了底层人物的另一种命运。在她身上，我们虽能感受到种种纠结的情感冲突，但是她自始至终都不能表达内心的想法，我们也无从判断她心里究竟是伤痛多过于愤怒，还是同情掩盖了亲情。但毫无疑问，这种角色设定与描写方式反而让小说具有了巨大的情感张力。小于对于爱人杀死哥哥的心情成了一个巨大的"悬案"，任读者去深思与体会，包括她后来被诱骗画出了钢渣的画像、被设局打断了"特赦令"的交易，虽然都没有直接的心理描写，但是小于的那种愤怒、挣扎、绝望却力透纸背。而在整个过程中，单纯、善良的小于都是一个被动的、失语的角色，她改变不了自己被利用的处境，失语的状态让她无力反抗自己的命运，也表达不了自己的情感，因此读者也能够体会到人物命运悲剧中的深深寂寞——无言的寂寞。

也许田耳最大的成功就在于他虽然揭示了现实赤裸裸的残忍，却让读者对于造成了悲剧的钢渣带着同情。钢渣虽不是俄狄浦斯式的英雄人物，但他的作恶也是因为命运的巧合，而他的内心充满着分裂与令人困惑不解的东西。一方面他无恶不作，具有反社会型人格，他视社会规则如无物，轻信小说和电视里的情节，天真地幻想着通过抢银行致富，并且真的依靠自己的本事研制出了炸弹——尽管最后这枚炸弹没有爆炸，但是在这种荒诞情节的背后，我们看到了某种价值观的反叛：他与传统的小混混儿的区别，不就在于他拥有抢银行这个"伟大"的理想吗？而且他最后依靠努力实现了自己的理想，假如抛开善恶不论，钢渣是一个有信仰的人，而这种信仰本身既令人肃然起敬又令人扼腕叹息。在这一点上，田耳比一般的作家在挖掘人性精神深度方面更进了一步，因为对于钢渣这种反社会的分裂人格的描写本身就是一种禁忌，读者也很难想象一个极端主义者能够被描写得如此生动而合理。挑战禁忌与经验本身就是一种巨大的勇气。

而另一方面，钢渣对小于有着真诚的爱情，他为了让小于过上好日子不惜抢劫杀人，这种执拗到不顾一切的情感让人唏嘘不已。在作品中，一切的巧合、悲剧和灾难其实都是出自这种善意：钢渣的本意是善，却选择了邪恶的方式；于心亮的本意也是善，却落得死亡的结局；小于的本意是善，却被利用、被伤害，出卖了自己最心爱的人。命运仿佛一个巨大的圈套，将每个人都玩弄于股掌之中，但是在这一切悲剧的深处，仍然闪耀着人性的温暖之光，即使是面对杀人不眨眼的钢渣，恐怕读者也无法真正从心底去憎恨他。

这种批判是有力度的，但是作者并不滥用它，也许因为田耳是个理想主义者，他坚信正义会获得最后的胜利，这点在警察老黄和刘副局身上表现得最为明显。公安系统有一大批像老黄这样的警察"脊梁"，他们不为名利、不走关系，公正无私，善良正直，他们干了一辈子也不能在警衔上或官位上有所作为，但他们丰富的经验和深深的责任感，使得他们赢得同行和社会的尊敬。他们虽也是底层人物，但他们是整个社会的动力层，为国家的安宁和人民群众的生活奉献了自己的赤诚。

年关近了，哑巴女小于还在痴痴地等待。钢渣被抓后，请求老黄在过年时去看看她，而老黄站在小于门外久久徘徊，也许是因为心疼，也许是因为不忍。这些细节，闪烁着温情和人文关怀，让我们看到了一个警察细腻的内心和善良的本性。一个人张灯结彩，这个人是谁？要庆贺什么？恐怕更多的是对于孤独的隐喻。田耳的小说大多写得太满，把想要表达的东西尽可能都表达出来。但是，在这篇小说中，田耳留下的空白像时间一样绵长。热闹的场景，散开了的、颜色绚烂的火焰，迎风晃荡的一长溜灯笼，却又是那么孤独，是一个人沉潜到内心的孤独。

第二节 马笑泉：湖湘精神的反思与追寻

一、意义原点：湖湘文化的溯源

与田耳有些不同，马笑泉不只写小说，他最初是写诗的。因此，他能创作出《三种向度》这样的诗集，一点也不让人惊奇，因为在他那些卓有成就的小说作品中，大多意象清新、诗情洋溢。作为一个70后作家，马笑泉能够在小说、散文、诗歌和评论等多种文体中同时用力，如鱼得水，气势闲定，殊为难得。他有着强烈的探索欲望和艺术上的冒险劲头，为了这种探索和冒险，他愿意牺牲本已尝到的创作甜头，不在既有的灿烂之道上走下去，而是再辟蹊径，向未知的艺术山峰进行艰难跋涉。从《愤怒青年》毫无顾忌的才情挥洒，到《银行档案》懂得克制的内敛叙事，再到《巫地传说》民族精神的探寻雄心，就是一个生动的例子。马笑泉的小说文本兼具现实主义、魔幻主义、荒诞派和精神分析等多重向度的混杂色彩，大有众声喧哗的意味，而骨子里，他的发力点其实就是形式的实验性和内容的思想性，并在现代性的层面上进行深度的精神发掘。

马笑泉是回族人，他对张承志很敬佩。但在民族精神的发掘过程中，他强调回族文学的兼容性，认为少数民族生活中的如服饰、饮食等外在文化已经不再神秘、新鲜。如果少数民族作家依旧醉心于此类创作题材，很难表达出真正的民族特性。因此，只要是回族作家写的作品，无论其题材是否与回族有关，都可归入回族文学的范畴。他跳出了狭隘的民族主义，撕掉了身份上的回族标签，在茫无涯际的"人性"场域里进行极富激情的追索与开挖。比如，在《愤怒青年》中，主人公楚小龙身上充斥着一股少年锋锐的"狠"劲，以他为中心发生的一系列"非常态"事件，不仅没有让读者对楚小龙心生厌烦，甚至还让人喜欢楚小龙、敬佩楚小龙。马笑泉从自身经验出发，认为70后"愤怒"的最大根源在于这一代人处于转型期的夹缝中，所有流行的元素和后现代话语都在极短的时间里集中压来。

与20世纪轰动一时的《摇滚青年》不同，改革开放的大门打开后，刘毅然笔下的年轻人无所适从，在反叛和娱乐的悖论中摇晃着前行。而马笑泉笃信哈罗德·罗森堡在《荒野之死》中的宣言："一代人的标志是时尚，但历史的内容不仅仅是服装和行话。一个时代的人们不是担起属于他们时代变革的重负，便是在它的压力之下死于荒野。"因此，《愤怒青年》中的人物没有迷茫和沉沦，他们有着清醒的意志，认为人不能只靠"愤怒"生活，人要适应环境，直视时代，依靠的是行动。只有付出强有力的行动，才能实现人生价值，也才能对社会进程产生积极的影响。

这种"人性"的发掘，在《银行档案》里得到了更好的体现：故事主角龙向阳出生于20世纪50年代，他的思想原本带有特定年代的精神刻痕。改革开放后，他秉承一套固有的生存法则，却活得让人羡慕。龙向阳的某些思维根深蒂固，表面上看是被时代大潮淘洗掉了，实际上依然涌动在社会文化的各个层面。比龙向阳小十来岁的赵小科身上并存着新旧两种观念，搅得他心神不定、痛苦不堪，但他最终凭借着传统文化的力量找到了精神的归宿。20世纪70年代出生的李竹天有着张颐武所说的"新新人类"的普遍特征，在左右逢源的日常生活中，吞噬他、刺痛他的却是阴影般飘来的内心纠结，以及现实与理想的矛盾冲突。马笑泉学会了余华式的对于暴力的客观书写，只是这种暴力是人性上的"软暴力"，是新与旧的纠缠、撞击、消长、融合带给主人公内在精神空间极度压抑之缩影。中国人的一生要填写无数的表格，都有一份档案。这种档案大多是格式化了的，马笑泉试图通过"档案归类"的叙事模式，将国人表格化、程式化的脸谱人生做一次全方位的扫描，其批判的锋芒便在这种冷静的扫描中得到有力的彰显。

在追索写作的意义原点时，马笑泉认为：当下以网络为载体的"加速度"时代与全球化经济带来了文化语境的"同一化"，作家需要找准自己民族精神的独特性和骨髓，使之从心灵的血管里汩汩流出来。大凡具备民族精神的作家，都会有本民族特有的思维方式和文化烙印。在《巫地传说》中，作者没有采取一贯的残酷、尖锐的暴力叙述视角和暴力话语的聚焦方式，而是冷静、舒缓，甚至是略带诗意地为我们再现了一个"精神狂热、本能压抑和命运惨烈的时代"对于民族心灵造成的创伤，哪怕这是一个远离闹市、极其荒蛮的偏远之地，也无可幸免。"即使在最幸福的时刻，也始终没有忘记这个世界沉重黑暗的一面"，在那样一个让人恐惧、不安，甚至绝望的年代里，人的价值和尊严是如此渺小，人的阴暗猥琐的内心又是如此触目惊心。然而，人，总有活下去的希望。书中有一个闪光的细节：灵性之虎舍身抗暴，回报霍铜耀的放生之恩，这也许就是梁启超称颂的"诗歌的正义"，也反映了梅山文化的熏染下人们普遍的精神追求和对健全人格的向往。这种追求和向往氤氲成一种民间文化的神秘表征。马笑泉正是借助于梅山文化的传播介质，将民族精神中的尚洁、自尊、刚烈、尊灵魂、重精神、轻物质等特征恰到好处地表达出来，从这个意义上看，《巫地传说》是马笑泉在民族精神的寻根上表达得最为自觉、最为充分的一部作品。

二、叙事焦点：历史深处的开掘

《巫地传说》这部长篇小说以《异人》《成仙》《放蛊》《鲁班》《梅山》和《师公》六个单独成章的底层故事组成，以在梅山文化浸染下小人物的悲苦命运为线索，每个故事既可单独存在，又有内在的联系。全书涉及当下社会众多的重大事件，将中国的"大历史"与在梅山文化熏染下的湘南小镇的"小历史"对接起来，将历史与想象、国家与民族、弱者与强人、时间与空间、文明与野性融为一体，成为一幅色彩斑斓的民俗风情画。

在第一个故事《异人》中，作者首先将个人置于特定时代的背景之下，先用"挑煤"的方式，从体格上做文章，让小名"石头"、书名"霍勇"的"我"做铺垫，通过看似简单的"力气"比拼，突出父亲的力量和人格，完成了对父亲从轻视到敬畏的情感转变。接着，用父亲的力气做铺垫，突出黑头的力气和胃部。为了填饱肚子，黑头只好坐着拖拉机去城里做苦力。对外面世界的恐惧，让徒有力气的黑头留恋自己贫困的村子。离开村子时，"我发现黑头的眼神居然流露出前所未有的哀伤和无助"。然而，进城后，黑头无法主宰自己的命运，他成了偷盗能人陈瑞生的帮凶，并最终在与警察的冲突中被击毙。

作者写黑头,其实是为了写陈瑞生,这是一个颇有异功的奇人——力气之大,他能背着一副偷来的棺材,并装满偷来的一棺材萝卜健步如飞。但有点力气算得了什么?作为警察的"我"的表哥明白无误地警告陈瑞生:"无产阶级专政的铁拳,哪怕是霍元甲也敌不过。"然而,当陈瑞生依靠力量和生存智慧一次次侥幸逃过警察的惩罚之后,他的功夫被一身正气的师父阮君武废掉,最后被人打死在街头。

小说如剥笋一样,将生活表象下的一层层肌理最大限度地呈示出来。作者又通过陈瑞生的故事,进入阮君武的人生中心,这个神秘的人竟然是"我"的七舅爷爷,功夫盖世,德性和人品极佳。他会审时、会悟道,他说:"世道大变样了,拳脚再好,当不得人民政府的一颗子弹,还是读书有用呢。"后来,这个看破红尘的人毫无悬念地去"大东山寺庙里当和尚去了"。

《巫地传说》中众多的奇人、异人、能人,其个人命运在历史进程中十分渺小和卑微,他们既无法跟上时代的大潮,又无法左右自己的命运。"我"既惊恐于这种生活,又努力保持山民们心灵的淳朴与善良。在阮君武"还是读书有用"的感召下,"我"发愤读书,后来考上大学,离开山村,走上了与父辈们完全不一样的人生命途。

大学毕业后,"我"被分到报社,同时分到报社的还有程刚和许爱国。第二年又分来一个叫方美静的女子,很漂亮,故事的前进又有了新的动力。为赢得方美静的芳心,三人暗中较劲。应该说,接下来的故事设计得很俗套:三人先是比力气。中秋节单位给每人发了一筐橘子,五十多斤。程刚和许爱国都争着去扛,无奈力气不济,而有过挑煤经验的"我"轻松扛起,赢得姑娘青睐。接着是"英雄救美"。"我"与方美静约会后,在回家路上,碰上三个流氓。"我"英勇过人,打得他们落荒而逃。从历史到现实,从国家"大我"到个人"小我",马笑泉采取了画家"留白"式跨越书写,对于历史事件中"施暴者"和"受暴者"的心态及其行为,他并没有刻意的心理描述和精神分析,也没有情绪化的觊觎与批判,而是以一个旁观者的身份,粗略而真实地讲述了在特定时代里,乡村故土发生的那些悲惨故事。这些过往的历史虽然已经退出我们的生活,但对后人的行为影响永远也无法抹去。即便面对爱情，也会有所保留。正因为此，当现实中的方美静问"我"勇斗歹徒的神勇是不是因为爱情的力量时，"我"的脑海里闪出的场景"竟然是黑头面对围攻的警察，抡起了沉重的板车"。尽管"我"抡起的只是一部单车。作者据此写道："在这个日趋文弱的城市，此举足以让我成为一个侠客，一个获得美人芳心的英雄。"

扭曲的历史造成扭曲的人格，文弱的城市造成文弱的市民。这是从山里走出来的"我"面对大历史与小历史、想象与现实的撞击时发出的心灵之痛。正如作家夫子自道，《巫地传说》跳出了现代乡土小说审视、反思、揭示、欣赏、认同的视角，以"亲历者、旁观者和转述者"的"我"的平视角度，融入小说的故事之中，给人一种真实感、亲切感和深入感，大大拓宽了文本的想象空间，丰富了人物的精神世界。

三、审美基点：忧伤独处的自觉

当文学大面积地经历了意识形态化的浸染和宰制之后，文学的纯度受到了稀释，甚至变味。对创作本体内在冲动的审美诉求，对精神寻根所能抵达的文化深度和欲望表达所能触及的理想高度，构成了马笑泉创作的审美风格，这种风格既有忧伤中的阳刚之烈，又有偏激中的执拗之美，文字间的沛然气场具备了高贵之态和释然之境，颇有一番孔子所说的"哀而不伤"的况味。

以《巫地传说》中的第二个故事《成仙》为例，文本仍是以六岁的"我"作为叙事讲述者，重点描述了一个叫杨红秀的女知青的悲剧故事。她爸是老右派，她妈是"臭老九"。这样的身份在那个特殊年代无疑比祥林嫂额头上的"伤疤"还招眼。村民谭振武是一个"用菜刀刮胡子的家伙"，由于爱上了杨红秀，他总是袒护、保护着杨红秀。有个叫霍洪的村民也喜欢她，并试图强暴她。"我"忍无可忍，把这个事情告诉了谭振武，结果，谭振武把霍洪掐死了。谭振武因此被县公安局带走。临走前，谭振武大声问了杨红秀一句："你到底喜不喜欢我？"

众目睽睽，谭振武得到的杨红秀的回答，依然是平静却冷得让人发颤的话："我很感激你，但我真的不喜欢你。"

杨红秀没有违背高贵的内心，可说了高贵的真话，却得罪了全村的人，也得罪了全体知青。大家想："就算你不喜欢他，看在他为你坐牢的分儿上，讲句假话也只有那么大的事。"接着，杨红秀遭遇了一连串批斗。在一次最大的批斗会上，生产队长霍铁根有过试图强暴杨红秀，却被杨红秀用护身的剪刀戳伤的羞辱史，他此时公报私仇，昧着良心说杨红秀"主动对我脱裤子"。同房间的知青陈雪梅检举杨红秀看"黄书"，其实看的是《宋词三百首》。大家都争先恐后地上台揭发，原因在于公社书记何胖子何忠的煽动：他手中握有招工指标，谁检举有功，谁就有可能被招工回城。于是知青们有揭露杨红秀每天照几十回镜子的，有说杨红秀爱卫生、装腔作势的。全是鸡毛小事，且全是正常的生活细节。人们禁不住喊起了口号，把政治运动变成了压抑后的狂欢。没有这些斗争，大家还不习惯："不搞一下批斗，这日子何解过喽？"当霍铁根把最苦、最累、最脏的活儿派给杨红秀时，他找到的理由是："自己反正无耻了，干脆无耻到底。"这样无耻的人生哲学比北岛"卑鄙是卑鄙者的通行证"所体味到的痛苦有过之而无不及。

事情的转折像是黑色的悲剧：公社书记何忠因破坏军婚被免职。陈雪梅深感幻想破灭，"跑到公社大闹一场"，后来被人推下山崖，脑壳"摔成了烂西瓜"。

大家似乎省悟了，纷纷感到对不起杨红秀，都去求得一声原谅。杨红秀当然原谅了大家，大家都夸她"是个小观音菩萨"。显然，杨红秀的原谅与其说是与大家的和解，不如说是装出来的。这个最不愿意违背内心的小人物此时却违背了自己高贵的内心，原因在于，"她已经不愿跟人打交道，所以宁肯和树木说话，对石头微笑"，最终选择与"洞神"成亲，被人送进了幽深的洞里，"无论怎样，她是再也不愿意返回这个世界了"。

马笑泉写到这里，敲响了小小的一个键盘，就像何立伟《白色鸟》中的最后那声"铜锣声"一样，不仅惊走了可爱的白色鸟，不仅揉碎了一白一黑两个少年的宁静之画，也打破了人与自然的和谐之美，让人回归现实，回归当下的沉重与梦中的伤痛。

马笑泉的这部小说很容易使人感受到作品冷冽后的美艳和美艳后的哀伤，前者类似张艺谋把陈源斌的《万家诉讼》变成《秋菊打官司》而进行的艺术再现，后者则如李煜词曲里十分常见的情绪流淌，这样的情绪伤感但不悲观，伤感是顿悟到生命长度的有限性，不悲观是对获得的对于生命宽度和深度有了新的认识所释放出来的达观。王国维在《人间词话》中称李煜具有释迦、基督情怀，可见是读懂了的。在《巫地传说》中，上峒梅山猎户行尊霍霍铜耀捉到老虎又把它放了；中峒梅山霍铜发捐棚放鸭，手持鸭梢朝天画圈，成百上千只鸭子便神奇地汇集拢来；下峒梅山霍铜顺打鱼摸虾，也有独特的本领，每次都能满载而归。文本营造出一种神秘气氛，让人看到了人与自然的融洽所张扬的生活之美。为了弘扬这种美，作者不时地运用民间传说中的"菩萨"形象来观照大家，如梅山武功的顶尖人物阮君武"持身严正，从不干欺凌弱小之事"，街坊"都喊他阮菩萨"；女知青杨红秀被造谣、中伤、污蔑、批斗之后，她对伤害过她的人"淡然一笑，说，我晓得，不怪你们"，被人称为"小观音菩萨"；铜耀捉到老虎又放了后，村里人也都"把他当菩萨看"。这种"菩萨"，不正是王国维所推崇的宗教情怀吗？表面上看，马笑泉写的是民间"潜历史"中的奇人奇事、风俗逸闻，他真正想表达的是追寻湘南那一片未被"文明"浸染或"典籍"过的蛮荒之地上自然生成的一种文化，这样的文化在20世纪80年代"寻根文学"热潮中曾有过昙花一现的璀璨，但后来被日重一日的商业因子所浸润、驱逐，直至消失得了无踪影。马笑泉在此要做的就是个体对于生命进行深度体验后的创造性表达，以及对日益消逝的那样一种文化的深情挽留与回望。如果没有"创造性"挑战，没有深情的回望，没有如宗教般纠结的文化情绪，再精彩的故事也只是一个故事。就像没有多少文化内涵的青瓷美人，再漂亮也不过是一只花瓶。

马笑泉很智慧地从西方写作范式中找到了审美的感觉支持，从他的文字中，我们很容易发现加缪式的荒诞、海勒式的黑色幽默、博尔赫斯的叙事狡黠、马尔克斯的魔幻现实，甚至有艾略特对于荒原的情愁和埃利蒂斯的对于美的哀伤。有了这种西式话语的文化背景和理性资源，加之作家的悟性、勤于思考、少年老成，他便能贴近自然形态，并从中提炼出一种优美、一种沉郁、一种苍凉与大气，形成一种与众不同的悲剧意识，正是这种悲剧意识发起使作品具有了崇高感和美感，给读者的心灵带来深深的撞击与震撼，从而实现了作者所追求的"依靠坚实有力的形而下细节，抵达深刻复杂的形而上世界"的审美初衷。

四、文本锚点：突破先锋与传统的藩篱

在《巫地传说》推出之前，马笑泉还出版了一部长篇小说《银行档案》，这注定会是一部另类的小说。

当一统天下的传统纯文学日薄西山，日益被边缘化，终于退守到自己的一隅休养生息时，也就有机会去思考一以贯之的经典化路线是否出现了裂缝，是否有必要给这个惰性极大的话语体系注入新的元素，是一直折磨文学审美与文学价值的重大难题。大盛于宋代的词被称为一代文学之经典，但它刚刚出现时，是被人哂之和鄙薄的。将我们今天的话语和评论标准放到彼时的语境中，就会认为只有李杜一样的诗才是纯文学，是正统文学，所以就有了"诗庄词媚"一说，而且当时的文人也大多把词视为旁门左道，自娱自乐罢了。然而，以后的文学史毋庸置疑地证明了词的文学价值，没有词这种新文体的勃兴，唐诗宋词的对举就成了独角戏。从这个意义上说，我们当下谈论文学的再发展、谈论需要新元素的注入，首先需要的就是突破旧有的文体观念。

马笑泉在创作上有自己的执着和追求。在《银行档案》中，他对自己的创作进行大胆的实践，把对旧有文体观念的突破点放在新闻写实的叙事上。长久以来，新闻的受众非常广，但一直被作为一次性阅读而存在，它是一种工具，把事情说明白就可以了，它不要求给读者空白和思维空间，更不讲究叙述的深入技巧。虚构、形象、意境，都是文学的事，文学是让读者既明白又不明白，而新闻则是让读者准确无误地明白。因为新闻是急就文章，没有经过写作者的深思熟虑，没有酝酿发酵，所以很难酿出好"酒"。可是，有追求的作家偏偏不信这个邪，海明威第一次在经典意义上填平了文学和新闻两者之间的鸿沟。海明威从事过新闻工作，主张"事实文学"，在谈到《老人与海》的写作时，海明威说："我想要读者对所读的东西觉得好像是亲身经历的一般，使他产生这样的印象，仿佛这是真实可信的。"[1] 因此，海明威不仅以

---

[1] [美]海明威. 海明威谈创作 [M]. 上海：三联书店，1985：93.

新闻通讯中的真实故事作为情节基础，而且对老人划船出海、捕鱼斗鲨的种种行为和心理活动的描写，乃至行业俗语的使用都做到了生动逼真、简明准确，富有强烈的现实主义艺术感染力，透视出一种独特的艺术美和深刻的启迪性。海明威的写作是大气的，海明威把八分之七部分裁下，只留下八分之一，就像海面上露出的冰山。马笑泉也是新闻记者，他似乎在有意识地借鉴海明威的写作经验，讲求语言的犀利、短捷，在叙述中寓含讽刺，形成了属于自己的幽默从容的现实主义风格。

马原曾经说过，小说家首先要会讲故事，小说不能靠讲故事而获得生命力，但不会讲故事无疑不可能成为有成就的小说家。就像说相声，表演者的目的是要让观众笑，而不是自己笑，你的任务就是讲故事。显然，马笑泉很会讲故事，但这并不意味着他在艺术上粗糙。这部小说中的对话非常精彩，很多对话的潜台词都意在言外，给读者留下充足的回味余地。例如，龙向阳从行长的位子上下来了，接替他的是王庆生，龙向阳向王庆生借钱，王庆生正在打电脑游戏，随手从铁皮柜里拿了五百元钱，龙向阳走后，"他才摇摇头，心想，做人，还是老实点好，不然连游戏都没得打喽"。王庆生的这句自言自语非常精彩，很能反映王庆生的性格特征：因循守旧、逆来顺受，做人的哲学就是"忍"。更为重要的是，它有潜台词在里边，只有领导才有资格在上班时随心所欲地打游戏，没游戏打了，潜在的意思就是当不成领导了。这个潜台词其实毋庸解读，是在阅读时略一思索而得出的会意微笑。马笑泉常常把潜台词的背后意思放在稍一思索的层次上，如果潜台词太深无疑加大了读者的阅读障碍；但如果没有适度的潜台词，语言就会直白、浅陋。

阅读是一种作者和读者之间的双向心理流程，如何把握这个"度"一直是小说家感到困惑的问题。能够相对恰当地处理这个问题，大概和马笑泉作为新闻记者的职业习惯有一定的逻辑关系，一如当年的海明威的新闻记者生涯对其文体风格的形成产生巨大影响。这大概也是马笑泉在文体边界突破方面做出的有效尝试。

善于思考的马笑泉有着与年龄不符的成熟和大气，青年人的情绪常常有不可遏制的冲击力，而且时有偏激，所以才有"愤青"的说法。《银行档案》明显地摆脱了情绪化，但讽刺的力度并没有因此而弱化，相反，有"不着一字,尽得风流"的审美韵味。无论是龙向阳,还是王庆生或者是其他编号,每个人的档案都以生动的形象记录着一个完整的过去、一段鲜活的历史,一个独一无二的生命存在。夏花之灿烂也好,秋叶之静美也好,在历史的长河里,都是普通的匆匆过客。世俗人物的众生将在这本档案里各自归位。这是马笑泉带给我们的发现和惊喜,这种惊喜也让我们对他的下一部作品有了更高的期待。

第三节 于怀岸:猫庄情结的生命意义

于怀岸是土生土长的农家子弟,本名董进良,1974年出生于湘西农村,高中辍学后南下广东,经历过农民、"打工仔"、流浪汉的底层磨炼,也担任过报社记者和文学编辑的白领职位。他从20世纪90年代初开始进行文学创作,2000年在《花城》发表了第一篇小说《断魂岭》之后,相继在全国其他重要刊物上发表了更多优秀的文学作品,如《一粒子弹有多重》《一座山有多高》《白夜》等,并出版长篇小说《猫庄史》《青年结》,中短篇小说集《远祭》,短篇小说集《想去南方》。于怀岸凭借其创作实力成为"文学湘军五少将"之一。

于怀岸受到文坛越来越多的关注,他的许多作品都与"猫庄"有关。通过对他的小说世界进行全景式分析发现:独特、浓厚的猫庄情结是贯穿在于怀岸文学作品中的一条重要的精神线索,也是我们解读他小说创作的一把钥匙。于怀岸的猫庄情结既是对千百年来乡土情结的继承,又是在新时代背景下对乡土情结的延伸。于怀岸不仅仅局限于让读者感受猫庄世界的悲欢喜乐、爱恨情仇,还敏锐地把握现实脉搏,鲜明地揭露出现实社会中存在的问题,从而赋予其作品丰富的现实意义。

一、本土视野中的猫庄世界

情结,字典解释为"心中的感情纠葛,深藏心底的感情"。心理学对情结的定义也是不尽相同的,其中弗洛伊德在吸收、采纳荣格的情结理论之后,所总结出的观点较具代表性,他认为:"情结是一种受意识压抑而持续在无意识中活动的,以本能冲动为核心的欲望。"[1]

乡土,是生命的摇篮,也是灵魂的归宿。每一位作家都对自己的故乡情有独钟,这种潜意识下对故乡出于本能的情愫,文学界更倾向于将之称为"乡土情结"。对于乡土情结,笔者认为只能对其做出具体的诠释,而不能为其下定义。因为随着时代的变迁和社会的发展,作家的文学创作中所展现出的乡土情结也在不断地衍变,在各个历史阶段会彰显出不同的精神内涵。

20世纪20—30年代,资本主义现代文明涌入中国,都市文明迅速发展。走在时代前沿的作家们往返于乡土与都市、传统与现代之间,敏锐地捕捉到传统乡土的落后与现代都市的先进,他们被迫在传统文化和现代文明的对立与冲突中做出艰难的选择[2],一方面哀叹传统乡村的落后,肯定都市文明的先进;另一方面又抵触都市文明对于传统农村的侵蚀与冲击,坚守着自己建构的温情故乡。前者的代表人物是鲁迅,他在自己搭建的"鲁镇"这一平台上,对农村的封建、落后深恶痛绝、极尽批判,充分挖掘农民身上的劣根性,试图以尖刀般的文字刺入农民愚昧的心脏,拯救那些身处水深火热之中的灵魂。然而后者的代表人物沈从文,却以清新的笔调为我们建构了一个优美神秘的湘西世界,诗情画意的描摹令读者在旖旎的山水风光中品味传统乡村中的真、善、美,让我们从中领略到人性的光辉,而其目的也不言自明,通过对传统乡村文化的固守来守护被现代化冲击的传统文明。

20世纪40—50年代是农民在中国共产党的带领下,走上彻底翻身道路的新时代。不同于鲁迅等人对于农民的悲悯与俯视,赵树理遵循现实主义创作原则,书写了大量歌颂新时代、新农民的文学作品,虽然其中也有对封建残余的暴露与揭示,但进步、积极的情感力量占据主导地位。这一时期,赵树理的乡土情结均是对中国新时代到来的热烈迎接与歌颂。

20世纪60—70年代,显流文学主要将目光集中在对无产阶级英雄人物的

---

[1] [瑞士]荣格.荣格性格哲学[M].李德荣,编译.北京:九州出版社,2003:26.
[2] 黄志刚.都市的乡土守望者[D].武汉:华中师范大学,2002:178.

歌赞上，乡土情结主要表现为上山下乡的知青对故乡的怀念；而70年代的中国台湾，社会政治局面不够稳定，乡土情结最为突出的表现是中国台湾作家对于回归祖国的期望与渴盼，其中最具代表性的文学作品是余光中的诗歌《乡愁》。

20世纪80—90年代，随着改革开放的迅速深入和社会经济的不断发展，现代文明对乡土文明产生了巨大的冲击力。80年代初期，文坛上掀起一股"寻根"热潮，寻根文学作家将创作的起点回归到自己的故乡，主张回归中国的传统文化，寻中华民族之根。这些作家站在传统乡土文化的立场上，对都市现代文明不断进行审视与判断。例如，贾平凹的乡土情结主要集中在对故乡的热爱与依恋上，这片故土是他的精神皈依，他认为现代文明打破了原本宁静祥和的乡村生活，因而他在自己构建的商州世界里，抵御着现代都市文明的冲击，坚守属于自己的精神家园。

于怀岸的猫庄情结既是对千百年来乡土情结的继承，又是在新时代背景下对乡土情结的延伸。一般来说，乡土情作为一个民族群体的文化积淀，是一种历经千年始终根植于生命当中的集体无意识，更是每一个生命个体永远无法摆脱的精神纠缠。故乡对于每个人而言，都是上天给予的珍贵馈赠，每个人在心中都珍藏着一块故乡，面对着生于斯、长于斯的故土，人们无法不热爱它、怀恋它。于怀岸与鲁迅、沈从文等作家一样，无论如何始终都抹不掉那浓厚的恋乡情结。

随着时空的推移，于怀岸的猫庄情结不仅仅局限于本能的对故乡的热爱，还是在新的时代背景下对乡土情结的内涵进行的延伸，从而使更为饱满的猫庄情结具有了丰富的现实意义。放眼当下，作为打工作家的于怀岸，其猫庄情结主要指的是在改革开放、经济发展这一新的时代背景下，作者对于故乡爱恨交加的一种情感体验。一方面，他恨自己的故乡，憎恨故乡强加在他生命中的难以摆脱的贫穷命运，贫穷命运也让无数挣扎在生存边缘的底层人民深陷于生活的苦难之中，因而读者在其文学作品中并未看到作者对于猫庄进行诗意的描摹和热情的歌颂。他渴望逃离这个令他嫌弃与憎恨的地方，渴望去往物质生活富足的大都市生活。然而另一方面，他又深爱着自己的故乡，当背井离乡的打工生活使他陷入城市文明的圈套之中，当他发现自己农民工的身份永远得不到城市人的认同之时，他又渴望回到自己淳朴的故乡。这种对故乡的怀恋与渴望，与对故乡本能的热爱是不同的，当故乡的子民远走他乡之后遭受到无法忍受的境遇而身心俱疲时，他们对故乡的爱恋更加深沉。打工作家对于故乡的情感是多元化的、复杂化的，但对于故乡的爱却像无法割舍的亲情一般，虽不会轻易察觉，却是永不磨灭的。对于身在异乡的子民，故乡依然是他们的精神支柱和灵魂归宿。于怀岸并不满足于对猫庄情结爱恨交织的简单书写，他还在创作中回归自我，站在历史发展的高度上进一步地充实猫庄情结，抒发了他对猫庄的歌赞与批判之情。

弗洛伊德认为，本我是与生俱来的，是人本能的根源和原动力。于怀岸在作品中自然而然地流露出对故乡猫庄风俗人情的赞美，是本我的具体表现。超我是人格结构中的管制者，是内在或者良知的道德判断，它要求人跳出本我的本能局限，追寻至高层次的价值与意义。于怀岸有关历史叙述的文学作品中流露出鲜明的政治痕迹，但他有意跳出了对政治意识形态的情感纠缠，而是从人的主体性出发，歌赞猫庄的平凡人物，肯定个体生命在历史叙述当中的意义及价值。自我是遵循现实从而对本我与超我的自动调节。于怀岸在作品中饱含了他对于真、善、美人性的追寻和对构建和谐乡村的希冀，然而崇高的理想总是被残酷的现实扼杀，于怀岸不得不在笔尖喷发出对底层人民愚昧无知和乡村专制集权的批判。

二、猫庄的地理表征与诗性想象

于怀岸的故乡是一个贫困山村，素有"西伯利亚"之称，只有一条乡级公路与县城相通，猫庄便是他真实故乡的化影。正如评论家田爱民所言，"猫庄是书面的湘西世界最具现实色彩的代表，是对人皆神往的世外桃源的嘲弄"[1]。于怀岸笔下的猫庄颠覆了读者原有的湘西印象，呈献给大家一个真实的湘西世界。

于怀岸在《青年结》的开头就对赵大春回家的不便进行了描述，"猫庄是县里一个边远偏僻小乡的自然村，每天只有一趟中巴车，从县城跑乡里，路

---

[1] 田爱民. 现实湘西与现代寓言［N］. 株洲日报，2015-06-24（B4）.

过猫庄"①。简单的几句话,便将猫庄地理位置的偏僻以及交通的不便概括出来。猫庄的闭塞严重阻碍了猫庄人民与外界的沟通与交流,使猫庄远远跟不上新时代的发展。此外,"天眼"的存在使猫庄即使在风调雨顺的年景也能被淹几十亩的上好水田,给猫庄人民带来直接的经济损失。而暴雨灾害更是给猫庄人民的困苦生活雪上加霜,正值稻子抽穗灌浆的季节,洪水却淹没了猫庄大部分人家的稻田,仅赵大春一家就损失了几千斤粮食,这对一个以务农为生的农民家庭来讲是致命的打击。天然的贫困以及常年的自然灾害,使得猫庄经济愈加惨淡,猫庄人民的生存之路步履维艰。他们渴望摆脱与生俱来的贫穷命运,渴望赚更多的钱改善家庭的贫困生活。新时代的打工热潮为他们提供了一条出路,猫庄人民向往大都市的富足生活,迫不及待地踏上南下的火车,如同《落雪坡》中的陈永高考落榜后,枪法很准的他等不及冬季的征兵,便背上背包坐上火车只身闯南方了。这种迫不及待的心情便是源于猫庄人民对故乡贫穷落后的憎恨,他们深知在闭塞的大山中苟且生活,永远都难以摆脱贫穷的噩梦,而走出猫庄南下闯荡有可能就是改变自己一生命运的良机。所以他们渴望逃离,迅速地逃离。

  为了生存不得不背井离乡,外出打工的猫庄人民,由于文化水平有限,不得不从事最劳累的体力工作。城市并非他们想象中的那么美好,那些肥头大耳、大腹便便的城市老板们,像资本家一样极力压榨他们的体力,却给予他们微薄的收入与待遇。此外,打工者虽然置身于大都市,但始终贴有"乡下人"标签,他们无法得到城市人的认同,走出了乡村却走不进城市的打工者,内心充满了孤独感与自卑感,灯红酒绿、琳琅满目的城市只能加剧他们心灵的落寞和慌张。身体的疲惫和心灵的创伤使得这些离乡多年的打工者们越发眷恋自己的故乡,也越发渴望回到那生养他们的地方。

  猫庄情结在于怀岸的小说创作中最直观的体现莫过于对故乡的记忆再现。小说《落雪坡》的主人公陈永多次在梦中呼喊着"落雪坡",梦中满是覆满白雪的故乡记忆。陈永年少时极力想要逃脱贫穷的故乡,毅然决定南下打工,然而从此命运扭转。故乡的生活固然贫苦,但也过得安然。不料陈永路见不

---

① 于怀岸. 青年结 [M]. 北京:金城出版社,2010:15.

平，为救刘红得罪了黑道人物，被酒店老板肖剑锋所救，被迫走上边境贩毒的不归路。这种担惊受怕的日子不仅让他在一次贩毒的过程中失去了自己最好的兄弟，而且几年来从没有睡过一次安稳觉。内心的恐惧与无奈让他越发想念自己的故乡，唯有这片纯净的乡土才是他精神解脱的最佳道路。回家的第一夜，他睡了几年来第一次香甜的觉，梦里没有赌场、没有海洛因，只有静谧与心安。在他最后被枪决倒下的那一刻，陈永的脑海里回旋的还是他的家乡落雪坡，"落雪坡到处都是白雪，连他家的屋顶也覆盖了厚厚的一层，白茫茫的，仿佛是在梦中，他看见了娘和妻子刘红"[①]。

猫庄的闭塞直接导致了猫庄人民的见识短浅。《猫庄史》中的族长赵天国为了保护猫庄人民的生存与安全殚精竭虑、穷尽一生，得到了大家的肯定与褒扬。然而随着社会时局的不断变动，赵天国的眼光并没有与时俱进，他的所思所想全都局限在这个小小的猫庄世界里。抗美援朝战争打响之后，赵天国的孙子赵大明和其他猫庄青年自愿参加了中国人民志愿军，赵天国并不知晓共产党是站在拥护广大老百姓的立场之上的，愚昧地认为共产党如清朝政府和国民政府一般在征壮丁。为了恪守赵氏种族不投军吃粮的祖训，也为了保存赵氏家族的血脉，他向武平下跪，求武平放过猫庄人民，武平很不高兴地让他起来，告诉他共产党不搞这一套。当年猫庄为抵御外侵修建了石屋，然而阴冷潮湿的居住环境导致猫庄人民的身体素质极差。当赵天国得知石屋被炸毁，政府为猫庄人民重新建房时，他号啕大哭起来，认为共产党毁灭了他一生的心血。赵天国的思想落后来自他多年与世隔绝的封闭生活，他的愚昧引起了猫庄青年的不满与反抗，赵天国最终在时代的脚步中消逝。

猫庄的贫穷使得猫庄人民缺少经济来源，没能接受良好的教育，进一步加剧了他们的愚昧落后。《青年结》中的猫庄人民受尽基层官员的欺负，如烟站站长王有德为了中饱私囊，私自收黑烟却用压烟农们烟的等级来调整；用过期烤烟专用肥高价抵消烟农们的烤烟收入；乡级干部私吞猫庄人民的返回金；等等。猫庄人民对这些压榨行为心知肚明，却始终安于现状，不懂得维权与抗争。他们顶多私下议论一下这些事，骂骂当官的心肠太黑，却没有一

---

① 于怀岸. 想去南方[M]. 北京：中国社会出版社，2009：85.

个人像赵大春那样激愤,用实质性的行为去反抗压迫,维护自己应得的权利。原因不言自明,猫庄人民受教育水平低,没有赵大春的思想觉悟高。赵大春哀其不幸、怒其不争,主动承担起维护猫庄人民权益的责任,然而他费尽周折写的《告全乡烟农书》并未在猫庄农民之间形成广泛的舆论支持,因为他们只想安分守己地过好自家生活,不想卷入官斗的旋涡。

《屋里有个洞》描写了一对贫困夫妻生了五个女儿之后,依然坚持生儿子以传宗接代的愚昧思想,这不仅使他们的生活陷入极度的贫困中,还要每天过着担惊受怕的日子。每次乡政府做计划生育工作的人去他家检查,夫妻俩就躲进屋里。最后外出打工的大丫去乡政府揭发了自己的父母,从而结束了家庭的苦难。如果不是大丫指出父母藏身的窑洞,他们家的痛苦就会像个无底深渊一样始终折磨着他们。

于怀岸在这些作品中对农民的愚昧极尽描写,字里行间流露出对他们的哀叹与愤慨之情。这样一个落后的故乡,这样一群愚昧的农民,使得他近乡情怯,"怯"不是害怕见到故乡久违的亲人,而是担心自己现在的故乡还是一如既往的愚昧、落后,担心自己满怀希望回归,故乡却再次让他深深地失望。

于怀岸在小说创作当中流露出对猫庄人民本质的赞美。如在《青年结》中描写猫庄村民在陈晓康家聚集打牌的场景,"看牌的人永远比打牌的人多。许多看牌的,甚至从打牌人的手里抢着出牌,也没有一个人为此生气,依然一团和气"①。猫庄人民日常生活中的普通场景折射出邻里之间的和谐友爱,这种乡情是于怀岸内心永远无法割舍的温暖存在。《猫庄史》中,留学美国的赵长林回乡探亲,在离开的清晨,他发现寨墙口站满了密密麻麻为他送行的族人们,赵长林内心充满了感动,他不知道族人们何时来的,更不知道他们在这里等了多久,他双膝跪地,唯有如此才能表达他对猫庄人民浓厚的爱意与感激。再如在《落雪坡》中,于怀岸多次对乡民的善良、淳朴进行描写,与城市中的黑道大哥形成鲜明对比,更加反衬出陈永对于回归故乡的精神渴望。陈永和刘红未婚先孕,按规定领结婚证必须先交一千元至三千元的罚款。陈永心想只要能领到结婚证,两千元,甚至三千元都不是问题,然而婚育办

---

① 于怀岸. 青年结 [M]. 北京:金城出版社,2010:204.

的老大爷觉得年轻的陈永在外打工赚钱也不容易，只罚了最低额度一千元。陈永为老大爷的善意理解所感动，这就是他故乡的人民，和蔼可亲，从不像城里人一样时时处处想着为难对方。刘红和陈永结婚的时候，乡民们不仅送来结婚礼金，一些妇女还带来母鸡和鸡蛋，给刘红日后坐月子用。他们不会议论刘红来自哪里，为何没结婚就已经怀孕，而是见面就先跟刘红拉近亲戚关系，告诉她今后和他们就是一家人了。这些简单温暖的话语在人心复杂的城市是多么奢侈，令常年在外受尽城市人歧视的刘红无比感动。

在对猫庄人民的歌赞上，于怀岸并不局限于抒发猫庄人民本能的赞美与热爱，同时他以超我的思想境界，跳出了对政治意识形态的情感纠缠，从人的主体性出发，歌赞了猫庄的平凡人物，肯定个体生命在历史叙述当中的意义及价值。

而在《一座山有多高》中，于怀岸描写了一个土匪抗战的英雄事迹，以此表达出对逝去祖先的缅怀。父亲虽然出身于土匪世家，却生得一颗打鬼子的心，在家乡面临民族危难的时刻，毅然决然参军抗日。父亲带领的"128"师怀着不怕死的伟大精神，用几杆破枪坚守了七天七夜，最终由于得不到外援、迫于日军枪火的威力，只得回到故乡，重新揭竿而起。五年之后，父亲带领猫庄青壮男儿打退了日军两次大规模冲锋，粉碎了鬼子占领阮州的诡计，他们几乎全部埋骨他乡，父亲在回归故乡后遭到乡亲们的怨恨，最终在全村面前被国民政府枪决，父亲死后不仅没资格享受好棺材，没人帮忙抬棺，更没能入冢刻有"民族英雄"墓碑的坟墓。父亲的故事是可悲的，但又是发人深省的，若不是国民政府的胆怯与腐败，怎会无父亲的用武之地？父亲又怎会背负骂名，不能成为一个真正的民族英雄？虽然在作品中于怀岸以父亲的尸体最终滑下山坡为结尾，但表面叙述的冷峻难以遮掩他内心对父亲英雄形象的认知与肯定。

与此类似的人物形象还有《一粒子弹有多重》中的外公。外公曾经是一名军人，在战场上被宋副官挡住子弹幸存于世。然而，外公内心的军人情结使他难以忘怀战场上逝去的兄弟们，他坚定地认为军人就应该战死沙场、马革裹尸、魂归故里，而不是在太平年代苟活于世。外公在猫庄的宁静生活让他内心感到无比憋闷与屈辱，他"把这粒子弹拿在手里反复不停地掂量，让它在他的掌心里不停地颠簸和舞蹈"①,然而始终难以为子弹的重量做出诠释。原因不言自明,子弹并非子弹,而是军人生命另一种意义的言说,死去兄弟们的生命岂能衡量出重量?最终外公采用自杀的方式结束了"本以安生"的生活以及"平静安享"的生命,因为这种死法合乎他的心愿——不仅要以一种英勇的方式死亡,更是要在沉痛的反思中死去。用子弹结束自己的性命是对"军人"二字的最好诠释,即使不能战死沙场,也要以一种英雄的姿态潇洒离去。

于怀岸对于故乡充满了热爱与眷恋,但猫庄种种的违法迹象破坏了他对于理想农村的心理期待,使他不得不用批判的眼光审视猫庄中根深蒂固的专制思想,揭露、唤醒那些灵魂沉睡的猫庄人民。

正如英国历史学家阿克顿所言:"权力导致腐败。绝对的权力导致绝对的腐败。"在《猫庄的秘密》一文中,赵成贵作为猫庄的村主任,是权力的掌管者;同时,他又是一个"卵讨嫌"的家伙,是欲望的驱使者。正是因为他掌握着猫庄炙手可热的行政大权,才可以"借机行事"——肆无忌惮地对猫庄的女人发泄他卑鄙可耻的兽欲,这些受害女人的代表就是"活寡妇"张金花。张金花水性杨花,乱搞男女关系,猫庄人人皆知,然而此时她为什么转变成受害者的身份了呢?因为张金花并非自愿屈从赵成贵的兽欲,而是为了孤儿寡母的生活,为了拿到赵成贵手中掌握的几百元的救济款、补助金,才不得不违背自己的心意。而且她自知以自己的身份不能扳倒赵成贵,因此她只得采用一种非常手段——宁愿同其他男人搞,也不和他搞,目的就是把赵成贵从"村长"这个高高在上的位子上拉到底层,以获取心理上的满足。这实质上是女性意识尚未觉醒的畸形表现,然而在猫庄当生存都成问题的时候,受教育程度不高、道德感较弱的农民只会将礼义廉耻抛到脑后。最后"猫庄的原义"——偷情、通奸、乱伦,与"猫庄的秘密"不谋而合,从而揭示出"猫庄"原来就是权欲结合的一潭深水。赵成贵作为村主任,在猫庄这个天高皇帝远的闭塞之地可以只手遮天,他手中的绝对权力是猫庄人民受迫害的直接原因。

① 于怀岸. 一粒子弹有多重[J]. 上海文学, 2007 (01): 86.

另一篇小说《1976年的蛤蟆症》为我们展现出一个老婆婆的家长权威。她倚仗着子孙在猫庄的权势，在猫庄人面前始终盛气凌人。即使在家里，她只对自己作为大队支书的大儿子说话客气一些，对其他人都用训斥的语气说话，没有人敢顶撞她。她的孙女赵小娥只有十三岁，突如其来的肚子疼让老婆婆发现原来孙女即将生产，她亲手接生了这个"孽种"，为了维护家族的尊严，又亲手杀死了这个婴儿。小说对老婆婆动手杀死婴儿的过程进行了详细的描写："老婆婆把一只手掌朝孩子的脸上蒙去，孩子的哭声立即就断了，手脚乱摇""老婆婆干枯得像千年老树藤似的手臂上的青筋鼓得老高的，看来她是用了最大力气蒙小孩的嘴脸的，难怪小孩只几秒钟就动弹不了了"。[1] 于怀岸对老婆婆手的形状及其动作刻画得淋漓尽致，影像般具体的场景将家长专制呈现得如此透彻。老婆婆的家长专制使得她丧失了人的本性和理智，最终杀人就如同杀死一只家禽一样。于怀岸在对老婆婆的人性缺失极力批判的同时，也对其他人的"不抵抗政策"大加披露。在贫穷落后的猫庄，家长专制的思想很难被冲刷，主要源于人们长期以来的逆来顺受。即使赵小娥的母亲王菊花惶恐地意识到被杀死的婴儿也是一条人命，面对老婆婆的家长权威她也只是顺从，丝毫不敢反抗。这无疑助长了老婆婆在整个家族的嚣张气焰，家长专制的蔓延依旧会继续毒害人们的思想和行为。

三、书写猫庄的文学价值

内涵丰富的猫庄情结在于怀岸的小说创作中贯彻始终，他的作品为我们展现了猫庄乡村生活的真实图景，弥漫在乡村生活各个角落的经济压力以及无处不在的政治专制，对那些老实本分的农村老百姓形成了各种有形与无形的钳制，包括"应有的人格尊严、接受教育的权利和农村脱贫奔富的夙愿"[2]。从这深厚与饱满的情感中我们感受到作者对于猫庄人民的同情与悲悯、肯定与关怀。然而于怀岸不仅仅局限于让读者感受其悲欢喜乐、爱恨情仇，还敏锐地把握住现实的脉搏，鲜明地揭露出现实社会中存在的问题，从而赋

---

[1] 于怀岸. 想去南方 [M]. 北京：中国社会出版社，2009：197.
[2] 胡磊. 乡村不能承受之重 [N]. 南方周末，2001-06-17（8）.

予其作品丰富的现实意义。

于怀岸的文学创作不仅仅反映打工者日常生活的无奈与挣扎，还深入打工者的灵魂深处，剖析他们的精神困境，字里行间涤荡着对于打工者的人文关怀。正如厦门大学中文系副教授李晓林在评论中所说："生而是人，应该有作为人的尊严。可是生活中，往往体验着被迫做狗的屈辱。许多人选择了做狗，对上摇尾乞怜，对下颐指气使。拒绝做狗，则处处碰壁，甚至被剥夺生命。"①

在小说《骨头的诱惑》中，于怀岸描述了一个美味与尊严的拉锯战的故事。三个同乡都在一家工资待遇较高的鞋厂打工，但这里的伙食比乡下的猪食还差。主人公江小江发现，唯一吸引大家的伙食就是那锅骨头汤，每次吃饭时他们就像狗一样去抢夺骨头，他庆幸自己在美味与尊严之间选择了后者。直至他的好友张小平为了一块骨头跟别人大打出手，他们两个被开除，他才了解真相。张小平在广州丢了钱包，是一个陌生的同乡女孩慷慨解囊帮助了张小平。当张小平看到瘦弱的女孩食用如此差的伙食时，决心留下来为她抢骨头，帮助她维持生存。他们的精神困苦不仅仅来源于工作上的巨大压力，更是来自人性、尊严被压抑的苦闷与愤懑。卑贱的身份与地位令他们无能为力，出于生存之需，他们被迫选择承受精神上的困苦，压抑自己的心灵。打工者的重情与城市人的无情形成鲜明对比，在城市生存的边缘，他们惺惺相惜，江小江对骨头的不屑一顾是对人性尊严的坚守；而张小平为了照顾刘燕被迫跟众人一起抢骨头，这种为了他人自愿放弃自尊的行为显得更加高尚与伟大。

《青年结》中也有把打工者当作狗的情景描写。作为保安的赵大春为了保护工厂财产，捉贼时奋不顾身，受到林总的褒奖，被提拔到林总别墅当保安。当他为自己可以拿到双倍工资而暗自窃喜时，林总却在内心把他比作一条忠实的猎狗，"只要你肯给他丢骨头，他就能为你拼上性命"②。当赵大春逐渐意识到这栋别墅是林总玩弄女人的临时住所，而自己只是林总的一条忠实的

---

① 李晓林. 青春之结 [M]. 北京：中国青年出版社，2013：92.
② 于怀岸. 青年结 [M]. 北京：金城出版社，2010：137.

看家狗时，他感觉异常羞辱与气愤。最终他在林总玩弄贾春燕的时候，将贾春燕的爹放进别墅，并借此契机脱下身上的保安装，大声地反抗："我不是你家的狗。我是一个人，你他妈的林志豪才不是人。"① 艰难的生存状态让赵大春并不介意自己在城市吃的苦、受的累，然而却无法忍受别人肆意践踏他高傲的人格与尊严。于怀岸不局限于刻画打工者苦难生活的表象，而是着重揭露他们的精神困境，深度挖掘他们人性中的崇高品质，为我们呈现出这些打工者艰难生存状态背后的真、善、美。这种感同身受的文学创作为打工者在精神上提供了鼓励和支持，同时也抚慰了他们的心灵，帮助他们走出困境，对生活重拾信念与希望。

在这些充满悲情的乡土文学作品中，我们看到的是血与泪的泣诉，处处萦绕的苦难沉重地撞击着我们的心头，压迫着我们的神经。然而，苦难的背后是以对正义与理想、人性与良知的拷问为支撑的。于怀岸描述的底层民众被压榨的事件数不胜数，每读一遍，读者内心就会越发悲痛与气愤。然而作者创作的主要目的并不是揭露黑暗、控诉现实、发泄悲愤，而是在这个道德逐渐沦丧的时代拷问着人们的心灵，重新大声呼唤正义与理想、人性与良知的回归。

小说《远祭》中的主人公是一个智障者，叫二百六，他为了挣钱，来到繁华的大都市广州打工。他的弟弟想进事业单位工作，急需三千元钱，这让二百六愁眉不展。四川仔最先给二百六想的主意是叫他偷皮料，二百六憨厚而又认真地拒绝了这个建议，他说："你日弄人呀，我不能偷。偷东西的事我老娘不准我干。"② 最终他选择用自残的方式，获得了一万多元的赔偿金。二百六虽然穷困，是一个智障者，但他依然坚守道德与良知的底线，这是对无数财迷心窍的现代人的嘲笑与讽刺，也让无数权钱交易者汗颜。

在《青年结》中，作者通过刻画赵大春与命运的一次次抗争，警示沉沦的众人。当赵大春的烟被踢到水里的那一刻，他并未忍气吞声，而是一下子扑上去暴打王有德；当他在林总的私人别墅拿着比普通保安多一倍的工资当

---

① 于怀岸. 青年结 [M]. 北京：金城出版社，2010：152.
② 于怀岸. 远祭 [M]. 北京：文化艺术出版社，2005：46.

保安时,他发现林总会在别墅里糟蹋不同的女人,即使丢掉令其他人艳羡的工作,他也不愿意再给林总看门了。当他在工厂打工右手被绞进机器时,无人为他打抱不平,无奈之下他只得自己手刃了无良老板,并携三万元现金逃回老家。当他看到村干部鱼肉百姓时,决心拿出自己携带的三万元钱去竞选村主任,来维护广大村民的正当权益。虽然他最终为村民要来了被私吞的钱,并为民所用打通了天眼、治理了水患,却也牵出杀人之祸,他被逼无奈从派出所出逃,还开枪打死了王有道,他以自杀的壮烈方式结束了自己绝望的青春。

于怀岸赋予了赵大春善良、正义的优秀人格,但在经历各种各样的不公之后,无情的社会和泯灭的人性残忍地扼杀了他淳朴的抱负以及骄傲的尊严,对正义和理想的固守,对人性与良知的坚持,让这位勇士选择以极端、绝望的方式完成自我救赎。一个赵大春倒下去,会有千万个有同样抱负的有志青年重新扛起构建和谐乡村的这面大旗。作者的根本目的不是引导读者停留在"报复"层面,而是期盼农村的有志青年能够像赵大春一样树立远大的"抱负",坚守正义与良知,为底层人民生活的改善奉献出自己最大的力量,这也是《青年结》创作的精神归宿和价值所在。

20世纪初随着西方人文主义思潮传入中国,中国文人也逐渐把人作为一个独立的主体,不断探索个人生命的价值与意义。郁达夫说过,"五四运动的最大成功,第一要算'个人'的发现"[1]。这里的个人不是对那些功成名就的杰出人物的指称,而是指向每一个存在于这个世界上的平凡生命。千百年来众人的眼光总是被牵引到集体利益或者有功之人身上,往往忽略了那些平凡普通的芸芸众生。李大钊曾为这些平凡普通的人群辩驳,"我们要晓得一切过去的历史,都是靠我们本身具有的人才创造出来的,不是哪个伟人圣人给我们造的,亦不是上帝赐予我们,将来的历史亦还是如此"[2]。

于怀岸在小说创作中自觉地继承了这一点。他有意摆脱了意识形态的束缚,从人的主体性出发,强调人的尊严,不断地对个体的生命意义进行追索

---

[1] 郁达夫,编著. 中国新文学大系[M]. 上海:良友印刷图书公司,1935:141.
[2] 中共党史人物研究室. 中共党史人物传[M]. 西安:陕西人民出版社,1981:50.

与探寻。在《一粒子弹有多重》《一座山有多高》这些文本中，笔者认为作者在塑造猫庄这些普通人民的形象时，着重突出他们英雄形象的个性特征。作者怀揣对猫庄历史人物的敬畏与怀念，跳出对残酷战争进行政治评论的怪圈，只是单纯叙述了平凡人物的英雄故事，着重关心人的命运以及个体生命价值等问题。安度晚年的平静生活无法激起外公内心的涟漪，以英雄的方式死去，结束这种"赖活着"的生存状态反而合乎他的心愿。外公用一粒子弹结束自己的生命，其实是通过这种方式拯救自己的内在世界，追寻自身生命的意义。被国民政府处死的父亲，被当时主流社会边缘化，而他的一举一动完全可以担当起"民族英雄"这个称号。父亲的视死如归，此时仿佛成为一个符号，代表着湘西所有被历史湮没的抗日英雄们。几十年前被主流社会疏离、否认的他们，以及他们那些被意识形态消解的历史功绩，会在今天重新得到认可，于怀岸创作的目的也在于为这些平凡的英雄们在历史长河中正名。

  作者在歌赞这些英雄人物的同时，又饱含着对他们深切的悲悯，还有对其苦难人生的叹息。承受苦难的并不只是那些受伤害的个体，而是每一个用心灵触摸到苦难的人。于怀岸对苦难的记忆和揭示，也是一种对创伤的安慰和对人性的追寻。他用一个个用血泪筑成的故事，让我们重新看到了在苦难重压下人性的尊严。战争是不人道的，但作者在创作过程中尽量在这种不人道的战争夹缝里营造出一种人性化的意蕴，从而使其文学作品散发出浓浓的人文关怀。《青年结》中的赵大春便是由于贫穷被迫放弃上大学的鲜活例子，他以全县理科第一名的好成绩考取了名校北京理工大学，但天灾加上人祸切断了家庭的经济来源。为了让妹妹继续接受教育，赵大春放弃了继续读书，选择外出打工为妹妹赚取学费和生活费。于怀岸对赵大春被迫辍学、南下打工的难过、苦闷心理，全部在赵大春乘坐去往广州的火车上展现出来。他始终认为自己是去北京读书，而不是去广州打工。他将录取通知书紧紧地贴在胸口，不肯拿开。与他命运类似的便是陈晓康。贫穷的命运埋没了两个人才，这不仅是个人的损失，更是国家的损失。此外，猫庄官员的贪污腐败直接导致了对青少年教育投资的不足。赵大春能清楚地意识到教育对于改变命运的重要性，所以在后来竞选村主任时，他主动拿出五千元钱为猫庄的孩子们修缮村小学，给孩子们创造良好的学习环境。

第八章 "文学湘军五少将":地域经验的价值原点

然而,农村青少年的思想觉悟大多不及赵大春,价值观的偏离使他们自动放弃上学的机会。他们中有的人把上学接受教育当作一种负担,例如,《白夜》中的"黄鳝"看到"泥鳅"在废旧仓库的自在生活,感觉"那里肯定比小镇上的中学学生宿舍自由、舒适一千倍以上"[①],所以到了开学的时候他自动放弃了受教育的机会,而是选择和"泥鳅"偷鸡摸狗、混迹猫庄;再比如,《青年结》中大春娘妹妹家的孩子,因为读书差早早退学,嚷嚷着要去打工;等等。于怀岸并未将阻碍农村青少年上学的缘由一一展现,但通过以上分析不难发现,农村青少年由于内外因的综合作用已经陷入了"受教育难"的困境。农村青少年受教育水平低直接导致了他们的愚昧落后,而愚昧落后就会限制农村的发展脚步,这样循环往复,偏僻的猫庄将无发展可言,而猫庄的青少年也无出头之日。

于怀岸对于故乡猫庄寄予了自己深厚而丰富的情感,猫庄情结使其作品形成了独具一格的乡村题材和富有个性的文学特色,超越了一般意义上"田园牧歌"式的文学作品。相比于沈从文笔下的"边城",于怀岸建构的"猫庄"弥漫着苦难与悲凄,他用尖锐的笔触书写了猫庄人民的悲剧命运,揭示了底层人民挣扎生存的苦难状态,那些饱含血与泪的文字发人深省,"这是这个时代很多轻飘飘、无病呻吟、自艾自恋的文字所无法比拟的"[②]。在这一点上,于怀岸与田耳不谋而合,他们都在轻灵魂的时代里写出了人性的重量,而不似沈从文般回避现实,遁入精神的田园中寻找安慰。虽然作者常常称自己只是个农民,但他的意识胸怀却远远超越了一个普通农民的思想境界。他的创作目的并不只是对猫庄苦难的书写和宣泄,而是以另一种视角重新审视湘西,重拾道德良知,追寻理想与正义。这些小说创作流露出作者对猫庄底层人民深厚的悲悯情怀,绽放出人性的花朵与理想的光芒。余华曾经说过:"随着时间的推移,我内心的愤怒渐渐平息,我开始意识到一位真正的作家所寻找的是真理,是一种排斥道德判断的真理,作家的使命不是发泄,不是控诉或者揭露,他应该向人们展示崇高,这里所说的崇高不是那种单纯的美好,

---

① 于怀岸. 白夜 [J]. 芙蓉, 2007 (01).
② 谢宗玉. 兄弟于怀岸和他的打工文字 [J]. 厦门文学, 2012 (04): 62.

而是对一切事物理解之后的超然,对善和恶一视同仁,用同情的眼光看待世界。"① 于怀岸来势不错,风头正健,相信他会在未来的小说创作中体味出余华推崇的这种"超然",给读者呈现出更多优秀的文学作品抚慰心灵,照亮人生。

第四节　沈念:女性悲剧的文化镜像

沈念的小说有着时代的烙印和日常生活的痕迹,他对生活中的细微事物与情感世界都有着敏锐的感受。沈念曾是一家大型国有企业附属子弟学校的教师,现供职于媒体,他对于底层弱者的生存状况深有体会,他立志要用自己的笔来关注生活、摹状生活、参与生活,他用民间视角看待生活现实,注重表达底层社会的生活面貌,对底层生活有着内省式的观察,表现出小人物生活的无奈和困窘。而在这些小人物中,女性悲剧形象的塑造尤其给人强烈的震撼力。

一、女性形象的塑造与作者的悲悯情怀

在小说《断指》中,主人公沈练的朋友剽记是南城晚报社的主任,是一个玩女人的高手,听说他看中的女记者、女实习生几乎没有逃出手心的,陆凡一开始就因为没有顺从他而没有通过实习。在沈练和陆凡的相处中,沈练发现她是一个拘谨害羞、有原则的女生,而沈练也因为她脖子侧的一颗暗红色的痣把她当成自己的妹妹看待,因为这和沈练不到八岁就被溺死的妹妹相似。可陆凡终没有逃出剽记的魔掌,她放弃了自己一直坚持的原则,最终从一个反抗者变成了妥协者,而她当初的坚守也进一步反衬出最后坚守坍塌时的悲哀。在陆凡失踪的那几个月里,作者并没有交代她身上发生了什么,读

---

① 余华. 我能否相信自己 [M]. 北京:人民日报出版社,1998:112.

者甚至可以为陆凡的这种转变找到各种能够让自己心安的理由，诸如，父母病重、急需用钱、遭遇重大变故之类的，但实际上读者仍能够预感陆凡命运的走向，因为这不仅仅是一个人的悲剧，而是社会的常态，在这个物欲横流的社会里，像陆凡这样丢弃原则、出卖自己的女性或许并不在少数。在沈念的笔下，这是唯一能符合现实的结局。

在《不散的筵席》中，桃花是一个很讨男人喜欢的漂亮女人，颇有心计。桃花有很多钱可以让她挥霍，还开着大奔，据说她曾经拥有不下五处房产，均是被她征服的男人送的，但这些房子的产权其实并不属于她。表面上她有着一大帮男性好友，经常一起吃饭喝酒，这些男人轮流陪她睡觉，但其实没有一个人看得起她，都认为她是个"滥货"。后来桃花资金周转困难，所有的人都撒手不管，而曾经作为桃花酒桌上好朋友之一的"我"，也为了偿还广告费的欠款让她委身于好色的领导。所有的浮华都只是一个虚假的表象，筵席背后是深深的落寞和空虚，以及人性的阴暗。最后，桃花一个人孤零零地离开了这座城市。

沈念在塑造这类主动堕落的女性形象时，其实并没有对其进行道德评价，相反，却寄予了某种同情。堕落，或许只是社会观念赋予女性的品质，但实际上却是某种形式的抗争，如桃花这类人物，在利用了男性的同时，也确实曾在某段时间获得了只属于男性的名望与金钱，她成了某种意义上的强者，突破了现实中的种种困境。相比桃花来说，作者讽刺的对象其实是那群男人，桃花每天流连在这些搞艺术的男人之中，色诱他们，但是某些人却以"人格保证绝对与桃花没有过实质性的身体关系"，而桃花也骂他们是群有色心、没色胆的废物。在这里，这些衣冠楚楚的知识分子的面目被暴露出来，他们精神上的虚伪、孱弱，反映在他们肉体的不诚实上，在紧要关头抛弃了桃花，只当看客，他们相比之下桃花反而算是最为真实的那一个，她名声上的"滥"与她坦诚的个性形成了巨大反差，这不禁让人感叹，鲁迅先生的传统在当今依然存在，只不过换了一种面目，以男女间的欲望角斗体现出来。桃花是典型的女权斗士，但无论她如何抗争，终究还是失败了，不仅仅是因为她身边都是自私的看客，也是因为她利用的抗争方式本质上还是以男权为中心的。在种种权与色或者钱与色的交换中，女性所利用的"色"从某种程度上来说必须依附于男性的欲望，"色"的有效性也建立在男性评价体系上，女性将自己物化，"塑造成在人格市场上能卖到上好价钱的商品"①，一旦脱离了这种评价体系，脱离了交易的市场，或者说，一旦男性权威受到挑战，交易主体制定的游戏规则也会因此改变。这大概也是沈念笔下的女人尽管美丽得令人难忘，却始终会陷入悲剧的原因，这些女性缺乏自身独立的价值评判体系，只知利用自身价值，却不知如何创造价值。在这里，沈念其实用男性的视角提出了一个女性主义的经典问题——男性对女性的消费问题。

比较集中地探讨这个问题的文本是《一个摄影师的死亡》。在这篇小说中，沈念也一贯地以男性视角来描述女性。故事的主人公叫陈驰，是容城一位普通的摄影师，他的朋友周伟要回来办一场"容城小姐"选美大赛，委托他来为选美参赛者拍照。叶诗凡是参赛者之一，她也是周伟曾经的女友，为了通过潜规则上位，她与陈驰发生了关系。就这样她进入了"八强"，可在决赛关头，人们发现周伟不过是个骗子——周伟带着赞助费和"八强"小姐们跑了，周伟回到中国香港继续"拉皮条"，而这些容城小姐们的命运可想而知。

这样一个故事，既是消费时代的悲剧，但仔细想来也不只是一个悲剧。具有美丽外表和野心的叶诗凡无疑是这场骗局的受害者，但从某种意义上来说，最后她获得了自己想要的生活——傍上"大款"。且不论这种目的的实现是通过正常合法的手段——选美比赛，还是违法的、龌龊的手段——卖淫，其结果并无不同。"明规则"与"潜规则"的差别只在于利用规则的人如何去看待，叶诗凡深谙这一点，虽然作品中并没有描述叶诗凡的心理活动，但是通过她与陈驰交往的表现以及对周伟的熟悉程度来看，她可能一早就知道获胜者需要付出什么样的代价。在影射现实方面，沈念确实做到了不露声色，他让读者在同情叶诗凡的同时，也有一种芒刺在背的感觉，读者细想之下一旦发现叶诗凡其实并不是受害者，很容易就会产生某种对现实荒诞的悲叹，作品的深度也在这个时候开始体现。

被消费，并不是这个时代赋予女性的唯一命运，却是大部分面对现实走

---

① [美] 埃里希·弗洛姆. 寻找自我 [M]. 陈学明，译. 北京：工人出版社，1988：176.

投无路的女性们唯一可以选择的命运。如前文所说，这是唯一能符合现实的结局。在叶诗凡身上，我们看到了更多的复杂性：她美丽却并不单纯，她敢于为了改变自己的命运而奋斗，其实在参加选美比赛之前，她并不是穷困潦倒、生无所恋的，为了选美比赛这一件毫无必要之事，她显露出了女性的虚荣和野心。这一点与许多"被迫"走上歧途的女性都不同，她也让我们想起了张爱玲笔下或者王安忆笔下的那些葛薇龙、王琦瑶们。在对于女性夹杂着爱情、虚荣和利益驱使的幽微的心理描写上，沈念显然力有不逮，没有塑造出一个经典人物，但是叶诗凡的形象也因此显得更为真实和具有时代性，正是因为她的平凡和复杂，折射出了这个时代大部分女性阴暗和无奈的内心——被金钱腐蚀过，而又不甘于平庸。沈念对于时代特点的把握是非常精准的，他既对笔下的这些女性抱有同情，又写出了她们不值得同情的一面，以及她们根本就不用别人来同情的初衷。

相对于叶诗凡这一类女性而言，沈念笔下还有另一类女性，能够反映出卑污现实之下深埋的理想人性，也是作者追求的某种精神闪光。假如缺少了这类形象的衬托，沈念可能只是一个普通的现实主义者，但是在现实之外，他也有灵魂的家园，同前文中提到的田耳、马笑泉、于怀岸一般，沈念也为自己塑造出一种理想的灵魂。如果说田耳的理想是对生活的悲悯，马笑泉的理想是对民族精神的坚守，于怀岸的理想是对乡土的回望，那么，沈念的理想是在爱情中予以展现的，他在两性关系中纵深发掘出人性本真的善与美，通过赋予女性美的灵魂来到达现实的彼岸。

在小说《加速度》中，沈念就创作出这样的理想形象，这是一对孪生姐妹：艾镜和艾小羽。初一时，艾小羽闹着要父母带自己去街上买花裙子，结果路上遇到车祸，爸爸为了保护小羽而不幸身亡，妈妈很快被爱上她的日本男人接到日本治疗，再也没有回来过。小羽受到刺激，自责是自己给家庭带来了灾难，患上了孤独症，艾镜为了给妹妹赚钱治病，一边给人弹钢琴，一边干着KTV"小姐"的工作。而男主人公陈肯通过网络与艾镜结识，他让好兄弟刘年代替他去与艾镜约会，两人错过一段缘分。在他们熟识后，艾镜和小羽同时爱上了陈肯，但出于朋友妻不可欺的观念，陈肯一直与艾镜保持距离，并且爱上了小羽。小羽的楚楚可怜与温柔可爱激发了他心中保护弱者的欲望,但陈肯对于乐观坚强的艾镜又有另一种好感。陈肯最终决定和艾镜一起带着小羽去上海治病,但在艾镜做告别演奏的那天晚上,艾镜不幸被一辆疾驰而来的摩托车撞飞身亡。

艾镜与小羽,在故事中代表着两种不同的性格类型:一种天真而又柔弱,一种乐观而又坚强。我们无从判断沈念是不是受到了村上春树的影响,但是通过简单的对比,我们会发现《加速度》与《挪威的森林》有相似的精神内涵。艾镜对应着绿子,而小羽对应着直子,她们是美的两面,互相弥补和融合,却最终走向虚无。从这个方面来看,沈念的小说尽管有模仿的成分,但实现了一种美学上的探索,他试图通过这种世俗的爱情来反映一个时代的空虚和他对于美好灵魂的向往。艾镜,是肉身和世俗的化身,她身上有着某种活泼而又变通的生命力,尽管她也如沈念笔下其他的悲剧女性角色一般,为了生活而放弃了自己的原则,通过出卖色相来交易金钱,但与桃花、叶诗凡之流都不同的是,艾镜没有虚荣心,只有对小羽的爱。她主动承担了照顾妹妹的责任,并且乐观地面对生活,从不怨天尤人,在这里读者似乎能看到作者对于这个角色的偏爱。沈念不仅仅刻画了一个悲剧女性,还在这种世俗的悲剧中升华了一颗高贵的心灵。

而小羽是纯粹的灵魂的象征,她单纯得就像随时会破碎的玻璃,这个人间显然不属于她。在小说中,沈念这样描写小羽眼中的世界:"土黄色的背景,大面积品蓝与黑色的颜料在画布上抹开,飘零的黑色像一张乡下老农民褶皱巴巴的脸,稍隔一阵你又会把它看成一棵枝干虬曲的树,大海上被风暴打散的碎船板,或者一个疯女人乱蓬蓬的头发。"这是小羽眼中的世界,也是某种悲观的总结和预言:这个世界是黑暗的、混乱的,像小羽这样善良到因为内疚而自闭的孩子,是与世界格格不入的。在《挪威的森林》中,直子唯一一次与渡边做爱,如果算是某种灵魂对肉身的妥协,那么之后直子的悲剧则说明了灵与肉真正融合的难度;同样,小羽与陈肯的唯一一次接吻,是小羽主动索求的,但在那之后,她又恢复了一个不问世俗的单纯而高远的形象,陈肯一直没有办法对她的身体产生任何欲望,或者说是主动断绝了自己的欲望,因为他无法面对一个具有肉体欲望的真实的小羽,在他的心目中,已经将小羽与纯洁的灵魂等同,他没有办法去破坏这种幻想的平衡。

陈肯摇曳在两个女孩之间的感情平衡最终被艾镜的死亡打破。表面上看，这是一个通俗的情感悲剧，但是从创作意义上去分析，这样的结局实际代表着作者审美上的某种偏执。假设死的那个人是小羽，大概陈肯最后也不会和艾镜在一起，因为陈肯内心接受小羽这样的女孩，认为小羽是需要被怜爱的那一个，而艾镜不是。因此，坚强的艾镜处在了被世俗和爱情双双抛弃的位置，除了死亡别无选择。

类似的结局也出现在《麦粒肿》中，女孩小亚为了让男友出国，做起了按摩"小姐"，而男友在巴基斯坦遭遇地震身亡，小亚黯然离开，生死未卜。与艾镜一样，小亚也为了爱的人牺牲了自己，做起了赚钱最快的活儿，却撕不掉身上那张堕落的标签。也是因为如此，可能沈念根本就不想让她们好好"活着"，因为我们可以假设小亚的男友没有死，回了国，他会继续跟一个按摩女在一起吗？或者艾镜没有死，难道她跟妹妹共同生活在爱的人身边？有时候死亡反而是解脱，因为真实的生活逻辑会更残酷，这也是沈念不得已而为之。

二、女性悲剧的特色与文学原乡的意义

残酷，或许可以总结沈念的创作风格，他对于笔下的女性几乎都是通过男性视角去"审视"的，在他们心底会将道德标签贴在那些女孩身上。如桃花，如艾镜，如小亚，都免不了被男性轻视。在《加速度》中，陈肯接受不了艾镜出去陪唱的事实，反复劝她辞掉那份工作，并且想要以一个道德无瑕的"救世主"的姿态来资助她们姐妹，而这种"施舍"被艾镜断然拒绝。这并不是偶然的一幕，而是作者有意去讽刺男性带有偏见的内心，或者有意去衬托女性在这个社会上的弱势地位和坚强心灵，甚至也有可能是作者本身就认为女性不应该去出卖色相，但这无疑也是真实的生活常态。即使并非轻视，但也一定带有某种惋惜，如《麦粒肿》中，喜欢逛按摩店的彭越对朋友说，在按摩店里他唯一没有动过的就是小亚，因为她"阴冷"。在这里，小亚的纯洁心灵成了按摩店里格格不入的存在，并让男人失去了基本的性欲，因为在男人的潜意识中，清纯的姑娘是不应该做这种脏活的。小说中处处都反映了这些大男子主义的性别偏见和古已有之的贞操观念，这种二元对立的贞操观念简单地将女性划分为清纯的和淫荡的，而清纯和淫荡就是好坏的两面，非此即彼，这样的观念让传统的女性们不敢越雷池一步，也让彭越之流面对小亚这样既清纯又淫荡的女性感到深切的惶恐，她打破了自己头脑中固有的规则，因而将她排斥在正常范围之外，这种男性本能的排斥和偏见也终将她的人生推向悲剧。沈念用不动声色的叙述反映了这样的残酷，有趣的是，在他的小说中，主人公往往是第一人称的叙述者，也往往是以一个路人的眼光来了解故事中的女性人物，他们之间很少产生感情，最多是一种暧昧，因此他们也无法真正窥探到女性的内心。也就是说，在他的大部分小说中，女性的心理活动是缺席的。这一点对于理解沈念的作品非常重要。他虽然描写了形形色色的女性悲剧，但她们的心理活动几乎都缺席，而审视这些悲剧的都是男人，都是以男性的视角来定义女性的命运是个"悲剧"。因此，与其说他在刻画一个女人，不如说他在表达男性的整个世界观。他笔下的男性基本都是底层的代表，有小混混、打手、小偷之流，或者平庸的摄影师、孱弱的知识分子，他们的整个精神格局是下潜的，在平庸的现实中看不到任何希望，处在彷徨与迷惑的状态里，出现在他们生命里唯一的光亮可能就是那些迷人的女性了。如《加速度》里的陈肯，自己就是一个小混混，给人做保镖，而他的哥们刘年是一名普通公务员，混得风生水起，陈肯在这样的对比中仿佛感觉到了现实的一丝荒诞，他虽然对刘年逐渐油滑的性格不置可否，但是小说里一个细节真切表达了他的内心：在他去假面舞会赴约的时候，与艾镜约定好戴着狼面具，当小羽戴着羊面具出现在他的身边，他揭开小羽的面具，小羽受到了惊吓，扑到了戴着狼面具的艾镜怀里，而陈肯对于这只"羊"是念念不忘的，这也是一个基本的隐喻：在这个群狼竞争的社会中，陈肯对于弱者——羊，抱有着一种本能的同情，而对于如狼一般强大的艾镜却很淡然。也许在这个弱肉强食的社会中，本身处于社会食物链最底层的、连房租都交不起的陈肯，需要用一个更弱者的存在来证明自己的强大和存在的价值。这既是陈肯爱上小羽的逻辑，也是这个社会生存的基本逻辑。正因为如此，沈念小说中的那些精神孱弱的底层男性，当他们的视野中出现了更不幸的女性时，他们的存在感才会凸显，灵魂也因此而受到安慰，他们对于那些脆弱女性的同情或好感,实质上也映射了整个社会底层的生存状况,同时也不得不说,这种同情也成为一剂麻醉药,注入这些男性迷惘无助的心中。通过描写女性悲剧,沈念从文化层面到精神层面都对中国社会做出了自己独特的分析,这也表明他在通俗之下埋藏着学者式的深刻焦虑。

有人说,女性主义不是一种实用策略,它的意义不在于它解决了多少实际问题,而在于它揭示了许多或明显或不为人注意的文化现象,并以此潜移默化地影响一个时代的社会文化心理。[①]沈念这种男性视角的女性主义文学尤为如此——假如我们暂且把他的作品定位为女性主义文学,他塑造了形形色色的女性形象,他透过这些故事和现象深入观念本身,尽管他描写了男性对女性的"同情",并让读者深切感受到这种同情,但是他的作品中更加深刻的地方就在于他也嘲讽了这种同情,嘲讽了人们永远将女性作为一个弱势的、被审视、被判断的"他者"去看待。他刻意让女性的声音在作品的叙述中缺席,让女性本身的话语权被剥夺,比如说桃花,在男人的各种眼光之下,自始至终都没有发出自己的声音,她唯一一次对"我"表达自己的主张,是说了这样一句话:每个人都得有自己的房子。她认为男人送的房子并不是自己的,她想要买自己的房子,这不禁让人想到伍尔夫的经典女权主义宣言:每个女人都要有一间自己的房子。可见,桃花真的是一个堕落到失去了自己的原则,失去了自己的追求,被男性与金钱所左右的可怜虫吗?未必。假如我们能理解沈念小说文本中的这一层隐藏含义,就会发现他笔下所有的女性都是有着自主判断力的强者,而非弱者。正如前文所说,叶诗凡这一类的女性,对于自己正在从事着什么样的事业是非常了然的,她们也许根本就不需要别人去同情。但是沈念不让她们发声,并不是为了造成读者的错觉与怜悯,而是将矛头指向男性习惯性去屏蔽女性想法的这种单向思维模式。

从这个意义上来说,沈念笔下的女性形象,既是悲剧,又超越了悲剧。比起社会逼良为娼这个沉重主题来说,两性之间无法沟通、男权本位的女性困境或许更值得人们关注,因为它更具有时代性,也能够体现两性观念的冲突与变革。越来越多的悲剧女性出现,她们将自己物化为美丽的商品,消耗

---

① 孙桂荣. 消费时代的中国女性主义与文学 [M]. 北京: 中国社会科学出版社, 2010: 6.

着自己的青春,但是在她们自己看来,这样的付出是值得的,而且如艾镜这样的女性,从来没有抛下人性最为美好的东西:善良、责任、爱情,以及对生活的热爱。她们让自己的灵魂绽放出美丽的花朵,用自己的生命挑战既有的规则,这在某种意义上也是一种精神的超越。更值得深思的是,那些依附于女性生命的男人们,如桃花的那群白吃白喝的酒肉之交,不如靠小亚卖淫的钱出国淘金的所谓男朋友,他们将女性当作商品,消耗了女性的生命和尊严,最后又将女性钉在贞操的耻辱柱上,他们才是悲剧的始作俑者。

在这里,沈念于刻画女性的勇敢和牺牲精神的同时,也提出了这种牺牲是否值得的问题,这实质上也是男女平等的问题,但这个问题现在还无法给出答案,甚至有可能永远都没有答案。所谓的平等,只能是相对的,是沟通基础上的平等,而人性本身的复杂、利益关系的多变、现代生活方式带来的沟通障碍,都让这种平等的男女关系成了一个看似不可能实现的梦想。因此,生活本身很可能继续成为悲剧,无论男女,均会成为那个落寞的、失去了方向的看客。然而,可以肯定的一点是,在沈念的创作中,已经显示了与以往时代截然不同的一种女性主义观念,它不似《爱是不能忘记的》那种手都没牵过的爱情,也不似《人到中年》里那种贤妻良母式的价值选择,而是承认现代人生命的困境,女性必须将自己作为商品,同时又在被消费的境遇中保持独立和良知。女性也正在这样的困境里逐渐强大起来,终有一天她们会自己发出声音来定义自己的生命。

第五节　谢宗玉:悠远的静寂与乡村的魂魄

一、文本的泥土味与创作的底色

"月光下的山谷所有的景物都像梦幻一般,而一丛丛的栀子花则像一片片落了一地的月光。在这样的夜晚,我感到手中的花就更轻了,恍惚间,我不知自己是在采花还是在拾掇月光。"看到这段文字的时候,笔者的眼前出现了一个孩子,他在明亮的月光下采摘一朵朵栀子花,双手灵活地在花丛中穿梭着,月光洒在花上也洒在孩子的身上,恍惚间,花朵、月光、孩子都融在了一起。作者巧妙地抓住了月光和栀子花的相似性,通过栀子花将月光具象化,给栀子花的花瓣上染一层晶莹,为月光打造出纯白的躯体。

这样美丽的场景在谢宗玉的《遍地药香》中还有很多。作者在文中运用了各种写作技巧和修辞手法,如在第一篇散文《臭牡丹》中,作者在描写臭牡丹的时候说,这是一种气味很重的会引来蜂团蝶阵和不知名爬虫的花,并且由此而染上一层神秘妖邪的气息,就如童话里美艳的女巫,运用了拟人手法,赋予了臭牡丹人的性格,使花的形象立刻生动鲜明起来,同时联想到童话里的女巫,符合孩子的逻辑思维,也使文章显得更具童趣。在《牵牛花》中作者以牵牛花为线索,写了一个他童年时期喜欢的聪慧又漂亮的女孩子,并将牵牛花作为那个女孩子的象征,写了牵牛花的美、牵牛花的倔强、牵牛花的恣意,也写了那个女孩子的才华、温柔和后来无论如何也"牵不住牛"的命运。在《金银花》中作者写道"就像金银花一样,同一叶脉中的并蒂花总是最亲的",运用比拟的手法将自己与最亲的妹妹比作金银花的并蒂花。《遍地药香》运用大量修辞使文章读起来生动有趣,其主题思想和阐述的道理也是文章的一大亮点。作者以植物为每篇散文的开头,题目的上面以及侧面还附了植物的药性及药方,在读这本书之前我还以为这是一本很严肃的专门介绍药物用法的科技读物,但是在看完第一篇散文《臭牡丹》后,就被作者巧妙的构思和作品深层蕴含的意义所吸引。在《臭牡丹》里,作者说臭牡丹是花之女巫,带有巫性,其实在讲父亲很爱母亲,同时也为下文自己与几个喜欢的女孩间的故事做好铺垫。《牛王刺》《七叶樟》《栀子花》这几篇散文则借写花,表达了作者童年时与村里女孩子的懵懂美好的情感交汇,以及自己不能和她们一同走下去的遗憾,这也是作者对美好童年生活的深切向往但再也回不去的痛苦的体现。

《栀子花》写了十几年后作者在情人节时送女友玫瑰花,并谈起童年食花之事,却被说成是败兴。作者由此感到在这个所谓的文明社会里,充塞着许多伪善、伪道德、伪浪漫、伪情怀。很多时候我们处在虚伪的生活中,情人节很多人一掷千金乃至万金，买了许多一次性用品，一天之内万花凋零，还美其名曰：拉动经济增长。其实买一屋子的花到第二天还是枯萎，这么做的人不是极度缺乏自信就是太过于自信，真正相恋的两个人不会在乎这种形式。

《棕树》运用先扬后抑的手法，先是写了棕树顶天而起，坚强扎根成为一棵优秀的树木，每天都能品尝到第一缕天风、第一片阳光、第一滴露水；而后又说每一棵棕树都是失败的英雄，因为它无法达成自身远大的理想，就像作者本人，明明不想成为棕树一样的人，只想过平淡美好的生活，可城市快节奏的生活状态逼迫作者只能做一棵奋力向上的棕树。城市的生活太过紧凑，过大的压力逼得我们不得不向上、再向上，除了不断往上爬什么也顾不得，这不仅使人与人之间的联系愈加淡漠，也使我们的幸福指数直线下降。

《木槿花》中，瑶村的木槿花一直盛开，却没有了童年的繁华茂盛、清新自然，由于年轻一代的缺席，瑶村变得暗淡，其实作者想要告诉我们的是，孩子们才是这个世界最美的木槿花。在这个物质社会里，那些在外打工的人们也请早日回到自己的家乡，看看自己年迈的父母或是年幼的孩子。

《山楂子》中，童年时父亲在寂静山野中伐木的声音像最美的音乐，一直伴随在摘山楂子的作者身旁，这是一颗心寄托在另一颗心上的感觉，但是作者却说现在的他与父亲相处时所有的感情都归于沉静和迟钝。我不太理解，我只知道父母永远是我心中的一棵大树，在我年幼的时候给予我安全和依靠，当我逐渐强壮起来，我希望我可以成为父母身边的一棵树，根须紧紧抓住父母的根须；而当我逐渐衰老，我依然能坚强站立，让父母安心靠在我的身躯上面。我想有一天当我们老去，父母的牙齿松动，头发花白，我的身体也已经佝偻，但我依然会紧紧地抓住我父母的手，我们一起走在铺满落叶的街道上，我想这一定会是我人生中最美的画面。

《牵牛花》中，牵牛花是一个爱吹牛的小家伙，但她浪漫、恣意、妩媚、温柔、善良、清新，就像才华横溢并且美丽动人的女孩子一样，但是她却未能在纠结的情感中选择作者，作者从一开始对她喜爱，到受到拒绝而怨恨，到心疼她的遭遇，再到最后的释然，作者自己解开了心结，正如文章最后所写："如果她心甘情愿守着丈夫过一辈子，是否'牵得住一头牛'又有什么关系呢？'牵得住牛'的人，到最终，也是要一一松手的。"可是现代社会有许

第八章 "文学湘军五少将"：地域经验的价值原点

多人解不开心中的结，如大学校园中频发的自杀事件，我们应该珍惜眼前的人和事，过好现在的日子，要记得有很多人在关心你。我觉得我们真应该看看作者写的"优秀的女子，从不为世间任何一个男人而生"。一个人不论是否优秀，都不应该为别人而生，因为人生是自己的，还有许多你真心想做的事，你完成了吗？

《半边莲》中，水水嫩嫩的半边莲是治愈作者童年伤痛的良药，是作者感恩的对象。我们的童年是否也有一个会让自己受伤却不舍得放弃的游戏？

《灯心草》中，人们都说良药苦口，可是真到喝药的时候谁都不情愿。小时候母亲熬了苦、涩、麻、结的灯心草药，作者却趁母亲不注意倒掉了，但是那时药的气息却注入心田。我想起小时候我经常生病，妈妈也是这样拿着苦苦的药连哄带骗地让我吃下去，我虽然不住地撇嘴，可是心里好开心，妈妈哄我就是世界上最大的幸福。长大了却忘记这样的感觉，总是惹得妈妈生气，在这里我也要对我的妈妈说一声对不起。

《枸杞子》中，小时候家里种的枸杞子颗粒饱满且颜色亮眼，不仅作者偷吃，村里人偷吃，连外地人也偷吃，但是母亲总是很大方，任人采摘，作者与朋友们用枸杞子打闹，这一切为这个朴实的村子染上一层欢乐、热闹、祥和的氛围，让人留存了一份快乐。

《铁扫帚》中，父亲的铁扫帚扎得最好，这个铁扫帚不仅可以帮助夏天皮肤瘙痒的人们祛痒，还包含着父亲的发财梦。父亲卖铁扫帚的时候，作者恰好碰上县城的女同学，羞愤难当，可是父亲却用卖铁扫帚的钱供作者读完学业，现在作者对当时的心态感到抱歉并表达了对父亲深深的感恩。

《布子李》中，鲜美的布子李是作者童年时期的又一美好回忆，更值得怀念的是，作者与妹妹和亲人难舍的亲情，作者在自责事业不断发展，年龄越来越大，却对亲人关心越来越少的同时，也间接影射了现代社会对于物质的过分追求和对亲人的淡漠。

《绿豆》讲述了作者外婆一生的艰苦生活，但是《苦瓜》又写家里的五个舅舅和作者自己都比较富裕，但居然让年老的外婆想吃肉的时候没钱吃肉，这是作者的自责。

从上面列举的这些散文来看，作者以植物为题目和开头写作，但是实际

243

介绍植物的药用效果的文字很少，主要将笔墨集中在描写人和事物上，运用大量的修辞手法和写作技巧将童年的往事、成长的酸甜苦辣写得淋漓尽致，并且巧妙地将过去与现在对比，隐含了对社会弊端的关注。作者写这本散文集是以药为引子记录了自己心灵的成长历程，以朴实的文笔为我们描绘出一片心灵的净土，以一颗赤子之心行走在精神故乡的土地上。作者难以割舍的乡情、深厚浓重的亲情和纯洁朦胧的爱情都如一幅美好的画卷，混合着浓浓的药香缓缓铺开。而作者在文中不止一次地叹息，即使回到现在的故乡也再找不到儿时的感觉，这对于作者来说无疑是残酷的，对于一些怀念往事的人来说也是残酷的，不过作者还可以用文字记录过去的味道，并构建出只属于自己的精神世界中独一无二的瑶村。

可以说，《遍地药香》是作者在经受了都市人的种种折磨，厌倦了城市生活后，为了追求心灵的宁静而写，表达对美的追求和诗意生活的向往。他将自然与人事巧妙地结合在一起，并着力树立一种贴近自然，与庄子"道法自然"相似的价值取向。如果每个人都拥有积极乐观的生活态度，拥有顽强不屈的坚定意志，淡然对待生活中的成功与失败，像作者一样敬畏自然，尊重自然，与自然和谐相处，即使生活在城市的喧嚣中，也一样可以生活得很幸福。

土地和村庄之于曾生长在农村的作家，是鱼和水的关系。说起土地和村庄，他们总有道不完的柔情，无尽的唏嘘，是当时的温纯，是今日的虚沓，还是时光的不再，但是每次说起和想起就让它自始至终、一如既往：自然、温纯还透着点小小的愚实。谢宗玉也不例外。

农村里的男孩子跟女孩子的生长经历是有差异的，作为传统农村的女孩子，虽然厚着脸皮瞒着父母跟着兄长也疯玩过不少，但是有些游戏注定是男孩子的，像爬树、捉松鼠、游泳等，谢宗玉敏锐的视觉捕捉力在农村的"野"生活中得到极大拓展。他因为一个蚂蟥的故事而噩梦连连（《巫韵飘荡的大地·蚂蟥的传说》），为没有打死那一条毒蛇而期待着蛇的一场复仇（《村庄生灵·水蛇》），在山雨来临的时候无助地将最后一点眼泪哭尽（《雨中村庄·男孩，别哭》），也担心自己太调皮捣蛋而被雷打（《雷打什么人》）。他笔下的"蜜蜂""蜻蜓""小鱼""秧雀"等一系列生灵天趣自成，但也像

<<< 第八章 "文学湘军五少将":地域经验的价值原点

这些生灵本身一样,谢宗玉依附其上的情感在开阔的自然中又不着痕迹,譬如,在"蜻蜓"的结尾,他如此写道,"是的了,小妹童年在干什么呢?我真的一点印象也没有了,我不知小妹那时候为什么没跟着我去钓鱼?而村庄的其他小孩又上哪去了"。这种寄托总让读者想去抓住些什么,但作者却一闪身,藏到了文字背后,反把一片开阔的情感区域留下来,让人产生瞬间的留恋与迷茫。

谢宗玉对他的瑶村念念不忘、津津乐道,带着朴素的温情、细腻的感伤,言说疼痛的清醒……在《村庄生灵》之《豆娘》篇里,他觉得豆娘那"瘦削的身子,薄薄的羽翼,温和的性情,怎么看,都有弱质女子的影子"。他写到豆娘的飞,是"在黛青色的背景下款款地飞,散漫地飞,无声无息地飞",写豆娘被捉时柔柔弱弱的挣扎,带着哀哀怨怨的气息,令人忍不住轻轻叹息。农村的女人生来就是农村的半边天,做饭、喂养牲畜、收拾家务,家外的种地、除草等多半农活都是妇人来干的,即使再破旧的农家,也有几把利爽的扫帚,那崎岖的土院落被她们扫出一尘不染的视觉感。因为是院落居住,彼此要是不在一处,一人独处时那料峭的枝丫、斑垢的窗户、寂森的空气会诱得人惮于独行、游于虚浮、安于生死,于是也就了无远志。若是那更凶些的,便成天混迹于人群中的声色处寻安,那敢于直面寥寥消寂的便囿于昼夜、厨房与爱。这里没有坚硬的钢筋混凝土,没有形形色色的欲望之壑,这里只有自然、生命,还有活着。

在《一个夏天的死亡》里,我们看到1992年在瑶村等着高考结果的谢宗玉,那个结果几乎决定他的生死。 个乡村的孩子,经过高考落第,又经过复读再次应试,如果仍不中榜,也许就很难改变自己的命运了。那个夏天,他煎熬挣扎在生死的边缘上,结果是他并没有死,因为他被录取了,他可以走出年轻的绝望了,他有了突如其来的生的喜悦。在《一天杀生无数》里,谢宗玉写了一个小孩子杀生时的麻木,更写了大人的麻木。家里屋檐下的燕子窝没了,叽叽喳喳飞翔的生命被剿杀了,大人们竟浑然不觉,一天劳作之后倒头便睡,发出猪婆样的鼾声来。在《雨夜孤灯》里对偷竹父亲的描述,因为贫穷而"偷",而为了遮人眼目,窃竹者往往要在深夜时进山,如果被护林人发现,"乱棍将人往死里打……有抓起来打死的,有逃跑时慌不择路坠崖死的，有摸黑归来时不慎滚落山沟死的，也有被猛兽长蛇咬死的"。说起农村的困窘来，像是个小孩屁股上的胎记，尴尬又好笑。农村因着这根深蒂固的窘迫，但凡有点异于常人常情的事，便能轻易掳去全村人的心神，并且还都是些上不了台面的酸话和讽话：上村李家姑娘聘金破十万了，下集王家男人老婆跟人跑了等。农村的贫与俗、柔与砺是血浓交织的。土生土长，落叶归根，农村人的身与魂一生都在这厚实又温醇的土地上。他们在土地上蹦跶、营生、安家、归去，一切像是由自然来，由自然去。

在谢宗玉多数散文篇章，如《麦田中央的坟》《该轮到谁离去了》《活多久才能接受死》《家族的隐痛》中，都在沉思死亡对人生的意义，冥想死与生的关系。当他谈到村庄里的老人对生死有一种豁达的态度时，他是这么感悟的："我现在才明白村庄的老人为什么能够欣然赴死。当熟悉的面孔和事物都跑到地下了，你还在地上活着岂不成白痴了？"原来在这些老人看来，死是对有过的生的追寻，就像是去参加邻村的一场喜宴，拍拍衣襟上尘世的灰土，欣然抬脚上路了。比起古人的"死便埋我"的洒脱，谢宗玉笔下的老人们似乎看得更为豁达和从容。

人有各种各样的死法，有各种各样的死因，也有各种各样对死的态度与玄思。死，给谢宗玉带来了悲愁、痛苦，也带来了空明、澄澈。最终，死亡在作家的笔下不仅是宿命的消殒，更是一种生命的轮回和超越。在《麦田中央的坟》的末尾，谢宗玉是这么写的："突然有一天，祖先发现自己竟以后辈的样子站在麦田里耕耘，一时间祖先什么都明白了，原来世世代代都可轮回，麦苗的生长过程就是我们的轮回之路。而麦田则是我们真正的家。"死无足惧，生生不息乃是宇宙的定律。谢宗玉的一系列乡村散文，其实都表达了一种生命的达观，尽管完成达观的过程，大都是蘸着泪和带着血的。

二、散文的追求与作家的抱负

最近一直在思考一个有趣的现象：文坛上，许多小说家都爱好诗歌，甚至就是从诗歌写作起家的，王蒙、张贤亮、贾平凹等大家都出版过诗集，汪曾祺、何立伟等人最初也是写诗的，但许多小说家成名后，就不再写诗，甚至在小说中借用主人公的言辞来嘲笑诗人或写诗的人。著名小说家池莉倒是忍不住出版了自己的一部诗集，算是对最初的热爱致敬，可以看成一个另类，或者说，池莉骨子里始终洋溢着一份诗歌的情怀。事实上，绝大多数起步于诗歌、成名于其他文体的作家，出名后不仅不写诗，还尽可能与诗人拉开一段距离，甚至还有一些小说家把诗人当成神经病一样的对象进行人物塑造，不断地挖苦和嘲笑，就像王朔一样，明明自己就是知识分子，却硬要装作跟知识分子过不去的样子，不断地嘲笑、诋毁、侮辱知识分子。为什么会是这样？

文坛上还有一种有趣的现象，那就是散文热。似乎什么人都可以写散文，什么内容都可以涉及，举凡边走边看、地域文化、历史掌故、书斋资料、学术快餐、诗词解读，乃至个人回忆、日记和吃喝拉撒等，什么题材都可以纳入散文的书写中。散文变成了一种大众化文体，处处可见大批量的散文。由于这样的散文太多，好散文和好散文家便无可避免地被淹没和误解。那么，散文究竟是什么？散文的文体限度在哪里？我们知道，在中国古代，散文是最古老、最丰富的文体，像《春秋》《左传》《国语》《战国策》等经典性散文著作。但散文至今没有形成自己的理论体系，所谓"形散神不散"之说，不过是20世纪60年代一位大学生在评论作家师陀的作品时提出来的，这当然仅仅是一家之言，并不能说形成了一个理论体系。周作人曾试图把散文命名为"美文"，也是受到外国文学的启发而提出来的。现在西安有一本杂志叫《美文》，发表的都是散文作品。

客观上看，散文篇幅短，耗时少，能够比较快速地完成一个独立的文本，这也是一直以来散文长热不退的原因之一。事实上，散文家经常处于尴尬的境地，不断地遭受嘲讽，被其他体裁的写作者瞧不起，因为散文不具备小说那样的叙述规模和框架结构，也不具备诗歌语言的缜密力度和抒情意味。尽管如此，许多作家成名后不写诗，却喜欢写作散文。那么我想，作家为什么要写散文？什么样的作家偏爱写散文？散文家王族说：散文是很多操持其他体裁写作者在年迈之际，尤其是丧失了写作能力后，本能回归的一种养生术。很多诗人和小说家在最后会主动向散文靠拢，以期获得文字对自身的补益，就像练书法一样，是一种类似锻炼身体的方式，并不一定要在书法造诣上有多大的成就。这种说法有一定的道理，但也并非尽然。

　　有意思的是，与靠诗歌写作起家、最终成为文坛大家不同，许多散文家在功成名就后也尝试写小说，但鲜有十分成功的作家。刘亮程写散文出名后，分别于2006年和2011年出版了长篇小说《虚土》和《凿空》，但基本上不成功。余秋雨更是如此，他于2014年和2015年先后推出了长篇小说《冰河》和《空岛》，但反响平平，我甚至认为这是余秋雨在追求名士风流的过程中所体现出来的浮躁和任性，这种浮躁与任性和当下社会的粗鄙与浅薄高度契合。

　　那么，是不是说，以散文成名的作家就不适合写小说了呢？倒也未必。比方，文学湘军"五少将"之一的谢宗玉，看来是个例外。他走向文坛的起跑线是中篇小说《决斗》，发表在1996年《莽原》第2期杂志上，那时他还是湘潭大学的一名学生。真正引起文坛关注的则是2001年他在《天涯》杂志上推出的一组乡土散文，以及趁热推出的散文集《田垄上的婴儿》《村庄在南方之南》《遍地药香》等，甚至因此有了"北刘南谢"之称号。可见，他的散文创作能力是十分了得的。他同时在《人民文学》《当代》《收获》等几十家权威文学期刊发表中篇小说20余篇，并出版了长篇小说《末日解剖》《天地贼心》《蝶变》等。不过，这些小说并没有引起文坛应有的重视，或者说，是散文的盛名拖累了或掩盖了谢宗玉小说的影响。评论家们由于有了一种定见，遇见谢宗玉的名字，总是想当然地认为，这是一个散文家。似乎他来写小说，就像刘亮程和余秋雨等人一样，是不合适的。评论家的这种定见对谢宗玉来说，的确有些不公平。但我想，作为一个日益成熟和充满自信的作家，评论家们的偏见是无法左右他的创作的。换言之，无论评论家如何看待他的创作，谢宗玉仍然会执着地、坚定地按照自己的想法在散文、诗歌的创作道路上奋勇前行。

　　正因此，老实说，当读到《时光的盛宴》时，我颇为吃惊，心里直犯嘀咕：谢宗玉好好的散文或小说不写，为什么要写作这类影评呢？这是展示自己的才华还是浪费、挥霍和糟蹋才华？他现在年富力强，正是集中精力向经典发出挑战的时候，怎么舍得花大量时间和精力来写所谓的影评呢？无论别人怎样界定这是思想类散文或哲理性散文都无法掩盖一个事实：这就是一部实实在在的影评集。那么，影评究竟是一种什么样的文体？它有完全自给自足的文体范式吗？其原创性价值在哪里？它是散文吗，或者说，它是评论吗？在我看来，它既不是单纯的散文，又不是单纯的评论，但它恰恰是散文和评论的混杂体。也许，正是这种可描写、可叙事、可议论、可"指点江山、激扬文字"的"混杂体"成了谢宗玉内心深处挡不住的诱惑。

如果说，都市是乡村的延伸的话，那么，谢宗玉的这类书写也可以看作是他乡土散文的一种延伸。在当下这样一个急速发展的时代，个人常常被神秘而巨大的力量所裹挟，来去匆匆，甚至没有一点时间停下来扪心自问：我是谁？我的渴望是什么？我真正想要的生活是什么？我的快乐在哪里？谢宗玉笔下的电影，都是经典影片，故事的发生地大多在城市。城市的高楼大厦，城市的车水马龙，城市的五光十色，人声鼎沸，从不停歇，生活在城市中的人紧张、忙碌、压抑和无所适从；在西方，特别是英美法等国家有所谓的"慢一族"人群，他们自觉地选择一种"慢生活"，他们不再驱赶着自己过非常快节奏的生活。汹涌而来的噪声、喧哗与骚动，有毒的空气、有毒的水源、有毒的牛奶、有毒的菜、有毒的粮食、有毒的人与人之间的关系，这种有毒的、可怕的人性等，使相当多的人开始产生对纯净东西的一种怀念或者怀旧。谢宗玉的影评就是这种怀旧的缩影。

写影评，首先得要看电影。看电影不仅是放松心情、体味浪漫，而且会勾起人对乡下生活露天电影的点滴记忆，这也是都市慢生活的一部分。我很羡慕谢宗玉能够如此奢侈地看电影、品电影、评电影。说到底，这样的一种生活其实就是每个人内心深处的一份文化乡愁，是繁华世界的尽头仍然拥有的一份诗意。

行文至此，我想我至少找到了谢宗玉书写影评的心灵冲动：第一，今天的作家正以自己独特的方式，直面中国的现实，发出自己的声音；第二，这是一份刻骨铭心的文化乡愁，让人欲罢不能；第三，影评有先天的优势，可以把散文或小说中不宜探讨或难以表达的内容，以尖锐、便捷的方式直截了当地呈现出来。例如，在对电影《芝加哥》的评述中，谢宗玉写道：道德是一种非常世俗的手段，其目的只是为了给人类谋取"集体利益的最大化"；在对电影《浪潮》的评述中，谢宗玉认为，只要把有关"独裁""法西斯""极权"的观念性东西去掉，电影就会变成"青春励志片"。类似的评论还体现在对《朗读者》《天注定》等多部影片的解读中。很明显，这类敏感又宏大的主题，如果不是借助于影评的方式，一般的文体是难以承载得了的。因为电影本身的指向性和隐喻性都很强，主题极其鲜明，而影评恰恰针对性极强，既可以就事论事，直指人心，又可以纵横捭阖，旁敲侧击。只要是独到发现，便可嬉笑怒骂，皆成风流；只要是偶有所得，亦能直抒胸臆，自然出彩。谢宗玉甚至还为《苦月亮》的遭遇鸣不平，认为这部电影才是导演波兰斯基的代表作，胜过其后来囊括奥斯卡多项大奖的《钢琴师》。这样的评述不是书生意气，强词夺理，更不是剑走偏锋，任性而为，而是扎扎实实建立在对影片的细节、场景，特别是涉及"性爱"细节的精妙解读上。这样的解读不仅令人耳目一新，还能启迪人的心智，进而勾起人们重新观看这些电影的冲动，以验证谢宗玉的解读是否站得住脚跟。

事实上，在《时光的盛宴》中，谢宗玉肆意汪洋，浮想联翩，笔力所及，贯穿文明、道德、法律、人性和欲望，涵盖了人类社会物质生活和精神生活的方方面面。谢宗玉以一个旁观者和参与者的双重身份，站在灵魂高处，安静而耐心地观察与分析，这里的字字句句是透过纯净冷峻的心灵，发出的沉重声响，因为这里面包含了太多深入而精辟的思考和探索。与其说，这是一部影评集，不如说这是一次难能可贵的精神历险。比如，在《西西里的美丽传说》中，男人们粗暴而下作的欲望焚身急求释放和宣泄，女人们妒而生恨，女主人公玛莲娜因为美所以受罪，从坚守忠贞到自暴自弃沦为妓女再到回归正常生活，男主人公雷纳托善良纯洁却也懦弱胆小，对玛莲娜"忠贞"暗恋，文字犀利冷峻，入木三分地揭示了各个社会群体中人性的美丑，并将人们的欲望一展无余。再如《锅盖头》，揭示了战士们从善到恶，之后却再也无法回到善，因为世界和人类的和平需要这种"残暴冷酷"的兽性来保卫和守护，是战争将人们的人性变成兽性，但是当社会格局恢复稳定后，人们并不会因此而铭记这些"英雄"，更多的是遗忘，因为他们不再被需要，这种残忍的人生结局对于他们来说是不公平的。

总之，这是谢宗玉创作途中的一次有意义的停顿，一种有意识对自我思想的清理，这样犀利、深邃且视角独特的创作尝试与其说是一种回顾、一种休息，毋宁说是为新的冲刺做准备。因为，电影叙事中意欲表达、无法表达和刻意想隐瞒的一切,都被谢宗玉手中的笔锋如刀片一般深深缓缓地划开并巧妙地解剖,读者从中探视到影片本身及其背后的意义,洞察人性和道德问题,正视自身的欲望,并且通过联系生活实际和自身境况,无限探索和思考影片本身的意义、生命的真谛与人生的价值。谢宗玉以这种方式,将影片的意义与价值更为完整地展现在读者面前,彰显了一个有追求的作家的强烈的社会责任感和刻骨铭心的正气之美。

结语

转型社会：文学湘军的文化自信与湖湘精神

21世纪以来，随着全球经济一体化进程的加快，世界各国文化在碰撞中融合，在分歧中互补。与此同时，文学批评的视野拓宽，各国文学不再是孤立封闭的系统或流程，中国当代文学同样如此。伴随着中国经济的崛起，这种"开放与交流"成为必然，而生当其时的文学变局为中国现当代文学研究提供了新的聚焦主题——世界视野下的中国文学。本书的研究并不是为赶时髦而简单地将之比附，而是全面、客观地与世界同类文学作品联系起来考察，才不至于失察，即对具体作家作品的价值要么评价过高，要么评价过低。文学评论工作者应该秉持这种自信，进而将这种自信化为一种文化自觉，唯其如此，中国当代文学，特别是新时期文学的创作实绩才能从容、真实地呈现在世界文学的大家庭中。

在某种意义上，文学湘军的思想锋芒和精神气质是世界视野的中国化体现。德国汉学家顾彬在《20世纪中国文学史》中对20世纪中国文学进行了阐释和批评，与歌德提出的概念不同，顾彬提出的"世界文学"引起了更为广泛的关注，王家新教授对其理念做了这样的总结："他的视野已远远超出了一般西方人的视野，而体现了一种中西视野的融合（这也即是阐释学意义上的'视野融合'）。无论如何，他心目中的'世界文学'不是以西方为中心的，更不是由'资本主义的扩张'决定的。"[1] 顾彬提出的"世界文学"，对

---

[1] 王家新."对中国对执迷"与"世界文学"的视野——试析顾彬对20世纪中国文学的阐释和批评[J].中国人民大学学报，2009（05）：3.

于全面地、深刻地思考中国文学不仅有着视野上的宏阔性和思辨性，更有着内蕴上的独特价值。首届中国文学博鳌论坛就是围绕"世界视野中的中国文学与中国精神"的主题进行讨论，铁凝提出"中国文学和中国精神之于世界究竟意味着什么，这关系到中国文学在新的历史条件下如何塑造自己，也关系到世界如何看待中国文学"。世界视野不再是单纯地向西方文学学习，不再是以欧美文学为中心的单向度心态，不再是以西方文学的标准来衡量中国文学，当然也不是故步自封以中国文学为中心的研究理念，它是一种更为开放的、新颖的文学创作和批评视野，是站在整个时代的高度上来观照社会和时代以及人性普遍存在的矛盾，是中国文学以一种文化自信的态度（不再是被动和弱者的姿态）对自我的检视和评估。只有置身于文学全球化的语境中，与世界文学紧密连接在一起，以中国经验和丰富的生活内涵去创作、挖掘中国文学的价值，才能更加清醒地认识到自身的问题和局限性。

湖湘大地自古文运昌盛，敢为人先，湖湘风流源远流长，文墨骚客人才辈出，文学湘军在中国当代文学，特别是20世纪80年代的文学中写下了精彩的一页，留下了不朽的篇章。进入90年代，尤其是21世纪以来，文学湘军创作成果同样丰硕，涌现出一大批优秀作家与作品，如写历史文化的唐浩明、写官场小说的王跃文、写知识分子的阎真、写战争与历史的何顿以及写乡村问题的何立伟和姜贻斌等，他们扎根于湘楚大地，耕笔于文化传承与历史责任的问题、对战争的认知问题、知识分子在经济时代下的核心矛盾等，这些主题均是具有世界意义的现代性问题。在这样的世界视野中，文学湘军的文化传承与历史担当不再是孤立在某一个时代、某一个群体的书写，如唐浩明的《曾国藩传》《杨度》《张之洞》等将晚清历史置于特定的社会文化中，让历史人物真实地再现于风云变幻的时代大潮中；而何顿在《来生再见》《黄埔四期》等抗日题材的作品中，对战争的认知不再局限于中国大地，而是将它视为整个世界战争史的组成部分；还有阎真在《沧浪之水》《活着之上》等作品中认为知识分子的独立人格和精神坚守不仅仅是湖湘知识分子问题，而是该群体在这个时代深刻的精神矛盾，作品中呈现的问题与困境是湖南的，也是中国的，更是世界的，这些问题存在于当下世界体系和中国社会系统中。湖南作家对整个人类灵魂和世界命运共同体超时空、跨国界的深度关怀，充分体现出文学湘军的文化自觉和创作视野的世界性。

　　文学湘军的世界视野首先表现为敢于直逼社会、时代和人性问题的最深处。敢为人先、经世致用、忧国忧民的湖湘文化精神对文学湘军的创作有着重要的影响，21世纪的文学湘军在此基础上进行超越，从"政治—文学"的文学创作观中剥离，从"经国之大业，不朽之盛事"的抒情中跳出，从理想主义的诉说中挣开，更多地关注转型社会和经济市场渗透下的社会现象与人性变化。如湖南作家的官场小说少有"权为民所用、利为民所谋"的宏大主流意识，而是通过日常生活常态的饭桌上、情场上，让官员回归日常和世俗，直击官员在当下时代中人性最真实最隐秘的一面；对于知识分子的书写，也远离士大夫和以启蒙为己任的形象，而是将他们置于复杂的社会背景和市场经济的竞争中，不再是悲壮性的反抗或消极性的逃离，而是拥抱生活，与现实达成妥协，作家的倾向也不是一味地批判，而是包容和理解……如此触目惊心、直接尖锐地揭开人性在当今时代的坚强与软弱，是文学湘军对人民文学创作自觉的追求与发展。

　　其次，文学湘军的世界视野建立在绵长不竭的精神气质上，即真诚的人文精神、勇敢的担当意识和知识分子的忧患使命意识。"公众的趣味不是原始资料，趣味就是趣味……好的趣味并不是根，而是审美文化的果实。"① 中国文学在经历新中国成立后的政治化和工具化，20世纪60—70年代文学的脸谱化后，很长时间内文学工作者的文学自觉性远低于他们的国家和民族的道德责任感，到21世纪，文学湘军坚守着真诚的"审美文化"追求，他们既不像张承志、张炜等对人文精神进行激进讨论，也拒绝"玩的就是心跳""躲避崇高"的虚无态度，始终以强烈的人文担当精神和忧患意识执着而坚定地面对新时代、新环境下的社会思潮和时代语境。如彭学明的长篇叙事散文《娘》表现出来的真诚的歌哭和灵魂的忏悔，"在这个物欲权横流的时代，当我们都丢失了娘和娘的精神世界，彭学明是代表整个中国和世界在发问在寻找……找回了文学里的温暖、感动和力量，更找回了文学里的艺术、生命、生活、

---

① ［美］阿诺德·豪塞尔. 艺术史的哲学［M］. 北京：中国社会科学出版社，1992：230.

思想和精神。"[①] 罗成琰对学术批评的追求，余艳对红色文化的书写，都是极具时代性的宏大命题，而肖仁福对民间立场的坚守和对仕途救赎的问题等，更体现出如卡夫卡"虫子""自我意识"的丧失。在时代、市场和文学主流意识及个人独创性复杂的关系中，文学湘军始终保持清醒的精神气质，以湖湘文化为依凭，把中国经验和生活内涵融为一体，真诚地展示了中国文学应有的锋芒、视野和道路选择。

基于以上思考，本书力图站在世界视野下，准确把握湖湘文化、湖南作家的文学特点、价值和意义，对文学湘军的创作方法和价值追求进行深入剖析和理解，对其独创性做出更合理的评价，对其表现的人类和文学的基本问题做出符合实际的分析和宏阔而深入的研究，探索文学湘军创作主题、创作风格、创作诉求和作品的审美趣味以及思想境界等所表现出来的具有时代共性的特征，从更开阔的视野中对湖南文学的问题和困境进行阐述和理解。

在全球化语境和大国崛起的背景下，秉承中国传统，立足中国经验，讲好中国故事，向世界展示一个真实、立体、全面的中国，是伟大时代赋予包括文学湘军在内的中国作家的宏大命题和崇高使命，这是中国作家和中国评论家的共同责任。因为，中国经验、中国故事及其文化软实力浓缩了14亿中国人民的汗水、心血和文化选择，是勤劳勇敢、积极进取的中国人民在纷繁多变的国内国际形势下用中国智慧开辟出来的中国道路、创造出来的中国模式。中国经验和中国故事不仅仅是中国的，也不仅仅是第三世界人民所独有的，它本身内生的强大文化功能及其呈现出来的中国人日常生活的价值系统更具有人类的普遍性意义，因而也是带有典型"CHINA"血型的全球化经验和全球化故事的重要组成部分。

当前，文学湘军同全国各地作家一道，既赓续本国文化的优秀基因，又充分汲取他国文化的生命精华，高举理想主义和现实主义的旗帜，积极地为自己的土地和人民写作，自信地与广大读者分享对中国历史与现实的理解，分享中国文化的魅力和中国智慧的荣光，自觉地参与中华民族精神家园的维护和建构，努力展示中国人民对人类命运共同体的希冀和梦想。

[①] 彭学明. 娘[M]. 长沙：湖南文艺出版社，2012：155.

换言之，包括文学湘军在内的中国作家站在世界文学的视野下，用极其丰沛的艺术手段，精心刻画处于全球化震荡中的中国文化的当代命运，充分揭示当代中国人的生存痛苦、生活困境及生命焦虑等复杂情怀。作为发展中国家极其典型的故事原型，中国故事已经烙上了自己的时代名片、文化印记和独特经验，正从人类共同体的生命脐带和最为古老、最为原态的根源处流溢而出，这样的中国故事正日益洋溢着巨大能量以及无处不在的诱惑力和生命力，它不仅赢得了中国人民的喜爱、阅读和传播，而且越来越赢得世界人民的关注、共鸣和礼赞，这不仅是文学湘军对于中国文学的贡献，更是中国文学对于世界文学的贡献。

参考文献

一、著作类

[1] 丹纳. 艺术哲学 [M]. 傅雷, 译. 合肥: 安徽文艺出版社, 1998.

[2] 残雪. 我心目中的伟大作品 [M]. 桂林: 广西师范大学出版社, 2007.

[3] 詹姆逊. 政治无意识: 作为社会象征行为的叙事 [M]. 王逢振, 陈永国, 译. 北京: 中国社会科学出版社, 1999.

[4] 陶少鸿. 生命的颜色 [M]. 甘肃: 敦煌文艺出版社, 2013.

[5] 赵志忠. 中国少数民族民间文学概论 [M]. 沈阳: 辽宁民族出版社, 1997.

[6] 波兹曼. 娱乐至死 [M]. 章艳, 译. 桂林: 广西师范大学出版社, 2004.

[7] 孙健忠. 甜甜的刺莓 [M]. 昆明: 云南人民出版社, 1982.

[8] 茅盾. 中国神话研究初探 [M]. 北京: 人民文学出版社, 1978.

[9] 凌宇. 重建楚文学的神话系统 [M]. 长沙: 湖南文艺出版社, 1995.

[10] 孙健忠. 魔幻湘西 [M]. 长沙: 湖南文艺出版社, 2013.

[11] 冰心. 冰心文集: 第3卷 [M]. 上海: 上海文艺出版社, 1984.

[12] 郭沫若. 沫若文集: 第10卷 [M]. 北京: 人民文学出版社, 1963.

[13] 黄永玉. 比我老的老头 [M]. 北京: 作家出版社, 2005.

[14] 黄永玉. 无愁河的浪荡汉子: 朱雀城 [M]. 北京: 人民文学出版社, 2013.

[15] 方锡德. 中国现代小说与文学传统 [M]. 北京：北京大学出版社, 1992.

[16] 黄永玉. 一路唱回故乡 [M]. 北京：作家出版社, 2006.

[17] 蔡测海. 家园万岁 [M]. 北京：北京大学出版社, 2013.

[18] 彭学明. 娘 [M]. 长沙：湖南文艺出版社, 2012.

[19] 刘起林. 红色记忆的审美流变与叙事境界 [M]. 北京：中国社会科学出版社, 2015.

[20] 李怀荪. 湘西秘史 [M]. 北京：作家出版社, 2014.

[21] 麦格雷. 传播理论史：一种社会学的视角 [M]. 刘芳, 译. 北京：中国传媒大学出版社, 2009.

[22] 萧元. 圣殿的倾圮：残雪之谜 [M]. 贵阳：贵州人民出版社, 1993.

[23] 残雪. 残雪文学观 [M]. 桂林：广西师范大学出版社, 2007.

[24] 洪治纲. 守望先锋：兼论中国当代先锋文学的发展 [M]. 桂林：广西师范出版社, 2005.

[25] 残雪. 趋光运动：回溯童年的精神图景 [M]. 上海：上海文艺出版社, 2008.

[26] 残雪. 为了报仇写小说：残雪访谈录 [M]. 长沙：湖南文艺出版社, 2003.

[27] 残雪. 艺术复仇：残雪文学笔记 [M]. 桂林：广西师范大学出版社, 2003.

[28] 阎真. 百年文学与后现代主义 [M]. 长沙：湖南教育出版社, 2003.

[29] 吴晓东. 从卡夫卡到昆德拉 [M]. 北京：生活·读书·新知三联书店, 2003.

[30] 欧阳友权. 文学理论 [M]. 北京：北京大学出版社, 2006.

[31] 残雪. 残雪自选集 [M]. 海口：海南出版社, 2004.

[32] 邓晓芒. 灵魂之旅 [M]. 武汉：湖北人民出版社, 1998.

[33] 陈思和. 中国当代文学史教程 [M]. 上海：复旦大学出版社, 2008.

[34] 邓晓芒. 灵魂之旅 [M]. 武汉：湖北人民出版社, 1998.

[35] 残雪. 残雪自选集 [M]. 海口：海南出版社, 2004.

[36] 洪子诚. 中国当代文学史 [M]. 北京：北京大学出版社, 2010.

[37] 加缪. 西西弗神话 [M]. 沈志明, 译. 上海：上海译文出版社, 2010.

[38] 刘纳. 诗：激情与策略：后现代主义与当代诗歌 [M]. 北京：中国社会出版社, 1996.

[39] 阎真. 活着之上 [M]. 长沙：湖南文艺出版社, 2014.

[40] 阎真. 因为女人 [M]. 北京：人民文学出版社, 2007.

[41] 亚里士多德. 尼各马可伦理学 [M]. 廖申白, 译. 北京：商务印书馆, 2003.

[42] 朱光潜. 悲剧心理学 [M]. 北京：人民文学出版社, 1983.

[43] 余华. 活着 [M]. 北京：作家出版社, 2008.

[44] 陈晓明. 表意的焦虑 [M]. 北京：中央编译出版社, 2003.

[45] 刘再复. 怎样读文学：文学慧悟十八点 [M]. 北京：生活·读书·新知三联书店, 2018.

[46] 水运宪. 乔省长和他的女儿们 [M]. 长沙：湖南人民出版社, 2009.

[47] 水运宪. 乌龙山剿匪记 [M]. 长沙：湖南人民出版社, 2012.

[48] 王蒙. 不奴隶，毋宁死？ [M]. 北京：北京十月文艺出版社, 2008.

[49] 伯恩斯坦. 根本恶 [M]. 王钦, 朱康, 译. 南京：译林出版社, 2015.

[50] 昆德拉. 小说的艺术 [M]. 董强, 译. 上海：上海译文出版社, 2004.

[51] 赵毅衡. 符号学原理与推演 [M]. 南京：南京大学出版社, 2011.

[52] 黄作. 漂浮的能指：拉康与当代法国哲学 [M]. 北京：人民出版社, 2018.

[53] 唐朝晖. 百炼成钢 [M]. 北京：北京十月文艺出版社, 2019.

[54] 奈保尔. 抵达之谜 [M]. 蔡安洁, 译. 海口：南海出版公司, 2016.

[55] 布鲁姆. 西方正典 [M]. 江宁康, 译. 南京: 译林出版社, 2011.

[56] 申丹. 叙述学与小说文体学研究 [M]. 北京: 北京大学出版社, 1998.

[57] 马克思. 路易·波拿巴的雾月十八日 [M]. 冯适, 译. 南京: 江苏人民出版社, 2011.

[58] 张立华. 楚辞章句补注 [M]. 长春: 吉林人民出版社, 2005.

[59] 董衡巽. 海明威谈创作 [M]. 北京: 生活·读书·新知三联书店, 1985.

[60] 荣格. 荣格性格哲学 [M]. 李德荣, 编译. 北京: 九州出版社, 2003.

[61] 于怀岸. 青年结 [M]. 北京: 金城出版社, 2010.

[62] 于怀岸. 想去南方 [M]. 北京: 中国社会出版社, 2009.

[63] 李晓林. 青春之结 [M]. 北京: 中国青年出版社, 2013.

[64] 于怀岸. 远祭 [M]. 北京: 文化艺术出版社, 2005.

[65] 郁达夫. 中国新文学大系: 散文二集 [M]. 上海: 良友印刷图书公司, 1935.

[66] 中共党史人物研究室. 中共党史人物传 [M]. 西安: 陕西人民出版社, 1981.

[67] 余华. 我能否相信自己 [M]. 北京: 人民日报出版社, 1998.

[68] 弗罗姆. 寻找自我 [M]. 陈学明, 译. 北京: 工人出版社, 1988.

[69] 孙桂荣. 消费时代的中国女性主义与文学 [M]. 北京: 中国社会科学出版社, 2010.

[70] 豪塞尔. 艺术史的哲学 [M]. 陈超南, 刘天华, 译. 北京: 中国社会科学出版社, 1992.

[71] 彭学明. 娘 [M]. 长沙: 湖南文艺出版社, 2012.

二、期刊类

[1] 韩少功. 文学的根 [J]. 作家, 1985 (04).

[2] 黄丽梅. 出走: 三位湘西作家创作的共同主题 [J]. 中央民族大学

学报，1998（05）.

[3] 张永中. 远离与回归——简论湘西当代作家对本土语言的探求 [J]. 吉首大学学报（社会科学版），1996（01）.

[4] 刘保昌. 民族文化精神的再现与重铸——土家族文学创作实际与困境 [J]. 西南民族大学学报（人文社科版），2008，29（12）.

[5] 龙长顺. 孙健忠作品的乡土气息和民族特色 [J]. 求索，1982（06）.

[6] 张福三，傅光宇. 试论神话中的灵性、神性和人性 [J]. 思想战线，1982（03）.

[7] 李辉. 主题变奏七十弦——黄永玉的文学人生 [J]. 书城，2012（09）.

[8] 张新颖. 要是沈从文看到黄永玉的文章 [J]. 小说评论，2016（01）.

[9] 牛学智. 彭学明的《娘》属于中国 [J]. 创作与评论，2012（05）.

[10] 聂茂. 苦难叙事的力量与湘西精神的书写——与作家彭学明对话 [J]. 创作与评论，2012（05）.

[11] 陈原. 与自己的灵魂中的耻辱短兵相接——读彭学明长篇散文《娘》[J]. 创作与评论，2012（05）.

[12] 王明亚. 娘是一条崎岖的路 [J]. 创作与评论，2012（05）.

[13] 张建永. 最珍贵的文学经典教材和亲情教育读本——对彭学明自传体散文《娘》的感悟和追问 [J]. 创作与评论，2012（05）.

[14] 周会凌. "自我"与"他者"审美歧途中的"湘西形象" [J]. 吉首大学学报（社会科学版），2015，36（02）.

[15] 赵建国. 文艺作品的三个参照系与"拟态环境"、"虚拟现实" [J]. 文艺理论与批评，2009（05）.

[16] 佘爱春. 揭开官场神秘的面纱——王跃文官场小说文化透析 [J]. 哈尔滨学院学报，2006（01）.

[17] 田中阳. 论近世湖湘文化精神的负面效应 [J]. 求索，2000（06）.

[18] 郑国友. 论新世纪湖南官场小说创作 [J]. 河北工业大学学报（社

会科学版），2012，4（03）.

[19] 谭桂林. 知识者精神的守望与自救——评阎真的《曾在天涯》与《沧浪之水》[J]. 文学评论，2003（02）.

[20] 吴家荣. 新时期颓废文学中的非理性主义神话[J]. 佛山科学技术学院学报（社会科学版），2006（01）.

[21] 段崇轩. 官场与人性的纠缠——评王跃文的小说创作[J]. 小说评论，2001（02）.

[22] 吴亮. 马原的叙述圈套[J]. 当代作家评论，1987（03）.

[23] 卓今. 关于"新努斯的大自然"——残雪访谈录[J]. 创作与评论，2013（03）.

[24] 曾艳兵. 卡夫卡研究在中国[J]. 外国文学研究，2003（02）.

[25] 张群. 花自飘落水自流——论亨利·米勒的超现实主义"自动写作"法[J]. 英美文学研究论丛，2008（02）.

[26] 蔡之国. 黑夜中的灵魂之舞——试探残雪的《公牛》[J]. 阅读与写作，2001（04）.

[27] 孙德喜. 病入膏肓世界的梦呓——残雪小说语言论[J]. 中南大学学报（社会科学版），2005，11（01）.

[28] 戴锦华. 残雪：梦魇萦绕的小屋[J]. 南方文坛，2000（05）.

[29] 高玉. 论残雪小说的"读不懂"与文学阅读的"反懂"[J]. 中国现代文学研究丛刊，2012（06）.

[30] 阮南燕. 孤独者的自我毁灭——先锋之悖论[J]. 当代文坛，2005（06）.

[31] 佘丹清. 从读者期待视野看残雪及其创作[J]. 广西社会科学，2005（03）.

[32] 阎真. 迷宫里到底有什么——残雪后期小说析疑[J]. 文艺争鸣，2003（05）.

[33] 陈敏. 阎真：活在经济社会更需要心灵的力量[J]. 中国青年，2003（18）.

[34] 郑飞. 新世纪以来大学题材长篇小说的基本类型[J]. 中南大学学

报（社会科学版），2014，20（01）.

[35] 魏耕原. 数字十九实虚反复转化的意义——兼论鲁迅小说中的数学内涵[J]. 中南大学学报（社会科学版），2015，21（02）.

[36] 叶继奋. 鲁迅现代生存观的伦理学阐释[J]. 鲁迅研究月刊，2012（02）.

[37] 汪怀君. 物、符号与符号消费的伦理意蕴[J]. 中南大学学报（社会科学版），2014，20（05）.

[38] 林岗. 什么是伟大的文学[J]. 小说评论，2016（01）.

[39] 水运宪. 无双轶事[J]. 芳草，2012（06）.

[40] 胡述斌. 一张诗报与一个诗派[J]. 理论与创作，2011（02）.

[41] 欧阳友权. 论新乡土诗派的诗品与文心[J]. 中南工业大学学报（社会科学版），2001（01）.

[42] 种海峰. 社会转型视域中的文化乡愁主题[J]. 武汉理工大学学报（社会科学版），2008（04）.

[43] 李湘树. 文化茶香透俗雅——评陈先枢、汤青峰《茶文化采风》[J]. 文史拾遗，2008（02）.

[44] 陈惠芳. 长途跋涉的诗歌之旅——新乡土诗派概论[J]. 创作与评论，2012（07）.

[45] 灵焚. 浅谈散文诗与现代性[J]. 当代作家评论，2016（03）.

[46] 田耳. 蝉翼[J]. 青年文学，2007（07）.

[47] 田耳，马笑泉，于怀岸."文学湘军五少将"创作谈[J]. 理论与创作，2008（05）：23.

[48] 谢宗玉. 兄弟于怀岸和他的打工文字[J]. 厦门文学，2007（02）.

[49] 王家新."对中国的执迷"与"世界文学"的视野——试析顾彬对20世纪中国文学的阐释和批评[J]. 中国人民大学学报，2009，23（05）.

三、学位论文类

[1] 王苏立. 王跃文官场小说综论[D]. 长沙：湖南大学，2011.

[2] 王芳. 80年代小说与西方荒诞思潮[D]. 北京：中国社会科学院大

学,2003.

[3] 黄志刚. 都市的乡土守望者 [D]. 武汉:华中师范大学,2002.

四、报纸

[1] 习近平. 在文艺工作座谈会上的讲话 [N]. 人民日报,2015-10-15(002).

[2] 聂茂. 坚定文化自信,吹响文化强国集结号 [N]. 湖南日报,2020-12-15(08).

[3] 习近平. 在中国文联十大、中国作协九大开幕式上的讲话 [N]. 人民日报,2016-12-01(002).

[4] 卓今. 地域文化的变迁与赓续 [N]. 人民日报,2012-10-12.

[5] 黄永玉. 黄裳浅识 [N]. 中华读书报,2006-06-28.

[6] 丰子恺. 音乐与文学的握手 [N]. 小说月报,1992(08).

[7] 吴娟. 蔡测海:表达小人物的喜与悲 [N]. 时代周报,2011-05-26.

[8] 蔡测海. 语言如此灿烂 [N]. 中国邮政报,2004-05-15.

[9] 佚名.《娘》是我的泣血忏悔录 [N]. 北京晚报,2012-06-02.

[10] 聂茂. 从人生的悲苦中寻找超越 [N]. 光明日报,2015-03-17(11).

[11] 阎真. 中国当代知识分子的困惑和尴尬——谈《沧浪之水》《活着之上》的创作 [N]. 中国艺术报,2015-04-20(003).

[12] 习近平. 习近平在中央政治局第十五次集体学习时的讲话 [N]. 人民日报,2019-06-25.

[13] 罗青. 文化乡愁历史情——追记乡愁诗人余光中先生 [N]. 文汇报,2018-02-01.

[14] 田爱民. 现实湘西与现代寓言 [N]. 株洲日报,2015-06-24(B4).

[15] 胡磊. 乡村不能承受之重 [N]. 南方周末,2001-06-17(8).

五、网站

［1］聂茂. 在文化自信中书写中华民族伟大复兴的恢宏史诗［EB/OL］. 中国作家网，2021-11-23.

［2］邱琪. 中澳文学论坛闭幕刘震云调侃作家聚堆谈文学有点"二"［EB/OL］. 中国作家网，2013-04-07.

［3］楚昆. 躲避崇高是自我矮化［EB/OL］. 中国作家网，2015-02-04.

［4］王跃文谈新作《爱历元年》：无病呻吟，却有大痛［EB/OL］. 中国新闻网，2020-04-27.

［5］王跃文. 我为什么做起小说来［EB/OL］. 王跃文博客，2014-03-17.

［6］阎真. 活在经济社会更需要心灵的力量［EB/OL］. 新浪网，2003-09-29.

［7］水运宪谈创作的真实性与真实感［EB/OL］. 中国作家网，2016-07-04.

［8］Glory1978. 最后的一万名湘西土匪：为求生路苦战于朝鲜［EB/OL］. 新浪历史，2015-03-30.

后记

中国新时期文学实现根本性转变

这本书是在极其艰难的情况下完成的。在全部文字付印之际，我们思考的却不是该书本身，而是置身于时代大潮中，聚焦转型社会下中国新时期文学的整体作为、客观现实及其发展态势，如果用一句话来概括，那就是：中国新时期文学已经实现了根本性转变。

毋庸讳言，很长一段时间内，包括文学湘军在内的中国新时期文学的发展受到发达国家的话语压抑，创作主体对发达国家文化理论和方法的学习、借鉴、移植和模仿十分推崇，近乎狂热，差不多完全丧失了自我，表现出高度的自卑与盲从，失去正常的理性判断，正如杰姆逊所指出的，包括中国在内的第三世界的"文化和物质条件不具备西方文化中的心理主义和主观投射"。

然而，伴随着中国经济的崛起和近年来中国文化自信的提升，包括文学湘军在内的中国作家的自我意识逐渐加强，对发达国家文化理论的质疑和批判也越来越多，对中国传统文化和文学理论的认知也更加客观和深刻。特别是改革开放以来，中国作家通过"渗、学、交、播"的具体措施，真正实现了创作主体从自卑到自信、从仰视到审视、从焦虑到从容、从被动到主动等根本性的改变，在世界文学的舞台上找到了属于自己的位置，为跨文化传播中重构良好的中国形象作出了积极贡献。

一是"渗"，即通过版权交易，创作主体变自卑为自觉，增强了"输出中的文化自信"。

发达国家的文化霸权总是试图将自己的政治理念、民主设想等价值观念通过各种方式"渗入"到包括中国在内的发展中国家中来,这是众所周知的无可争辩的事实。除了打着"经济支援"、"政治联盟"与"文化沟通"或"文化扶贫"等旗号进行直接"干预"、对发展中国家进行"输出性渗透"外,他们在"文化扶贫"上也有"输入性渗透"的一面,这是一种隐性的、不易觉察的对本国民众思想的"渗透"。例如,早在1984年,美国知识界力求突破文化上的故步自封(据联合国教科文组织提供的资料,美国每年的翻译文学出版的非西欧的作品还不到百分之一),他们打着缩小"殖民差异"的动人旗号,成立了一个"国际读者书社",专门介绍"西欧以外"的文学作品,第一批推介的书共有六本,其中五本的作者分别来自尼加拉瓜、巴勒斯坦、捷克、南非、智利,还有一本为中国杨绛的《干校六记》。显然,他们在选择这些书籍时有着明显的政治考虑,被选择作家的作品内容几乎都是涉及本国政治、经济和人权状况阴暗面的,作家的倾向是揭露、批判和憎恨的,这样的作品被翻译出版后,美国知识界(读者)一定觉得自己国家对落后国家的"干预"(帮助)是应该的,这样美国在制订相关政策时就会得到大面积的支持。而对处于被选择/被审视的发展中国家作家来说,他们只能在矛盾心态中被动地接受。这种境况几乎是中国新时期文学走出国门、走向世界的辛酸缩影。

20世纪80年代,梁晓声曾公开声称,谁要是把他的作品推出国门,不管有没有稿酬,他都会"心存感激"。那个时候,作品能够在港澳台发表或出版,作者就已经感到很荣幸了。至于第一世界的出版社来商谈出版事宜,只能凭出版商的"良心",根本没有平等可言。

改革开放40多年后,中国作家也逐渐从西方大师的"阴影"中走出来,恢复了主体精神,也日益变得成熟和自信。例如,几年前,法国一家著名出版社的编辑不远万里来到中国,在北京约见作家格非,谈他的《人面桃花》版权输出事宜。在谈到出版合同时,格非表示对某些条款不能认同。出版商问:"难道你不希望自己的书被法国读者了解吗?你的书不能在法国出版是一个很大的损失。"格非说:"我的书不能在法国出版,是法国读者的损失,我没有任何损失。"格非的回答掷地有声,体现了其面对不平等条约的愤懑。近年来,莫言、余华、苏童、麦家、阎连科、迟子建等作家在版权输出上也都充分展现出中国作家的尊严和自信。

二是"学",即通过全面学习并掌握西方文学理论,创作主体变仰视为审视,获得了"观念上的正确认识"。

对发达国家的文化霸权来说,他们有一种强烈的文化确信,认为个人生存的经验以某种方式同抽象的经济科学和政治动态不相关。因此,政治在他们的小说里,犹如"在音乐会中打响的手枪",十分的不协调。可是,这种文化与政治的关联在中国与其他发展中国家的作家和文学理论家中却能形成共识:在发展中国家文化生产的场域中,心理学,或者更确切地说,文本的动力应该主要从政治和社会方面来理解;作家或知识分子在对本民族的"屈辱"和"苦难"的展示中,总要加进各自政治抱负中不宜公开的内心冲动,有意无意地成为文化/政治集团或民族/国家的代言人。

包括文学湘军在内的中国新时期作家对"政治"二字爱恨交织的纠缠,恰恰浓缩了中国这个民族之集体经验,它打破了发达国家文化霸权潜意识里存在已久的诠释机制。与此同时,中国新时期文学的创作主体在虚心学习西方文学理论并全面了解的基础上,慢慢发现他们理论的缺陷或错误。例如,杰姆逊通过分析鲁迅先生一两个小说文本就认为中国作家创作的所有作品都是一个"民族寓言",中国新时期文学创作主体要质疑的是,难道卡夫卡、福克纳等人创作的作品不是发达国家的民族寓言吗?难道莎士比亚、巴尔扎克和海明威等人的作品没有隐含他们的"政治叙事"吗?有了这种质疑和反思,就将创作主体的心理积习从仰视转变为审视,这种"观念上的正确认识"将极大鼓舞他们创作出更好的作品。

三是"交",即通过多层级的交流互访,创作主体变焦虑为从容,形成了"思想上的警醒意识"。

随着发展中国家的逐步开放,特别是在全球化语境下,国与国之间的文化交流日益密切——由早期翻译作家作品的间接交流,到作家与作家的通信交流，再到走出国门，实现了作家与作家或作家与普通市民"面对面"的直接交流，发展中国家作家到发达国家访问和讲学给邀请国带来的影响是显而易见的。自20世纪80年代中期以来，中国每年都有作家代表团或作家个人出国访问、讲学，这种多层级的交流对中国新时期文学创作主体十分重要，使他们从焦虑变为从容，形成"思想上的警醒意识"。

例如，韩少功在法国的时候，有很多法国人惊讶地问："太奇怪了，你怎么不会讲法语？"这是一种否定的诘难。韩少功认为，遇到这种情况，中国人就不会惊讶。相反，如果一个白人或黑人能够讲汉语，中国人倒会说："太奇怪了，你怎么会说汉语？"这是一种肯定的赞美。因为中国人认为自己不是唯一的世界，远方还存在着其他的世界。而那些惊讶的欧洲人，则可能认为他们代表世界的全部，他们所拥有的《圣经》、民主、市场经济、法式面包和晚礼服，当然还得加上法文或者英文，应该成为世界的通则。

这种"自大惯性"从文化心理上说，就是一种"封闭意识"——就像古代中国曾经有过的"华夏中心文明"之"封闭意识"一样。法国人或其他西方人应该认识到：发达国家已经演出了人类史上动人的一幕，它在正义和智慧方面所达到的标高——跟古代中国在当时所达到的世界性标高一样，毫无疑义地具有全球的公共性和普遍意义。但同样地，它只是文明的一个阶段（华夏文明也曾在盛唐出现"贞观之治"的繁荣局面），而不是文明的全部。它也面临着怀疑和批判的巨大空间。如果发达国家自己不预留这个空间，进行反思和自我批判，那么，发达国家以外的其他民族——特别是包括中国在内的发展中国家民族——就会成为这个空间的主人。

四是"播"，即通过各类跨文化传播，创作主体变被动为主动，重塑了"真实的中国形象"。

发达国家文化霸权的某些精英自以为对中国很了解，而他们的知识主要来自"牧师文化"或少数记者走马观花式的"片面新闻"，以及由华裔后代所写的"好莱坞文学"。比如说，美国的谭恩美竟被视为"中国的百科全书"。她不识中文，却在《喜福会》里以几位年长的中国女性作主人公，这些人当年在大陆都有着十分不幸的遭遇（尤其在婚姻上）。小说中，正常的有人情味的生活在中国几乎是永恒的缺失。在谭恩美的新作《接骨师的女儿》里，她又故伎重演，惨绝人寰的故事总是被推出来当作中国传统文化的特产。作者还随意在作品里加上一些美国读者容易辨认的中国文化历史调料，如甲骨文和北京猿人遗骨等，并作好莱坞式的处理，其特点为媚俗的玄奥。假如中国的历史记忆尽由这些失去母语者的作品来记载、反映，那将是谁的悲哀呢？

因此，建立在中国新时期文学基础上的中国电影在西方频频获得大奖，例如，张艺谋、冯小刚等人拍摄的《红高粱》（莫言同名小说）、《活着》（余华同名小说）、《大红灯笼高高挂》（苏童《妻妾成群》）、《菊豆》（刘恒《伏羲伏羲》）、《秋菊打官司》（陈源斌《万家诉讼》）和《香魂女》（周大新《香魂塘畔的香油坊》）等中国电影的跨文化交流，将新时期文学推出国门，为发达国家文化霸权更真实地认识中国做出了不可磨灭的贡献。

中国新时期文学创作主体转变观念，变被动为主动，积极重构负责任大国的中国形象。移民定居国外的一些作家、诗人，一部分人继续坚持用中文母语写作，如北岛、徐晓鹤、虹影、严歌苓、友友、王瑞云、顾晓阳、夏雨、宋明、杨炼、多多、孟明、胡冬等；另一些人经过多年的打磨，至今已经完全能够用西语直接写作，例如，李笠用瑞典语写作，京不特用丹麦语写诗和小说，张耳、张真、欧阳昱用英语写诗，而程抱一、亚丁、戴士杰、孟明以法语写小说，哈金、闵安琪、裘小龙、王屏等人以英语写小说，等等；还有更年轻的"双语作家"，如孙笑冬、田晓菲、沈双、刘剑梅等。这些作家对中文母语浸淫很深，又生活在西方世界里，且不少人能用西语表达中国经验。这些作家的表达抽身于中西两方主流话语的中心位置，以"局外人"的冷峻身份切入生活的核质，这种国际化背景对发达国家文化霸权形成的冲击更加重要。他们与霍米·巴巴所指责的"西方话语的叙述者"不同在于，中文母语和中国经验已经渗入他们的血液和灵魂，用西语写作既是一种表述策略，更是一种反叛姿态。他们的作品同发展中国家文坛上的一些重要作家，如拉什迪、尼克斯和赖波尔等一起，冲击和破坏了发达国家文化霸权的虚妄叙述和"幻影"之说的自在预想，加强了包括中国新时期文学在内的发展中国家文学"对抗"发达国家文化霸权的内在力量。